レイチェル

ダフネ・デュ・モーリア

従兄アンブローズ——両親を亡くしたわたしにとって，彼は父でもあり兄でもある，いやそれ以上の存在だった。彼がフィレンツェで結婚したと聞いたとき，わたしは孤独を感じた。そして急逝したときには，妻となったレイチェルを，顔も知らぬまま恨んだ。が，彼女がコーンウォールを訪れたとき，わたしはその美しさに心を奪われる。二十五歳になり財産を相続したら，彼女を妻に迎えよう。しかし，遺されたアンブローズの手紙が，想いに影を落とす。彼は殺されたのか？レイチェルの結婚は財産めあてか？　せめぎあう愛と疑惑のなか，わたしが選んだ答えは……もうひとつの『レベッカ』として世評高い傑作，新訳でここに復活。

登場人物

フィリップ・アシュリー（わたし）……コーンウォールの一領主である青年
アンブローズ……フィリップの従兄
レイチェル……アンブローズの遠縁の女性。のちに妻となる
ニック・ケンダル……フィリップの教父
ルイーズ……ニックの娘。フィリップの幼なじみ
ヒューバート・パスコー……牧師
シーカム……アシュリー家の執事
タムリン……同家の庭師頭
ウェリントン……同家の御者
ハーバート・カウチ……銀行家
コシモ・サンガレッティ伯爵……レイチェルの前夫。故人
ライナルディ……弁護士。レイチェルの友人

レイチェル

ダフネ・デュ・モーリア
務台夏子訳

創元推理文庫

MY COUSIN RACHEL

by

Daphne du Maurier

レイチェル

第一章

かつて、罪人は〈四つ辻〉で吊《つる》されたものだ。

いまはもうそういうことはない。人を殺した者は、巡回裁判で公正に裁かれた後、ボドミンで罪を償う。つまり、本人が良心の呵責《かしやく》で死ぬ前に、法によって有罪となった場合は、だ。そのほうがいい。外科手術のようなものだ。遺体は、無縁塚にだが、きちんと埋葬される。わたしが子供のころはちがった。幼いころ、四本の道が出会うその場所で、ある男が鎖で吊されているのを見たことがある。男の顔と体は、腐敗防止のため、タールで黒く塗られていた。五週間そこに吊されたすえ、遺体は下ろされたのだが、わたしがそれを見たのは四週目だった。

男は絞首台にかけられ、天と地の間で揺れていた。わたしの従兄《いとこ》、アンブローズの言葉を借りれば、天国にも地獄にも行けずに。男は、天国には到達しえないだろうし、自身の地獄からは脱け出してしまったのだ。アンブローズはステッキで遺体をつついた。錆びた回転軸の上の風見のように風に吹かれて回っているその様子が、いまでも目に浮かぶ。体は腐敗を免《まぬか》れていても、膝丈のズボンは雨のせいで朽ち果て、毛織りの布地の切れ端が膨張した脚からどろどろの紙のように垂れ下がっていた。

　季節は冬だった。通りすがりの誰かのいたずらだろう、破れたベストには祝いの印としてヒイラギの小枝がはさまれていた。どういうわけか、七つの子供には、それが死者に鞭打つ行為のように思えたが、わたしは何も言わなかった。アンブローズがわたしをあそこへ連れていったのには、何か理由があったにちがいない。あれはきっと肝試しだったのだ。わたしが逃げだすか、笑うか、泣くか、見ようと思ったのだろう。保護者、父親、兄、助言者である彼――わたしの全世界である彼は、いつもいつもわたしを試していた。わたしたちは絞首台のまわりを歩きまわった。アンブローズはステッキで遺体をつつきまわしていたが、やがて立ち止まると、パイプに火をつけ、わたしの肩に手をかけた。

「ほらごらん、フィリップ」彼は言った。「われわれは最後はみんなこうなるんだよ。ある者は戦場で、ある者はベッドの上で。それは各自の運命次第だが、誰も死を逃れることはできない。このことは早いうちに知っておいたほうがいい。だがね、悪いやつらは、こんなふうに死ぬんだ。これはひとつのいましめだな。わたしやおまえに、平穏に生きるべしと言っているんだ」わたしたちはその場に並んで立ち、遺体が揺れるのを眺めていた。まるでボドミンの共進会で、的当ての人形でも見ているように。「人間、カッとなると、こういう最期を迎える」アンブローズは言った。「トム・ジェンキン。飲みすぎさえしなければ、正直で平凡な男。確かにあのかみさんはやかまし屋だった。だが殺すのはよくない。口うるさいからと言っていちいち女を殺していたら、男はみんな人殺しになってしまう」

名前なんか出さないでくれればいいのに、と思った。そのときまで、遺体は誰でもない、ただの物にすぎなかった。それが命のない恐ろしい物体として、繰り返し夢に出てくることは、絞首台を見た瞬間からよくわかっていた。でもこれで、遺体は現実と――波止場でザリガニを売っていた潤んだ目のあの男と、結びついてしまった。彼は夏の間いつも籠をかたわらに段々に立ち、子供たちを笑わせようと、生きたザリガニを並べて這わせ、おかしな競走をさせていた。この前、彼を見たのは、そう昔のことではない。

「さて」アンブローズがわたしの顔を見ながら言った。「おまえの感想は？」

わたしは肩をすくめ、絞首台の土台を蹴飛ばした。平気な顔をしなくては。本当は吐き気がしていること、ひどく怖がっていることを、アンブローズに知られてはならない。きっと軽蔑されるだろうから。アンブローズは当時二十七歳。わたしの小さな世界においては、万物の創造主であり、まちがいなく神だった。わたしの生涯の目的は、彼のようになることだった。

「最後に見たとき、トムはぴちぴちしてたよ」わたしは言った。「でももうこの鮮度じゃ自分のザリガニの餌にもなれないね」

アンブローズは笑って、わたしの耳を引っ張った。「言うじゃないか。まるで哲学者だな」それから突如、おやっと気づいて付け加えた。「気分が悪いなら、垣根の向こうへ行って、吐いておいで。いいかい、わたしは何も見てないからね」

アンブローズは絞首台と四本の道に背を向けて、当時彼が造っていた新しい道を大股で歩み去っていった。それは、森を抜け、家に通じる第二の車道となる予定の道だった。彼が行ってしまうのを見て、わたしはほっとした。垣根に行くまでとてももたなかったからだ。そのあと、歯はガチガチ鳴るし、ひどい寒気がしていたが、気分は少しよくなった。トム・ジェンキンは、ふたたび誰でもない、古いずだ袋に似た単なる物体にもどった。わたしは彼に石を投げさえした。大胆不敵にも、遺体が揺れるのを見てやろうと思ったのだ。でも何も起こらなかった。石は湿った服にドンとぶつかって落ちた。自分のしたことが恥ずかしくなり、わたしはアンブローズを追って新しい道を駆けていった。

あれはもう十八年も前のことだ。覚えているかぎり、その後あのことを考えたことはあまりない。数日前までは。危機的状況に陥ったとき、子供のころの記憶が不意によみがえるのは、不思議なことだ。どういうわけか、このところ、哀れなトムのことが頭から離れない。鎖で吊されたあの姿が。彼がどんな罪を犯したのか、わたしは知らないし、事件を覚えている人はもうほとんどいないだろう。かみさんを殺した——アンブローズはそう言った。ただそれだけだ。確かにあのかみさんはやかまし屋だったが、殺すのはよくない、と。酒好きのあの男は、おそらく酔って妻を殺したのだ。でもどんなふうに？　凶器はなんだろう？　刃物？　それとも素手でやったのか？　きっとトムは、あの冬の夜、愛と興奮に顔を火照らせ、波止場の居酒屋を千鳥足で出たのだろう。潮は満ち、波が波止場の段々に打ち寄せていた。月も満ち、水面を照らしていた。彼の酔った頭がどんな勝利の夢に、どんな奔放な空想に満たされていたのか、それは誰にもわからない。

潤んだ水色の目をした、ザリガニ臭いあの男は、よろよろと家路をたどり、教会の裏の自宅に帰り着いた。するとかみさんが、濡れた足で入ってきたと彼をののしった。おかげでせっかくの夢が壊れてしまい、だから彼はかみさんを殺した。そういうことなのかもしれない。われわれが教わっているとおり、死後も魂が生きつづけるのなら、いつかわたしは哀れなトムをさがし出し、真相を訊ねるだろう。わたしたちは煉獄でともに夢を見るだろう。でもトムが六十過ぎの中年男なのに対し、わたしはまだ二十五だ。ふたりの夢は同じではないかもしれない。だからトムよ、きみは闇のなかにもどり、いくばくかの安らぎをわたしに残しておいてほしい。あの絞首台はずっと昔になくなり、それとともにきみも消えた。何も知らずに、わたしはきみに石を投げた。どうか許してくれ。

結局のところ、人は人生を受け入れ、生きつづけなければならない。問題はどう生きていくかだ。日々の仕事は少しもむずかしくはない。わたしはアンブローズと同じく、治安判事になるだろう。そしていつかは議会に入るだろう。一族の者たちがみなそうであったように、わたしも讃えられ、敬われつづけるだろう。領地をしっかり管理し、小作人たちの面倒を見よう。この肩にのしかかる罪悪感には、決して誰も気づくまい。なおも疑惑を振り払えず、わたしが毎日、答えのない問いを自分自身に投げかけていることにも。レイチェルは本当にやったのか、それとも潔白だったのか？　たぶんそれも、煉獄に行けばわかるのだろう。

そっとささやくと、彼女の名は静かに優しく響く。それは舌にまとわりつく。ゆっくりとひそやかに、まるで毒のように。そう、まさに毒だ。それは、舌から乾いた唇に向かい、唇からふたたび心臓へともどっていく。そしてその心臓が肉体を、心を支配する。いつか解放される日は来るのだろうか？　四十年後、五十年後には？　それとも、なんらかの痕跡が、青白い病巣としていつまでも脳に残るのだろうか？　仲間たちとともに心臓の泉に合流できない小さな細胞が、ずっと血管内に滞るのだろうか？　おそらく最後には、解放されたいという願いも消えるのかもしれない。いまはまだ、わからないが。

わたしにはいまも家がある。アンブローズの指示どおり、これを守っていかなくては。湿気のしみの浮いた壁は修理し、すべてを良好に維持していこう。木を植えつづけ、東風がゴーゴー吹き寄せる裸の丘を覆いつくそう。去る前に、何はなくとも、いくばくかの美を遺産として遺すのだ。しかし、孤独に生きる者は自然に反する存在であり、すぐに不安にとりつかれる。そして不安は妄想へ、妄想は狂気へと変わる。それゆえ思いはふたたび、鎖に吊されたトム・ジェンキンにもどっていく。きっとあの男も煩悶したにちがいない。

十八年前のあのとき、アンブローズは小径《こみち》をすたすた歩いていき、わたしはそのあとを追った。彼は、いまわたしの着ている上着を着ていたのではないだろうか。革の肘あてのついた、この古い緑色の狩猟服を。いまのわたしはアンブローズそっくりで、彼の亡霊と言ってもいいくらいだ。この目は彼の目、顔は彼の顔だ。口笛で犬たちを呼び、〈四つ辻〉と絞首台に背を向けたあの男は、わたし自身なのかもしれない。確かに、それこそがわたしの夢だった。彼のようになることが。彼の背丈、肩、猫背ぎみの姿勢、あの長い腕や不器用そうな手までもが憧れだった。ふっと浮かぶ笑み、初対面の相手に対する内気さ、仰々しい騒ぎや儀式に対する嫌悪も。雇い人や彼を慕う者たちへのあの気さくな態度も（あなたも同じだと言って、わたしをおだてる者もいる)。それに、結局は幻想にすぎなかったあの強靭さも。だから、わたしたちは同じ不幸に陥ったのだ。最近思ったのだが、結局、会えずじまいだったあの呪われた山荘で、意識朦朧《もうろう》となり、疑惑と恐怖にさいなまれ、心細く淋しく死を迎えたとき、彼の魂はその肉体を離れ、ここに舞いもどって、わたしの肉体に入りこんだのではないだろうか? そして彼はわたしのなかでもう一度生き、自身の過ちを繰り返し、再度同じ病《やまい》にかかり、ふたたび死んだのではないだろうか? そうなのかもしれない。確かなのは、彼と似ているわたしは――以前はそれが誇りだったのだが――破滅を免れないということだ。敗北はこの類似ゆえに訪れた。仮にわたしがこういう人間でなかったら、機敏で利口で、弁が立ち、利に聡《さと》い男だったなら、この一年は通りすぎていくごくふつうの十二ヵ月にすぎなかったろう。いまごろわたしは、忙しい幸せな未来に向かっていたにちがいない。結婚し、おそらく、子供も生まれていたかもしれない。

　ところがわたしは、そういう性分ではなかった。アンブローズもだ。わたしたちはどちらも夢想家だった。実際的なたちではなく、引っ込み思案で、机の上だけのすばらしい理論で頭がいっぱいだった。そして夢想家がみなそうであるように、現実が見えていなかった。ふたりは人嫌いでありながら、愛に焦がれていた。けれども内気さゆえに、内なる情熱は眠ったままだった。何かが心に触れるまでは。そしてひとたびそうなると、空がさっと広がり、わたしたちはどちらも、世界中のすべての富が手中にあるかのように感じた。もしもこういう人間でなかったら、わたしたちは助かったのかもしれない。もちろんレイチェルはやって来ただろうが、

一、二泊して立ち去ったはずだ。事務的な事柄が話し合われ、あれこれ手続きがなされ、弁護士の立ち会いのもと、遺言状が読みあげられて、わたしは——即座に状況を把握し——終身年金を約束して彼女と手を切っただろう。

ところがそうはならなかった。わたしがアンブローズに似ていたから、アンブローズと同じ感性を持っていたからだ。彼女が着いた夜、わたしは客用の部屋に上がっていき、ノックしてなかに入ると、低すぎるまぐさの下にちょっと背をこごめて立った。すると彼女は窓辺の椅子から立ちあがって、わたしを見あげた。そのとき、あの目に浮かんだ表情で気づくべきだったのだ。彼女が見たのは、わたしではなくアンブローズ、フィリップではなく亡霊なのだということに。彼女はあのとき直ちに立ち去るべきだった。荷物をまとめて出ていくべきだった。自分のいるべき場所へ、格式張った雛壇式庭園があり、小さな中庭で噴水が水を滴《したた》らせる、カビ臭い思い出でいっぱいの閉ざされたあの山荘へ、帰っていくべきだった。真夏はからからに乾いて熱気で陽炎《かげろう》が立ち、冬は冷たくまぶしい空の下でわびしげになる自分の故郷《くに》へ。直感的に彼女は気づくべきだったのだ。わたしのもとへ留まれば、破滅が訪れるということに。遭遇した亡霊だけでなく、最終的には自分までも滅びるということに。

はにかみ、ぎこちなく突っ立ったわたしを見て、彼女はどう思ったのだろう？　彼女の存在に怒りをくすぶらせ、なおかつ、屋敷の主人としてお客を迎えていることを強烈に意識し、ひょろ長く大きな自分の手脚に腹立たしさを感じているわたし、人に馴れていないこの若い雄馬を見て、すぐこんな考えが浮かんだのだろうか？　「アンブローズは若いころこんなふうだったにちがいない。わたしと出会う前のあの人は。でもわたしはそのころの彼を知らない」だから、彼女は留まったのだろうか？

たぶんそのせいなのだろう。ライナルディと初めて顔を合わせたとき、あのイタリア人もやはりハッとした表情でわたしを見つめ、それからすばやく驚きを隠して、机の上のペンをもてあそびながらしばし考えていた。そして彼は、こうつぶやいたのだ――「きょう着いたばかり？すると、レイチェルはまだあなたに会っていないわけだ」直感的に彼も悟ったのだ。けれども、もう手遅れだった。

人生はあともどりできない。引き返すことはできないし、やり直しはきかない。鎖に吊され、揺れている哀れなトム・ジェンキンと同様、ここにすわっているわたし、生きて自分の家で暮らすわたしも、口に出してしまった言葉、やってしまった行為を取り消すことはできないのだ。

二十五の誕生日の前夜（たった数ヵ月前のことなのに、なんと遠い昔に思えることか！）、いつもどおりざっくばらんにわたしにこう言ったのは、わたしの教父、ニック・ケンダルだった。「世の中にはな、フィリップ、本人にはなんの咎《とが》もないのに、災厄をもたらす女というのもいるんだよ。そういう女たちは、触れたものをことごとく不幸にしてしまうんだ。なぜきみにこんなことを言っているのか、自分でもわからないがね。だが言わねばならんような気がするんだよ」そしてケンダル氏は、わたしが彼の前に置いた書類に連署したのだった。

そう、あともどりはできない。誕生日の前夜、彼女の窓の下に立っていたあの若者、彼女が来た夜、その部屋の戸口に立っていたあの若者はもういない。絞首台の死んだ男に石を投げつけ、偽りの勇気を奮い起こそうとしたあの少年がもういないように。認める者も惜しむ者もなかった虐げられた人間、トム・ジェンキンよ。遠い昔のあの日、未来へ向かって森を駆け去っていくわたしを、きみは憐れみの目で見送っていたのか？

もしもあのとき振り返っていれば、この目に映ったのは、鎖に吊され揺れているきみではなく、わたし自身の影だったにちがいない。

第二章

アンブローズが最後の旅に出る前、あの最後の晩に、すわっていろいろ話をしたとき、わたしはなんの胸騒ぎも覚えなかった。二度と会えないのでは、というような予感は、少しもなかった。それは、彼が医者に言われて海外で冬を過ごすようになってから三度目の秋で、わたしは彼の不在にも、留守宅を守ることにももう慣れていた。最初の冬は、まだオックスフォード大学に在学中だったため、アンブローズが留守でもさしたるちがいはなかったが、二度目の冬はすでに大学を終え、彼の希望どおり、ずっと家で暮らすようになっていた。オックスフォードでの華やかな生活など、わたしは少しも恋しくなかった。実を言えば、解放されてほっとしていたくらいだ。

どこかよそへ行きたいとは露ほども思わなかった。ハロー校での寄宿生活時代と、その後のオックスフォード時代をのぞけば、両親が若くして他界した後、生後十八カ月でこの家に来て以来、わたしは他の場所で暮らしたことがなかった。一風変わっていて、心の広いところもあるアンブローズは、みなしごとなった幼い従弟《いとこ》を不憫に思い、その手でわたしを育ててくれた。きっと庇護を必要とするひとりぼっちのか弱いものなら、子犬でも子猫でも同じように育てたのだろう。

それは最初から風変わりな家庭だった。わたしが三つのとき、アンブローズは、ヘアブラシでわたしのお尻をたたいたという理由で、乳母を追い出した。わたし自身は覚えていないのだが、後に彼が話してくれたのだ。

「猛烈に腹が立ったんだよ」と彼は語った。「あの女は、些細ないたずらを理由に、でっかい荒れた手でおまえの小さな体をビシビシたたいていた。頭が悪すぎて、子供側の理屈なんぞわかりもしないくせにな。以来、おまえのしつけはわたしが自分でしたんだ」

そのことにはなんの不満もなかった。アンブローズほど公明正大で、思いやりに満ちていて、人好きのする人物はいないのだ。彼は悪態の言葉の頭文字を覚えさせるという、いちばん簡単なやりかたで、アルファベットを教えてくれた。そういう言葉を二十六もさがすのはたいへんだったが、彼はなんとかやり遂げ、同時に人前でその種の言葉は使わないようわたしを誡《いまし》めた。常に紳士的ではあったが、彼は女性が苦手で、女は家庭に災いをもたらすと言い、信用していなかった。そのため使用人は男ばかりで、彼らは伯父の代から勤めている老執事、シーカムに統轄されていた。

たぶん変わり者だったのだろう――西部地方は昔から変人が多いことで有名だ。でも女性について、また、男の子の育てかたについて、独自の見解を持っているとはいえ、アンブローズは偏屈者ではなかった。隣人たちから好かれ、尊敬されていたし、領民にも慕われていた。リウマチにかかるまでは冬は狩りに出かけ、夏は入り江に泊めてある小さなヨットで釣りを楽しんだ。気が向けば外食したり、人をもてなしたりもした。説教が長すぎると向こうの席からわたしにしかめ面をしてみせたが、日曜は二回、教会に行った。また、めずらしい灌木を植えるのが好きで、わたしにも同じ趣味を持たせようと努めた。

「これだって一種の創造なんだ」彼はよく言っていた。「ある連中は子供を育てる。でもわたしは、土からものを育てるほうが好きだね。そのほうが手間暇がかからないうえ、はるかにすばらしい成果が得られるからな」

わたしの教父ニック・ケンダルと、牧師のヒューバート・パスコーは、その言葉にショックを受けた。アンブローズの友人たちもだ。みんな、彼に、幸せな家庭を作り、ツツジではなく子供を育てるよう、強くすすめていたからだ。

「子供ならもう、ひとり育てましたよ」彼は、わたしの耳を引っ張って、そう答えた。「おかげで寿命が二十年縮みました。いや、考えようによっては、二十年延びたのかもしれないな。そのうえフィリップは既成品の跡継ぎなんです。わたしの務めを云々《うんぬん》することはない。時が来れば、こいつが代わりに務めを果たしてくれるでしょう。さあ、みなさん、ゆっくりくつろいでください。この家には女はひとりもいませんからね。テーブルに土足を載せようが、絨毯に唾を吐こうが自由です」

当然ながら、誰もそんなまねはしなかった。アンブローズは潔癖性なのだ。ただ彼は、恐妻家で、しかも、娘まで大勢いる気の毒な新任牧師の前でそんなことを言って楽しんでいただけだ。そして日曜の晩餐は終わり、ポートワインが回され、アンブローズはテーブルの向こう端からわたしにウィンクしてみせるのだった。

ぐたっと背を丸め、手脚を投げ出して――わたしもそれと同じ癖を受け継いでいる――椅子にすわる彼の姿が、いまも目に浮かぶようだ。牧師がおずおずと抗議すると、彼は体を揺すって静かに笑っていた。それから、相手の心を傷つけたのではないかと心配になったらしく、すばやく雰囲気を変えて、牧師が安心できるような方向に話を持っていき、あの小男がくつろげるよう最大限の努力を払った。ハロー校に入ると、わたしにはアンブローズのよさが前以上によくわかるようになった。彼の言動やその気さくさを、学校の少年たちや、わたしに言わせればまるで人間味のない四角四面な教師たちとを比べているうちに、休暇は瞬く間に過ぎていくのだった。

「大丈夫さ」青い顔をし、ちょっとめそめそしながら、ロンドン行きの乗合馬車の時間に合わせて出発するとき、彼はわたしの肩をたたいて言った。「これはただの訓練の一過程だからな。馬を馴らすようなものだよ。ここを避けては通れない。でも、学生時代が終わったら――きっとあっという間に終わるだろうが――ずっとこの家で暮らせるよ。わたしが自分でおまえを訓練するからね」

「なんの訓練?」

「おまえはわたしの跡継ぎだ。そうだろう? それはひとつの立派な職業なんだよ」

こうしてわたしは出発する。ボドミンでロンドン行きの乗合馬車に乗るため、御者のウェリントンに運ばれていきながら、最後にもう一度アンブローズを振り返ると、彼は犬たちに取り巻かれ、ステッキにもたれて立っている。細めた目に、見まちがえようのない理解の色を浮かべて。くるくる縮れた豊かな髪には、すでに白髪がまじりだしている。やがて彼は口笛で犬たちを呼び、家のなかに入っていく。そしてわたしは喉の塊《かたまり》を呑みこみ、馬車に運び去られていくのを感じるのだ。車輪は私道の砂利《じゃり》をガリガリ踏んで敷地を駆け抜け、白い門をくぐり、門番小屋を通りすぎていく。学校へ、別離へと。

アンブローズはしかし、自分の体のことは考慮に入れていなかった。寄宿学校を卒業し、大学も終えてしまうと、今度は彼がよそへ行く番だった。

「医者どもが、毎日雨に降られてもうひと冬過ごせば、車椅子で最期を迎えることになると言うんだよ」彼はわたしに言った。「どこか太陽のあるところへ行かないと。スペインかエジプトの沿岸だな。乾燥していて暖かい地中海地方ならどこでもいいさ。別に行きたいわけじゃないが、障害者として生涯を終えるなんて我慢ならんからね。それに、この計画にはひとつ利点があるんだ。誰も入手したことのない植物を持ち帰れるだろう？　コーンウォールの土でそいつらがどう育つか見てやろうじゃないか」

最初の冬が訪れ、過ぎ去った。そして二度目の冬も。アンブローズは楽しく過ごしていた。別に淋しがってはいないようだった。帰国時は、樹木や灌木や花など、ありとあらゆる形と色の植物を山のように持ってきた。彼は特に椿に夢中だった。わたしたちは椿専用の栽培場を造った。あれは園芸の才のせいなのだろうか、それとも、彼は魔法の手を持っていたのだろうか——椿は最初から元気に咲き誇り、ひとつもだめにならなかった。

こうして月日は過ぎていき、やがて三度目の冬が来た。今回、彼は行き先をイタリアに定めた。フィレンツェとローマに訪れてみたい庭園があったのだ。どちらの町も冬は寒いが、彼は気にしていなかった。ある人が、空気は冷たいけれど乾燥している、雨の心配はない、と保証してくれたからだ。出発の前夜、わたしたちは遅くまで話しこんだ。アンブローズは昔から宵っ張りで、わたしたちは夜中の一時二時まで、無言で、あるいは、話をしながら、図書室にすわっていることがよくあった。そんなとき、ふたりはどちらも暖炉の前に長い脚を投げ出し、犬たちは足もとで丸くなっていたものだ。前にも言ったとおり、あの最後の夜、わたしはなんの胸騒ぎも覚えなかった。だが、いま思い返してみると、アンブローズは何か感じたのではないかと思う。彼は考えこんだ様子でわたしをじっと見つめては、鏡板張りの壁や見慣れた絵画へ、そして暖炉へ、さらにまどろむ犬たちへと、視線をめぐらせていた。

「おまえもいっしょに来られればなあ」突然、彼は言った。

「荷造りならすぐできますよ」わたしは答えた。

彼は首を振って、ほほえんだ。「いや、冗談だ。ふたりそろって何カ月も留守するわけにはいかないよ。領主にはそれなりの責任があるからね。そう思っていない連中もいるようだが」

「ローマまでいっしょに行けばいいでしょう」わたしは自分の思いつきにわくわくして言った。「悪天候のせいで足止めさえ食わなければ、クリスマスまでにはもどって来られますよ」

「いいや」アンブローズはゆっくり言った。「いいんだ。ふっと頭に浮かんだだけだから。忘れてくれ」

「体の具合が悪いんじゃないでしょうね？」わたしは訊ねた。「どこか痛むんですか？」

「まさかね」彼は笑った。「わたしをなんだと思っているんだ？　病人だとでも？　リウマチの痛みはもう何ヵ月も出ていないよ。問題はだね、フィリップ、家のことが気になってしかたないってことなんだ。これくらいの年になれば、おまえにもわかるかもしれない」

アンブローズは立ちあがり、窓辺に歩み寄った。厚いカーテンを開くと、彼はしばらくその場にたたずみ、外の芝生を眺めていた。とても静かな夜だった。ニシコクマルガラスたちはすでに塒《ねぐら》にもどっており、フクロウたちもそのひとときだけ、鳴りを潜めていた。

「小径をつぶして、家のすぐ前まで芝生にしてよかったよ」彼は言った。「でもあれが斜面をずうっと覆って、子馬の囲いのそばまでつづいていると、もっといいだろうな。そのうち、下生えを刈り取って、海を望めるようにしてくれよ」

「どうしてそんなことを言うんです？」わたしは訊ねた。「していい、していい、だなんて？　自分でやればいいでしょう？」

彼はすぐには答えなかったが、やがて「同じことだよ」と言った。「同じことだ。どちらでもちがいはない。でも覚えておくんだよ」

レトリバーの老犬ドンが、頭をもたげてアンブローズを見た。ホールに積まれたひものかかった箱を見て、別れが近いことを感じ取っているのだ。彼は身をよじって立ちあがると、アンブローズに歩み寄り、尻尾を垂らしてそのかたわらに立った。わたしがそっと呼んでも、ドンはもどってこなかった。わたしはパイプを軽くたたいて、炉床に灰を落とした。鐘楼の時計が正時を告げる。使用人たちの部屋のある一角から、シーカムが厨房係の少年を叱る低い声が聞こえてきた。

「アンブローズ」わたしは言った。「ねえ、アンブローズ、いっしょに行かせてください」

「馬鹿言うんじゃないよ、フィリップ。もう寝なさい」彼は答えた。

それでおしまい。ふたりともその件については、それ以上話さなかった。翌朝、朝食の席で、アンブローズは、春の植え付けなど、帰るまでにやっておいてほしいいろいろな作業について最後の指示をわたしに与えた。彼は急に、東の私道の手前のぬかるんだ一帯に白鳥の池を造る気になり、これには、冬の間の天候が悪くないときに土を掘り抜いて、岸を固めておく必要があった。出発の時は瞬く間に来てしまった。家を出る時刻が早かったため、七時には朝食もすんでいた。アンブローズはその夜、プリマスに泊まり、翌朝発の船に乗る。そしてその貿易船でマルセイユまで行き、そこからゆっくりイタリアまで旅することになっていた。彼は長い船旅が好きなのだ。それは、じめじめした寒い朝だった。ウェリントンが馬車を玄関の前に寄せると、その上にたちまち荷物が積み上げられた。馬たちは早く出発したがって、そわそわしていた。アンブローズは振り向いて、わたしの肩に手をかけた。「あとをたのむ。わたしをがっかりさせんでくれよ」

「ひどいな。ぼくがあなたをがっかりさせたことがありますか？」

「おまえはまだ若い。わたしはおまえに大きな責任を負わせているわけだよ。とにかく、わたしのものはすべておまえのものだからな。いいね？」

強く言えば、きっと同行させてもらえたと思う。しかしわたしは何も言わなかった。シーカムとわたしは、彼を馬車に乗りこませ、膝掛けとステッキを渡した。アンブローズは開いた窓からこちらに笑いかけた。

「よおし、ウェリントン、出してくれ」

そして馬車が私道を遠ざかっていくとき、ちょうど雨が降りだした。

前年、前々年の冬と同じように、毎日は過ぎていった。人恋しいときは、いつもながらアンブローズがいないのは淋しかったが、することはいろいろとあった。教父のニック・ケンダルの家へ馬でひとっ走りした。彼のひとり娘のルイーズは、わたしより二、三歳年下で、幼いころからの遊び友達だ。彼女は浮ついたところなどまるでないしっかりした娘で、なかなかきれいだった。アンブローズはときどき、あの娘はいまにおまえの奥さんになるんだろうな、などとからかったが、正直言ってわたしは彼女をそんな目で見たことはない。

最初の手紙が届いたのは、十一月の半ばだった。それを運んできたのは、アンブローズがマルセイユまで乗っていったのと同じ船だった。天候にも恵まれ、ビスケー湾で少し海が荒れたものの、船旅は順調だったらしい。彼は心身ともに元気で、イタリアへの旅を楽しみにしていた。そして、乗合馬車に乗る気はしないし、どのみちそれではリヨンまで行くことになるから、馬と馬車を雇って海岸ぞいにイタリアに入り、それからフィレンツェへ向かうと言っていた。ウェリントンはそれを聞くと首を振り、きっと事故に遭《あ》うと予言した。彼が頑強に言い張ったところによれば、フランス人に馬車を御すのは無理だし、イタリア人はみな盗賊なのだった。わたしはそれでもアンブローズはちゃんと生き延び、つぎの手紙はフィレンツェから届いた。わたしは彼の手紙を全部取っておいた。いまその手紙の束は目の前にある。第一便を受け取ってから数ヵ月の間に、何度、わたしはそれらを読み返したことか。まるで手の圧力で行間の意味をしぼり取ろうとするように、何度も何度も便箋を繰ったものだ。

アンブローズはフィレンツェでクリスマスを過ごしたらしい。そして、そこから届いたこの第一報の終わりのほうで、彼は初めて親戚の女性レイチェルのことに触れていた。

「身内のひとりと近づきになったよ」と彼は書いていた。「コリン一族の話をしたことがあるだろう？　ほら、テイマー川のほとりに屋敷を持っていた人たちだよ。いまはあの家も人手に渡っているがね。系図を見ればわかるが、コリン一族のひとりが二代前に、アシュリー一族の者と結婚しているんだ。その子孫で、貧しい父親とイタリア人の母親を持ち、イタリアで生まれ育った女性が、若いころ、サンガレッティというイタリア貴族に嫁いだんだよ。彼は決闘で突然世を去り、妻に莫大な借金と大きな空っぽの山荘を遺した。子供はいない。そのサンガレッティ伯爵夫人、本人の希望どおりに呼ぶなら、私の従妹《いとこ》のレイチェルさんは、良識ある気持ちのいい女性なんだが、フィレンツェの庭園の案内役を引き受けてくれてね。同じころローマに行くから、あちらの庭園もいっしょに回ってくれると言うんだよ」

アンブローズに友達ができたのを知って、わたしはうれしかった。しかも相手は、彼と同じように庭園を愛する人なのだ。フィレンツェやローマの社交界のことを何も知らないわたしは、向こうではイギリス人とつきあう機会はほとんどないのではないかと心配していたのだが、少なくともひとりはコーンウォール出の祖先を持つ人がいたわけだ。このこともまた、ふたりの共通点と言えるだろう。

つぎの手紙は、庭園の一覧表のようなものだった。最高のシーズンとは言えないのに、アンブローズはいたく感銘を受けたらしい。われらが従妹にもである。

「私は従妹のレイチェルさんに深い敬意を抱くようになった」春前にアンブローズは書いてきた。「あの人がサンガレッティとかいう輩のせいでどんなにつらい思いをしたかと思うと、本当に胸が痛む。イタリア人というやつは不埒なろくでなしばかりだ。この点は確かだよ。彼女は私やおまえ同様、外見も行動もイギリス人そのものだ。まるできのうまでテイマー川のほとりで暮らしていたようだよ。故郷の話となるといくら聞いても聞き足りないので、こちらはありとあらゆることを話してあげなくてはならない。きわめて聡明な人で、ありがたいことに、口を閉じるべきときをわきまえている。大方の女とちがって、果てしなくペチャクチャしゃべるなどということもない。私のために、フィエソレにすばらしい宿を見つけてくれたんだが、そこはサンガレッティ邸の近くなんだ。少し暖かくなったら、彼女のうちで、テラスにすわったり、庭をぶらついたりして、過ごすようになるだろう。その庭はどうやら、デザインのよさと彫像とで有名らしいんだ。彫像のことはよくわからないがね。彼女がどうやって暮らしを立てているのか不思議だが、夫の遺した借金を支払うために、きっと山荘の価値ある品々は大方売ってしまったんじゃないだろうか」

わたしは教父のニック・ケンダルに、コリン一族を覚えているかと訊いてみた。覚えてはいたが、彼はその一族をあまりよく思っていなかった。「子供のころの記憶では、だらしない連中だったな」彼は言った。「ギャンブルで金も土地も失ってしまってな。いまじゃテイマー川のほとりの屋敷も、ただの荒れ果てた農場の家と化している。四十年も前に、崩れ落ちてしまったんだよ。そのご婦人の父親というのは、アレクサンダー・コリンにちがいない。確か、彼は大陸に渡ったきりだったからな。次男坊の次男坊だったが。その後どうなったかは知らんよ。手紙には、その伯爵夫人が何歳《いくつ》か、書いてあったかね？」

「いいえ。とても若いとき結婚したということですが、それがどれくらい前なのかは書いてありませんでした。たぶんもう中年なんでしょうね」

「アシュリー様の目に留まったのなら、とても魅力的な人にちがいないわ」ルイーズが言った。

「あのかたが女性を褒めるのなんて、聞いたことがないもの」

「たぶんそこが鍵なんじゃないかな」わたしは言った。「きっと彼女は不美人なんだよ。だからアンブローズは気楽なんだろう。お世辞を言わなくてすむからね。本当によかった」

その後、一通か二通、短い手紙が来たが、たいしたニュースはなかった。彼は、ちょうどレイチェルさんの家で食事をしてきたところか、これから彼女の家へ食事に行くところかだった。フィレンツェの彼女の取り巻きには、損得抜きで彼女の相談に乗る人間がほとんどいないのだ、と彼は書いていた。自分なら相談に乗ってあげられると思う、彼女はとても感謝している、と。幅広い趣味を持っているのに、彼女は不思議と淋しそうだという。サンガレッティとはなんの共通点もなかったらしく、実はずっとイギリス人の友人がほしくてたまらなかったのだと打ち明けたそうだ。「何かを成就させたような気がするよ」彼は書いていた。「家に持ち帰る新しい植物をどっさり手に入れる以外のことをね」

それからしばらくブランクがあった。アンブローズは帰る時期については何も言っていなかったが、帰国はいつも四月下旬だった。こちらでは冬が長く居座り、西部地方にはめずらしく霜の被害が深刻だった。アンブローズの椿の若木のいくつかはだめになった。わたしは、彼が早く帰国しすぎて、強風と豪雨のなかで過ごすことにならないよう祈った。

復活祭が過ぎてまもなく、彼から手紙が来た。


愛するフィリップ、なぜずっと便りがないのか不思議に思っていただろうね。正直言って、こんな手紙をおまえに書く日が来ようとは、夢にも思わなかった。神は不思議なことをするものだ。おまえは私という人間をよく知り抜いているから、たぶんここ数ヵ月の私の心の乱れにいくらか気づいていただろう。いや、乱れという言葉は当たっていない。幸せなとまどいと言ったほうがいい。そしてそれは、徐々に確信に変わっていった。決して性急に決断を下したわけではない。知ってのとおり、私は固く習慣を守るほうで、気まぐれに生活を変えるような性分ではない。だが数週間前、他に取るべき道はないと悟ったのだ。私はこれまで見つけたことのないもの、存在するとさえ思っていなかったものを見つけた。我が身に起きたことが、いまだに信じられないよ。おまえのことは始終考えていた。だがなぜかきょうまで、落ち着いて手紙を書く自信が持てなかったのだ。二週間前、おまえの従姉のレイチェルさんと私は結婚した。いまはナポリでハネムーンを過ごしていて、まもなくフィレンツェに帰る予定だ。そのあとのことは、なんとも言えない。なんのプランも立てていないし、いまは、ふたりとも一時一時を生きること以外、なんの望みもないのだ。

いつか、そう遠くない将来、おまえにも彼女に会ってほしい。彼女の容姿のことなら、いくらでも語れる。あの善良さについても、愛情深さ、優しさについてもだ。だがそれを書き連ねても、おまえには退屈だろう。そういうことは自分の目で見てほしい。なぜ、彼女がよりによってこの私を選んだのか、こんな愛想のない皮肉屋の女嫌いを選んだのか、それはわからない。女は嫌いじゃなかったのかと彼女にからかわれるが、私は負けを認めるしかない。あのような人に打ち負かされることは、ある意味では、勝利だ。本当は自分自身を、敗北者ではなく、勝利者と呼びたいところだが、それはあまりにも思いあがった発言というものだろう。

みなにこのニュースを知らせ、私が、そして彼女が、よろしく言っていたと伝えてくれ。それから、私の最愛の息子よ、忘れないでおくれ。この遅い結婚によって、おまえに対する私の深い愛情が減るなどということは決してない。むしろそれはより一層大きくなっていくだろう。私はこの世でいちばん幸せな男だ。だからこれまで以上におまえのためにいろいろするつもりだ。彼女にもその手助けをしてもらうよ。すぐに返事をくれ。そしてもしもその気になれたら、従姉のレイチェルさんへの歓迎の言葉もそこに記してほしい。

忠実なるアンブローズ

手紙が届いたのは五時半ごろ。ちょうど夕食を終えたときだった。幸いそばには誰もいなかった。シーカムは郵便物の袋を持ってきて、そのまま退《さが》っていた。わたしは手紙をポケットに入れ、野原を突っ切って海まで歩いていった。浜で製粉所をやっているシーカムの甥が、こんにちは、と声をかけてきた。彼は沈みゆく夕日のなかで、石塀に網を広げて干していた。こちらはろくに返事もしなかった。きっと無愛想なやつだと思ったろう。わたしは岩を乗り越え、湾に突き出した細長い岩棚に出た。それは夏によく泳いだ場所だった。アンブローズはいつも五十ヤードほど先でヨットを泊め、わたしは彼のほうへと泳いでいくのだ。そこに腰を下ろすと、わたしはポケットから手紙を取り出し、もう一度読み返した。もしも少しでも共感や喜びを感じることができたなら、ナポリで幸せを分かちあっているふたりに、ほんのわずかでも温かな気持ちを抱くことができたなら、あれほど気がとがめはしなかったろう。恥じ入り、自分の身勝手さを苦々しく思いながらも、この胸にはなんの感慨も湧いてこなかった。わたしはすっかり打ちのめされてその場にすわり、波ひとつない穏やかな海をぼんやりと眺めていた。ついこの間、二十三になったのに、何年も前、ハロー校で、四年生の席にすわっていたときと同じように、孤独で心細い気分だった。わたしは、助けてくれる人もなく、初めての経験ばかり押しつけられようとしている、あの少年だった。

第三章

　何よりわたしを恥じ入らせたのは、アンブローズの友人たちの心からの喜び、彼の幸せを願う嘘偽りのない気持ちだった。アンブローズの使者として祝福の言葉を雨あられと注がれ、わたしはそのただなかで、ほほえみ、うなずき、ずっと前からこうなるのはわかっていたというような顔をするしかなかった。みなを裏切っているような、偽善者になったような気分だった。アンブローズにあらゆる欺瞞を憎むよう育てられたため、本心を偽らねばならないのは、ひどい苦しみだった。

「こんなにめでたいことはない」何度このせりふを聞かされたことだろう。わたしは隣人たちを避け、うちの森をひとりでうろつくようになった。興味津々の顔やうるさいおしゃべりに悩まされるよりはそのほうがよかった。農場や町へ馬で出かけようものなら、もう逃れられない。小作人や知り合いの誰かに必ずつかまり、会話に引きずりこまれるのだ。まずまずの役者であるわたしは、皮膚がいやがって突っ張るのを感じながらなんとか作り笑いを浮かべ、快活に質問に答える。本当は、結婚の話題につきもののあの快活さは大嫌いなのに。「おふたりはいつ、こちらにもどられるんです？」この質問に対する答えは決まっていた。「それがわからないんです。アンブローズがなんとも言ってこないので」

花嫁の容姿や年齢については、さまざまな憶測がめぐらされ、これに対してはこう答えた。

「夫に先立たれた人で、アンブローズと同じように園芸に興味のある人です」

ぴったりだな、と人々はうなずく。まさに願ったりかなったり。アンブローズにうってつけの人じゃないか。それからみんな、剽軽《ひょうきん》なしぐさを見せ、冗談を飛ばして、頑固な独身主義者が飼い馴らされ、結婚に至ったことを大いにおかしがる。牧師の奥さん、やかまし屋のパスコー夫人は、神聖なる婚姻に対するこれまでの侮辱への返報とばかりに、この件についてしゃべりまくった。

「今後は何もかも変わるでしょうよ」彼女はことあるごとにそう言った。「使用人の好き勝手はもう許されないでしょうから。本当に結構なことです。ようやく秩序がもたらされるわけですからね。シーカムは喜ばないでしょうけど。長いこと、自由気ままにやってきたわけですから」

これは本当だった。シーカムだけは、わたしの味方だったと思う。しかしわたしは、彼の肩を持たないよう心がけ、彼がこちらの心中にさぐりを入れてくるたびにストップをかけた。

「なんと申しあげればよいのやら」彼は観念した様子で陰気臭くつぶやいた。「奥様がいらっしゃるとなると、家じゅうひっくり返されて、ここがどこなのかもわからなくなるでしょうねえ。つぎからつぎへとご希望を出されて、たぶん何をしてさしあげても満足なさらないのではないでしょうか。そろそろ若い者にあとを譲って、お暇をいただいたほうがいいような気がいたしますよ。アンブローズ様にお便りなさるとき、ついでにそのことも書いていただけないでしょうか」

わたしは、馬鹿を言うな、と言ってやった。アンブローズ様もぼくも、おまえなしじゃやっていけない、と。それでもシーカムは首を振り、浮かない顔で屋敷内をうろうろし、折に触れて悲しい未来を予言せずにはおかないのだった。食事の時間はきっと変えられるだろう。家具類はすっかり取り替えられるだろう。朝から晩まで掃除、掃除で、誰も休めなくなるだろう。しまいには、犬たちも始末されてしまうだろう。暗い声で述べられたこれらの予言のおかげで、失われていたユーモアのセンスがいくらかよみがえり、わたしはアンブローズの手紙を読んで以来、初めて声をあげて笑った。

シーカムの描く未来像ときたら！　蜘蛛の巣ひとつ残さず家じゅう掃除するメイドの一連隊と、例によって下唇を突き出し、非難がましい硬い表情でそのさまを見守る老執事の姿が目に浮かんだ。彼の憂鬱はわたしをおかしがらせた。しかし他の連中が――わたしの心中を察して、その話には触れずにいてくれてもよさそうなルイーズ・ケンダルまでもが――同じようなことを言うのには、いらいらさせられた。

「よかったわ。これでやっと図書室のカーテンが新しくなるわけね」彼女は陽気に言った。「古くなって黒ずんでいるし、くたびれているんだけど、あなたは気づいてもいないんでしょ？　それにあの家に花が飾られるなんて。大進歩じゃないの！　居間もやっと本来の姿になる。使わないなんてもったいないと前々から思っていたのよ。アシュリー様の奥様はあの部屋に、イタリアのお屋敷から持ってきた本や絵を置くにちがいないわ」

彼女は改善される点をつぎからつぎへと思い浮かべて、べらべらとしゃべりつづけた。とうとうわたしは癇癪《かんしゃく》を起こして、乱暴な口調で言った。「たのむから、ルイーズ、いい加減にその話はやめてくれよ。もううんざりなんだ」

彼女はびくっとして口をつぐみ、鋭くわたしを見た。

「まさか、嫉妬してるんじゃないでしょうね?」

「何言ってるんだ、この馬鹿」

ルイーズを馬鹿呼ばわりするなんて、もってのほかだ。でも長いつきあいなので、わたしは彼女を妹のように思っていて、敬意などほとんど感じていなかったのだ。

その後、彼女は何も言わなくなり、さんざん取りあげられたこの話題がまた持ち出されると、ちらっとこちらをうかがって、話を変えようと努めてくれた。わたしは感謝し、ますます彼女が好きになった。

もちろん自分では気づかずにだが、いつもながらのざっくばらんな言葉でとどめを刺したのは、わたしの教父であり、彼女の父親であるニック・ケンダルだった。

「この先どうするか考えたかね、フィリップ?」ある晩、その家を訪ね、夕食をともにしたとき、彼はそう訊ねたのだ。

「どうするか、ですか? いいえ」

「うん、確かにまだ早い。アンブローズと奥さんが帰ってこないことには、どうしようもないだろうしな。ただ、もうこの近隣を見て歩いたかな、と思ってね。きみも自分用の小さなうちをさがさないといかんだろうから」

どういう意味なのか、すぐには呑みこめなかった。「どうしてそんなことをしなければならないんですか?」

「そりゃあ、若干立場が変わるわけだからね」彼は淡々と言った。「アンブローズと奥さんは、当然のことながら、ふたりで暮らしたいだろうしな。それに、新しい家族、息子ができたら、きみもこれまでと同じではいられない。そうだろう? もちろんアンブローズはきみが困らないようにしてくれるさ。きっとどんな家でも気に入ったのを買ってくれるだろうよ。確かにふたりが子供を持たない可能性もあるが、そうと決めつける根拠はないし。そうだ、家は建てたほうがいいかもしれない。売りに出ている家に入居するより、自分で建てたほうがいい場合もあるからね」

ケンダル氏は、半径二十マイルほどの範囲内にある、わたしによさそうな家々のことを、あれこれ話しつづけた。彼がぜんぜん返事を期待していないらしいのが、ありがたかった。実を言うと、胸がいっぱいで、返事をするどころではなかったのだ。あまりにも思いがけないことを指摘されたため、まともにものを考えることもできず、それからまもなくわたしは辞去した。嫉妬——確かにそうだ。ルイーズの言うとおり。いちばん大切な人を、突然、赤の他人と共有しなければならなくなった子供の嫉妬。

シーカム同様、わたしにも、新しい流儀になじもうとしている自分自身の姿が見えた。パイプの火を消し、さっと立ちあがり、世間話をしようと努め、細かくて退屈な女社会のルールを頭にたたきこもうとしている場面や、我が神、アンブローズのトンマな振る舞いを見て、いたたまれずに部屋を出ていく場面が。それまでわたしは、自分を余計者だと思ったことなど一度もなかった。お払い箱になり、我が家から追い出され、使用人のように年金をもらう自分——アンブローズを父と呼ぶ子供の誕生により、無用の長物となる自分など、想像したこともなかった。

こうした将来の展望を示したのがパスコー夫人であったなら、わたしはこれをただのいやがらせと受け取り、すぐに忘れてしまっただろう。しかし相手は、物静かで穏やかな、いい加減なことなど言わないわたしの教父なのだ。わたしは不安と悲しみのあまり吐き気さえ感じながら、家へと馬を走らせた。自分がこれからどうすればいいのかなど、少しもわからない。ケンダル氏の言うように、本当に先のことを考えなくてはならないのだろうか？　住むところをさがさねばならないのだろうか？　ここを出る準備にかかるべきなのだろうか？　でも他に住みたいところなどないし、どんな土地もほしくない。アンブローズは、ここだけに合うようにわたしを育て、仕込んでくれた。この家はわたしのもの、そして、彼のものだ。ここはふたりのものなのだ。でも、もうそうじゃない。何もかもが変わってしまった。ケンダル宅からもどると、わたしはすべてのものを新たな目で見つめながら、家のなかをさまよい歩いた。犬たちもわたしの心の乱れに気づき、同じように不安げな様子でついてきた。主《ぬし》がいなくなって久しい、わたしのかつての子供部屋——シーカムの姪が週に一度、繕いものをしにくるだけのその部屋が、突然、新たな意味を持った。わたしは塗り直されたその部屋を思い浮かべた。蜘蛛の巣まみれ、埃まみれの本の山に囲まれて、いまも棚に立てかけてある、わたしの小さなクリケットのバットも、きっとゴミとして放り出されるだろう。それまではただ、二カ月に一度、繕ってもらうシャツやソックスを持っていくだけで、その部屋にどれだけ思い出がつまっているかなど、考えてもみなかった。ところが急にわたしは、その部屋を、外界の荒波から護《まも》ってくれる安全な避難所を、取りもどしたくなった。でもそうはいかない。部屋は見知らぬ場所と化してしまうにちがいない。わたしのよく訪れる、小さな子供を持つ小作人たちの家の居間のような、煮立ったミルクと干された毛布の匂いのこもる、息苦しい場所に。むずかり、床の上を這いまわる子供らの姿が目に浮かぶ。連中は始終あちこちに頭をぶつけたり、腕に痣《あざ》を作ったりしている。もっとひどい場合は、人の膝に這いあがろうとし、拒絶されれば猿のように顔をしわくちゃにするのだ。なんておぞましい。本当にこれがアンブローズの未来なのだろうか?

　これまで、従姉レイチェルのことを考えるとき――不愉快な事柄に対して誰もがやるように、わたしもその名を頭から払いのけ、考えることなどめったになかったが――わたしが思い描くのは、パスコー夫人以上にパスコー夫人的な女だった。目鼻が大きく、骨張っていて、シーカムの予言どおり、どんな埃も見逃さない鷹のような目を持ち、お客が食事に来ていると、けたたましく哄笑し、アンブローズの心中を気遣ってみなが身をすくめるような女。ところがいま、その彼女がさらに形を変えた。あるときは、ウェスト・ロッジの哀れなモリー・ベイトのような、人々が純粋なる慈悲心から目をそむけずにはいられない、ものすごい醜女に、またあるときは、看護婦に薬を調合させながら、ショールにくるまれ、気むずかしげに椅子にすわる、青白いやつれた女に。あるときは、押しの強い中年女に、またあるときは、わざとらしくほほえむ、ルイーズより若い女に。従姉レイチェルは十いくつもの人格を持つようになり、しかもそのどれもが前のより一層憎らしいのだった。熊の役を務めるようアンブローズをひざまずかせ、子供たちをその背にまたがらせる彼女が、そして、おとなしく言いなりになってやる、すっかり威厳を失ったアンブローズが、わたしには見えた。かと思うと、モスリンのドレスを着こみ、髪にはリボンを飾り、口をとがらせて、巻き毛を振り立てる、わざとらしさの塊の彼女と、椅子にもたれ、人の好さそうな呆けた笑顔で彼女を眺めるアンブローズとが、ふたたび目に浮かんでくる。

五月中旬に、結局、夏いっぱい海外で過ごすことにしたという手紙が届くと、わたしは安堵のあまり声をあげそうになった。それまで以上に裏切り者の気分になったが、どうしようもなかった。

「おまえの従姉のレイチェルさんは、まだごたごたをかかえている」アンブローズはそう書いてきた。「そこで、帰国はしばらく延期することにした。察してくれていると思うが、残念でならないよ。できるだけのことはしているが、イタリアの法律はイギリスのとはまったくちがっていて、このふたつを両立させるのはたいへんな作業なんだ。どうも巨額の金を使うことになりそうだが、よき目的のためなのだから出し惜しみはすまい。私たちはよくおまえの話をする。おまえもここにいてくれたらと思うよ」それから、家のほうは変わりないか、庭の様子はどうか、といつもながらの熱心な質問がつづいたので、彼が変わってしまうと一瞬でも思った自分は頭がおかしいのだという気がした。
当然ながら、この夏、ふたりがもどらないとわかったときの、隣人たちの失望は大きかった。

「もしかすると」意味ありげな笑みとともに、パスコー夫人は言った。「奥様が旅ができるお体じゃないのかもしれませんね」

「それはどうでしょうね」わたしは答えた。「アンブローズの手紙には、ベニスで一週間過ごしたとありますが。ふたりともリウマチになって帰ってきたそうですよ」

夫人はがっかりした顔をした。「リウマチ？　奥様も？　まあ、なんてお気の毒な」さらに、考え深げに――「じゃあ、思っていたよりお年なのねえ」

馬鹿な女。思考回路が単純なのだ。わたしなど、二歳のときに膝のリウマチを患った。成長期骨痛だよ、と大人たちは言っていた。いまでもときどき、雨のあとなどに痛むことがある。だが、そうは言っても、わたしの思考回路もパスコー夫人のと似たり寄ったりだった。頭のなかの従姉レイチェルは、二十歳ほど年を取った。髪はふたたび灰色になり、杖までついていた。どんなものなのか想像もつかないが、イタリア庭園とやらに薔薇を植えているとき以外は、彼女はテーブルに向かい、イタリア語でべらべらまくしたてる五、六人の弁護士に取り囲まれ、杖でドンドン床をたたいている。一方、気の毒なアンブローズは、辛抱強くそのかたわらにすわっている。

なぜ、法律上の雑事など本人に任せて、帰ってこなかったんだろう？

それでも、わざとらしくほほえむ花嫁が、ひどい腰痛に悩まされる年配の女にその座を譲ると、元気が湧いた。子供部屋は遠のいていき、変わって婦人用の私室と化した居間が目に浮かんだ。室内には衝立が置かれ、大きな暖炉は真夏でも燃えている。そして誰かが、いらだたしげな声でシーカムに呼びかける――もっと石炭を持ってきて。すきま風で死にそうよ。わたしはふたたび、歌を歌いながら乗馬に出かけるようになった。犬たちをけしかけて若いウサギを追わせ、朝食前に泳ぎにいき、風向きがよければアンブローズの小さなヨットで入り江を帆走し、社交シーズンを過ごしにロンドンへ行くルイーズをそのロンドン風ファッションのことでからかったりもした。二十三歳の心は、ほんのちょっとしたことで舞い上がる。我が家はいまも我が家、まだ誰にも奪われてはいない。

やがて冬になると、アンブローズの手紙の調子が変わった。微妙な変化なので、最初はほとんど気づかなかったが、読み返すうちに、その一言一句に張りつめたものを感じるようになった。なんらかの不安が彼に忍び寄りつつあるのだった。ひとつには望郷の念もあるだろう。それは確かに読み取れた。自分の母国と領地を恋しがる心だ。しかし何よりも、新婚十カ月目の男にはそぐわない一種の孤独感がそこにはあった。長い夏と秋がかなりつらかったことを彼は認めていた。そしてこの冬は異常に蒸し暑いのだという。家は高地にあるのだが、なかはひどく息苦しい。自分は嵐の前の犬のように、部屋から部屋へうろつきまわっているが、嵐は決してやって来ない。空気はいつもよどんでいる。土砂降りの雨が降ってくれるなら、たとえそのせいで不具になるとしても、魂だってくれてやる。彼はそう書いてきた。「これまで頭痛に悩まされたことなどないのだが、いまではよく頭が痛くなる。ときどき目が眩《くら》みそうになるほどだ。太陽にはもううんざりだよ。言葉では言い尽くせないくらい、おまえが恋しい。話したいことが山ほどある。手紙では言いにくいんだ。きょうは妻が町に行っているから、その隙に書いているんだよ」彼が「妻」という言葉を使うのは初めてだった。それまではいつも「レイチェル」、あるいは「おまえの従姉のレイチェルさん」と書いていたのだ。「妻」という言いかたは、堅苦しく冷ややかに感じられた。

冬の間の手紙には、帰国の話は一切出てこなかった。その一方、彼は常に郷里の様子を知りたがっていて、こちらから何か知らせれば、それがどんなに些細な事柄でも、必ず感想を書いてきた。まるで他に何も楽しみがないかのようだった。

復活祭にはなんの知らせもなかった。聖霊降臨日にもだ。心配になって、ニック・ケンダルに相談すると、悪天候のせいで郵便が遅れているのだろうと言った。大陸では遅い雪が降っており、フィレンツェからの便りは五月末まで期待できなかった。すでにアンブローズが結婚してから一年以上、家を出てからは十八カ月が過ぎていた。結婚後、彼が帰国しなかったときの安堵は、このまま二度ともどってこないのではないかという不安へと変わった。ひと夏でさえ、体にこたえたのだ。もうひと夏過ごしたら、アンブローズはどうなってしまうだろう? 七月になると、ようやく手紙が来た。短くて、支離滅裂で、まるでアンブローズらしくない内容だった。普段はきれいな筆跡までもが、ペンを握るのに苦労しているかのように、大きくのたくっていた。

「何もかもがうまくいかない」彼は書いていた。「この前の手紙で、きっと気づいたろうね。

でも黙っていたほうがいい。彼女が絶えず見張っているんだ。何度か手紙を書いたよ。でも、安心して託せる人がいないんだ。自分で投函してこないかぎり、おまえのもとまで届かないかもしれない。でも病気のせいで、遠くまでは行けなかったんだよ。医者どももまったく信用ならない。どいつもこいつも嘘つきばかりだ。ライナルディおすすめの新しいやつは、殺し屋だよ。当然だろう。やつの一味だからな。だが連中は危険な企みに乗ったわけだ。私は負けないぞ」そのあと空白があり、解読不可能な殴り書きがあり、最後に署名があった。

わたしは、馬丁の少年に鞍をつけさせて馬に乗り、ケンダル氏に手紙を見せにいった。わたし同様、彼もひどく心配し、すぐさま「精神的に参っているようだな」と断じた。「どうも気に食わん。これは正気の人間の書く手紙じゃないよ。まさか……」ここで彼は口を閉ざした。

「まさか、なんです？」

「きみの伯父君のフィリップ、つまり、アンブローズの父上は、脳腫瘍で亡くなられたんだ。知っていたかね？」彼はぶっきらぼうに言った。

そんな話は一度も聞いたことがなかったので、ケンダル氏にもそう答えた。

「むろん、きみが生まれる前のことだし、一族の間ではあまり話題にのぼらなかったがね。遺伝性のものかどうかは、わたしにはわからない。医者にもわからないんだよ。医学はまだそこまで進んでいないんだ」彼は眼鏡をかけ、もう一度手紙を読んだ。「むろん、別の可能性もある。考えにくいことだが、そっちの可能性のほうがわたしとしては好ましいね」

「というと？」

「アンブローズは酔っ払ってこの手紙を書いたのかもしれない」

なんと露骨な言いかただろう。相手が六十近い老人でなかったら、そして、自分の教父でなかったら、わたしは彼を殴っていたかもしれない。

「酔っ払ったアンブローズなんて、ぼくは一度も見たことがありませんよ」

「こっちもだ」ケンダル氏はそっけなく言った。「ただ、そのほうがましだと言っているまでだよ。とにかく、イタリアへ行く決心をしたほうがいいんじゃないかな」

「その決心なら、ここに来る前からついていましたよ」そう言いおいて、わたしはうちへ飛んで帰った。まず何から手をつければよいのかは、まるでわかっていなかったが。

ちょうどいいプリマス発の船はひとつもなかった。となると、ロンドンまで行き、そこからドーバーへ出て、定期船でブローニュへ渡り、その後、乗合馬車でフランスを横断してイタリアへ入るしかない。順調に行けば、だいたい三週間後には、フィレンツェに着くだろう。フランス語は不得手だし、イタリア語に至ってはまるでだめだったが、アンブローズのもとへ行けるなら、そんなことはなんでもない。シーカムをはじめとする使用人たちに、わたしは簡単に別れを告げた。彼らには、ちょっとご主人に会ってくるとだけ言い、アンブローズの病気のことは話さなかった。そして七月のある晴れた朝、わたしはロンドンへ向けて出発した。行く手に待ち受けるのは、三週間近い旅と見も知らぬ国だった。

馬車がボドミン街道に入ったときだ。馬丁の少年が郵便袋を携え、馬で追ってくるのが見えた。わたしは馬車を停めるようウェリントンに命じ、少年から郵便袋を受け取った。アンブローズからの手紙が入っている可能性は千にひとつだと思ったが、実際、そこには彼の手紙が入っていた。わたしは袋から封筒を取り出すと、少年を家へ帰した。そして、ウェリントンが馬に合図するなり、なかの紙切れを引っ張りだし、窓からの光へ向けた。

文字はのたくり、ほとんど読めないくらいだった。


お願いだ。すぐ来てくれ。ついに彼女にやられた。私をさいなむあの女、レイチェルに。早く来てくれないと、手遅れになる。アンブローズ

それだけだった。紙切れに日付はなく、封筒に消印はない。それはアンブローズ自身の指輪で封印されていた。

わたしは紙切れを手にじっと馬車にすわっていた。どうあがいても、八月半ばまでは彼のもとへはたどり着けないのだ。

第四章

　フィレンツェに着き、他のお客たちとともにアルノ川ほとりの宿で乗合馬車を降りたときは、何十年も旅をしてきたような気がした。もう八月十五日だった。初めてヨーロッパ大陸の土を踏む旅行者で、これほどなんの感慨も抱かなかった者はいないと思う。わたしには、通ってきた道、山や谷、夜泊まったフランスやイタリアの町は、どれも同じに見えた。どこもかしこも汚なく、不衛生なうえ、騒音は耳を聾《ろう》せんばかりだった。我が家では、使用人は鐘楼の下のそれぞれの部屋で寝る。だからわたしは、人がほとんどいない屋敷に慣れていた。そこで夜、聞こえるものといえば、木立を吹き抜けていく風の音と、南西からやって来る雨がザアザア降りしきる音だけだ。そのため、外国の町の絶え間ない喧騒にさらされると、頭が麻痺しそうだった。

　確かに眠りはした。二十四歳の若さで、何時間も馬車に揺られたあと、起きていられる者がいるだろうか？　しかし、なじみのない音は、夢のなかにまで入りこんできた。バタンと閉まるドア、甲高い叫び、窓の下を行く足音、荷馬車の車輪が石畳の上を走る音。そして十五分ごとに、教会の鐘が鳴る。別な用件で外国に来たのなら、おそらくちがっていたのだろう。きっともっと明るい気分で、朝早く窓から身を乗り出し、どぶで遊ぶ裸足の子供たちを眺め、その子らに小銭を投げてやり、新鮮な音や声にうっとり耳を傾け、夜は入り組んだ狭い道をさまよい歩き、その街を好きになっていたのかもしれない。しかし現実には、何を見ても興味は湧かず、この無関心はやがて敵意へと変わっていった。何より大事なのは、アンブローズに会うことだ。その彼が外国で病に伏していると思うと、わたしの不安は、外国のあらゆる事物に対する嫌悪へと姿を変えた。この国の土さえもが憎かった。

暑さは日に日に厳しくなっていた。かすんだ空は青く冷ややかだった。埃っぽいトスカーナの道をくねくねとたどってくる間、その地は太陽にすっかり水分を吸い取られたかに見えた。谷は茶色く焼け、丘の集落は熱気の霞の下で干からび、黄色くなっていた。水を求め、どたどた走っていく牛たちは、痩せて骨張り、ヤギたちは、幼い子らに見張られながら、路傍の草をはんでいた。馬車が通っていくと、子供たちは口々に叫びたてた。アンブローズの身を案じ、恐怖にとりつかれているわたしには、この国の生き物がみな渇いていて、水を拒絶されれば、くずおれて、死んでしまうような気がした。

フィレンツェで馬車から降り立ったとき、埃だらけの荷物がつぎつぎ降ろされ、宿に運びこまれていくなかで真っ先に感じたのは、石畳の通りを渡って、川岸に立ちたいという衝動だった。わたしは長旅の垢に汚れ、疲れ切っていた。そのうえ、なかで窒息するよりはましだと思って、その二日間、御者の隣にすわっていたため、全身埃まみれだった。路傍の哀れな家畜たちと同様、わたしも水に飢《かつ》えていた。そしていまその水が目の前にある。さざなみが立ち、新鮮で塩辛く、海のしぶきとともに波打つ、故郷の青い入り江ではなく、のろのろ流れる膨張した川が。その流れは、川床と同じ茶色に染まり、平板でなめらかな水面をときおり泡立てながら、橋のアーチの下に吸いこまれ、じわじわと進んでいく。そこには、麦藁の束や草や木など、ゴミも浮かんでいたが、疲労と渇きで熱っぽかったわたしには、その水が、思い切って口に含み、飲み下さねばならない毒薬にも似て見えた。

わたしは魅入られたように流れを見つめて立っていた。太陽はぎらぎら橋に照りつけている。と突然、背後の町で、巨大な鐘が低く厳粛に四時を告げた。つづいてあちこちの教会で他の鐘も鳴りだし、その音は、石の上をとろとろ流れていく茶色い川のうねりと混ざりあった。

そのとき、ひとりの女が寄ってきた。見ると、むずかる子供を腕に抱き、もうひとりを破れたスカートにまとわりつかせている。彼女は施しを求め、手を差し出した。黒い瞳がすがるようにわたしの目を見あげていた。小銭をやって背を向けたが、彼女はなおもわたしの腕に触れ、ささやきつづけた。やがて、まだ馬車のそばにいた相客のひとりが、女に向かってイタリア語で何かべらべらまくしたてると、彼女はもといた橋の隅っこに引き退《さが》った。せいぜい十八、九の若い女だが、年齢のないその顔は、いつまでも頭から離れなかった。まるで女のしなやかな体に、死ぬことのできない老いた魂が宿っていたかのようだった。そのふたつの瞳からは、何百年もの時がのぞいていた。あまりにも長いこと人生について考えてきたため、彼女にはもうそんなものはどうでもよくなっているのだ。あとになって、宿の部屋に案内され、広場を見おろす小さなバルコニーに出たとき、わたしは、客待ちの馬と馬車《カロッツァ》の間を去っていく彼女の姿を目にした。その動きは、夜陰に紛れ、腹這いになって進む猫のように、ひそやかだった。

わたしは妙にぼんやりした気分で、手を洗い、着替えをした。ついに旅が終わったため、一種の脱力感に襲われたのだ。勇み立ち、気を張りつめ、どんな闘いにでも挑む覚悟で旅立った自分は、もうどこにもいなかった。いまここにいるのは、意気阻喪し、疲れ果てた見知らぬ誰かだ。興奮はとうの昔に消えていた。ポケットのなかの破れた紙切れの生々しさまでもが、失われている。手紙が書かれたのはもう何週間も前だ。それから何があったかわかったものではない。あの女はアンブローズをフィレンツェから連れ出したかもしれない。ふたりでローマやベニスに行ってしまった可能性だってある。ガタゴト揺れるあの馬車にふたたび押しこめられ、彼らのあとを追う自分の姿が目に浮かんだ。町から町へと渡り歩き、いまいましいこの国を縦横に駆けめぐり、それでも常に後手に回り、熱く埃っぽい道に阻まれて、決して彼らに到達できない自分。

あるいは、すべて誤解だったのかもしれない。きっとあの手紙は途方もないジョークとして書かれたもの——昔、アンブローズが大好きだった悪ふざけにすぎないのかも。子供のころ、わたしは彼の仕組んだそういう罠にやすやすとはまったものだ。いまサンガレッティ邸に彼を訪ねていけば、そこでは何かの祝いの晩餐会が——お客たちと照明と音楽とが——待ち受けているのかもしれない。わたしはことわるまもなく人混みのなかへと導かれる。すると、元気そのもののアンブローズが驚きの目でこちらを振り返るのではないだろうか。

わたしは下に降りて広場に出た。客待ちの馬車《カロッツァ》はいなくなっていた。シエスタの時間は終わり、街はふたたび活気づいていた。わたしは人混みに飛びこんでいき、たちまち道がわからなくなった。どこへ行っても、薄暗い中庭や路地、軒が触れあいそうな背の高い家々、突き出たバルコニーがあった。歩いては曲がり、また歩いていくと、あちこちの門口からいくつもの顔がじっとこちらを見つめ、通りすぎていく人々も足を止めて凝視してくる。どの顔にも、あの乞食娘に見られたのと同じ、苦しみも情熱もとうの昔に消え去った年寄りの表情が浮かんでいた。なかには、あの娘と同じように、何かささやきながらついてくる者もあった。乗合馬車の相客の対応を思い出して、荒っぽく叱りつけると、彼らは引き退っていき、背の高い家々の壁にぴったりと張りつく。そして、奇妙なプライドをくすぶらせつつ、歩きつづけるわたしを見守るのだった。教会の鐘がふたたび鳴りだしたとき、わたしは大きな広場《ピアッツァ》に出た。人々が数人ずつ寄り集まって立ち、身振り手振りをさかんにまじえてしゃべっている。よそ者のわたしの目には、その人々は、広場《ピアッツァ》を囲む簡素で美しい建物とも、盲目の目で彼らをぼんやり眺める彫像とも、空に不吉に響きわたるやかましい鐘の音とも、異質に映った。

わたしは通りかかった馬車《カロッツァ》を呼び止めた。自信なげに「ヴィラ・サンガレッティ」と告げると、御者は何か言った。意味はわからなかったが、彼がうなずいて鞭で方角を示したとき、「フィエソレ」という言葉が聞き取れた。馬車は混雑した狭い道を走っていった。御者は馬たちに声をかけ、手綱はシャンシャン鳴り、馬車が走っていくと、人々は後方へ流れていった。鐘の音はすでにやんでいたが、その余韻はなおも耳に残り、厳粛に鳴り響いていた。わたしのちっぽけな使命のためでも、街の人々の生活のためでもなく、ずっと昔に死んだ人々の魂のため、永遠のために。

はるかな丘陵地帯に向かって長い道をくねくねと登っていくと、フィレンツェの街はうしろになり、建物は遠のいていった。平和と静けさがあたりを包み、一日中、ぎらぎら街に照りつけ、空をかすませていた灼熱の太陽も、突然、和らぎ、優しくなった。強い日差しは消えた。黄色い家々や黄色い壁、茶色い埃さえ、それまでほど乾ききった感じはしない。家々にも色がよみがえった。褪せて沈んだ色かもしれない。しかし、陽光の衰えたいま、夕映えのなかでそれは優しく見えた。イトスギの木立は、じっと動かないぼやけた影となり、黒っぽい緑に変色していた。

長く高い塀の、閉じた門の前に、馬車は寄せられた。御者は肩ごしに振り返り、わたしを見おろした。「ヴィラ・サンガレッティ」彼は言った。ついに旅が終わったのだ。

待っているよう御者に合図して馬車を降りると、門に歩み寄って、そこに下がっていた呼び鈴を引いた。それは、門の向こうでガランガランと鳴っていた。御者は道の端へ馬を移動させると、御者台から降りてきて、どぶのそばに立ち、帽子でハエを追いはじめた。半分飢えかけた哀れな馬は、ながえの間に首を垂れている。長い上りに疲れ果て、路傍の草をはむ元気もなく、耳をぴくぴくさせながらまどろんでいるのだ。門の向こうはしんと静まり返っている。わたしはもう一度呼び鈴を鳴らした。今度は犬の吠える声が小さく聞こえてきた。どこかでドアが開かれると、その声は大きくなった。むずかる子供を女の声がいらだたしげにシーッと静め、足音が門に近づいてくる。かんぬきが外される重たい音がし、つづいて、敷石をズルズルこする音とともに門が開いた。百姓女がわたしの顔をじっと見つめて立っている。わたしは進み出て、言った。「ヴィラ・サンガレッティ。シニョール・アシュリー？」

小屋のなかにつながれている犬が、さらに激しく吠えだした。目の前には小径が伸び、その奥にサンガレッティ邸が見える。屋敷は閉ざされ、閑散としていた。女が門を閉めようとした。犬は吠えつづけ、子供は泣いている。女の顔はむくみ、片側が腫れていた。歯痛だろうか。ショールの端は、痛みを和らげようとするように、頬にあてがわれている。

わたしは女を押しのけて門を通り抜け、もう一度「シニョール・アシュリー」と言った。初めてわたしの顔に気づいたらしい。彼女は今度はびくりとし、手で屋敷を指し示しながら、あわてふためいて早口でしゃべりだした。それからさっと振り返ると、小屋に向かって肩ごしに呼びかけた。女の夫と思《おぼ》しき男が、肩に子供を載せて戸口に現れた。男は犬を黙らせ、妻に何か問いかけながら、こちらにやって来た。女は相変わらずべらべらしゃべりつづけている。「アシュリー」という言葉、それから「イングレーセ」という言葉が耳に留まった。そして今度は男のほうが立ち止まり、じっとわたしを見つめている。彼は女よりましな人種らしく、身なりも清潔で、正直そうな目をしていた。わたしを見つめるうちに、その顔にひどく気遣わしげな表情が浮かんだ。男がふたことみことささやくと、妻は子供を連れて小屋の入口へと引き退った。相変わらず腫れた頬にショールをあてがったまま、女はそこに立ち、こちらの様子をうかがっていた。

「わたしは少し英語を話せます」男は言った。「どういうご用件でしょう？」

「アシュリー氏に会いにきたんですが」わたしは言った。「彼とアシュリー夫人はご在宅ですか？」

男は一層気遣わしげな顔になり、神経質にごくりと喉を鳴らした。「アシュリー氏の息子さんで？」

「いや」わたしはいらだって答えた。「従弟です。ふたりはいるんですか？」

男は悲しげに首を振った。「ではイギリスからいらして、まだお聞きになっていないのですね、シニョール？　なんと申しあげたらよいのでしょう。とても悲しいことで、おなぐさめのしようもありません。シニョール・アシュリーは、三週間ほど前にお亡くなりになったのです。本当に突然で、とても悲しいことでした。埋葬がすむとすぐ、伯爵夫人はこちらを閉め、どこかへ行ってしまいました。出ていかれてもう二週間になります。帰っていらっしゃるのかどうか、わたしどもにはわかりません」

ふたたび吠えだした犬を、男が振り返って黙らせた。

顔から血の気が引くのがわかった。わたしはただ茫然とその場に立ちつくしていた。男は気の毒そうにわたしを見つめ、妻に何か声をかけた。彼女がスツールを引きずってくると、男はそれをそばに置いてくれた。

「おすわりください、シニョール。お気の毒です。本当にお気の毒です」

わたしは首を振った。言葉が出てこない。言うべきことなど何もなかった。男はいたたまれなくなったらしく、八つ当たりに妻に乱暴な口をきき、それからこちらを振り返った。「シニョール、お屋敷に入りたければ、開けてさしあげますが。シニョール・アシュリーの亡くなった場所をご覧になれるように」別にどこへ行こうが、何をしようが、かまわなかった。頭はまだぼんやりしていて、何かに集中するのは無理だった。男はポケットから鍵束を取り出し、私道を歩きだした。わたしは彼と並んで、急に鉛のように重くなった足を運んだ。女と子供もあとからついてきた。

頭上にはイトスギの木々が覆いかぶさっている。彼方《かなた》で待つ閉ざされた館は、あたかも墳墓のようだった。馬車がターンできるよう、私道は玄関前で円を描いていた。ぼうっと見えるイトスギの間には、さまざまな彫像が台座に載って立っている。男は大きな扉の鍵を開け、わたしをなかへ招き入れた。女と子供もあとにつづいた。夫婦者は鎧戸をつぎつぎ開け放って、しんとしたホールに日の光を入れだした。彼らは鎧戸を開けながら、部屋から部屋へ先に立って進んでいった。案内すれば、わたしの悲しみがいくらか和らぐだろうと思っているのだ。部屋はどれもつぎの部屋につながっていて、だだっ広くがらんとしていた。天井にはフレスコ画が描かれ、床には石が敷かれ、空気はカビ臭くてよどんでいた。壁がむきだしの部屋もあれば、タペストリがかけられた部屋もあった。ある部屋は他のどの部屋よりも暗く、息苦しかった。そこには、彫刻の入った質素な椅子が両側にずらりと並ぶ長いテーブルがあって、その両端に、鋳鉄の燭台がひとつずつ置かれていた。

「ヴィラ・サンガレッティはとても美しく、とても古いのです、シニョール」男が言う。「シニョール・アシュリーは、日差しが強すぎて外に出られないときは、いつもここにすわっていました。これがあのかたの椅子です」

彼は畏敬の念さえこめて、テーブルの前の、背もたれの長い、高い椅子を指差した。わたしはアンブローズの姿を夢想した。何を聞いてもまるで現実味がなかった。この家に、あるいは、この部屋にいるアンブローズなどとても想像できない。彼がいつものあの足取りで、口笛を吹いたり、話したりしながら、ここを歩いたはずはない。この椅子、このテーブルの脇にステッキを放り出したはずはないのだ。夫婦者は、容赦なく、淡々と、鎧戸を開け放っていく。外は小さな中庭になっていた。回廊のめぐらされた四角い庭。空は見えるが、直射日光は当たらない。中庭の中央には噴水があり、両手で貝殻を持つ少年のブロンズ像が立っている。噴水の向こうの敷石の間には、キングサリの木が植えられ、日除けの天蓋を作っていた。黄金色の花はとうの昔に頭を垂れて枯れ、いまは埃まみれの灰色の莢《さや》が地面に散らばっている。男が何かささやきかけると、女は中庭の隅に行き、ハンドルを回した。すると、ゆっくりと静かに、ブロンズの少年の持つ貝殻から水がぽとぽと滴りはじめた。滴《しずく》は落下し、下の泉にピチャピチャと注がれた。

「シニョール・アシュリーは、毎日ここにすわって、噴水を眺めていました。あのかたはこの水を見るのが好きだったのです。あの木の下にいつもすわっていました。奥様は二階のお部屋から、あのかたに声をかけたものです」

男は手すりの石柱を指差した。女は家のなかへと消え、しばらくすると、部屋の鎧戸を開け放って、男の指し示したバルコニーに現れた。水は貝殻から滴りつづけている。ゆっくりと、決して流れることなく、小さな泉に静かにピチャピチャ落下している。

「夏の間は、いつもおふたりでここにすわっていました」男はつづけた。「シニョール・アシュリーと奥様とで。おふたりはここで食事をし、噴水の音を聞くのです。給仕はわたしがしました。お盆をふたつお出しして、ここに、このテーブルに置いて」彼はまだそこにある石のテーブルと二脚の椅子を指差した。「おふたりは夕食のあと、ここで香草の煎じ茶をお飲みになるのです。来る日も来る日もそうしていました」

男は口をつぐみ、椅子に手を触れた。わたしは息苦しさを覚えた。その中庭は涼しかった。いや、ほとんど寒いくらいで、まるで納骨堂のようだった。それなのに空気は、鎧戸が開け放たれる前の部屋部屋同様、どんよりよどんでいるのだった。

故郷にいたころのアンブローズを、わたしは思い出した。夏の間は、日除け用の古い麦藁帽子を頭に載せて、上着も着ずに表を歩きまわっていた。目深にかぶったあの帽子が目に浮かぶ。シャツの袖を肘の上までまくりあげ、ヨットの上に立ち、海の彼方の何かを指差している姿も。彼はあの長い手を伸ばし、そばを泳いでいたわたしをヨットに引っ張りあげたものだ。

「そう」男はひとりごとのように言った。「シニョール・アシュリーはこの椅子にすわって、水を見つめていました」

もどってきた女が、中庭を突っ切っていき、ハンドルを回した。水の滴りが止まった。ブロンズの少年は空っぽの貝殻を見おろしている。あたりはしんと静まり返った。目を皿のようにして噴水を眺めていた子供が、急に地面にしゃがみこみ、敷石の間をほじくりはじめた。子供は小さな手でキングサリの莢をつまみあげ、泉へと投げこんだ。女がそれを叱りつけ、子供を壁際に押しやると、立てかけてあった箒を取って、あたりを掃き清めだした。その音に静けさは破られた。男がわたしの腕にそっと触れた。

「シニョールが亡くなった部屋をご覧になりますか?」彼はそっと訊ねた。

非現実感に囚われたまま、わたしは男のあとから広い階段を上っていった。階下の部屋部屋以上に物のない部屋をいくつか通り抜けた。そして、最後の一室、イトスギの並木道を見おろす北向きの部屋は、修道僧の部屋のように、がらんとしていて殺風景だった。壁際に質素な鉄の寝台が置かれ、台座と取っ手のついた水差しがひとつあり、寝台のそばに衝立が立っている。暖炉の上にはタペストリがかかり、壁のくぼみには、ひざまずき、祈りの形に手を組み合わせた、小さな聖母像があった。

わたしはベッドに目をやった。毛布は足もとのほうに、きちんとたたまれている。ふたつの枕はカバーをはがされ、頭のほうで重なりあっていた。

「本当に突然のことでした」男がささやくように言う。「もちろん、あのかたは弱っていました。確かに、熱のせいでひどく衰弱していたのですが、つい前日も、どうにか自力で下に降り、噴水のそばにすわっていたのです。いけません、と奥様は言いました。また具合が悪くなるから、休んでいるように、と。でもあのかたはとても頑固で、奥様の言うことなどちっとも聞かないのです。お医者たちは始終、出入りしていました。シニョール・ライナルディもいらして、あれこれ言って説得するのですが、あのかたは耳を貸しません。大声でどなって、暴れて、あとは小さな子供のように、むっつり黙りこんでしまうのです。お気の毒でしたよ。強い男のかたが、あんなふうになるなんて。それから朝早くに、奥様がわたしを呼びながら、部屋に飛びこんできました。わたしはこの家に寝泊まりしていたのですよ、シニョール。奥様はあの壁のように白い顔をして、言いました。『あの人が死ぬわ、ジュゼッペ。わたしにはわかる。もうすぐよ』わたしは奥様といっしょにシニョール・アシュリーのお部屋に行きました。あのかたは、ベッドに横になり、目を閉じていました。呼吸は静かでしたが、苦しそうでしたよ。本当に眠っているわけではないのです。医者を呼びにやりましたが、シニョール・アシュリーは二度と目を覚ましませんでした。死の眠り、昏睡状態だったのです。わたしはこの手で、奥様といっしょにロウソクに灯を灯《とも》しました。尼僧たちが着いたとき、わたしもあのかたを見にここに来ましたよ。怒りはすっかり消えて、安らかな顔をなさっていました。あのお顔をお見せしたかったですよ、シニョール」

男の目には涙が浮かんでいた。わたしは顔をそむけ、空のベッドに視線をもどした。どういうわけか、何も感じない。ショックは去ったが、心は冷たく硬化していた。

「『怒り』というと？」わたしは訊ねた。

「熱が出ると、怒りに襲われていたので」男は言う。「二度か三度は、発作のあと、ベッドに押さえつけねばなりませんでした。そして怒りに襲われると、ここが、このなかが弱るのです」彼は腹部に手を当ててみせた。「あのかたはひどい痛みに苦しんでいました。そして痛みが収まると、ぼうっとなり、意識が遠のいていくのです。本当にお気の毒でしたよ、シニョール。あんな大きな男のかたが、まったく無力になってしまわれるなんて」

空っぽの納骨堂を思わせるがらんとした部屋から、わたしは顔をそむけた。男がふたたび鎧戸を下ろし、ドアを閉める音がした。「なぜ何も手を打たなかったんだ」わたしは言った。「医者たちは？　痛みを和らげることはできなかったのかな？　それにアシュリー夫人は？　ただ彼を見殺しにしたわけですか？」

男はとまどった顔をした。「と申しますと？」

「彼はどういう病気で、それはどれくらいつづいていたんです？」

「先ほど申しあげたとおり、本当に突然のことだったのですよ。ただ、それより前に一度か二度、発作はありました。それに冬の間ずっと、お加減が悪く、悲しいことに、いつものあのかたではなかったのです。去年とはまるでちがっていましたよ。最初にこの館にいらしたときは、明るくて幸せそうでしたのに」

話しながら、男はさらにいくつか窓を開けた。わたしたちは、彫像の点在する広いテラスに出ていった。そのいちばん向こうには長い石の手すりがあった。わたしたちは手すりの前まで歩いていって、下の庭園を見おろした。手入れの行き届いた、形式張った庭。薔薇の香りがそこから立ちのぼってくる。サマー・ジャスミンの香りもだ。そして遠くには、また噴水がある。その向こうにも、もうひとつ。広い石段がそれぞれの庭につづき、全体は雛壇式になっていて、いちばん遠くには、敷地全体を囲むあの高い塀が見える。塀の内側にはイトスギが立ち並んでいた。

わたしたちは西に目をやり、沈みゆく太陽を眺めた。テラスも、静まり返った庭も、夕日に染まっていた。彫像までもが薔薇色の光に包まれている。石の手すりに手を置いてそこにたたずんでいると、それまでなかった不思議な安らぎがあたりを包んでいるように思えた。

てのひらの下の石はまだ温かかった。トカゲが一匹、亀裂からするりと出てきて、下の壁へと降りていった。

「静かな晩など」一歩ほどうしろに控えたまま、男が言う。「ここは――サンガレッティ邸のこの庭は、とても美しいのですよ。伯爵夫人はときどき、噴水の栓を開くようおっしゃいます。満月の夜は、夕食後、シニョール・アシュリーとごいっしょにこのテラスに出られたものです。去年、あのかたがご病気になるまでは」

わたしは噴水を、そして、その下の睡蓮の浮かぶ泉を見おろしながら、いつまでもそこに立っていた。

「たぶん」男はゆっくりとつづけた。「奥様はもう二度とお帰りにならないのではないでしょうか。きっと悲しくなるでしょうから。思い出が多すぎますからね。シニョール・ライナルディも、この館は人に貸すか、売るかしたほうがよかろうと言っていました」

その言葉で、わたしはいきなり現実に引きもどされた。静かな庭園、薔薇の香りと夕映えの魔法は、ほんのひとときわたしを捉えていたが、それももう終わった。

「シニョール・ライナルディとはどういう人です？」

男はわたしとともに屋内へと向かった。「シニョール・ライナルディは、伯爵夫人の代わりにすべてを処理してくださったかたです。事務的なことも、お金の問題も、何もかもです。伯爵夫人の昔からのお知り合いです」男は顔をしかめ、子供を抱いてテラスをぶらついている妻に向かって手を振った。どうやら、その眺めが気に障ったらしい。彼らはそこにいるべきではないのだ。女は屋内へと消え、鎧戸を下ろしはじめた。

「彼に会いたいんですが。そのシニョール・ライナルディに」わたしは言った。

「住所をお教えしましょう」男は答えた。「あのかたは英語がとても上手なのですよ」

わたしたちはなかにもどった。ホールに向かってつぎつぎ部屋を通り抜けていくと、背後でひとつ、またひとつと、鎧戸が閉められていった。わたしはポケットの金をさぐった。こうしているのが、他の誰かのように思えた。この大陸を訪れた一旅行者――好奇心に駆られ、買うかもしれないと思って、ある館を訪ねただけの人のように。アンブローズが暮らし、死んでいった場所を、最初で最後に見ている、このわたしではなく。

「アシュリー氏の力になってくれて、ありがとう」わたしは男の手に何枚か硬貨を載せた。

男の目にまたしても涙が浮かんだ。「お気の毒です、シニョール。本当にお気の毒です」

最後の鎧戸が閉まった。女と子供は、ホールに立つわたしたちのそばで待っている。空っぽの部屋部屋や階段へとつづくアーチは、地下納骨堂の入口のように、ふたたび暗くなった。

「彼の衣類はどうしたんです?」わたしは訊ねた。「身の回りの物や、本や、書類は?」

男は困った顔をし、妻を振り返った。彼らはしばらく、ふたりだけで話し合っていた。質問と答えが交わされたあと、女は、さあと言うような表情で肩をすくめた。

「シニョール」男が言った。「うちの家内は、伯爵夫人がここを出られるとき、お手伝いをしました。ですが、あのかたはすべてお持ちになったそうです。シニョール・アシュリーの衣類は全部、大きなトランクにつめられました。本も何もかもです。残っているものは何もありません」

わたしはふたりの目を見つめた。彼らはひるまず見返してきた。ふたりとも本当のことを言っているのだ。「それで、アシュリー夫人の行き先はまったくわからないわけですね?」

男は首を振った。「フィレンツェを離れたことは知っていますが。葬儀の翌日、すぐ発たれたのですよ」

彼が玄関の重たい扉を開け、わたしは外に出た。

「墓はどこですか?」わたしは訊ねた。まるで人ごとのように。赤の他人の口ぶりで。

「フィレンツェです、シニョール。プロテスタントの新しい墓地です。イギリス人が大勢埋葬されていますから、シニョール・アシュリーはひとりぼっちではありません」

アンブローズには仲間がいる、墓の向こうの闇の国で同胞たちが彼の救いとなっている――この男はそう言って、わたしを安心させたいのだろう。

初めて彼と視線を合わせるのがつらくなった。その目はまるで、正直で忠実な犬の目のようだった。

わたしは顔をそむけた。するとそのとき、女が突然、夫に向かって大声で何か言った。彼女は、夫が扉を閉めるより早く館のなかに飛びこんでいき、壁際の大きな樫材のチェストを開けた。もどってくるとき、その手には何かが握られていた。女は男に、男はわたしにそれを手渡した。彼のむずかしい顔が、ほっとしたようにゆるんだ。

「奥様がひとつだけ忘れものをしていったのです」彼は言った。「どうぞ持っていってください、シニョール。これはあなたのものです」

アンブローズの帽子だ。故郷でよくかぶっていた、つばが広く、てっぺんがくぼんだ、日除け用のあの帽子。大きすぎて、他の誰にも合わなかったやつ。使用人の夫婦が、わたしが何か言うのを待って、熱心に見つめているのがわかった。わたしはただ、両手でくるくる帽子を回していた。

第五章

フィレンツェへの帰り道のことは、ほとんど何も覚えていない。記憶にあるのは、日が沈み、急に暗くなったことだけだ。故郷とちがって黄昏《たそがれ》などというものはなかった。側溝では、虫たち、たぶんコオロギが、単調な連禱《れんとう》を唱えており、馬車はときどき、背中に籠を背負った裸足の百姓とすれちがった。

町に入ると、丘陵部のひんやりした新鮮な空気は失われ、ふたたび暑くなった。埃っぽく白っぽい、焼けつくような日中とはちがう——家々の壁と屋根に長時間封じこめられていた、重たくよどんだ夜の熱気だ。真昼の倦怠感やシエスタ後から日没までの活気は、より精力的で、より緊張感のある、にぎわいへと変わっていた。広場《ピアッツア》や狭い通りに群れ集まった人々は、今度は別の目的をもって徘徊している。まるで一日中、静かな屋内でひっそり眠っていて、いま、街をうろつきだした猫たちのようだ。市場の露店は松明《たいまつ》やロウソクに照らされ、お客たちはそこに殺到して手を伸ばし、商品をあさっている。ショールを巻いた女たちは、おしゃべりしたり、文句を言ったりしながら、押し合いへし合いし、売り子たちは喧騒のなかで口々に売り声をあげている。ふたたび鐘が鳴りだしたが、今回、それは自分のために鳴っているように思えた。あちこちの教会で扉が開かれ、その奥に灯明が見える。人々の群れは少し分散し、鐘の音の招集に応えて教会へと押し寄せていった。

わたしは聖堂のそばの広場《ピアッツァ》で御者に金を払った。巨大な鐘の音は、よどんだ空気に挑むように、威圧的に執拗に鳴り響いていた。自分でも気づかぬうちに、わたしは人の流れに乗って聖堂に入っていった。暗がりに目を凝らしながら、柱のそばでちょっと足を止めると、足の悪い年寄りが杖にもたれてそばに立った。老人は見えない片目を祭壇のほうへ向け、唇を動かし、手を震わせている。周囲では、ショールで顔を隠した女たちがひざまずき、ふしくれだった手でさかんに数珠をつまぐりながら、神父につづき、甲高い声で祈りを唱えていた。

わたしの左手にはまだ、アンブローズの帽子が握られていた。そして、その巨大な聖堂のなかにちっぽけな存在となって立ち、冷たい美と流血の町におけるよそ者として、神父が祭壇にぬかずく姿を見、その唇がわたしには理解できない、何世紀もの歴史のある厳《おごそ》かな言葉を唱えるのを聞くうちに、突然、わたしは自分の失ったものの大きさをはっきりと悟ったのだった。アンブローズは死んだ。もう二度と会うことはできない。彼は永遠に逝ってしまったのだ。あの微笑も、あの笑い声も、わたしの肩にかけられたあの手も、決して帰ってこない。慕われ、敬われてきた、あの見慣れた姿もだ。図書室の椅子にだらんとすわる彼も、ステッキにもたれて海を見おろす彼も、もう見られない。わたしは、彼が最期を迎えたあのがらんとした部屋を、壁のくぼみに飾られたあの聖母像を、思い出した。すると何かが、世を去ったとき、アンブローズはあの部屋にも、あの家にも、この国にもいなかったのだ、とわたしに告げた。彼の魂は自らの属するところ、故郷の山々や森、愛する庭、海の音の聞こえる場所に立ちもどっていたのだ、と。

わたしは踵《きびす》を返し、聖堂を出た。そして広場に立ち、巨大なドームと、空にくっきり刻まれ、天高くすらりとそびえる塔を見あげたときだ。不意にひどいショックと緊張が解け、わたしは初めて、その日一日、何も食べていなかったことを思い出した。わたしは意識を死者から引き離し、生者へと向けた。聖堂のそばで飲み食いできる店を見つけ、空腹が満たされると、シニョール・ライナルディをさがしに出かけた。サンガレッティ邸のあの親切な使用人は、彼の住所を書いてくれていた。紙切れを指差し、むずかしい発音と格闘しながら、何人かの人に訊ねたすえ、その家はアルノ川の左岸、宿から橋を渡った側で見つかった。川のそちら側は、フィレンツェの中心部より暗く静かだった。通りを行く人もほとんどいない。ドアは閉ざされ、窓には鎧戸が下りていた。わたしの足音までもが、敷石に虚ろに響いた。

ついにその家にたどり着き、呼び鈴を鳴らした。使用人がすぐさまドアを開け、名前を訊ねもせず、二階に案内してくれた。彼はさらに廊下を進み、ドアをノックしてわたしをある部屋に通した。わたしは立ち止まり、突然のまぶしさに目を瞬いた。テーブルのそばに男がすわって、積み上げられた書類に目を通している。入っていくと、彼は立ちあがってわたしを見つめた。背はわたしより少し低く、年は四十過ぎくらい。色白で、ほとんど血の気がなく、目鼻立ちは鷲のようだった。こちらを一瞥したその顔つきには、どことなく尊大な、人を見下したところがあった。それは、愚かな連中や自分の敵には、まず情けなどかけない者の顔だった。だが、もっともわたしの注意を惹いたのは、深く落ちくぼんだその黒い目だったと思う。わたしをひと目見るなり、そこにはぎくりとした色が浮かんだ。しかしその表情は、たちまち消え失せた。

「シニョール・ライナルディですね？」わたしは言った。「アシュリーです。フィリップ・アシュリー」

「なるほど」彼は言った。「どうぞおかけください」

冷たく硬い声だった。イタリア訛《なまり》はきつくない。彼はわたしのほうへ椅子を押し出した。

「驚かれたでしょう？」わたしは用心深く相手を観察した。「わたしがフィレンツェにいるとは知らなかったでしょうね？」

「ええ、あなたがフィレンツェにいるとは知りませんでした」

慎重な言いかただ。だが、英語があまり堪能でないから、注意深くしゃべっているだけなのかもしれない。

「わたしが誰か知っていますか？」

「よくわかっているつもりです。亡くなったアンブローズ・アシュリー氏の従弟のかたですね？　いや、それとも甥御さんでしたか」

「従弟です。跡継ぎでもあります」

ライナルディはペンを手に取り、それでテーブルをコツコツたたきはじめた。時間稼ぎだろうか？　それとも、こちらの注意をそらそうとしているのか？

「サンガレッティ邸に行ってきましたよ」わたしは言った。「アンブローズの死んだ部屋を見せてもらいました。使用人のジュゼッペがとてもよくしてくれましてね。事情はすっかり話してくれたうえで、念のためあなたを紹介してくれたんです」

あの黒い目にベールがかかったように見えたのは、単なる気のせいだろうか？

「フィレンツェにはいついらしたのですか？」彼は訊ねた。

「数時間前です。きょうの午後ですよ」

「きょう着いたばかり？　するとレイチェルはまだあなたに会っていないわけだ」ペンを持つ手の力が抜けた。

「ええ。あのジュゼッペという男からは、彼女は葬儀の翌日フィレンツェを離れたと聞いていますが」

「あの人はサンガレッティ邸を離れたのです。フィレンツェを離れたのではなく」

「では、まだこの町にいるんですか？」

「いや」彼は言った。「いや、いまはもういません。実は、あの山荘は人に貸してほしいとたのまれているのです。できれば売ってほしいと」

彼の態度は妙にぎこちなく、よそよそしかった。まるで、よくよく吟味し、頭のなかで選り分けたうえでなければ、わたしにはどんな情報も与えられないといった様子だ。

「いま彼女がどこにいるか知っていますか？」

「残念ながら知りません。なんの計画も立てずに、突然、発ってしまったので。今後のことが決まったら、手紙を書くと言っていましたが」

「友達といっしょなのでは？」わたしは言ってみた。

「可能性はある。しかしわたしはそうは思いません」

彼女はきのうも、あるいはついさっきまで、この部屋にいたのだ、この男は認めている以上のことを知っているのだ――そんな気がした。

「わかっていただけるでしょうが」わたしは言った。「使用人の口から、いきなり従兄の死を知らされたことは、わたしにとって大きなショックでした。すべてが悪夢のようでしたよ。いったい何があったんです？　なぜ病気のことを知らせてよこさなかったんですか？」

ライナルディは用心深くわたしを見つめた。その目はわたしの顔から離れなかった。「お従兄の死そのものも突然だったので。あれは、われわれみんなにとってショックな出来事でした。確かに彼は病気だった。しかし、そこまで危険な状態だとは誰も思っていなかったのです。夏場、外国人がよく襲われる熱病でいくらか衰弱し、激しい頭痛も訴えていましたが。伯爵夫人は――いや、アシュリー夫人は――ひどく心配していました。しかしアシュリー氏は扱いにくい患者でした。われわれには計り知れない理由から、相手がどんな医者でもたちまち反感を抱くのですから。アシュリー夫人は毎日、きょうこそ少しよくなるのでは、と望みをかけていました。それに、あの人はあなたや郷里《くに》のご友人たちに心配をかけたくなかったのですよ」

「でもわたしたちは心配していました。だからわたしはフィレンツェに来たんです。アンブローズからこういう手紙を受け取ったので」

大胆なやりかただったかもしれない。もしかすると無謀だったかも。それでもかまわなかった。わたしは、アンブローズからの最後の二通の手紙をテーブルごしに差し出した。

「なるほど」ライナルディは、驚きもせず、冷静そのものの声で言った。「アシュリー夫人も、彼がこうしたことを書くのではないか、と案じていました。彼は最後の数週間、ひどく秘密主義になり、おかしな振る舞いを見せていた。それで初めて、医者たちは最悪のケースを考えるようになり、アシュリー夫人に警告したのです」

「警告?」わたしは聞き返した。「何を警告したんです?」

「何か彼の脳を圧迫しているものがあるのかもしれないと。急速に大きくなりつつある腫瘍、つまり癌ですね。あの症状もそれで説明がつきます」

敗北感が押し寄せてきた。腫瘍? それでは、結局、ケンダル氏の推測が正しかったのか。最初はフィリップ伯父、そしてアンブローズ。でも……このイタリア人は、なぜ、こんなふうにわたしの目を見つめているんだ?

「医者たちは、彼が死んだのは腫瘍のせいだと言っているんですか?」

「まちがいないそうです。それに、熱病後の衰弱がさらに進んだせいもあったらしい。医者はふたりいました。わたしの主治医と、もうひとりと。よろしければ、呼びにやりますが。そうすれば、なんなりとご自分でお訊きになれますよ。片方は少し英語を話せます」

「いえ」わたしは言った。「いえ、結構です」

ライナルディは引き出しを開け、書類を一枚取り出した。

「死亡診断書の写しです。ふたりの医者が署名しています。どうぞ読んでください。写しの一枚は、すでにコーンウォールのお屋敷宛に投函されています。二枚目は、アシュリー氏の遺言状の管理者、コーンウォール、ロストウィジール方面にお住まいのニコラス・ケンダル氏に送られました」

わたしは証明書に目を落としたが、わざわざ読みはしなかった。

「どうしてあなたが、ニコラス・ケンダルが従兄の遺言状の管理者だということを知っているんですか？」

「なぜなら、アシュリー氏ご自身が、遺言状の写しを持っていたからです。わたしはそれを何度も読んでいるのです」

「あなたが、従兄の遺言状を？」わたしは信じられない思いで聞き返した。

「当然です」彼は答えた。「わたし自身、伯爵夫人の、つまり、アシュリー夫人の管財人なので。あの人の夫の遺言状を見るのも、仕事のうちなのです。おかしな点はひとつもありません。結婚後まもなく、アシュリー氏自らわたしに遺言状を見せたのです。事実、わたしもその写しを持っています。しかしここでお見せするわけにはいかない。それは、あなたの後見人である、ケンダル氏の務めですから。もちろん帰郷すれば、すぐ見せてもらえるでしょう」

わたしの教父が後見人を兼ねているのを、ライナルディは知っていた――つまり、わたしの知らないことまで知っていたわけだ。もちろん何か誤解しているのかもしれない。二十一を過ぎた男に後見人がいるわけはないし、わたしはもう二十四だ。だがそんなことはどうでもいい。大事なのは、アンブローズと彼の病のこと、アンブローズと彼の死のことだ。

「この二通の手紙は、病人の手紙じゃない」わたしは食い下がった。「これは、敵に狙われている者の手紙です。信用できない相手に取り囲まれている者の手紙です」

ライナルディはひるまずわたしを見つめた。

「これは、精神を病んでいる者の手紙なのです。ぶしつけな言いかたをお許しください。わたしは最後の数週間の彼を見ているが、あなたは見ていない。あれは、われわれの誰にとっても、気持ちのいい経験ではなかった。特に夫人にとってはそうです。ほら、その最初の手紙に本人も書いている。妻がいつも見ているとね。それは本当でしたよ。あの人は昼夜を問わず彼についていた。他の女なら、世話は尼たちに任せたでしょう。でもあの人はひとりで彼を看病しました。少しも手を抜かずにです」

「でもそれは、アンブローズのためにはならなかった。この手紙を見てください。この最後の一行を。『ついに彼女にやられた。私をさいなむあの女、レイチェルに……』これをどう解釈します、シニョール・ライナルディ？」

わたしはたぶん頭に血がのぼって、大声を出していたのだろう。ライナルディが立ちあがって、ベルを鳴らした。使用人が現れると、彼は何か指示を与え、まもなくグラスと、ワインと水が運ばれてきた。ライナルディがわたしのためにそれらを注いだが、そんなものはほしくなかった。

「で、答えは？」わたしはうながした。

ライナルディは席にもどらず、本がずらりと並んでいる壁のほうへ歩いていき、その一冊を手に取った。

「医学の歴史を学んだことはありますか、アシュリーさん?」

「いいえ」

「この本を見てください。答えはここに書かれています。あるいは、担当医たちに質問してもいいでしょう。住所を知りたければ、喜んでお教えしますよ。腫瘍、つまり、癌がある場合、よく見られる例ですが、妄想を引き起こすような脳の異常は、実際、存在するのです。たとえば、患者は監視されていると思いこむ。妻などのいちばん身近な人間が、自分を裏切ったとか、不貞を働いているとか、財産を狙っているとか、思いこむのです。いったんそうなってしまったら、どんなに愛情を注いでも、どんなに言いきかせても、その疑いを解くことはできません。わたしやこの国の医者たちが信じられないなら、同郷の人たちに訊いてください。この本を読んでください」

なんと口のうまい男だろう。なんと冷徹で、なんと自信たっぷりなんだろう。サンガレッティ邸のあの鉄の寝台に横たわっているアンブローズを、わたしは思い浮かべた。虐げられ、混乱し、この男に観察され、症状を逐一分析され、おそらくはあの三枚屏風の向こうから見張られているアンブローズ。この男が正しいのかどうかは、わからない。とにかくわたしは、ライナルディが憎かった。

「なぜ彼女は迎えをよこさなかったんです?」わたしは訊ねた。「アンブローズが彼女への信頼を失っていたなら、なぜわたしを呼びよせなかったんですか?　わたしは誰よりもアンブローズと近しいんですよ」

ライナルディはぴしゃりと本を閉じ、それを棚にもどした。

「あなたはたいへんお若いのでしょうな」

わたしはまじまじと彼を見つめた。何が言いたいのかわからない。

「どういう意味です?」

「情熱的な女性は、簡単には屈服しないものです。あなたはそれを自尊心と呼ぶかもしれない。あるいは、執念と。なんとでも好きなように呼んでください。とにかく、どんなに洗練されていても、そういう女性たちの情念は、われわれ男より原始的なのです。彼女たちは、自分のほしいものにしがみつき、決してあきらめようとしない。男には男の戦争や闘いがある。しかし、女性たちも闘うことはできるのです」

ライナルディの落ちくぼんだ冷たい目が、わたしを見つめた。そしてわたしは悟った。この男にはもう何も話すことはない。

「もしもわたしがここにいたら、アンブローズは死ななかったでしょう」

そう言い捨てて立ちあがり、ドアへ向かった。ライナルディがふたたびベルを鳴らし、例の使用人がわたしを送りに現れた。

「あなたの後見人のケンダル氏に、手紙を出しておきましたから。いきさつはそこに、逐一、詳細に説明してあります。他に何かわたしにできることはありませんか? フィレンツェには長く滞在する予定ですか?」

「いや。滞在する必要がどこにあるんです？　もうここに用はありません」

「もしもお墓をご覧になりたいなら、プロテスタントの墓地の管理人に一筆、書いてさしあげますが。とても地味で質素な場所ですよ。もちろん、まだ墓石はありません。もうすぐ建つ予定ですが」

「碑文はなんと刻まれるんです？」

ライナルディは少し間を置き、考えるような様子を見せた。開いたドアの前で待ちながら、使用人がわたしに帽子を差し出す。

「そうですね」彼は言った。「確かわたしはこう刻むよう指示しました。『レイチェル・コリン・アシュリー——の愛する夫、アンブローズ・アシュリーの思い出に』それから、もちろん日付も入ります」

その墓地にも墓にも行きたがっていない自分に、わたしは気づいた。この連中がアンブローズを埋葬した場所など見たくもない。勝手に墓を建てればいい。そして、そうしたいなら、そこに花を供えればいい。でもアンブローズは決して気づかないし、気にも留めないだろう。彼はわたしとともにあの西部地方にいるのだ。自分の土地、故郷の土の下に。

「アシュリー夫人がもどったら」わたしはゆっくりと言った。「わたしがフィレンツェに来たことを伝えてください。サンガレッティ邸へ行き、アンブローズの死んだ場所を見たことも。アンブローズの手紙のことも、話してくれてかまいませんから」

ライナルディは手を差し出した。それは、本人同様冷たくて硬い手だった。彼はなおも、あのベールのかかった落ちくぼんだ目で、わたしを見つめていた。

「レイチェルは衝動的な女性です。全財産を持って、フィレンツェを出たのです。もう二度ともどらないのではないかと思いますよ」

わたしはライナルディの家を出、暗い通りに入った。まるで背後の、鎧戸の下りた窓から、あの男の目がまだ自分を見張っているような気がした。わたしは石畳の道を引き返していき、橋を渡った。そして、宿に入って朝までにどれだけ眠れるか試してみる前に、もう一度、アルノ川のほとりに立った。

町は眠っていた。わたし以外、ぶらつく者もない。厳かな鐘さえ鳴りを潜め、聞こえてくるのは、橋の下へと吸いこまれていく川の音だけだ。流れは昼間より速くなっているように思えた。まるで太陽と熱気が猛威をふるう長い時間、閉じこめられ、停滞していた水が、夜になり、静寂が訪れたため、解放されたかのようだった。

わたしは川を見おろした。それはうねり、流れ、闇の奥へと消えていく。橋の上にひとつだけ揺らめくランタンの光が、ぶくぶくと茶色く沸き立つ泡を照らしている。やがて流れに乗って、硬くこわばり、ゆっくり回転しながら、四肢を宙に突き上げた犬の死骸が運ばれてきた。それは橋の下を通り、流れ去っていった。

そしてわたしは、そのアルノ川のほとりで、心に誓った。

死の床のアンブローズがどんな思いをしたにせよ、その苦しみはそっくりあの女に返してやる、と。ライナルディの話など、わたしは信じていなかった。信じているのは、右手に握りしめた二通の手紙――アンブローズが最後にわたしに書き送った言葉だけだった。
いつか必ず、わたしは従姉レイチェルに復讐する。

第六章

故郷に帰り着いたのは、九月の最初の週だった。訃報は先に届いていた。ニック・ケンダルに手紙を書いたという、あのイタリア人の言葉は嘘ではなかったのだ。ケンダル氏はすでに、うちの者たちや領民に話を伝えていた。ボドミンには、ウェリントンが馬車で迎えにきていた。打ち沈んだ厳粛な面持ちのウェリントンと馬丁の少年同様、馬たちも黒い喪章を着けていた。

郷里にもどった安堵があまりに大きかったので、悲しみは一時的に忘れ去られた。あるいは、ヨーロッパ横断のあの長旅で、感覚が鈍麻していたのかもしれない。それでも、ウェリントンと少年の姿を見ると、わたしの頰はほころんだ。何よりもまず、馬たちをなでたかったし、家のほうが万事順調かどうか訊きたかった。まるで、寄宿学校から帰ってきた少年にもどったようだった。ところが、御者の態度はこれまでになく堅苦しく、馬丁の子はわたしのためにうやうやしく馬車のドアを開けた。「悲しいご帰宅でございますね、フィリップ様」ウェリントンは言った。シーカムや家の者たちの様子を訊ねると、彼は首を振り、彼らも小作人たちもみな、悲しみに沈んでいると言った。知らせが届いて以来、近隣の人々の話題は、そのことばかりだという。日曜はずっと、うちの礼拝堂と同じように、教会にも喪章が掲げられていたらしい。

しかし、ウェリントンによれば、一同がもっともショックを受けたのは、ご主人はイタリアで埋葬された、故郷にもどって一族の墓で眠ることはない、とケンダル氏に告げられたときだそうだ。

「わたしどもには、それが穏当なことだとは思えないのですよ、フィリップ様」ウェリントンは言った。「それに、旦那様だってお喜びにならないでしょうし」

なんと答えればいいのかわからなかった。わたしは馬車に乗りこみ、家へと運ばれていった。不思議なことに、過去数週間のさまざまな感情や疲労は、ひと目家を見たとたんすうっと消え去った。緊張が一気に抜け、長時間、馬車に揺られてきたにもかかわらず、疲れは取れ、心も安らいだ。着いたのは午後で、太陽は西翼の窓や、灰色の壁面を輝かせていた。馬車は二番目の門を抜け、家へ向かって斜面を登っていった。犬たちはわたしに挨拶しようと、そこで待っていた。他のみなと同じく、黒い腕章を着けたシーカムは、かわいそうに、わたしがぎゅっと手を握りしめると泣きくずれてしまった。

「長いお留守でございましたね、フィリップ様」彼は言った。「本当に長うございました。旦那様のように熱病にかかられたのでは、とみなで案じておりました」

彼はわたしの体を気遣い、食事の間、給仕を務めてくれた。ありがたいことに、わたしの旅やアンブローズの病気と死についてあれこれ訊こうとはせず、自分や家の者たちがどんな影響を受けたかで頭はいっぱいのようだった。一日中、弔いの鐘が鳴っていたこと。牧師がどんな説教をしたか。どんなにたくさん花輪が捧げられたか。そして、話のあちこちに、四角張った新しい呼称が入る。わたしはもはや「フィリップ坊っちゃま」ではなく、「フィリップ様」なのだ。御者と馬丁の子も同じ呼びかたをしていた。思いがけないことだったが、このことは妙にわたしの胸をなごませた。

　食事を終えると、自室へ上がってあたりを見回した。それから図書室へ降り、さらに庭に出た。わたしは不思議な幸福感に満たされていた。アンブローズが死んでしまったのに、こんな気持ちになれるとは思ってもいなかった。イタリア、フィレンツェを出たとき、わたしは孤独感でいっぱいで、なんの希望も持てなかった。フランスを横断してくる間は、目に浮かぶ幻に悩まされつづけた。サンガレッティ邸の日の当たらない中庭で、キングサリの木のそばにすわり、水を滴らせる噴水を見つめるアンブローズ。上の階のあの修道僧の部屋のように質素な一室で、ふたつの枕に寄りかかり、苦しげに呼吸するアンブローズ。そして常に、声の届くところ、目に見えるところに、まだ会ったことのない憎い女の黒っぽい影がある。彼女はいくつもの顔、いくつもの姿を持っている。そのうえ、ジュゼッペが、また、ライナルディが、「アシュリー夫人」の代わりに使った「伯爵夫人」というあの呼び名は、最初、第二のパスコー夫人として思い描いていたときにはなかったある種のオーラを彼女に与えた。

　あの館を訪れて以来、彼女は現実離れした化け物と化していた。その目は真っ黒で、顔立ちはライナルディと同じく鷲に似ていた。彼女はあのカビ臭い部屋部屋を、ヘビのようにくねくねと音もなくうろついた。アンブローズが息絶えたあと、彼の衣類をトランクにつめ、彼の本、彼の最後の持ち物に手を伸ばし、その後、薄い唇を引き結び、ローマかナポリへこっそり去っていく彼女が、わたしには見えた。アルノ川のほとりのあの家で、鎧戸の向こうに身を潜め、ほくそえんでいる姿まで目に浮かんだ。こうした幻は、海を渡ってドーバーに至るまで、わたしから離れなかった。だがいま、家に帰ったおかげで、夜明けとともに悪夢が消え失せるように、その幻も消滅した。悔しさももうなかった。アンブローズはわたしのもとへもどっていた。もはや虐げられても、苦しんでもいない。本当はフィレンツェへもイタリアへも行かなかったのだ。わたしには、彼がこの家で死に、彼の父親や母親、わたしの両親とともに墓で眠っているように思えた。いつしかわたしの嘆きは、克服しうるものに変わっていた。悲しみはまだあるが、悲劇は感じられない。わたしもまた自分の居場所にもどり、我が家の匂いに包まれているからだ。

わたしは外に出、野を渡っていった。男たちは収穫作業をしていた。小麦の束が荷馬車へ積みこまれていく。こちらに気づくと、男たちは作業を中断した。わたしはそばまで行って、ひとりひとりに声をかけた。ビリー・ロウは、わたしが物心ついて以来ずっとアシュリー家の直営地に住んでいる老人で、わたしのことはいつもフィリップ坊っちゃまと呼んでいた。ところが、近づいていくとそのビリーが、額に手を触れて敬礼し、男たちを手伝っていた彼の妻と娘も深々とお辞儀をした。「しばらくですねえ」彼は言った。「フィリップ様抜きで、小麦の出荷を始めちまうなんて、変な気がしてたとこです。ようもどられました」一年前なら、わたしも他の農夫たちといっしょに袖まくりして、熊手を手にしたところだが、なんとなくそうするわけにはいかなかった。みながそれをよしとしないのがわかったからだ。

「こっちもうれしいよ」わたしは言った。「アシュリー様の死はぼくにとってひどい痛手だったし、みんなにとってもそうだろう。でも、がんばっていかないとな。アシュリー様もそう願っているだろうから」

「はい、旦那様」彼はまた額に手を触れた。

わたしはしばらくそこで話をしてから、犬たちを呼んで歩きだした。ビリー・ロウは、わたしが生け垣にたどり着くのを待って、作業の再開を命じた。斜面になったその畑と屋敷との中間あたりにある、ポニーの囲いまで行くと、わたしは足を止め、たわんだ柵の向こうを振り返った。荷馬車は、遠い丘の上にシルエットを浮かびあがらせ、待っている馬たちと動く人影は、稜線上の黒い点となっていた。小麦の束は残照のなかで黄金色に輝いている。海は真っ青で、岩を覆う部分はほとんど紫色に近く、満潮時はいつもそうであるように、深く豊かに見えた。漁船団が海に出て、潮風を捉えようと東へ向かっている。屋敷はすでに闇に包まれ、鐘楼の風見だけが、うっすらした光の帯を捉えていた。わたしは、開いたドアに向かって芝生を渡っていった。

窓の鎧戸はまだ下りていなかった。シーカムがまだ家の者たちに指示を出していないのだ。開いた窓にカーテンが優しく揺れているその様子は、なんとなく気持ちよかった。窓の奥の部屋部屋のことを思うと心がなごむ。どれも、わたしにはなじみ深い、いとおしい部屋だ。煙突からは、高くまっすぐに、煙が立ちのぼっている。年のせいで体がこわばり、もうわたしや若い犬たちにはついてこられないレトリバーの老犬ドンが、図書室の窓の下の砂利をひっかいている。近づいていくと、彼は頭をもたげ、ゆっくりと尾を振った。

するとそのとき、アンブローズの死を知った後も一度も浮かばなかった考えが、初めてどっと押し寄せてきた。いま、目に映っているもの、見つめているものは、すべてわたしのものなのだ。この世の誰とも分け合う必要はない。あの壁も窓も、あの屋根も、歩いてくる途中、七時を告げたあの鐘も、命あるこの家全体がわたしのもの、わたしだけのものなのだ。足もとのこの芝生も、あたりの木々も、背後の丘も、牧場も森も、彼方の土地を耕作する人々も、みな、相続財産の一部、すべてこのわたしに帰属している。

なかに入ると、わたしはポケットに両手を入れ、暖炉を背に図書室に立った。いつもどおり犬たちが入ってきて、足もとに寝そべった。シーカムが、朝の支度で何か、ウェリントンに言いつけることはないか訊きにきた。馬車をご用意しますか？　それとも、ジプシーに鞍をつけますか？　いや、とわたしは言った。今夜たのむことは何もない。明日、朝食のあと、直接ウェリントンに会うよ。そして、いつもの時間に起こしてほしいとたのむと、シーカムは「かしこまりました、旦那様」と答え、部屋を去った。フィリップ坊っちゃまは、永遠に消えた。アシュリー様が帰ってきたのだ。おかしな気分だった。謙虚な気持ちになると同時に、妙に誇らしくもあった。いままで知らなかったある種の自信と力を、わたしは感じていた。新しい高揚感を。軍人が一大隊の指揮を任されたら、きっとこんな気分になるのだろう。この所有者意識、誇らしさ、独占の感覚は、長年、二番手に甘んじてきた上級少佐が抱くのと同じものだった。しかし、兵士とちがって、わたしには指揮権を手放す必要はない。それは生涯、保障されている。図書室の暖炉の前に立ち、このことに気づいたときほどの歓びは、あとにも先にも一度も味わっていないと思う。こういったひとときがみなそうであるように、それは不意にやって来て、瞬く間に過ぎていった。日常の音が、魔法を打ち砕いたのだ。犬が身じろぎしたのか、暖炉の燃えがらが炉床に落ちたのか、窓を閉めにいった家の者が頭上で足音を立てたのか——それは覚えていない。覚えているのは、あの夜、自分の感じた自信だけだ。まるで胸の奥で長いこと眠っていた何かが身じろぎし、目を覚ましたかのようだった。わたしは早めに床に就き、夢も見ずに眠った。

翌日、教父のニック・ケンダルが、ルイーズを伴ってやって来た。招集すべき近親者はひとりもなく、遺贈は、教区内の貧しい人々や、寡婦や孤児に対する慣例的な寄付と、シーカムら使用人たちへ贈られる分だけであり、アンブローズの土地と財産はすべてわたしに遺されたため、ニック・ケンダルは図書室でわたしひとりに向かって遺言状を読みあげた。ルイーズは散歩に出かけた。法律用語が並んではいたが、遺言の内容は単純明快だった。ただ一点をのぞいては。あのイタリア人、ライナルディは正しかったのだ。ニック・ケンダルは実際、わたしの後見人に指定されていた。遺産がわたしの自由になるのは、二十五になってからだった。

「これはアンブローズの考えなんだ」ケンダル氏は眼鏡を外し、自分で読むようわたしに書類を差し出した。「二十五前の若者には、自分の気持ちなぞわからんと言うんだよ。きみが酒や賭事や女にうつつを抜かすようになる可能性もあったからね。二十五歳云々《うんぬん》という条項はその安全策さ。わたしがこの遺言状の作成を手伝ったのは、きみがまだハロー校にいたころでね、ふたりとも危険が芽生えていないのはわかっていたが、それでもアンブローズはこの条項を入れておきたがったんだ。『害にはなりませんからね』彼はよく言っていたよ。『これでフィリップも用心を学ぶでしょう』で、こうなったわけだ。なんともしようがないな。実際、困ることもないだろう。いままでどおり、領地のためでも自分のためでも、金がいるときはわたしに請求をしないといけないが、それもあと七カ月のことだ。誕生日は四月だったろう？」

「ご存じでしょう」わたしは言った。「教父なんですから」

「おかしなチビだったよ、きみは」彼はほほえんだ。「困ったような目つきで、牧師さんをまじまじ見つめていたな。アンブローズはちょうど、オックスフォードからもどったばかりでね、鼻をつねってきみを泣かせたものだから、彼の叔母君、つまりきみの母上は、ひどいショックを受けていたよ。そのあと彼は、気の毒なきみの父上にボートレースを挑んだ。ふたりは城からロストウィジールまで舟を漕ぎ、どっちもずぶ濡れになってたよ。親がいない淋しさを感じたことはあるかい、フィリップ？　よく思うんだが、母親がいなくて、たいへんだったんじゃないかな？」

「さあ。あまり深く考えたことがないので。ぼくにはアンブローズがいれば、それで充分でしたから」

「だが、それはいいことじゃないよ。アンブローズにもいつもそう言っていたんだが、彼は耳を貸さなくてね。この家には誰かが必要だったんだ。家政婦でも、遠縁の者でもいい。きみは女に無知なまま、大人になってしまった。結婚したら、嫁さんは苦労するだろうよ。朝食のときルイーズにもそう言ったんだがね」

彼は突然口をつぐんだ。この人にそんな顔ができるとすればだが、やや気まずそうな顔をして。まるで、つい口をすべらせたというように。

「大丈夫」わたしは言った。「その時になれば、未来の妻はあらゆる困難を乗り越えるでしょう。そういう時が来るとは思えませんが。ぼくはアンブローズによく似ていますから。それに、結婚のおかげで彼がどうなったか、見てしまったし」

ケンダル氏はなんとも言わなかった。そのあとわたしは、あの山荘を訪ねたときのことやライナルディとの会見の模様を話し、彼のほうは、あのイタリア人がよこした手紙を見せてくれた。それは予想していたとおりのもので、四角張った言葉でアンブローズの病と死の経緯が語られ、自らの弔意が表され、未亡人がどんなにショックを受け、悲しんでいるかが述べられていた。ライナルディに言わせれば、彼女は悲嘆に暮れているのだ。

「悲嘆に暮れるあまり、葬儀の翌日には、アンブローズの持ち物をすべてかっさらって、泥棒みたいに逃げだしたわけだ。古い帽子だけ忘れていきましたが、それはもちろん、あの帽子が破れていてなんの値打ちもないからでしょう」

ケンダル氏は咳ばらいをし、もじゃもじゃの眉を寄せた。

「まさか、本や衣類もやりたくないと言うんじゃあるまいね？　いいかい、フィリップ、その人は何ひとつ持っていないんだよ」

「何ひとつ持っていない？　それはどういう意味ですか？」

「いま遺言状を読んでやったろう。ほら、見てごらん。これは、十年前、わたしが書いたとおりのものなんだ。結婚後の補足条項は一切ない。妻のための条項はないんだよ。この一年、わたしは、そのうち彼が何か言ってくるだろうと思って待っていた。少なくとも、財産分与の話くらいは出るだろうとね。それがふつうなんだよ。たぶん外国だったから、必要な手続きを怠ってしまったんだな。本人はすぐにも帰るつもりでいたわけだし。そしてその後、病気で事務的なことに手が回らなくなったんだろう。実際、きみが大嫌いらしいこのイタリア人、シニョール・ライナルディから、アシュリー夫人の代理人としての要求が何もないことには、いささか驚いているんだよ。これは、あちら側の心遣いの表れだと思うね」

「要求？　馬鹿言わないでください。その女がアンブローズを死に追いやったことはよくわかっているのに、要求だなんて」

「そんな証拠はどこにもないだろう」ケンダル氏は言い返した。「自分の従兄の未亡人をそんなふうに言うつもりなら、もう何も聴きたくないね」彼は立ちあがり、書類をまとめだした。

「すると、腫瘍だとかいうあの話を信じているわけですか？」わたしは訊ねた。

「当然だろう」彼は答えた。「ほら、ここにライナルディからの手紙がある。ふたりの医者の署名した死亡証明書もだ。きみは何も知らんだろうが、わたしは、きみの伯父君のフィリップが死んだときのことを覚えている。両者の症状はそっくりだよ。アンブローズから手紙が来て、きみがフィレンツェに向かったときから、わたしはこうなるのを恐れていたんだ。きみの到着が遅すぎて何もしてやれなかったのは、誰のせいでもない、単なる不運にすぎないよ。いま思うと、結局、あれは不運ではなく、救いだったのかもしれんな。きみはアンブローズが苦しむ姿を見ずにすんだわけだからね」

なんて頑固で馬鹿な老人なんだ。できることなら、彼を殴ってやりたかった。

「でも二番目の手紙は見てないでしょう？　ぼくが発った朝、届いた短いものですが。これを見てください」

わたしはまだあの手紙を持っていたのだ。それはいつも胸ポケットに入っていた。わたしは手紙をケンダル氏に渡した。彼はふたたび眼鏡をかけ、それを読んだ。

「すまんな、フィリップ。この乱れた字を見ると胸が痛むが、わたしの意見は変わらないよ。現実に目を向けないとな。きみはアンブローズを愛していた。わたしもそうだ。彼の死によって、わたしは最高の友を失ったんだよ。彼の精神的苦しみを思うと、わたしもつらい。もしかすると、きみよりつらいかもしれんな。他の者が同じ症状で苦しむのを見てきたわけだからね。われわれが親しみ、敬い、愛していた男は、死ぬ前は本来の彼ではなかった。きみの問題は、その事実を認めようとしないことだよ。アンブローズは精神的にも肉体的にも病んでいた。自分の書いたり言ったりすることに責任が持てる状態ではなかったんだ」

「そんなこと、ぼくは信じません。とても信じられない」

「信じたくないってことだろう。そういうことなら、もうこれ以上何も言うことはないよ。だが、アンブローズのためにも、彼をよく知り、慕っていた、彼の領地とこの郡のみんなのためにも、これだけはたのんでおくよ。きみの考えをよそへ広めないでくれ。みんなを悲しませ、苦しめることになるし、そんな噂が未亡人の耳に入ったら、きみ自身がみじめに見えるだけだからな。それに彼女は当然の権利として、名誉毀損の訴えを起こすだろうし。わたしが彼女の代理人だったら――どうもその役はあのイタリア人が務めているようだが――ためらいなくそうするよ」

彼がそんな強い口のききかたをするのは、聞いたことがなかった。この件に関し、これ以上何も言うことはないというのは本当だった。わたしはすっかり懲りていた。二度とその話を持ち出す気はなかった。

「ルイーズを呼びましょうか？」わたしはとげとげしく言った。「もう充分外をうろついたんじゃないかな。おふたりとも食事をしていってくださいよ」

食事の間、ケンダル氏は口をきかなかった。わたしの言ったことで、まだショックを受けているのだ。ルイーズは、パリはどうだったか、フランスの田舎はどうだったか、アルプスは、フィレンツェは、と旅についてあれこれ訊ね、わたしの短い答えで会話の空白は埋まった。それでも勘のいい彼女は、おかしな空気に気づいたようだ。食後、ケンダル氏が、遺贈の内容を話すためにシーカムたちを呼び集めると、わたしは彼女とともに居間へ移った。

「きみのお父さんは、ぼくに腹を立てているんだよ」わたしはそう言って、事情を説明した。彼女は、おなじみのあの批判的な問いただすような顔で、小首をかしげ、顎をつんと上げて、わたしをじっと見つめていた。「なるほどね」話し終えると、彼女は言った。「たぶんあなたの言うとおりなんでしょうね。お気の毒に、アシュリー様は、奥様とうまくいっていなかったのよ。でも、そのことをあなたに知らせるのは、自尊心が許さなかったんでしょう。そうこうするうちに、あのかたはご病気になった。たぶんその後、おふたりは喧嘩をなさったんだわ。いろんなことがいっぺんに起こり、それでアシュリー様は、あなたにあの手紙を書いたのよ。その使用人たちは、奥様のことをどう言っていたの？　若いかたなのかしら？　それともお年寄り？」

「訊いてみなかったよ。そんなことどうだっていいだろう。問題は、死んだとき、アンブローズがその女を信用していなかったってことなんだから」

ルイーズはうなずいた。「恐ろしいことよね。さぞお淋しかったでしょうね」わたしはルイーズに対して温かな気持ちになった。彼女は父親よりずっとものがわかっているようだ。きっと若いからだろう。彼女はわたしと同年輩なのだ。父親のほうはもう年で、判断力が衰えているんだ、とわたしは思った。「ライナルディとかいうイタリア人に、彼女がどんな人なのか訊いてみればよかったのに」ルイーズが言った。「わたしならそうしたわ。きっと真っ先にそれを訊いたでしょうよ。それに、最初のご主人だった伯爵の身に何があったのか。ほら、決闘で死んだって前に話してくれたでしょう？　だとすると、彼女は悪い人なのかもしれない。たぶん何人も愛人がいたのよ」

従姉レイチェルのそんな一面など考えたこともなかった。わたしは彼女を、ただ悪意に満ちた、毒蜘蛛のような女としか見ていなかったのだ。憎しみに燃えながらも、わたしはほほえまずにはいられなかった。「女の子だなあ。愛人だなんて。戸口の暗がりで待ちかまえる短剣。秘密の階段。きみをフィレンツェへ連れていけばよかったよ。ぼくよりもずっとたくさんのことに気づいたろうからね」

ルイーズは真っ赤になった。若い娘とはおかしなものだ。幼なじみのこのルイーズでさえ、冗談がわからないと見える。「とにかく愛人のことなんかどうでもいい。仮に百人いたってかまうもんか。ローマでもナポリでも、あの女は好きなところに隠れてりゃいいさ。どこにいようと、そのうち必ずさがし出して、後悔させてやるよ」

ちょうどそのとき、ケンダル氏がやって来たので、わたしはそこまでにしておいた。彼の機嫌はいくらか直っているようだった。シーカムもウェリントンもみんな、ささやかな遺贈に感謝したのだろう。それでケンダル氏は、自分もその贈り主であるかのような、慈悲深い気分になったのにちがいない。

「近いうちにまたおいで」父親につづいて二輪馬車に乗りこむルイーズに手を貸しながら、わたしは言った。「きみはたよりになる。いっしょにいてくれるとうれしいんだ」彼女はまた赤くなり、父親がどう思っているかその顔色をうかがった。これまでだって数えきれないくらい何度も行き来している仲だというのに。たぶんルイーズも、わたしの新しい地位に畏れを抱いているのだ。いつのまにか、わたしは彼女にとっても、フィリップではなく、アシュリー様になっていたのだろう。数年前まで髪の毛を引っ張ってからかっていたルイーズ・ケンダルに、尊敬の目で見られている――そんな考えにひとりほほえみながら、わたしは家に入った。つぎの瞬間、彼女とその父親のことは、頭から消えていた。二カ月近く留守したあとなので、やることが山ほどあったからだ。

収穫その他の仕事があるので、ケンダル氏には少なくとも二週間は会えないだろうとわたしは思っていた。ところが、一週間と経たないある日の昼下がり、会いにきてほしいという主人からの伝言を携えて、彼の馬丁が馬を走らせてきた。本人は少し寒気がして家を出られないのだが、知らせたいことがあるという。

別に急ぎではないだろうと思い、わたしはその日、小麦の最後の出荷をすませ、翌日の午後、彼に会いにいった。

ケンダル氏はひとり書斎にいた。ルイーズは出かけていた。彼は奇妙な表情を浮かべていた。途方に暮れた不安げな様子だ。わたしには彼がうろたえているのがわかった。

「なんとかしないといかん。いつ、どうするか、きちんと決めないといけないよ。彼女が船でプリマスに着いたんだ」

「誰が着いたと言うんです?」わたしはそう訊ねたが、本当はわかっていたのだと思う。

ケンダル氏は手にしていた一枚の便箋を見せた。

「きみの従姉のレイチェルさんから、手紙をもらったんだ」

第七章

ケンダル氏は手紙を手渡した。折りたたまれた便箋の筆跡に、わたしは目を落とした。自分が何を期待していたのかはわからない。くるくる渦を巻く大胆な飾り文字なのか、あるいは、黒っぽい意地悪そうな走り書きなのか。でもそれは、これといって特徴のないごくごくふつうの筆跡だった。ただ、文章の最後の部分がすべて流れるように消えているため、読みやすいとは言えなかったが。

「彼女は、こっちに知らせが届いているのを知らないようなんだよ」ケンダル氏は言った。「きっとシニョール・ライナルディが手紙を書く前に、フィレンツェを発ったんだろう。とにかくこれを読んでごらん。わたしの意見はあとで言おう」

わたしは手紙を開いた。それはプリマスのある宿から、九月十三日に出されていた。

親愛なるケンダル様

あなた様のことは、アンブローズからよく聞いておりましたが、私からの最初のお便りがまさかこのような悲しいものになろうとは夢にも思っていませんでした。私は大きな悲しみとともに、今朝、ジェノバからの船で、プリマスに到着いたしました。哀しいかな、ひとりきりでです。

　私の愛する夫は、短い期間ではありましたが、重い病を患ったすえ、七月二十日にフィレンツェで亡くなりました。できるかぎりの手は尽くしましたが、私の呼び集めた優秀な医者たちにも夫を救うことはできませんでした。春先にかかった熱病が再発したのですが、死の原因は脳が圧迫されたことでした。医者たちの意見によれば、数カ月の間、収まっていた症状が、急速に悪化したということのようです。夫は、フィレンツェのプロテスタントの墓地で、私が自ら選んだ場所に眠っております。他のイギリス人の墓から少し離れた静かなところで、まわりは木々に囲まれています。夫もきっとそうした場所を望んだことでしょう。私の悲しみと虚しさについては、何も申しますまい。私たちは知らぬ者同士ですから、ケンダル様に私の悲しみを押しつけようとは思いません。

　私の頭に真っ先に浮かんだのは、アンブローズがあんなにも愛していたフィリップのことです。彼もきっと私と同じくらい深く悲しむことでしょう。私のよき友であり相談相手でもある、フィレンツェのシニョール・ライナルディは、自分がケンダル様にお手紙を書き、このことを知らせよう、そうすれば、ケンダル様がフィリップに話を伝えてくださるだろうと言ってくれましたが、私は、イタリアからイギリスへの郵便にはあまり信頼を置いておりません。そのため、このことが人伝《ひとづて》にお耳に入るのではないか、あるいは、まったくお耳に入らないのではないかと心配でなりませんでした。そういうわけで、私は自らこの国にやってまいりました。アンブローズの遺品もここに持っております。本も衣類も、何もかもです。フィリップは形見をほしがっているでしょう。当然のことながら、それらはすべて彼のものです。この遺品について、どのように送ればいいか、私自身がフィリップに手紙を書いたほうがよいのかどうか、ご指示いただければ幸いです。

私は突然、衝動的にフィレンツェを飛び出してまいりました。そのことにはなんの悔いもございません。アンブローズのいないあの町に留まるなど、私には耐えられなかったのです。今後のことについては、何も決めておりません。あのような大きなショックのあとには、何よりも考える時間が必要だと思うのです。イギリスにはもっと早く来たかったのですが、ジェノバからなかなか船が出なかったため、到着が遅れました。私の血縁、コリン一族は、いまもまだコーンウォールのあちこちにいるはずですが、私自身の知っている者はひとりもおりませんので、その者たちのところへ押しかけるつもりはございません。私にはそれよりも、ひとりでいるほうがずっといいのです。おそらく、ここで少し休んだあとは、ロンドンへ行き、先のことはそれから考えることになると思います。

それでは、夫の遺品についてのご指示をお待ちしております。

レイチェル・アシュリー

わたしは二度、三度と読み返したあと、ケンダル氏に手紙を返した。彼はわたしが何か言うのを待っていたが、わたしは黙りこくっていた。

「結局のところ」ついに彼は口を開いた。「この人は何も取る気はないようだね。本一冊、手袋ひとつもだ。遺品はみんな、きみのものなんだ」

わたしは答えなかった。

「それに、この人は家を見せてほしいとさえ言っていない」彼はつづけた。「アンブローズが生きていたら、自分のうちになっていたはずなのにな。むろんわかっているだろうが、もしも事情がちがったら、この人は今回のこの船旅を夫婦でしていたはずなんだ。本来ならこれは、この人の帰郷だったんだよ。なのに、なんというちがいだろうね？　領民の歓迎、いそいそ出迎える使用人、隣人たちの訪問――そんなものは何もなく、プリマスの淋しい宿にひとり泊まっているとはなあ。いい人なのかどうか、それはわからん。会ったことがないからな。しかし重要なのは、この人が何も求めていないということ、何も要求していないということだ。それでも彼女はアシュリー夫人なんだ。すまんね、フィリップ。きみの意見は知っている。きっと気持ちは変わらんだろう。だが、アンブローズの友人として、また、管財人として、彼の未亡人がたったひとりでやって来て、友もなくこの国にいるのに、何もせずただじっとしていることは、わたしにはできないよ。このうちにはお客用の部屋がある。アシュリー夫人には、今後のことが決まるまで、そこに泊まってもらうつもりだ」

わたしは窓辺に歩み寄った。ルイーズは出かけていたのではなかった。彼女は腕に籠をかけ、花壇で萎《しお》れた花々を切っていた。頭を起こしてわたしに気づくと、彼女は手を振った。ケンダル氏はこの手紙を娘に読んできかせたのだろうか？

「どうするね、フィリップ？」ケンダル氏がうながす。「手紙は書いても書かなくてもいい。

好きなようにしなさい。きみは彼女に会いたくはないだろう。招待を受けてもらえたら、彼女が泊まっている間は、きみは招ばないようにするよ。だが、ひとことくらいは何か言ってやらないとな。遺品を持ってきてくれたわけだから。手紙を書くとき、追伸にきみからの感謝の辞を入れておこうか？」

　わたしは窓から振り返り、ケンダル氏に視線をもどした。

「彼女に会いたくないなんて誰が言いました？」わたしは訊ねた。「ぜひとも会いたいですね。その手紙から察するに、どうやら彼女は衝動的な女性らしい。そう言えば、ライナルディもそんなことを言っていましたよ。ならこっちだって衝動的に行動してもいいでしょう。ぼくはそうするつもりです。そもそもフィレンツェ行きだって、衝動的にしたことですからね」

「で、どうする？」ケンダル氏は眉を寄せ、疑わしげにわたしを見つめた。

「プリマスへの手紙にこう書いてください。フィリップ・アシュリーは、すでにアンブローズの死を知っています。彼は手紙を二通受け取ってフィレンツェへ向かい、サンガレッティ邸へ行ってあなたの使用人たちに会い、あなたのご友人であり相談相手であるシニョール・ライナルディにも会って、帰ってきました。フィリップは地味な男で、地味な生活を送っています。作法も知らないし、気の利《き》いた会話もできません。ご婦人がたとのおつきあいには、いや、誰とのおつきあいにも慣れていません。それでも彼に会い、亡き夫君の住まいを見たいと思われるなら、いつでもお越しください。フィリップ・アシュリーの家は、レイチェルさんの御意のままにお使いいただけます」わたしは胸に手を当て、お辞儀をしてみせた。

「驚いたね」ケンダル氏はゆっくりと言った。「きみがこんな冷血漢になるとはな。いったいどうしたんだね？」

「どうもしやしません。ただ若き戦士のごとく、血の匂いを嗅ぎつけただけですよ。ぼくの父が軍人だったのをお忘れですか？」

　そのあとわたしは庭に出て、ルイーズをさがした。話を聞くと、彼女はわたし以上の興味を見せた。わたしは芝生の横のあずまやに彼女の手を引っ張っていき、ふたりは陰謀でもめぐらすように、身を寄せ合ってそこにすわった。

「あなたの家は、お客様をお迎えできる状態じゃないわよ」すわったとたん、ルイーズは言った。「伯爵夫人みたいな――いいえ、アシュリー夫人みたいなかたなら、なおさらだわ。ねえ、どうしても伯爵夫人って呼んでしまう。そのほうが自然な感じがするんですもの。でも、考えてみてよ、フィリップ、あの家にはもう二十年、女性が滞在していないのよ。いったいどの部屋を使っていただくつもり？　それにどうするの、あの埃！　上の階だけじゃない。居間だってひどいものだわ。先週行ったとき、気づいたんだけど」

「いいんだよ、そんなことは」わたしはいらいらして言った。「そんなに気になるなら、本人が掃除すりゃいいだろう。あの女が気に入らないほうが、こっちはうれしいんだ。ぼくたちが――アンブローズとぼくがどんなに気楽で楽しい生活を送っていたか、教えてやるさ。あの山荘とちがって……」

「いいえ、そんなのだめ」ルイーズが大声でさえぎった。「無知な田舎者だと思われたくはないでしょう？　このへんのお百姓たちと同じように見られたらどうするの。それじゃ話もしないうちに相手を優位に立たせることになるわ。忘れないで。その人は大陸で生まれ育って、召使いの大勢いる洗練された暮らしに慣れているの。召使いだって、外国のはこっちのよりずっといいんですってよ。それにその人、アシュリー様の遺品だけじゃなく、服もたくさん持ってきたはずよ。たぶん、宝石もね。家のことだって、アシュリー様からいろいろ聞いていて、きっとご自分のお屋敷みたいな立派な家を想像しているわよ。なのにあの家ときたら、乱雑で埃だらけで、犬小屋みたいに匂うんだから――ねえ、フィリップ、アシュリー様のためにも、あれをあのまま奥様に見せるなんていけないわ」

なんて言いぐさだ。わたしは腹を立てた。「いったいどういう意味だよ？　うちが犬小屋みたいに匂うって？　あれは人間の家だぞ。質素で慎ましい、いい家だ。この先もずっとそうあってほしいね。アンブローズもぼくも、高級な調度や、膝がかすめるたびにテーブルから落っこちて壊れるちまちました装飾品には、興味がなかったんだよ」

ルイーズは恥じ入る様子こそなかったが、反省の色だけは見せた。

「ごめんなさい。怒らせる気はなかったの。わたしだってあの家は大好きよ。とっても愛着があるし、この先もずっとそれは変わらないわ。だけど、維持のしかたについては、どうしてもひとこと言わずにいられないの。長いことどこも改装していないし、温かみもない。それに――こんなことを言ってごめんなさいね――居心地だってよくないわ」

わたしは、ルイーズがほぼ毎晩、父親をすわらせている、こぎれいで明るい応接間を思い浮かべた。自分にとってどちらが好ましいかは、はっきりしている。それに、彼女の父親だって、選択を迫られれば、十中八九うちの図書室を選ぶだろう。

「いいよ、もう」わたしは言った。「居心地がよくなくてもかまわない。アンブローズは不満を感じていなかったんだし、ぼくもそうだ。だから何日かの間は――どれくらい滞在していただけるかは知らないが――レイチェルさんにもあれで我慢してもらうさ」

ルイーズは首を振った。

「まったく強情なんだから。アシュリー夫人がわたしの思っているとおりの人なら、きっと彼女、あの家をひと目見るなり、セント・オーステル教会からうちに逃げてくるわよ」

「大いに結構。こっちの用がすんでからならね」

ルイーズは興味深げな目を向けてきた。「本当に尋問する気なの？　何から訊くつもり？」

わたしは肩をすくめた。「会ってみなきゃわからないな。きっと彼女、大声でわめき散らすだろうよ。それとも、大袈裟に気絶したり、ヒステリーを起こしたりするかだな。別にこっちは平気さ。ただ眺めて楽しんでやるよ」

「わめき散らしたりはしないと思うわ。ヒステリーも起こさないでしょうしね。きっと堂々と家に入ってきて、指揮を執《と》るわよ。忘れないで。その人は命令するのに慣れているの」

「ぼくのうちで命令はさせないよ」

「かわいそうなシーカム！　どんな顔をするかしら？　ベルを鳴らして彼が現れなかったりしたら、きっとその人、物を投げつけるわよ。イタリア人はとっても気性が激しいって言うでしょう？　ほら、とっても短気だって」

「その女は半分しかイタリア人じゃないんだよ」わたしは指摘した。「それにシーカムなら自分の身はちゃんと自分で守れると思うね。たぶん三日間雨が降りつづいて、彼女、リウマチで寝たきりになるかもしれないぞ」

わたしたちはそのあずまやで、子供のように笑いあった。しかし実は、わたしの心はうわべほど軽くはなかった。招待すると言ったのは、挑戦状をたたきつけたようなものであり、ルイーズには言わなかったものの、すでにわたしは後悔していたのだと思う。家に帰り、あたりを見回すと、後悔はますます募った。どう考えても、これは無茶だ。プライドさえ許したなら、きっとわたしはケンダル氏のところへ引き返して、プリマスへの手紙には何も書かないでほしいとたのんだだろう。

その女をここに迎えたとして、そのあとは？　何を言い、どんな行動に出ればいいのだろう？　ライナルディも口がうまかったが、彼女はその十倍も口がうまいかもしれない。正面切って攻撃しても、たぶん無駄だろう。そう言えば、あのイタリア人も、執念がどうとか、闘う女がこうとか、言っていた。もしも彼女が大声でわめく無礼な女なら、黙らせてやることはできそうだ。以前に一度、小作人のひとりがそういう女にひっかかり、約束を違《たが》えたと言って訴えられたことがあるが、わたしは即座にその女を故郷のデヴォンへ送り返してやった。でももしも相手が、可愛らしい目をし、胸を波打たせてみせる、甘ったるくて狡猾な女だったら？　このわたしに太刀《たち》打ちできるだろうか？　たぶんできる。オックスフォード時代には、そういう手合いにも会ったことがある。無情なまでにざっくばらんな物言いをすれば、連中はすぐ自分の巣穴に逃げ帰っていくものだ。いや、大丈夫。いろいろ考えてみて、自信が湧いた。実際に相手と顔を合わせれば、きっとうまくやれるだろう。だが厄介なのは、準備のほう――戦闘の前に、上っ面だけの礼を尽くすことのほうだ。

驚いたことに、シーカムは話を聞いても少しも動じなかった。まるで、こうなるのを予期していたかのようだった。わたしは彼に、アシュリー夫人がアンブローズ様の遺品を持ってイギリスに来ていることと、今週、夫人がうちに来て、しばらく泊まっていくかもしれないことを、簡単に伝えた。それでも彼は、面倒が起きたときいつもするように下唇を突き出したりせず、重々しく話を聞いていた。

「かしこまりました」彼は言った。「至極当然のことでございます。使用人一同、喜んでアシュリー夫人をお迎えいたします」

わたしは、そのもったいぶった態度をおかしく思いながら、パイプごしに彼を見やった。

「おまえもぼくと同じで、家にご婦人が入るのはいやなのかと思っていたよ。アンブローズ様が結婚し、その人がここの奥様になると話したときと、ずいぶん態度がちがうじゃないか」

シーカムはショックを受けたようだ。今度は下唇が突き出された。

「でも今回は事情がちがっております。その後、ご不幸があったわけですから。お気の毒に、そのご婦人は寡婦になられたのですからね。アンブローズ様も、わたくしどもがそのかたに精一杯お仕えすることを望まれたでしょう。特に――」彼は小さく咳ばらいした。「そのかたには、何ひとつ遺されなかったわけですし」

いったいどうしてシーカムがそれを知っているのだろう？　わたしは直接訊いてみた。

「みながそう話しておりますから」彼は答えた。「誰もが、全財産がフィリップ様に譲られ、奥様には何もないのだと申しております。やはりこれはふつうのことではございません。大小問わずどんなお家でも、未亡人には必ず何か遺されるものでございます」

「おまえには驚いたよ、シーカム」わたしは言った。「ゴシップに耳を貸すとはな」

「ゴシップではございません」彼は重々しく言った。「アシュリー家の問題は、わたくしどもみなの問題なのでございます。アンブローズ様は、わたくしども使用人のことさえ、忘れてはおられませんでしたのに」

奥の自室――昔からの習慣で、執事室と呼ばれている部屋にすわるシーカムの姿が目に浮かんだ。そこへ、年取った御者のウェリントンや、庭師頭のタムリンや、森の係がやって来て、エールをやりながら、おしゃべりする。若い使用人たちは、もちろん仲間には入れない。年寄りたちは口を引き結び、首を振り振り、わたしが誰も知らないと思いこんでいた遺言状のことを、あれこれ議論し、不審がり、さらに議論をつづける。

「忘れたとかそういうことじゃないんだ」わたしはそっけなく言った。「アンブローズ様は故郷を離れて外国にいた。だから、手続きができなかっただけのことさ。まさか向こうで死ぬとは思っていなかったわけだからね。帰郷していたら、事情はちがっていただろうよ」

「さようでございましょうね」シーカムは言った。「わたくしどももそう思っておりました」

　まあ、いくらでもペチャクチャしゃべったらいい。別にどうってことはない。しかしそのとき、ふっと苦い気持ちが湧いた。もしこの家を譲り受けていなかったら、わたしに対する彼らの態度は、どうだったのだろう？　それでも彼らは、こんなふうに仕えてくれたろうか？　敬意と忠誠心を示してくれたろうか？　それともわたしは、奥のどこかの部屋に居候《いそうろう》する哀れな親戚、フィリップ坊っちゃまになっていたのだろうか？　わたしはパイプの灰をたたき落とした。煙草にはもうなんの味もなかった。いったいこのわたしを、わたしゆえに愛し、仕えてくれる者がここに何人いるだろう？

「それだけだ、シーカム」わたしは言った。「アシュリー夫人が来ることになったら、また知らせる。部屋のことは、ぼくにはわからない。おまえに任せるよ」

「ですが、フィリップ様」シーカムは驚いて言った。「アシュリー夫人にはやはり、アンブローズ様のお部屋を使っていただくのがよろしいのでは？」

　わたしはショックのあまり言葉を失って、茫然と彼を見つめた。それから、胸の内を見透かされるのを恐れ、顔をそむけた。

「いや、それはだめなんだ。アンブローズ様の部屋には、ぼくが移るつもりだから。この間から言おうと思っていたんだよ。何日か前にそう決めたんだ」

　それは嘘だった。その瞬間まで、そんなことは考えてみたこともなかった。

「承知いたしました。それでは、青の間とお化粧室を使っていただくのがよろしゅうございましょう」シーカムは出ていった。

なんてことだ。あの女にアンブローズの部屋を使わせるなんて、ひどい冒瀆じゃないか。わたしはドサッと椅子に身を投げ出し、パイプの柄を嚙んだ。腹が立ち、心は乱れていた。今度のことには、もううんざりだった。あんな伝言をたのんだのがまちがいの元だ。あの女をここに招ぼうだなんて、正気の沙汰じゃない。いったいぜんたい、どうしてこんなことを始めてしまったんだろう？　シーカムの馬鹿め。何が正しく何がまちがっているか、心得ている気になって。

彼女は招待を受けた。返事はわたしにではなく、ケンダル氏に届いた。これもシーカムに言わせれば、至極当然のことなのだろう。招待はわたしから直接届いたわけではない。だから、返事はそれなりの人を介してすべきなのだ。お待ちしております、と彼女は書いてきた。いつでもご都合のよろしいときに、迎えをよこしてください。もしご都合がつかないようでしたら、雇いの馬車で参ります。そこでわたしは、やはりケンダル氏を介して、金曜日に迎えの馬車をやります、と返事をした。それで話は決まった。

金曜日は瞬く間にやって来た。変わりやすい気まぐれな天気の日で、突風も吹いていた。潮が高くなる九月の第三週は、こんな日が多い。雲は南西から流れてきて、空を低く駆けていく。夜までには雨になりそうな気配だった。わたしは雨になるよう祈った。この地方の本格的な土砂降り。できれば、強風も加わってほしい。西部式の歓迎だ。イタリア風の空はなし。ウェリントンは前日に馬とともに送り出してあった。彼はプリマスに一泊し、彼女を連れてくることになっている。家の者たちにアシュリー夫人が来ることを告げて以来、屋敷は落ち着かない空気に包まれていた。犬たちまでもが異変を察知し、部屋から部屋へわたしのあとをついてまわった。シーカムはまるで、長年、一切の宗教的祝典抜きで過ごした後、急に忘れられていた儀式を執り行うことになった老いた司祭だった。彼は足音を忍ばせて、粛々と歩きまわった。底のやわらかな上靴まで買った。そして、食堂には、わたしがそれまで見たこともなかった銀器類が運びこまれ、テーブルやサイドボードに並べられた。たぶん、フィリップ伯父の時代の遺物だろう。大きな燭台、砂糖入れ、ゴブレット、それに中央には、なんと、薔薇を飾る銀の鉢が置かれた。

「いったいいつから、坊主の助手になったんだよ?」わたしは言ってやった。「お香や聖水はいらないのかい?」

シーカムは眉ひとつ動かさず、少し退って、過去の遺物の数々を眺めわたした。

「タムリンに庭園から花を切ってくるよう言っておきました」彼は言った。「いま外で、若い者たちが選り分けているところです。居間には花が必要です。それに、青の間とお化粧室と婦人の間にも」燭台をもう一対運んできた、厨房係の少年ジョンが、足をすべらせ、転びかけると、シーカムは彼に渋い顔をしてみせた。

犬たちはしょんぼりとわたしを見あげた。なかの一匹は、ホールの長椅子の下に隠れてしまった。わたしは二階へ上がった。青の間に最後に入ったのは、いつだったろう。アンブローズとわたしは、お客を泊めたことがない。その部屋は、わたしのなかでは、遠い昔のかくれんぼの思い出に結びついていた。ルイーズが父親といっしょにクリスマスに遊びにきたときのことだ。しんとしたこの部屋に忍びこみ、埃だらけのベッドの下に隠れたことを、わたしは覚えている。そう言えば、いつかアンブローズが、ここはフィービ叔母さんの部屋だったのだと言っていた。その叔母はケントに引っ越し、その後、亡くなったのである。

いま見ると、フィービ叔母の痕跡はすっかり消え失せていた。シーカムの指示のもと、若い者たちがせっせと働き、長年の埃とともにフィービ叔母を掃き出してしまったのだ。敷地を見おろす窓は開け放たれ、よくはたかれた敷物を朝日が照らしていた。あの洗面台と水差しは前から隣の化粧室にあったのだろうか？　それに、あの安楽椅子はここのものなのだろうか？　どれも見覚えがなかったが、考えてみると、フィービ叔母はわたしの生まれる前にケント州に移っており、わたしは彼女のことは何ひとつ覚えていないのだった。まあ、叔母がここで満足だったなら、レイチェルさんが不満を抱く理由はない。

続き部屋の一部になっている、アーチの下の三つ目の部屋は、フィービ叔母のかつての私室だった。そこもやはり埃が払われ、窓は開け放たれていた。この部屋もかくれんぼのころ以来、入ったことはなかったはずだ。暖炉の上には、アンブローズの肖像画がかかっていた。まだ若いころの絵で、わたしはその存在さえ知らなかった。きっと本人も忘れていたのだろう。著名な画家の手による作品なら、一族の他の人々の肖像画といっしょに下に飾られていたろうに、この空き部屋に追いやられたということは、誰もこの絵を評価していなかったということだ。それは膝から上の絵で、アンブローズは腕に銃をかかえ、左手に死んだヤマウズラを持っていた。その目はまっすぐ前を、わたしの目を見つめており、口もとにはかすかな笑みが浮かんでいた。髪は記憶にあるより長かった。その絵にもその顔にも、特に目を惹く点はない。ただ、それは不思議なほどわたしに似ていた。わたしは鏡を見つめ、もう一度肖像画に目をやった。ちがいは、つりあがった目がわたしの目より幾分細いことと、髪の色がわたしより濃いことくらいだろうか。わたしたちは——肖像画のその若い男とわたしとは、兄弟のよう、いや、ほとんど双子のようだった。ふたりがそっくりなのを知って、わたしの心は浮き立った。まるで若いアンブローズがわたしにほほえみかけながら、「いっしょにいるよ」と言ってくれているような気がした。年のいったアンブローズもまた、ごく身近に感じられた。わたしは部屋を出てドアを閉め、ふたたび化粧室と青の間を通り抜けて、階下に降りた。

車回しで車輪の音がした。ルイーズが二輪馬車でやって来たのだった。彼女はアスターとダリアの大きな花束を隣の席に載せていた。

「居間に飾る花よ」わたしを見ると、彼女は言った。「シーカムが喜ぶだろうと思って」

ちょうどそのとき、大勢の子分を従え、ホールを通りかかったシーカムは、むっとした顔になった。彼はしゃちこばって突っ立ち、花を持って入ってくるルイーズを見ていた。「そのようなお気遣いはご無用でしたのに、ルイーズ様。タムリンとふたりですっかり手配いたしましたからね。花ならば朝一番で、庭園から充分取ってまいりましたよ」

「じゃあ活けてあげるわ。あなたがたは花瓶を割るのが関の山だものね。このうちにも花瓶はあるんでしょう？　それともジャムの壺にでもお花を押しこんでいるの？」

シーカムの顔は、誇りを傷つけられた男の顔そのものだった。わたしはあわててルイーズを図書室に押しこみ、ドアを閉めた。

「様子を見にきたの」ルイーズは声を低くした。「しばらくここにいて、いろいろお手伝いしましょうか？　アシュリー夫人のご到着のとき、いっしょにいてあげてもいいわよ。父も来るつもりでいたんだけれど、まだ加減がよくないの。雨になりそうだから、外に出ないほうがいいと思ったのよ。どうする？　わたしにいてほしい？　花を持ってきたのはただの口実なの」

ルイーズとその父親の両方に、そこまで無能と見なされているのかと思うと、少し腹が立った。それに彼らは、この三日間、奴隷監督のごとき活躍を見せた、気の毒なシーカムまで同じ目で見ているのだ。

「ご親切にありがとう」わたしは言った。「でもいいんだ。自分たちでちゃんとやるから」

ルイーズはがっかりしたようだった。どうやら、うちのお客を見たくてたまらないらしい。わたしは、アシュリー夫人ご到着のとき、自分自身、家にいる気がないことは、話さなかった。

ルイーズは批判的な目で部屋を見回したが、なんとも言わなかった。もちろん、よくない点をたっぷり発見したのだろうが、賢くもそのことは黙っていた。

「よかったら上に行って、青の間を見てきてもいいよ」わたしはがっかりさせた埋め合わせに言った。

「青の間ですって？　居間の上に当たる、あの東向きのお部屋のこと？　じゃあ、アシュリー様のお部屋を使っていただくんじゃないの？」

「ちがうよ。アンブローズの部屋はぼくが使うんだ」

彼女が、そして他の誰もが、アンブローズの部屋は当然、彼の未亡人のものだと決めつけていることが、ふくれあがりだしていたわたしの怒りに油を注いだ。

「花を活けたいなら、シーカムに花瓶をもらっておいで」わたしはそう言って、ドアに向かった。「こっちは外の仕事が山ほどあるから、ほとんど一日、留守になるよ」

ルイーズは花を手に取りながら、ちらっとこちらを見た。

「緊張しているのね」

「緊張なんかしていない。ただひとりになりたいだけだ」

ルイーズは頬を赤くし、顔をそむけた。気がとがめて胸がちくりと痛んだ。人を傷つけると、いつもそうなるのだ。

「ごめんよ、ルイーズ」わたしは彼女の肩をたたいた。「ぼくのことなんか、気にしないで。来てくれて感謝してるよ。花をどうもありがとう。それに、いっしょにいると言ってくれて」

「次に会ったときには」彼女は訊ねた。「アシュリー夫人の話を聞かせてくれる？　何もかもすっかり知りたいのよ。もちろん、父がよくなったら、日曜に教会に行くけれど、あした一日、ずっとあれこれ考えて、気をもんでいるなんて……」

「気をもむってどうして？　ぼくがレイチェルさんを、海まで投げ飛ばすとでも思っているの？　確かに、神経を逆なでされたら、やるかもしれないな。じゃあこうしよう――きみにご満足いただくために、ぼくは明日の午後、わざわざペリンまで足を運ぶ。そして、すべてを目に見えるように話してあげるよ。それでいいかな？」

「ええ、いいわ」彼女は笑顔になり、シーカムと花瓶をさがしにいった。

わたしは午前中ずっと家を留守にし、二時ごろに帰宅した。馬に乗ったあとなので、腹が減り、喉も渇いていた。わたしは冷肉を食べ、エールを飲んだ。ルイーズはもう帰ったあとで、シーカムと他の使用人たちは、彼らの部屋で昼食を取っていた。わたしは図書室で、立ったまま肉のサンドウィッチを食べた。ひとりでいられるのもこれが最後だ、と思った。今夜、彼女が訪れる。この部屋か、居間かに、敵意ある未知の存在が。わたしの部屋、わたしの家に、自分自身を刻みつける。彼女は侵略者としてやって来る。来てほしくない。彼女にも、他のどんな女にもだ。穿鑿《せんさく》する目、さぐりまわる手で、わたしだけのものである、居心地よい個人的な空間に押し入ってくる連中などいらない。この家は静けさに包まれている。そしてわたしはその一部、そこに属しているのだ。ちょうどアンブローズがかつてそこに属し、いまもその陰のどこかに属しているように。わたしたちには、静寂を破るよそ者など必要ない。

わたしは別れを告げるように部屋を見回し、それから家を出て、森へ入っていった。

ウェリントンの馬車が着くのは五時以降だろうと見積もり、六時までは家にもどらないことにした。食事はわたしが帰るまで待ってもらおう。シーカムにはすでに指示を出してあった。もしも空腹なら、彼女は屋敷の主《あるじ》がもどるまで空腹をかかえていればよい。めかしこみ、尊大にかまえた彼女が、誰にもかまわれず、居間にひとりすわっている姿を想像すると、いい気分だった。

わたしは雨と風のなかを歩きつづけた。道の果てで〈四つ辻〉にぶつかると、領地の境界線まで東へ進み、それから森のなかを引き返して、今度は北へ向かい、周辺部の農場まで行った。そこでは、なるべくぐずぐずし、小作人たちと雑談をして、時間を引きのばした。そのあと家の敷地を横切り、西の丘陵部を越え、暗くなりだしたころ、ようやく我が家にたどり着いた。ずぶ濡れになっていたが、そんなことは平気だった。

　わたしはホールのドアを開け、家に入った。到着の証《あかし》である、箱やトランク、旅行用の膝掛けやバスケットといったものを予想していたのだが、すべてはいつもどおりで、そこには何もなかった。

　図書室では暖炉が燃えていたが、なかは空っぽだった。食堂にはひとり分の席しか用意されていなかった。わたしはベルを鳴らして、シーカムを呼び、「それで？」と言った。

　シーカムは、これまで見たこともないほどもったいぶった顔をしており、その声はささやくようだった。

「お着きになりました」

「そうだろうね」わたしは答えた。「もう七時近いからな。荷物は？　どこへやったんだ？」

「それが、ご自分のお荷物はほとんどお持ちにならなかったのです。箱やトランクはみな、アンブローズ様のものでございました。全部、フィリップ様の昔のお部屋に運んでおきましたが」

「そうか」わたしは暖炉に歩み寄って、薪を蹴飛ばした。なんとしても手の震えに気づかれたくなかったのだ。

「で、いまどこにおられるんだ？」

「ご自分のお部屋に行かれました。お疲れのご様子で、夕食はごいっしょしないがお許しいただきたい、とおっしゃっておいででした。お食事は、一時間ほど前に、お盆でお部屋に運ばせました」

それを聞いて、わたしはほっとした。しかし反面、拍子抜けした気分でもあった。

「道中はどうだったんだろう？」

「ウェリントンが申しますには、リスカードからは荒れたそうでございます。風が激しかったとのことで。馬の一頭が蹄鉄を落としてしまったので、ロストウィジールの前で鍛冶屋に寄らなくてはならなかったそうでございます」

「ふうん」わたしは暖炉に背を向けて、脚を温めた。

「ひどく濡れておいでですね。お着替えになりませんと、風邪をお召しになりますよ」

「すぐ着替えるよ」わたしはあたりを見回した。「犬たちは？」

「お客様についていったのでしょう。とにかくドンはいっしょに行きました。他の犬のことはよくわかりませんが」

わたしは暖炉の前で脚を温めつづけた。シーカムはまだ、何か話しかけてほしそうに、ドアの前でぐずぐずしていた。

「よし」わたしは言った。「風呂に入って、着替えをしよう。誰かにお湯を持ってくるよう言ってくれ。食事は三十分後にする」

　その夜、わたしは、磨きたての燭台と薔薇の飾られた銀の鉢の前で、ひとりで食事をした。背後にはシーカムが控えていたが、ふたりの間に会話はなかった。よりによってこの夜に沈黙を守らされたことは、彼にとっては拷問にも等しかったろう。着いたばかりのお客のことを彼がどんなに話したがっているか、わたしにはわかっていた。まあ、しばらく我慢してもらおう。あとで思う存分、執事室でしゃべりまくればいいのだから。

　ちょうど食事を終えたとき、ジョンが入ってきて、何か彼にささやいた。シーカムはそばにやって来て、身をかがめた。

「お客様からのご伝言です。もしよろしければ、夕食のあと、どうぞお部屋のほうにお越しください、とのことですが」

「ありがとう、シーカム」

　ふたりが出ていくと、わたしはめったにしないあることをした。ひどく疲れているとき――たとえば乗馬のあとや、過酷な狩りの一日のあと、または、夏の強風のなか、アンブローズとヨットを走らせたあとにしかしないことだ。わたしはサイドボードに歩み寄り、ブランデーを一杯やった。それから、二階へ行き、あの小部屋のドアをノックした。

第八章

聞き取れないほど低い声が、どうぞ、と言った。あたりはもう暗く、ロウソクが灯されていたが、カーテンは引かれておらず、彼女は庭を見おろす窓辺の席にすわっていた。こちらに背を向け、両手は膝の上で組み合わされていた。きっと使用人の誰かだと思ったのだろう、わたしが入っていっても、彼女は振り返らなかった。ドンは前足に顎を載せて、暖炉の前に寝そべり、そのそばには子犬が二匹いた。室内のものは何も動かされていなかった。小さな書き物机の引き出しはひとつも開いていない。放り出された衣類も一着もない。到着につきものの乱れは一切見られなかった。

「こんばんは」わたしは言った。小さな部屋に、張りつめた不自然な声が響いた。彼女は振り返り、すぐさま立ちあがって、近づいてきた。あっという間の出来事で、この十八カ月、作りあげてきた何百もの彼女のイメージを思い返している暇などなかった。寝ても覚めてもつきまとい、昼夜を問わず自分を追いかけてきたあの女がいま、すぐそばにいる。何よりもまず、彼女の小柄さにわたしは衝撃を受け、茫然となった。その頭はわたしの肩にも届かないほどだった。彼女には、ルイーズのような背の高さも印象的なところもなかった。

着ているものは真っ黒で、そのため肌は青白く見えた。喉もとと手首にはレースがあしらわれていた。髪は茶色で、まんなかから分けられ、うなじのあたりでひとつにまとめられていた。彼女のもので大きいのは、目だけだった。その目はわたしを見るなり、まるで鹿の目のようにハッと大きくなり、それからその驚きはとまどいに、とまどいは苦悩に――恐れにも似たものに変わった。彼女の顔に血の気がのぼり、ふたたび引いていった。たぶん、こちらがショックを受けたのと同じくらい、彼女もショックを受けたのだと思う。ふたりのうちどちらが、余計に不安を感じ、硬くなっていたか、判断するのはむずかしい。

わたしは彼女を見おろし、彼女はわたしを見あげた。ふたりが口を開くまでには、しばらく間があった。それから、わたしたちは同時にしゃべりだした。

「よく休まれましたか?」というのがわたし側のぎこちないせりふ、彼女のほうは「お詫びを申しあげなくては」だった。彼女はすばやく、「ええ、フィリップ、お陰様で」とこちらの言葉に応じた。そして、暖炉のほうへ行き、低いスツールにすわると、向かい側の椅子を手振りでわたしにすすめた。老犬のドンが伸びをし、あくびをして、あと足から立ちあがり、彼女の膝に頭を載せた。

「この子はドンでしょう?」彼女は犬の鼻面に手を載せた。「この前の誕生日で十四歳になったというのは本当ですか?」

「ええ。こいつの誕生日は、ぼくの誕生日の一週間前なんです」

「あなたは朝食のとき、パイのなかでこの子を見つけたのでしたわね。アンブローズは食堂の衝立の陰に隠れて、あなたがパイを切りくずすのを見ていた。パイ皮を持ちあげたとたん、ドンがもがき出てきたときのあなたの顔は一生忘れられないって、あの人が言っておりましたわ。あなたは十歳、そして、その日は四月の一日だったのでしょう?」

彼女はドンをなでながら顔を上げ、わたしにほほえみかけた。その目が潤んでいるのを見て、わたしはひどくうろたえた。しかし涙は一瞬後には消えていた。

「お詫びを申しあげなくては。先ほどはお食事に降りていかず、失礼いたしました。わたくしのためにいろいろ準備なさって、用事もそこそこに帰ってきてくださったのでしょう? でも、とても疲れていたものですから。ごいっしょしても、きっといいお話し相手にはなれなかったでしょう。おひとりで食事をされたほうが、あなたもゆっくりできるだろうと思ったのです」

ところが、こっちは彼女を待たせておくために、領地内を東から西へあてもなく歩きまわっていたのだ。わたしはなんとも言わなかった。若い犬の一方が目を覚まして、わたしの手をなめた。わたしは間をもたせようとして、犬の耳を引っ張りだした。

「あなたがどんなにお忙しいか、お仕事がどんなにたくさんあるか、シーカムが話してくれました」彼女は言った。「わたくしが突然訪ねてきたことで、あなたにご迷惑をおかけしたくはありませんわ。わたくしはひとりでも大丈夫、きっと楽しく過ごせるでしょう。どうか明日は、わたくしにはおかまいなく、普段どおりにお過ごしください。わたくしが言いたいのはこのひとことだけ——招いてくださってありがとう、フィリップ。あなたにとっては、楽なことではなかったでしょう」

彼女は立ちあがり、窓のほうへカーテンを閉めにいった。雨が激しくガラスをたたいていた。

もしかすると、カーテンはわたしが閉めるべきなのだろうか。よくわからない。そうしようとしてぎこちなく立ちあがったときは、もう遅かった。彼女は暖炉のそばにもどり、わたしたちはふたたび腰を下ろした。

「敷地に入り、ドアの前でシーカムの待つ家が近づいてきたときは、不思議な感じがしましたわ」彼女は言った。「空想のなかで何度も同じことをしてきたのですもの。何もかも想像していたとおりでした。ホールも、図書室も、壁の絵も。馬車が玄関に近づいたとき、時計が四時を告げたのですが、わたくしはその音まで知っていました」わたしは子犬の耳を引っ張りつづけた。彼女の顔は見なかった。「フィレンツェでは、夜――アンブローズが倒れる前の、昨年の夏と冬のことですけれど――ふたりでよく里帰りの話をしていたのですよ。そんなとき、あの人はいちばん楽しそうでした。庭のことや、森のこと、海へつづく道のことを話してくれて。わたくしたちはずっと、今回のと同じ経路で帰ってくるつもりだったのです。だからわたくしは、そうやって来たのですわ。まずジェノバへ、それからプリマスへ。すると、ウェリントンが馬車でやって来て、ふたりを家に連れて帰ってくれる。あなたはお優しいかたね。わたくしの気持ちを察して、ああしてくださるなんて」

ちょっと馬鹿みたいな気分だったが、いちおう口をきくことはできた。

「道中たいへんだったのではありませんか。シーカムから聞きましたが、馬に蹄鉄を打つために鍛冶屋に寄らなければならなかったのでしょう？　申し訳ありません」

「いいえ、ちっとも気になりませんでした。暖炉の前にすわって、作業を見ながら、ウェリントンとおしゃべりしていたのです。とっても楽しかったわ」

彼女はすっかりくつろいでいた。最初の硬さはもうどこにもない。そもそも硬さなどあったのだろうか。いま、途方に暮れている者がいるとすれば、それはわたしのほうだった。というのも、ひどく小さなその部屋にいると、自分が馬鹿に大きく不器用に思えるから、そして、すわっているその椅子がこびとにちょうどよさそうなサイズだからだ。すわり心地の悪い椅子ほど、落ち着かないものはない。いまのわたしは、いったいどう見えているだろう？　いまいましいこの小さな椅子に縮こまってすわり、大きな足をぎこちなくその下にたくしこみ、長い腕を両側に垂れ下がらせたこの格好は？

「ウェリントンがケンダル様のお屋敷に入る道を教えてくれましたの。一瞬、ご挨拶にうかがうべきかどうか、迷いましたわ。でももう遅かったし、馬もずいぶん長いこと走っていましたでしょう？　それにわがままな話ですけれど、わたくしは一刻も早く――ここに来たかったのです」

「ここ」という言葉の前には一拍間があった。「うち」と言いかけてやめたのではないか――そんな気がした。「アンブローズは家のことを細々《こまごま》と話してくれていたのですよ」彼女はつづけた。「玄関ホールの様子から、部屋のひとつひとつに至るまで。スケッチまで描いてくれました。ですからわたくし、いまでは目隠しされていても自由に歩きまわれるのではないかしら」彼女はちょっと間を置いてから、付け加えた。「よくおわかりですのね。このお部屋を使わせてくださるなんて。わたくしたち、ここを使うつもりでしたの。アンブローズは、自分の部屋はあなたに譲るつもりだったのです。シーカムから聞きましたけれど、もうそこへお移りになったのですってね。アンブローズが喜びますわ」

「居心地がよければいいのですが。この部屋はフィービ叔母という人が使って以来、誰も使っていなかったようなのです」

「フィービ叔母さんは副牧師に恋煩いして、失恋の痛手を癒すためにトンブリッジへ去ったのですよ。でも、その心は頑《かたく》なで、フィービ叔母さんはその後二十年間、沈んだままでした。この話はお聞きになって？」

「いいえ」睫毛の下から様子をうかがうと、彼女は暖炉の火を見つめ、おそらくフィービ叔母のことを考えているのだろう、ほほえんでいた。両手は膝の上で組み合わされていた。大人の手でそんな小さなのは、それまで見たことがなかった。その手はとても細く、とても優美で、昔の巨匠による未完の肖像画の婦人の手を思わせた。

「それで、フィービ叔母はその後、どうなったんです？」

「二十年後、別の副牧師を目にしたとき、彼女の憂いは消えたのです。そのとき、フィービ叔母さんはもう五十四歳になっていて、心も昔ほどもろくはありませんでした。彼女はその二番目の副牧師と結婚したのです」

「結婚生活はうまくいったんですか？」

「いいえ。彼女は新婚初夜に亡くなったのです――ショック死ですって」

レイチェルは振り返ってこちらを見た。その口もとがぴくぴくしている。でも目は相変わらずまじめそのものだ。突然、この物語を語っているアンブローズの姿が目に浮かんだ。きっと彼は背を丸めて椅子にすわり、肩を震わせていただろう。そして彼女は、ちょうどいまと同じように、笑いを押し殺して、彼を見あげていただろう。意思に反して、わたしは思わずレイチェルにほほえみかけた。するとその目に変化が起こり、彼女も笑みを返してきた。

「その話、いま作ったんでしょう？」わたしは笑顔を見せたことをたちまち後悔した。

「いいえ、とんでもない。シーカムに聞いてごらんなさいな。彼も知っているはずですから」

わたしは首を振った。「彼はきっと感心しないでしょう。そんな話をあなたがぼくにしたと知ったら、ひどいショックを受けますよ。そう言えば、シーカムはちゃんと夕食を持ってきましたか？」

「ええ。スープと、鶏の手羽と、腎臓のお料理を。どれもすばらしくおいしかった」

「この家に女の使用人がいないことには、もちろん、お気づきでしょうね。衣裳簞笥にガウンをかけたりする者はいません。あなたのお世話をする者はひとりも。若い連中、ジョンかアーサーが、お風呂を入れるくらいです」

「かえって助かりますわ。女はおしゃべりですもの。ガウンのことはいいのです。喪服はどれも同じですから。持ってきたのはこれと、もう一着だけなのですよ。外歩き用に、頑丈な靴は持ってきましたけれどね」

「明日もこの調子で雨が降っていたら、うちにいなくちゃいけませんよ。でも、図書室にはたくさん本があります。ぼく自身はあまり読書をしませんが、何かお好みのものがあるかもしれません」
またしても口もとをぴくぴくさせながら、彼女はまじめくさってわたしを見つめた。「銀器を磨いて暇をつぶしてもいいし。こんなにたくさんあるとは思ってもいませんでした。アンブローズは、海の湿気でみんなカビだらけになってしまうと言っていましたもの」その顔つきからこれは絶対確かだが、彼女は、数々の遺物が長年閉ざされていた戸棚から出てきたものであることに気づいており、その大きな目の奥でわたしを笑っているのだった。

わたしは顔をそむけた。一度はやってしまったが、二度と笑顔を見せたりするものか。

「山荘ではね」と彼女は言った。「暑さがひどいときは、よく噴水のある小さな中庭に出てふたりですわっていたものです。そうするとアンブローズが言うのです。目を閉じて、水の音に耳をすまし、想像してごらん――これは故郷に降る雨の音なんだよ。あの人はね、イギリス、特にコーンウォール地方のじめじめした気候にさらされたら、わたくしなど縮みあがってがたがた震えるばかりだろうという立派な説を唱えていたのです。わたくしを温室育ちと呼び、人工的に栽培しなくてはならない、ふつうの土壌では生き延びられない植物だと言っておりました。わたくしは都会育ちで文明化されすぎているのですって。そう言えば一度、新しいガウンを着て、食事に降りていったとき、古代ローマの匂いがすると言われましたわ。『故郷《くに》でそんな格好をしていたら凍えてしまうよ』とあの人は言いました。『向こうでは、フランネルの肌着に、毛織りのショールが必要なんだからね』その忠告を、わたくしは忘れませんでした。だからこうしてショールを持ってきましたの」わたしは目を上げた。本当だ。彼女の隣のスツールには、着ているガウン同様に黒いショールが置いてあった。

「イギリスでは」とわたしは言った。「特にこの地方では、天候を非常に重視しているんです。そうならざるをえないんですよ。海が近いのでね。ここの土地はあまり農業に向いていません。内陸のほうとはちがって、土が痩せているんです。それに週に四日も雨が降るので、めったに出ない太陽はとても貴重なんです。この雨はきっと明日にはやむでしょうから、あなたもお散歩ができますよ」

「バーヴ・タウン、ボーデンの牧場」彼女は言った。「ケンプの土地、ビーフ・パーク、キルムーア、灯台の原、トウェンティ・エーカーズ、ウェスト・ヒルズ」

わたしは啞然として彼女を見つめた。「領内の土地の名前をご存じなんですか」

「もちろんです。もう二年も前から頭に入っていますわ」

わたしは黙りこんだ。適当な答えが見つからない。それから、ぶっきらぼうに言った。「ご婦人が歩いていくのはたいへんですよ」

「でも頑丈な靴がありますから」

ガウンの下からのぞいている、ベルベットの上靴に包まれた彼女の足は、どう見ても外歩きには向いていなかった。

「それですか？」

「まさか。もっと頑丈なのですわ」

本人は自信があるのかもしれないが、彼女が野原を歩きまわっている姿など想像もつかない。

それに、わたしの野良《のら》用の長靴では大きすぎる。彼女などなかにすっぽり入ってしまうだろう。

「馬には乗れますか？」

「いいえ」

「誰か手綱を引く者がいれば、馬の上にすわっていられますか？」

「それならたぶん大丈夫でしょう。両手で鞍にしがみつくことになるでしょうけれどね。確か、落馬を防ぐための鞍頭とかいう部分があるのでしょう？」

彼女はまじめな目をして、とても熱心にそう訊ねたのだが、今度も確かに、その声には笑いが潜んでいたし、わたしを引きこもうとしていた。「婦人用の鞍があるかどうか、わかりませんよ」わたしはよそよそしく言った。「ウェリントンに訊いてみますが、馬具庫で見かけたことはありません」

「フィービ叔母さんは乗馬をしたのではないかしら。ほら、副牧師に失恋したときに。乗馬だけが彼女のなぐさめだったかもしれませんもの」

もうだめだ。彼女の声の陰で何かが泡立っている。こっちの負け。なんともしゃくに障るのは、彼女に笑っているのを見られてしまったことだ。わたしは顔をそむけた。

「わかりました。朝になったら手配しますよ。乗馬服もいりますか？　フィービ叔母の衣裳簞笥をさがすよう、シーカムに言いましょうか？」

「乗馬服は結構ですわ。静かに馬を引いていただけて、鞍頭の支えさえあれば」

ちょうどそのとき、ドアをノックして、シーカムが入ってきた。両手に恐ろしく大きい盆を持ち、その上に銀のやかん、さらに、銀のティーポットとお茶の缶を載せている。そんなものはこれまで一度も見たことがない。いったい彼は執事室のどこからこの品々を掘り出してきたのだろう？　それに、なんのつもりで、それをここに持ってきたのだ？　レイチェルは、わたしの目に浮かんだ驚きの色を見て取った。シーカムは捧げものを重々しくテーブルに載せた。何があろうと彼を傷つける気はなかったが、胸の奥からヒステリックな笑いがこみあげてきた。わたしは立ちあがり、雨の様子を見るふりをして窓のほうへ行った。

「お茶をお持ちしました」シーカムが言った。

「ありがとう、シーカム」レイチェルは重々しく答えた。

犬たちが起きあがり、くんくん匂いを嗅ぎながら、盆のほうに鼻を突き出した。わたし同様、彼らも驚いているのだった。シーカムは舌を鳴らして犬たちを呼んだ。

「おいで、ドン。ほら、三匹ともだ。犬は連れ出したほうがよろしいかと存じますが。お盆をひっくり返すやもしれませんので」

「本当ね、シーカム。そうなってはたいへん」

ふたたびあの笑いの潜む声。彼女に背を向けていて、よかった。「朝食はどうなさいますか？」シーカムが訊いている。「フィリップ様は食堂で八時にお召しあがりになりますが」

「わたくしはこのお部屋でいただきます」レイチェルは言った。「アシュリー様がいつも、十一時前の女は見られたものじゃないとおっしゃっていたから。それでかまわないかしら？」

「もちろんでございます」

「では、シーカム、どうもありがとう。おやすみなさい」

「おやすみなさいませ。旦那様も、おやすみなさいませ。おいで、犬たち」

彼が指をパチンと鳴らすと、犬たちはしぶしぶついていった。しばらく部屋はしんとしていた。それから彼女が静かに言った。「お茶をいかが？　これはコーンウォール地方の風習なのでしょう」

わたしは体面を捨てた。それにこだわっていると肩が凝る。わたしは暖炉にもどって、テーブルの前のスツールにすわった。

「実はね、この盆を見るのはぼくも初めてなんです。このやかんも、ティーポットもです」

「そうだと思いましたわ。シーカムが入ってきたときの、あなたの目の表情でわかりました。彼もこれを見るのは初めてなのではないかしら。きっと埋もれていた宝物なのですわ。地下室から掘り出してきたのでしょう」

「本当にこれが本式なんですか？　夕食後にお茶を飲むというのが」

「ええ、上流社会ではね。女性がいるときは」

「日曜日にケンダル父娘とパスコー牧師一家が夕食に来ても、こういうことをしたことはないな」

「たぶんシーカムは、その人たちを上流階級だとは思っていないのでしょう。わたくしは特別なのね。うれしいわ。お茶をいただきますね。あなたは、そのバターつきパンを召しあがれ」

これもまた目新しいものだった。薄いパンが小さなソーセージのように丸められている。

「驚いたな。厨房の連中がこういうのを作れるとはね」わたしはパンをつぎつぎたいらげた。

「でもとてもうまいですよ」

「突然、アイデアが閃いたのでしょうね」レイチェルは言った。「きっと明日のあなたの朝食はこの残りでしょう。ほら、バターが垂れていますよ。指をなめないと」

彼女はカップの縁ごしにわたしを見つめながら、お茶を飲んだ。

「パイプをお吸いになりたければ、どうぞ」彼女は言った。

わたしは驚いて目を見張った。

「ご婦人の私室で？　本気ですか？　パスコー夫人が来ている日曜は、居間では絶対パイプは吸わないんですよ」

「ここは居間ではないし、わたくしはパスコー夫人ではありませんもの」

わたしは肩をすくめ、ポケットのパイプをさぐった。

「シーカムはもってのほかだと思うでしょうね。きっと朝、匂いを嗅ぎつけますよ」

「寝る前に窓を開けておきますわ。匂いなど雨ですっかり吹き飛んでしまいますよ」

「雨が入って絨毯がぐしょぐしょになりますよ。そのほうがパイプの匂いよりもっと始末が悪い」

「布でふけばいいでしょう。ずいぶん細かいかたね。まるでご老人のようだわ」

「ご婦人はそういうことを気にするものだと思っていましたよ」

「もちろんです。他に心配事がないときはね」

そうやってフィービ叔母の私室にすわり、パイプを吸っているうちに、わたしは突然、気づいた。これでは自分の考えていた夜とまるでちがっている。本当は、ふたことみこと冷ややかに挨拶を述べ、唐突に出ていってやろうと思っていたのだ。そうやって侵入者の出鼻をくじき、退けてやろうと。

わたしはレイチェルを見やった。彼女はお茶を飲み終え、カップを置いた。その手にふたたび目が留まった。細くて小さい真っ白な手。アンブローズは、これを都会育ちと呼んだのだろうか？　彼女は指輪をふたつはめていた。どちらも貴石の指輪だ。しかし、喪服とちぐはぐな印象はまったくなく、彼女にしっくり合っている。手のなかにパイプの丸みがあり、口のなかでその柄を噛めるのが、ありがたかった。おかげでいくらか自分らしさが取りもどせ、錯乱した夢遊病者のような気分から逃れられる。何かしなければならない、言わなければならないのに、わたしは考えも感想もまとめられないまま、ただ木偶《でく》の坊のように暖炉の前にすわりこんでいた。不安に満ちた長い長い一日が、いま終わった。その結果、自分が有利になったのか不利になったのか、どうしてもわからない。もしも彼女が、わたしの作りあげたイメージに少しでも似ていたなら、こちらもどう出ればよいかわかったろう。しかし、実物の彼女をこうして目の前にすると、あの数々のイメージは、つぎつぎと姿を変え、やがて闇へと消えていく、途方もない狂った空想のように思えるのだった。

どこかに、弁護士に取り囲まれた、愚痴っぽいいやな老婆がいる。どこかに、ギャアギャアうるさい、威張りくさった、パスコー夫人の大型版がいる。どこかに、栓抜きのようにくるくる渦巻く巻き毛を持つ、怒りっぽいわがままなお人形がいる。どこかに、物静かで腹黒い毒蛇がいる。しかしいまこの部屋にいるのは、そのどれでもない。怒りは虚しく思えた。憎しみもだ。では恐れは？　自分の肩にも背の届かない、ユーモアのセンスと小さな手以外何も目立ったところのない女を、どうして恐れることができるだろう？　本当にこの女のことで、ひとりの男が決闘をし、またもうひとりが、いまわの際にわたしに手紙を書いたのだろうか？「ついに彼女にやられた。私をさいなむあの女、レイチェルに」と？　まるでシャボン玉を吹き、それがふわふわ躍るのを眺めていて、いまその泡がはじけたかのようだった。

揺らめく火のそばでうとうとしかけながら、わたしは思った。雨のなかを十マイル歩いたあとでブランデーを飲むのはもうよそう。感覚が鈍るだけで、舌はほぐれなどしないのだから。わたしはこの女と闘いにきたのだ。なのにまだその火蓋を切ってもいない。確か彼女は、フィービ叔母の鞍のことで何か言っていた。あれはなんだったろう？

「フィリップ」とても静かな、とても低い声がした。「フィリップ、眠らないで。起きて、ベッドにお行きなさいな」

わたしはぎくりとして目を開けた。彼女は膝に手を置いてすわり、じっとこちらを見つめていた。わたしはよろよろと立ちあがり、盆に衝突しそうになった。

「すみません。きっとあの窮屈な椅子にすわっていたせいです。それで眠くなったんですよ。いつもは図書室で脚を投げ出しているもので」

「それに、きょうは運動もたくさんなさったんでしょう？」

無邪気そのものの声だが……でも、いったいどういう意味なんだ？　わたしは眉を寄せ、何も言うまいと心に決めて、じっと彼女を見おろした。「では、明日の朝、お天気がよかったら、わたくしがアシュリー家の土地を見にいけるように、落ち着きのあるおとなしい馬をさがしてくださいますのね？」

「ええ、そうなさりたいなら」

「あなたはいらっしゃらなくても大丈夫。手綱はウェリントンが引いてくれるでしょう」

「いいえ、ぼくが行きますよ。別に他の用事もありませんから」

「でも待って。明日は土曜日でしょう。午前中に、お給金を払わないと。出かけるのは午後になってからにしましょう」

わたしはあっけにとられて、彼女を見おろした。「驚いたな。いったいどうして、ぼくが土曜に給金を払うことをご存じなんです？」

わたしの十歳の誕生日の話をしたときと同じように、彼女の目が急に潤み、きらきら輝きだしたので、わたしはひどくうろたえた。それに、その声は前よりずっと険しくなっていた。

「それがおわかりにならないなら、あなたはわたしが思っていたほど理解がおありではないんですわ。ちょっとお待ちになって。贈り物がありますの」

彼女は向こう側のドアを開け、青の間へ入っていくと、すぐさま一本のステッキを手にもどってきた。

「どうぞ。お受け取りください。これはあなたのものです。他の品物はいつか別のときに整理して、ご覧になればいいでしょう。でもこれだけは、今夜、じかにお渡ししたかったのです」

それはアンブローズのステッキだった。彼がいつも持ち歩き、もたれていたあのステッキ。金の環がはまり、握りの象牙が犬の頭部の彫刻になっている。

「ありがとう」わたしはぎこちなく言った。「本当にご親切に」

「もう行ってください」彼女は言った。「さあ、早く」

そしてわたしを外に押し出し、ドアを閉めた。

わたしはステッキを手にその場に立ちつくしていた。彼女は、おやすみを言う暇《いとま》さえ与えなかった。なかからはなんの物音も聞こえてこない。わたしは自室に向かってゆっくり廊下を歩いていった。ステッキを渡したときの彼女の目の表情が、頭に浮かんだ。一度、そう遠い昔ではないが、あれと同じ、長い年月を経た苦しみの色を他の目に見たことがある。あの目もやはり、引け目、慈悲にすがる苦痛と対になった、自制と誇りをたたえていた。自分の部屋、アンブローズの部屋に入り、よく覚えているあのステッキを子細に眺めながら、わたしは思った。そう感じるのは、二対の目が同じ色で、ふたりが同じ民族に属しているからにちがいない。その他には、ふたりに共通点などあるはずはないのだ——アルノ川の岸辺にいたあの物乞いの女と、わたしの従姉レイチェルには。

第九章

　翌朝、わたしは早起きし、朝食後すぐ厩《うまや》へ行ってウェリントンを呼び、彼といっしょに馬具庫を調べた。

　そう、そこには他の鞍とまじって、横鞍も五、六個あった。どうやら、わたしがそれまで気づかなかったというだけのことらしい。

「アシュリー夫人は乗馬はできないんだ」わたしはウェリントンに言った。「だから、すわって、しがみついていられればいいと言うんだよ」

「ではソロモンに乗っていただきましょう」老いた御者は言った。「ご婦人を乗せたことはありませんが、大丈夫、決して振り落としたりはいたしませんから。他の馬はどれも、信用なりませんが」

　ソロモンは、ずっと昔、アンブローズがつかまえた馬だが、近ごろは、ウェリントンが本街道で運動させるとき以外、たいてい牧場でのらくらしている。横鞍はみな馬具庫の高いところにかかっていたため、ウェリントンは馬丁の子を呼びにやったり、短い梯子を持ってこさせたりしなければならなかった。そのあと、どの鞍を選ぶかでひと悶着あった。これは古すぎる、これはソロモンの大きな背には幅が狭すぎる……。三番目の鞍には蜘蛛の巣がかかっており、馬丁の子が叱られた。ウェリントンも誰も、この四半世紀、横鞍のことなど考えたこともなかったろうに。そう思ってわたしは胸の内で笑い、ウェリントンに、革をきちんと磨けば問題ない、きっとアシュリー夫人はきのうロンドンから届いたばかりの鞍だと思うさ、と言った。

「奥様はいつお出かけのご予定で？」ウェリントンはそう訊ね、わたしはその「奥様」という言葉にびくっとして、一瞬、彼を凝視した。

「午後になってからだ」わたしはそっけなく言った。「ソロモンは玄関に連れてきてくれ。ぼくが自分で手綱を引いてご案内するから」

それから、使用人たちが給金をもらいにくる前に、週ごとの帳簿のチェックと支出入の計算をしておくため、敷地内の事務所にもどった。まったく奥様とは！ 連中はあの女をそういう目で見ているのだろうか？ ウェリントンも、シーカムも、他のみんなも？ もちろんある意味では、それは自然なことだ。だがわたしは、男というやつは、ことに男の使用人というやつは、女の存在ひとつで、なんて馬鹿になるのだろう、と思った。昨夜、お茶を持ってきたとき、シーカムの目に浮かんでいた畏敬の色。盆を彼女の前に置いたときの、あのうやうやしい態度。それに、あきれたことに、今朝、朝食の際、サイドボードのそばに控えていて、わたしのベーコンから覆いを取りのけたのは、若いジョンだった。「シーカムさんはお盆を持って、お客様のお部屋に行っています」というのがその理由なのだ。そして今度は、勇み立ったウェリントンが、古い横鞍をごしごし磨きたて、肩ごしにソロモンの世話をしろ、と馬丁の子にどなっている。わたしはせっせと計算をつづけた。アンブローズがわたしの乳母を追い出して以来初めて、同じ屋根の下で女が眠ったという事実に、自分が少しも動じていないのがありがたかった。と、そのとき、ふとこんな考えが浮かんだ。わたしが眠りこみかけたときの彼女の対応、「ベッドにお行きなさい、フィリップ」というあのせりふは、二十年前の乳母のせりふと同じであったのかもしれない。

正午になると、使用人たちがやって来た。家畜小屋や森や庭など外で働く連中もだ。給金を渡しているとき、わたしは、庭師頭のタムリンがいないのに気づいた。理由を訊ねると、庭のどこかに奥様といっしょにいるとのことだった。わたしはこれについては何も言わず、残りの者たちに給金を払い、みなを退らせた。タムリンとレイチェルがどこにいるかは、なんとなくわかった。わたしの勘は正しかった。ふたりは、アンブローズが旅先から持ち帰った椿や夾竹《キョウチク》桃《トウ》、その他の若木の促成栽培場にいた。

わたしは園芸には疎《うと》い。すべてタムリンに任せきりだ。角を回って近づいていくと、レイチェルが、挿し木や取り木、北側での栽培や肥料のやりかたについて話しているのが聞こえてきた。タムリンは帽子を手に持ち、シーカムやウェリントンと同じ敬意の色を目に浮かべて、彼女の話を拝聴している。わたしの姿を見ると、レイチェルはにっこりして立ちあがった。それまでは、ズックの布の上にひざまずき、若木の芽を調べていたのだ。

「十時半からずっと外にいましたの」彼女は言った。「お許しをいただこうと思ってあなたをさがしたのですけれど、見つからなくて。そこで、思い切ってひとりでタムリンの小屋へ行って、自己紹介しましたの。そうよね、タムリン?」

「はい、奥様」タムリンは羊のような従順な目をして、そう答えた。

「実はね、フィリップ」とレイチェルはつづけた。「プリマスまで、いろいろな草花や木を持ってきましたの――馬車に積みきれなかったので、あとから届くことになっていますけれど――アンブローズとふたりでこの二年間に集めたものを全部。ここにそのリストがあります。あの人が植えるつもりだった場所も書いてありますの。それで、リストを見ながらタムリンにすっかり説明しておけば、時間の節約になると思って。荷物が届くころには、わたくしはもういないかもしれませんもの」

「別にかまいませんよ」わたしは言った。「こういうことは、ぼくよりあなたがたのほうがよくご存じでしょうから。どうぞつづけてください」

「もうすみましたわ。そうよね、タムリン？ 奥さんに、お茶をごちそうさま、とお伝えしてね。それから、夜までに喉がよくなりますように、と。喉の痛みにはユーカリ油が効くのよ。あとで届けさせましょう」

「ありがとうございます、奥様」タムリンは言い（彼の妻が喉を痛めているのを、わたしはそのとき初めて知った）、こちらを見て、ややぎこちないはにかんだ様子で付け加えた。「今朝はいろいろ勉強させていただきましたよ、フィリップ様。ご婦人からこんなことを教えていただけるとは、思ってもいませんでしたが。これまでずっと自分の仕事は心得ているつもりでいましたが、奥様は園芸のことをわたしよりもよくご存じなんです。この先も、わたしが奥様を超えることはないでしょう。なんだか自分がえらく無知な気がしてきましたよ」

「馬鹿おっしゃい、タムリン」レイチェルは言った。「わたくしは木のことを知っているだけ。果実については――モモをどう育てるかなんてことは、なんにも知らないの。それから忘れないで。まだ塀のなかのお庭を見せてもらっていないわ。明日、案内してちょうだいね」

「いつでもお申しつけくださいさい、奥様」タムリンがそう答えると、レイチェルは、ごきげんようと言い、わたしとともに家に向かった。

「十時半からずっと外にいたなら、そろそろお休みになりたいでしょう。ウェリントンに、やはり馬に鞍をつけるのはやめるよう言いますよ」

「休む？」彼女は言った。「休むなんて誰が言いましたの？　午前中ずっと、出かけるのを楽しみにしていたのに。ほら、お日様よ。あなたの言っていらしたとおり、顔を出しましたわ。手綱を引いてくださるのは、あなた？　それともウェリントン？」

「いや、ぼくがお連れしますよ。でも、いいですか、タムリンに椿のことを教えることができたからって、ぼくに農業を教えようなんて思わないでくださいよ」

「わたくしだってカラス麦と大麦の区別はつきますのよ。少しは感心なさった？」

「ちっとも。それにどのみち、カラス麦も大麦も見られはしません。もう収穫はすんでいるんですから」

家に着いてみると、食堂にはシーカムによって、肉とサラダの冷たい昼食が用意されていた。なんと正餐並みに、パイやプディングまで並んでいる。レイチェルはまじめくさった顔でこちらをちらっと見たが、目の奥にはあの笑いが潜んでいた。

「あなたはお若いし、まだ育ちきってもいないのだから、感謝しておあがりなさい。パイをひと切れ、ポケットに入れておいてくださいね。ウェスト・ヒルズに着いたら、いただきますから。では、上にあがって、乗馬にふさわしい身支度をしてまいりますわ」

旺盛な食欲で冷肉を詰めこみながら、わたしは思った――少なくとも、彼女はかしずかれるのを期待してはいない。ありがたいことに、彼女には女性らしからぬ独立心があるようだ。ただひとつ腹立たしいのは、自分としては辛辣なつもりのわたしの態度を、相手が鷹揚に楽しんでいるらしいことだ。わたしの皮肉は、愉快な冗談と受け取られているのだった。

ソロモンが表に連れてこられたとき、わたしはまだ食事の最中だった。頑丈なあの老馬は、このうえなくきれいに身繕いしてもらっていた。その蹄までもが、磨かれていた。わたしのジプシーに対しては、そこまでの配慮がなされたことは一度もない。ソロモンの足もとでは、若い犬が二匹、飛びまわっていた。ドンはただ静かに眺めている。旧友のソロモンと同じく、彼ももう元気な盛りは過ぎているのだ。

わたしは、シーカムに四時すぎまで留守にすると告げにいった。もどってみると、レイチェルはもう下に来ていて、すでにソロモンに乗っていた。ウェリントンが鐙《あぶみ》を調節している。レイチェルは、前のより少しゆったりした仕立ての、もう一着の喪服に着替えており、帽子の代わりに黒いレースのショールで髪を覆っていた。横顔をこちらに向けて、ウェリントンと話しているその姿を見て、なぜかわたしは、ゆうべの彼女の言葉を思い出した。一度、アンブローズに、古代ローマの匂いがするとからかわれたことがある――彼女はそう言っていたが、こうして見ると、その意味がわかるような気がした。レイチェルの顔は、ローマのコインに刻まれている肖像に似ていた。目鼻立ちのくっきりした、しかし小さな顔。そしてレースのショールを髪に巻いたところは、フィレンツェの聖堂でひざまずいていた女たち、あるいは、森閑とした家々の門口に潜んでいた女たちを彷彿させる。そうやってソロモンの背に乗っていると、背丈がとても小さいことはわからない。変化するその目と、ときおり声の奥で泡立つ笑い以外、これといって目立ったところがないと思っていたその女は、頭上にいると、ちがって見えた。彼女はこれまでよりよそよそしく、近寄りがたく思えた——これまでよりイタリア人らしく。

わたしの足音に彼女は振り返った。すると、あの近寄りがたさ、異国的な風情は、影を潜めた。そこにいるのは、いままでと同じレイチェルだった。

「覚悟はいいですか?」わたしは訊ねた。「落ちるのが心配じゃありませんか?」

「あなたとソロモンを信用しますわ」彼女は答えた。

「結構。では行きましょう。二時間くらいでもどるよ、ウェリントン」そしてわたしは手綱を取り、彼女とともに領地めぐりに出発した。

前日の風は雨とともに内陸へ去り、昼には太陽が顔を出して、空は晴れわたっていた。空気はぴりっとさわやかで、ハイキングに最適だった。大きくうねって押し寄せ、入り江の岩場に当たって砕ける、波の音が聞こえる。この地方には、秋ごろによくこんな日がある。そういった日は、どの季節にも属さず、独自のすがすがしさを持ち、それでいながら、やがて到来するより寒い時の気配と夏の名残をも含んでいる。

わたしたちの巡礼は、奇妙なものだった。まず最初に訪れたのは直営地だ。わたしは、ビリー・ロウとその妻が、家のなかに招き入れ、ケーキとクリームを振る舞おうとするのを、やっとのことでことわった。実際、ソロモンとレイチェルを連れて、なんとか牛舎とこやしの山の前を通過し、門をくぐり、ウェスト・ヒルズの刈り畑へ向かうことができたのは、月曜にはちゃんと招ばれると約束したからだった。

アシュリー家の直営地は半島を成しており、灯台の原がその先端に当たる。半島の両側は、東も西も湾になっている。レイチェルに話したとおり、小麦はすべて出荷ずみで、ソロモンの足が畑を踏み荒らす気遣いはもうなく、わたしはどこへでも好きな方向へこの老馬を引いていくことができた。どのみち直営地の大部分は放牧地だ。その全体を見てまわるため、わたしたちは海にそって進み、最後に灯台のそばにたどり着いた。そこから振り返れば、湾の砂浜の広大な広がりに接する西の境界から、その三マイル東の河口まで、領地全体を一望することができる。直営地とわれわれの家——シーカムの言うところの邸宅——は窪地に収まっているが、アンブローズとフィリップ伯父によって植えられた木々がたくましく育って鬱蒼と生い茂り、家をしっかり護っている。北側の新しい道は、森のなかをくねくね通り抜け、〈四つ辻〉まで上っていく。

昨夜の話を思い出し、わたしは直営地の地名でレイチェルをテストしてみたが、彼女をくじくことはできなかった。彼女はすべての地名を知っていた。数々の浜や岬、領地内の他の農場の話になっても、まちがえることはなかった。小作農たちの名前も、各家族の人数も、彼女は知っていた。シーカムの甥が浜に住んでいることも、あの製粉所がシーカムの弟のものであることもだ。別に向こうから知識を披露してみせたわけではない。好奇心をかきたてられ、いろいろ話させたのは、むしろわたしのほうだ。そして彼女は、わたしの驚きを不思議がりながら、当然のごとくさまざまな名前を口にし、人々について語るのだった。

「アンブローズとわたくしが何を話していたとお思いなの？」灯台の丘から東の原に降りていくとき、とうとう彼女は訊ねた。「あの人は何よりも自分の家を愛していた。だからわたくしもあの人の家を愛することにしたのです。あなただって、ご自分の妻にはそうあってほしいでしょう？」

「目下、妻はいないので、なんとも言えませんね」わたしは答えた。「ただぼくは、あなたはずっと大陸で暮らしていらしたのだから、興味の対象もまるでちがっているだろうと思っていたのです」

「以前はそうでしたわ。アンブローズに出会うまでは」

「園芸は別として、ですね？」

「ええ、園芸は別」彼女も認めた。「あの人からお聞きになったでしょうけれど、それがきっかけだったのです。サンガレッティ邸のわたくしの庭は、とても美しかった。でもね――」彼女はふと口をつぐんでソロモンを止め、わたしは手綱に手をやったまま立ち止まった。「――でも、わたくしがずっと見たいと思っていたものは、この風景なのです。ここはまるでちがっている」彼女は湾を見おろし、しばらく黙っていた。それから「サンガレッティ邸ではね」と先をつづけた。「わたくしは——アンブローズとのことではなくて——まだ若いころ、最初に結婚したときのことですけれど——あまり幸せではなかったのです。そこで気を紛らわせるために、館の庭を新しく設計しなおして、植物のほとんどを植え替え、遊歩道も雛壇式に造り替えたのです。わたくしは参考資料をさがし、本といっしょに引きこもりました。その成果はすばらしいものでしたわ。少なくともわたくしはそう思っていましたし、みんなにそう言われました。あの庭をご覧になったら、あなたはどう思われるでしょうね」

わたしは思わず彼女を見あげた。彼女は見られているとも知らずに、こちらに横顔を向け、海を眺めていた。いったいいまのはどういう意味だろう？　ケンダル氏は、わたしがサンガレッティ邸に行ったことを彼女に伝えていないのだろうか？

突然、疑いが湧いた。初対面の硬さが消えたあとの、昨夜の彼女の平静さ、ふたりの会話の気安さを、わたしは思い出した。朝食の席で思い返したときは、あれは彼女が社交上手なためと、自分がブランデーで朦朧としていたためだろうと思った。しかし、いま考えると、昨夜、わたしのフィレンツェ訪問に彼女がまったく触れなかったのは、いかにも奇妙に思えた。さらに奇妙なのは、わたしがアンブローズの死をああいう形で知ったことについて、ひとこともなかった点だ。ケンダル氏がこの問題を避け、切り出す役をこちらに負わせたなどということが、あるだろうか？　わたしは胸の内で彼を呪った——あの意気地なしの役立たずめ。しかし同時に、そういう自分にも意気地がないのはわかっていた。ああ、昨夜、ブランデーに酔っているうちに、話しておきさえしたら。いまとなっては、そう簡単にはいかない。彼女は、なぜもっと早く言わなかったのかと思うだろう。もちろん、切り出すならいまがチャンスだ。ただこう言えばいいのだから――「サンガレッティ邸のお庭なら拝見しましたよ。ご存じなかったんですか？」しかしそのとき、彼女にうながされて、ソロモンが歩きだした。

「製粉所を通って、森を抜けていってもかまいませんか？」彼女は訊ねた。

機会は失われた。わたしたちは家路をたどりつづけた。森を抜けていく途中、彼女はときおり、樹木のことや、丘の形など、目を惹くさまざまなものについて感想を述べた。しかし、わたしにしてみれば、気楽な午後はもう終わっていた。なんとかして、彼女にフィレンツェ訪問のことを話さねばならないのだ。黙っていれば、彼女はシーカムから、あるいは、ケンダル氏が日曜の食事に来たときその口から、話を聞くことになるだろう。家が近づくにつれて、わたしはますます無口になっていった。

「すっかり疲れさせてしまいましたね」レイチェルは言った。「こちらは女王様のようにソロモンに乗っているのに、あなたのほうはずっと巡礼のように歩きづめなんですものね。ごめんなさい、フィリップ。でもとっても幸せな午後でしたわ。あなたの想像も及ばないくらいに」

「いや、疲れてなどいませんよ」わたしは言った。「あなたが――あなたに喜んでいただけて、よかった」率直でもの問いたげなあの目をまっすぐ見ることは、なぜかできなかった。

家の前ではウェリントンが待っていて、馬を降りるレイチェルに手を貸した。彼女は、夕食の着替えの前にひと休みするため、二階へ行き、わたしは図書室にすわって、パイプをくわえながら眉を寄せ、思い悩んだ。フィレンツェの件は、いったいどうやって切り出せばいいんだ？　何より口惜しいのは、もしもケンダル氏が手紙にそのことを書いていれば、話を切り出すのは彼女の役であったという点だ。その場合、わたしはただくつろいで、彼女がなんと言うか待っていればよかったのである。だが、こういう状況では、こちらから動かざるをえない。しかし彼女が思っていたとおりの女であったら、それさえも問題ではなかったろう。いったいぜんたいなぜ、彼女はあんなに予想とちがうんだ？　なぜ、こちらの計画をぶち壊すんだ？

わたしは手を洗い、夕食のため上着を着替えると、アンブローズからの最後の手紙二通をポケットに入れた。ところが、彼女がいるだろうと思って居間に行ってみると、室内は空っぽだった。ちょうどホールを通りかかったシーカムが、奥様は図書室におられます、と告げた。

もうソロモンに乗っていないため、そして、ショールを取り去って髪をなでつけてきたためだろう、彼女は前以上に小さくか弱い感じがした。ロウソクに照らされたその顔はより白く、逆に喪服はより黒く見えた。

「ここにすわらせていただいても、よろしいかしら？」彼女は言った。「居間は、日中はとてもすてきだけれど、晩になってカーテンが引かれ、ロウソクが灯されたあとは、なんとなくこのお部屋がいちばんいいような気がしましたの。それに、あなたとアンブローズがいっしょに過ごしたのも、ここなのでしょう？」

さあ、チャンスだ。こう言うんだ――「ええ。サンガレッティ邸にはこういう部屋はありませんでしたね」しかしわたしはなんとも言わなかった。ちょうどそこへ犬たちが入ってきてわたしたちの注意をそらした。夕食後にしよう、とわたしは自分に言いきかせた。夕食後がその時だ。今夜はポートワインもブランデーも飲むまい。

夕食のとき、シーカムはわたしの右隣にレイチェルをすわらせ、ジョンとふたりで給仕を務めた。レイチェルは薔薇の鉢と燭台を褒め讃え、料理を持ってくるシーカムにあれこれ話しかけた。わたしはひやひやしどおしだった。いまにシーカムが何か言いだすにちがいない――「フィリップ様がイタリアに行っておられる間に、こんなことがございました、あんなことがございました……」


そのあと憂鬱な務めが待っているにもかかわらず、食事が終わり、もう一度ふたりきりになるのが待ちきれないほどだった。ともに図書室の暖炉の前にすわると、彼女は刺繍を取り出して仕事にかかった。小さなその手を見つめ、わたしは彼女の器用さに目を見張った。

「何が気になっているのか、話してくださいな」ややあって彼女が言った。「なんでもないなんておっしゃらないでね。何かあるのはわかっていますもの。アンブローズがよく、わたくしには問題を察知する動物的な勘があると言っていました。今夜は、あなたが悩んでいるのを感じます。いいえ、きょうの夕方からずっとですわ。わたくしが何かお気に障ることを言ったのではないでしょうね？」


ほうら、いまだ。少なくとも向こうは道をつけてくれた。

「気に障ることなど、何もおっしゃっていませんよ」わたしは答えた。「ただ偶然あなたのおっしゃったことに、少々困惑しているのです。ニック・ケンダルのあなた宛の手紙に何が書いてあったか、教えていただけませんか？」

「いいですとも。まず、わたくしの手紙に対するお礼の言葉があり、それから、アンブローズの死をおふたりがもう知っていることと、シニョール・ライナルディから手紙が届き、死亡証明書の写しと詳細が送られてきたことが書いてありました。それから、あなたがわたくしをこの家に招き、今後のことが決まるまでしばらく滞在させてくださるということも。そのうえあのかたは、こちらをお暇《いとま》したあと、ペリンへ来てはどうかとまで言ってくださっていました。本当にご親切に」

「書いてあったのは、それだけですか？」

「ええ。ごく短い手紙でしたから」

「ぼくが留守していたことについては、ひとこともなかったのですね？」

「ええ」

「なるほど」わたしは体が火照ってくるのを感じた。彼女のほうは、相変わらず静かにすわって、刺繍をつづけている。

そしてついに、わたしは言った。「ニック・ケンダルとうちの者たちがシニョール・ライナルディの手紙で、アンブローズの死を知ったというのは本当です。でもぼくはちがいます。実は、ぼくはフィレンツェでそれを知ったのです。あの山荘で、あなたの使用人の口から」

レイチェルは顔を上げて、わたしを見た。今回その目に涙はなく、笑いも潜んでいなかった。その凝視は長く、さぐるようだった。わたしには、彼女の目が憐れみと非難の両方をたたえているように思えた。

第十章

「フィレンツェへいらした？」彼女は言った。「いつ？　どれくらい前のことですか？」

「帰ってからまだ三週間も経っていません」わたしは答えた。「フランス経由で行ってきたのです。フィレンツェには一泊しかしていません。八月十五日だけです」

「八月十五日？」彼女の声の調子が少し変わった。その目が、すばやく記憶をたどっているのがわかった。「でも、わたしがジェノバへ発ったのは、その前日ですよ。そんなことありえませんわ」

「でもそうだったのです。それが事実なのです」

刺繍は彼女の手から落ちていた。そしてあの奇妙な表情、不安にも似たものが、ふたたび彼女の目に浮かんだ。

「なぜいままで黙っていらしたのです？　この家に丸一日、わたしを置いておきながら、なぜひとこともおっしゃらなかったのです？　きのうの晩――そうよ、きのうの晩、話してくだされればよかったのに」

「ご存じだと思っていたのです。ニック・ケンダルに手紙に書いてくれるようたのんであったので。いずれにせよ、そういうことです」

わたしのなかの臆病な一面は、これでもう終わりになるよう、彼女がふたたび刺繡を取りあげるよう願っていた。しかしそうはならなかった。

「山荘にいらしたのね」彼女はひとりごとのように言った。「ジュゼッペはあなたをなかへ入れたでしょうね。門を開けて、そこに立つあなたを見て、きっと思ったでしょう……」ここで言葉が途切れた。その目が暗くなり、彼女は顔をそむけて暖炉のほうに目をやった。

「何があったのか話してください、フィリップ」

わたしはポケットに手を入れ、なかの手紙に触れた。

「長い間、アンブローズから連絡がなかったのです。復活祭からずっと。いや、聖霊降臨日からかもしれない――日にちまでは思い出せませんが、彼の手紙は全部、二階にしまってあります。ぼくは心配になりました。何週間も過ぎて、七月になって、やっと手紙が来ました。便箋一枚だけの、彼らしくない殴り書きのような手紙です。ニック・ケンダルに見せると、彼もすぐフィレンツェへ行ったほうがいいと言いました。そしてそのとおり、ぼくは翌日か翌々日に発ったのです。出かけるとき、また一通手紙が届きました。今度はほんの数行だけ。どちらの手紙も、いまこのポケットに入っています。お読みになりますか?」

レイチェルはすぐには答えなかった。彼女は暖炉を見つめるのをやめ、ふたたびこちらを見据えていた。その目には有無を言わさぬ何かがあった。脅迫的でも命令的でもなく、妙に思慮深く、妙に優しい、まるで、わたしが話を渋っているのを読み取り、その理由をも理解し、だからこそ先をうながしているような。

「いいえ、あとにします」

わたしは彼女の目から目をそらし、その手に視線を落とした。それは膝の上で組み合わされていた。小さく、そして、じっと動かずに。直接彼女を見ずに、その手を見ているほうが、なぜか話しやすかった。

「フィレンツェに着くと、馬車を雇って、あなたの山荘へ行きました。使用人が——あの女のほうが、門を開けたので、アンブローズのことを訊ねました。彼女は怯えた様子で夫を呼び、その男がやって来て、アンブローズが死に、あなたが出ていったことを話してくれました。そのあと男は、なかを案内してくれました。アンブローズが死んだ部屋も見ましたよ。山荘を去る直前、あの女の使用人がチェストを開けて、彼の帽子をくれました。それが、あなたの忘れていったただひとつの品だったのです」

わたしは口をつぐみ、彼女の手を見つめつづけた。右手の指が、左手の指輪をいじっている。わたしはその指がぎゅっと指輪をつかむのを見守っていた。

「つづけて」レイチェルは言った。

「山荘を出たあと、フィレンツェにもどり、シニョール・ライナルディの家を訪ねました。使用人の男が住所を書いてくれたので。そして、ライナルディはぼくを見てぎくりとしましたが、すぐに気を取り直しました。そして、アンブローズの病気の詳細や、彼が死んだときの様子を話し、よかったら行くようにと言って、プロテスタントの墓地の管理人に一筆書いてくれました。行く気にはなれませんでしたが。あなたの居所を訊くと、彼は知らないと言いました。それだけです。翌日、ぼくは帰途につきました」

ふたたび沈黙が落ちた。指輪をつかむ指の力がゆるんだ。「その手紙を見せてくださる？」

彼女は言った。

わたしはポケットから手紙を取り出して、彼女に渡し、暖炉に視線をもどした。紙がカサカサと音を立てる。彼女が手紙を開いているのだ。長い沈黙があった。それから彼女の声がした。

「この二通だけですか？」

「ええ、それだけです」

「復活祭か聖霊降臨日以降、なんの連絡もなくて？」

「ええ、なんにも」

レイチェルもわたしと同じように、そらで覚えてしまうまで、何度も何度もその手紙を読み返したにちがいない。ついに彼女はそれを返した。

「さぞわたくしが憎かったでしょう」彼女はゆっくりと言った。

わたしはびくりとして顔を上げた。互いに見つめあうと、自分の空想、自分の悪夢をことごとく彼女に知られているような気がした。この十数カ月の間、自分が創りあげてきた女の顔をひとつひとつ見られているような。否定しても無駄だ。抗議など意味がない。防壁は取り払われた。まるで、裸で椅子にすわっているような、妙な気分だった。

「ええ」とわたしは言った。

言ってしまうと、楽になった。カソリック教徒が懺悔《ざんげ》によって感じるのは、これなのかもしれないと思った。これこそが罪の浄化なのだろう。重荷は取りのぞかれ、代わりに空虚感が生まれた。

「なぜここに招いてくださったの？」レイチェルが訊ねた。

「あなたを責めるためです」

「何について責めるのです？」

「さあ。たぶんアンブローズの心を打ち砕いたことについてでしょう。それは殺すのと同じことですから。そうでしょう？」

「そのあとは？」

「そこまでは考えていませんでした。ぼくはただただあなたを苦しめたかったのです。あなたが苦しむのを見たかったのです。そのあとは、たぶん、あなたを去らせたでしょう」

「ずいぶん寛大ですのね。わたくしにはもったいないくらいですわ。でも、あなたは成功なさいました。お望みどおりになったでしょう。心ゆくまで、わたくしをご覧なさい」

わたしを見つめるその目が、変化しつつあった。顔はとても白く、静かなままだ。その点は変わらない。もしもその顔を靴の踵《かかと》で踏みつけて粉々に砕いたら、目だけがそのまま残るだろう。そこに溜まった涙は、決して頬へは流れず、決して落ちてこないだろう。

わたしは立ちあがって、ドアのほうへ向かった。

「もう耐えられない。アンブローズがよく、おまえは軍人としては最低だろうと言っていました。冷酷に人を撃つことなど、ぼくにはできない。どうか二階へ行ってください。いいえ、ここ以外ならどこでもいい。ぼくは物心がつく前に母を亡くしている。だから女性が泣くのを見たことがないんです」わたしはドアを開けた。しかしレイチェルは暖炉の前にすわったまま動こうとしなかった。

「レイチェルさん、二階へ行ってください」

その声がどんなふうに響いたのか——荒々しかったのか、轟くようだったのか——それはわからないが、床に寝そべっていた老犬のドンが、頭をもたげて、犬らしいあの賢そうな目でじっとわたしを見つめた。それから彼は、伸びをし、あくびをして、暖炉のそばへ行き、レイチェルの足に顎を載せた。すると彼女が動いた。その手が下りていき、ドンの頭に触れた。わたしはドアを閉めて暖炉にもどると、二通の手紙を火に投げこんだ。

「そんなことをしても無駄ですわ」レイチェルは言った。「あの人が何を書いたか、ふたりとも覚えているのですから」

「ぼくは忘れます。あなたが忘れてくれるなら。火には浄化する力がある。あとには何も残らない。灰にはなんの意味もありません」

「あなたがそんなに若くなかったら、あるいは、あなたがちがう人生を送ってきた、まったく別の人で、そんなにもアンブローズを愛していなかったら、わたくしもあの手紙のこと、アンブローズのことを釈明することができたでしょう。でも何も言いますまい。それくらいなら、あなたの責めを甘んじて受けましょう。長い目で見れば、わたくしたちのどちらにとっても、そのほうが楽なはずですから。どうかもう少しだけ我慢してください。月曜には出ていきますから。そうすれば、あなたはもう二度とわたくしのことを考えずにすみますわ。あなたにそのつもりがなかったとしても、昨夜ときょう、わたくしはとても幸せでした。ありがとう、フィリップ」

暖炉の火を足でつつくと、燃えがらが落ちてきた。

「あなたを責めてなどいませんよ」わたしは言った。「何ひとつ計画どおりにはならなかった。ぼくはこの世に存在しない女を憎んでいたのです」

「でもわたくしはここにいますわ」

「あなたはぼくが憎んでいた女ではありません。言えるのはそれだけです」

レイチェルはドンの頭をなでつづけ、彼は今度はその頭を彼女の膝にあずけた。

「あなたが思い描いていたというその女性ですけれど」レイチェルは言った。「彼女が出現したのは、その手紙を読んでからですか、それとも読む前ですか？」

わたしはしばらく考えてから、すべてを一気に吐き出した。これ以上隠し事をしても、事態は悪くなるだけだ。

「読む前です」わたしはのろのろと言った。「ある意味では、その手紙を見て、ぼくはほっとしたのです。自分を恥じていたのです。あなたを憎む理由ができたわけですから。それまでは、なんの理由も見つからないので、自分を恥じていたのです」

「自分を恥じて？　どうして？」

「なぜなら、この世に嫉妬ほど自滅的で、卑しい感情はないと思うからです」

「あなたが嫉妬を……」

「ええ。不思議ですが、いまになるとよくわかります。いちばん最初に、アンブローズが結婚を知らせてきたときから、ぼくは嫉妬していた。もしかするとその前から、どこかにそんな気持ちがあったのかもしれない。誰もが他のみんなと同じようにぼくも喜ぶものと思っていましたが、それはとても無理でした。嫉妬するなんて、ひどく感情的で馬鹿げたことだとお思いでしょうね。まるでわがままな子供みたいだ。たぶん本当にそうだったんでしょう——いや、いまだってきっとそうです。問題は、ぼくがアンブローズ以外、誰とも親しくないということ、誰も愛したことがないということなんです」

わたしは、彼女にどう思われるかなど気にもせず、声に出して考えていた。それまで自分に認めたことのない事柄を言葉にしていた。

「アンブローズも同じ問題をかかえていたのではないかしら?」

「どういう意味です?」

レイチェルはドンの頭から手を離すと、膝に頬杖をついて、じっと炎に見入った。

「あなたはまだ二十四でしょう、フィリップ。人生はまだまだこれからですわ。たぶんこの先には、長い幸せな年月が待っているでしょう。もちろん結婚もする。愛する女性といっしょになり、子供も生まれるでしょうね。アンブローズに対するあなたの愛情は、決して減りはしないけれど、納まるべきところへ納まったでしょう。きっと息子が父親に抱くごくふつうの愛になったはずですわ。でもあの人の場合はそうはいかなかった。結婚が遅すぎたのです」

わたしは暖炉の前に片膝をついて、パイプに火をつけた。許しを求めようとは思わなかった。彼女が気にしないことはわかっていた。

「遅すぎたというのは、なぜです？」

「ちょうど二年前、フィレンツェに来たとき、アンブローズは四十三でした。わたくしはそのとき初めてあの人に出会ったのです。あなたはご存じね。あの姿、あの話しかた、あのしぐさ、あの笑顔。あなたにとっては赤ちゃんのときから、それがすべてだった。でも、その魅力が、それまで幸せ薄かった女に――まるでちがう男たちしか知らなかった女に、どんなふうに作用するかは、わからないでしょう」

いや、わたしにはわかっていたと思う。ただし、そうは言わなかったが。

「なぜなのか不思議だけれど、あの人はわたくしに目を留めたのです。こういうことは説明できない。ただそうなるものなのです。ある男がなぜある女を愛するのか、血液のなかのどんな不思議な化学物質が混ざりあって、人と人が惹かれあうのか、それは誰にもわからないでしょう？　何度となく心を打ち砕かれてきた、孤独で不安なわたくしにとって、あの人は救世主のようなもの――祈りに対する答えでした。あんなに強く、しかもあんなに優しくて、おごったところなどみじんもない人なんて、それまで出会ったことがなかった。あれは新たなる発見でしたわ。自分にとってアンブローズがなんだったかは、わかっています。でも、あの人にとってわたくしは……」

彼女は黙りこんで、眉を寄せ、むずかしい顔で火を見つめた。その指がふたたび、左手の指輪をもてあそびだした。

「あの人はずっと眠っていて、ふと目を覚まし、世界に気づいた人のようでした。この世のあらゆる美しさに。そして、悲しみにも。飢えや渇きにもね。それまで知らなかったもの、考えもしなかったものが、すべて目の前に現れたのでしょう。そしてあの人はそれを——偶然と言うべきか、不幸と言うべきか——たまたまわたくしというひとりの人間に投影してしまったのです。ライナルディが——そう言えば、あの人は彼を嫌っていたし、あなたもそうなのでしょうね——彼が一度言っていましたわ。アンブローズは、ちょうどある種の人たちが宗教に目覚めるように、わたしに目覚めたのだ、とね。あの人は、それと同じようにとりつかれてしまったのです。でも、宗教に目覚めた人は修道院に入り、聖母マリアの祭壇の前で一日中祈っていれば、それですむ。マリア様は石膏でできているから、決して変わらないでしょう。でも女はそうはいきませんの、フィリップ。女の気分は昼と夜でちがう。一時間ごとに変わることもありますわ。男の気分と同じようにね。わたくしたちは人間なのです。それが弱点なのですわ」

宗教についての彼女の話は、わたしには理解できなかった。頭に浮かんだのは、メソジスト派に改宗し、帽子もかぶらず路傍で説教をして歩いているセント・ブレイジーのアイゼイア老人のことだけだ。彼はエホバの名を唱え、自分も他の者もみな、神の目から見れば哀れな罪人であり、誰もが天国の門をたたかねばならないと説いている。そういった状態が、どうしてアンブローズに当てはまるのだろう？　カソリックはもちろん異なっている。レイチェルが言いたいのはきっと、アンブローズが、十戒に言われる偶像のように彼女を扱っていたということなのだ。汝はそれらを拝んではならない、崇めてはならない。

「つまり、アンブローズがあなたに多くを求めすぎていたということですか？　彼がいわば台座の上にあなたを載せたということですか？」

「いいえ。台座ならうれしかったでしょう。いろいろつらい目に遭ってきたあとでしたもの。後光はすばらしいものですわ。ときどき脱いで、人間にもどれるのなら」

「じゃあなんなのです？」

レイチェルはため息をつき、両手をだらりと落とした。その顔に突然、深い疲労の色が浮かんだ。彼女は椅子に背をあずけ、クッションに頭をもたせかけて目を閉じた。

「宗教への目覚めは、人を向上させるとはかぎりません。世界に目覚めたことは、アンブローズの救いにはならなかった。彼は変わってしまったのです」

その声にもやはり疲れがにじんでいた。それに、妙に抑揚のない口調だ。たぶんわたしと同じように、彼女も懺悔していたのだろう。レイチェルは椅子にもたれて、両のてのひらで目を押さえた。

「変わった？」わたしは訊き返した。「どんなふうに変わったのですか？」

わたしは衝撃を受けていた。子供のとき、死や、悪や、残酷さというものを、突然知って、受けたような衝撃だ。

「あとで医者たちは、あれは病気のせいだと言っていました」彼女は言った。「本人にもどうすることもできなかったのだ、ずっと眠っていた気質が、苦痛と恐怖によって、とうとう表に出てきたのだ、と。でも、本当にそうなのかどうか、わたくしにはわかりません。確かに起こるべくして起こったことなのかどうか。わたくしのなかの何かが、その気質を引き出したのかもしれませんわ。あの人にとって、わたくしと出会ったことは、ほんのしばらくの間、至上の歓びだった。でもその後、大きな不幸となったのです。あなたがわたくしを憎むのは、当然です。イタリアに来さえしなければ、あの人はいまもあなたとここで暮らしていたでしょう。きっと死んだりはしなかったでしょうから」

わたしは恥じ入り、うろたえていた。なんと言えばよいのだろう？　「それでもやはりアンブローズは病気になったかもしれません」助け船を出すように、わたしは言った。「そうしたら、あなたではなく、このぼくが責めを負うことになったでしょう」

レイチェルは顔から手をどけ、椅子の背に頭をあずけたまま、こちらを見ずにほほえんだ。

「あの人はあなたをとても愛していました」彼女は言った。「まるで息子のように。とても自慢にしていましたわ。いつだって、うちのフィリップが昔、こんなことをした、あんなことをした。ねえ、フィリップ、あなたがこの十八カ月、わたくしに嫉妬していたとしても、おあいこですわ。わたくしのほうだって、ときどき、あなたがいなければどんなにいいだろう、と思っていたのですから」

わたしは彼女を見返し、ゆっくりと笑みを浮かべた。

「あなたも空想をめぐらせました？」

「それはもうひっきりなしに。始終アンブローズに手紙をよこす、あのわがまま坊や、というふうにね。あの人はところどころその手紙を読みあげる。でも、決してわたくしに見せようとはしないのです。あの坊やときたら、欠点などひとつもなく、いいところばかり。わたくしが理解してあげられないときも、ちゃんとアンブローズを理解する。あの坊やは、アンブローズの心の四分の三を、しかも最高の部分を占めている。それに引き換え、わたくしのほうは、いちばん悪い三分の一しか占めていない。ああ、フィリップ……」彼女は言葉を切り、ふたたびわたしにほほえみかけた。「あなたが嫉妬したですって？　男の嫉妬など子供の嫉妬と同じ。発作的で、単純で、底が浅いものです。でも女の嫉妬は、大人の嫉妬。まるでちがうものなのですよ」彼女は、頭の下からクッションを引っ張りだして軽くたたいた。それからガウンの乱れを直し、椅子のなかで体を起こした。「もう今夜は充分お話ししましたね」そう言って、彼女は身をかがめ、床に落ちていた刺繍を拾いあげた。

「ぼくは疲れていませんよ。まだまだ話していられます。いくらでも。つまり、ぼくが話すのではなく、あなたの話を聴くということですが」

「まだ明日がありますわ」

「なぜ明日だけなんです？」

「月曜にはお暇《いとま》するからですわ。初めから週末だけの予定でしたの。ご教父のニック・ケンダル様が、ペリンに招いてくださっているので」

そんなにすぐに宿泊先を変えるなど、不合理で、まったく無意味なことに思えた。

「行く必要はありませんよ。着いたばかりなんですから。ペリンを訪問する時間ならいくらでもあります。あなたはここをまだ半分も見ていないじゃありませんか。うちの者たちがどう思うかしれませんよ。それに小作人たちもです。みんな、深く傷つくでしょう」

「そうでしょうか」

「それに、プリマスから荷が届くのでしょう？　苗や切り枝が。タムリンとその話をしないと。それに、アンブローズの遺品に目を通して仕分けもしなければいけません」

「それはあなたひとりでおできになるのではありませんか？」

「なぜひとりでやる必要があるんです？　いっしょにやればいいでしょう」

わたしは立ちあがって伸びをし、つま先でドンをつついた。「起きるんだ。いびきをかくのをやめて、他の連中といっしょに犬小屋へ行く時間だよ」ドンは身じろぎして唸った。「この怠け者め」レイチェルを見おろすと、彼女は、まるでわたしを透かして他の誰かを見ているような、不思議な表情を目に浮かべて、わたしを見あげていた。

「どうしました？」

「別に」彼女は答えた。「なんでもありません……ロウソクを持ってきて、寝室まで送ってくださいません、フィリップ？」

「いいですとも。ドンを犬小屋に連れていくのは、そのあとにしましょう」

燭台は戸口のテーブルに載っていた。彼女が自分のを手に取ったので、わたしはそのロウソクに灯を灯した。ホールは暗かったが、踊り場まで上がると、廊下の先にシーカムの置いていった灯明が見えた。

「あの明かりがあれば大丈夫」レイチェルは言った。「あとはひとりで行けますわ」

彼女は階段の上でちょっと足を止めた。その顔は陰になっていた。一方の手が燭台を握り、もう一方の手はガウンをつまんでいる。

「もうわたくしを憎んではいらっしゃらない？」彼女は訊ねた。

「ええ。言ったでしょう。あれはあなたではなかったんです。別の女性ですよ」

「本当に確かですか？」

「絶対ですよ」

「では、おやすみなさい。よく眠ってくださいね」

彼女は行こうとしたが、わたしはその腕に片手をかけて引き留めた。

「待ってください。今度はぼくが質問する番です」

「なんですの、フィリップ？」

「まだぼくに嫉妬していますか？　それとも、あれもやはり、ぼくではなく誰か別の男だったのですか？」

レイチェルは笑って、わたしの手に手をすべりこませた。一段上に立っていたため、そのたたずまいには、それまで気づかなかった新たな優雅さが感じられた。彼女の目は、揺らめくロウソクの灯に照らされ、大きく見えた。

「尊大でわがままな、あのいやな坊や？　彼はきのう、あなたがフィービ叔母さんの私室に入ってくるなり、消えてしまいましたわ」

突然、彼女は身をかがめて、わたしの頰にキスした。

「初めてのキスね」彼女は言った。「もしおいやだったら、わたくしではなく、誰か他の人にしてもらったと思いなさいな」

そして彼女は、わたしを残して階段を上っていった。ロウソクの明かりが、遠くの壁に黒い影を投げかけていた。

第十一章

我が家では、日曜の習慣は厳格に守られていた。朝食は普段より遅い九時、そして、十時十五分に表に馬車が回され、アンブローズとわたしは教会へ行く。家の者たちは、軽四輪馬車でつき従う。礼拝がすむと、彼らは家に帰り、これもやはり普段より遅く、一時に昼食を取る。わたしたちは四時に、パスコー牧師とその夫人とともに食事をする。牧師夫妻の未婚の娘がひとりふたり加わることもあり、ケンダル氏とルイーズもたいてい同席する。アンブローズが外国へ行ってから、わたしは馬車を使わず、ジプシーに乗って教会へ行っていた。このことは、ちょっとした物議をかもしたようだが、どうしてなのかわからない。

その日曜日、わたしはお客に敬意を表し、しきたりどおり馬車を回すよう命じた。レイチェルは、朝食を運んだシーカムからそのことを聞き、十時きっかりにホールに降りてきた。昨夜来、わたしは幾分気が楽になっており、彼女の姿を見たときも、今後、この人にはなんでも言いたいことが言えるのだという気がした。束縛するものはもう何もない。不安も、怨念も、ごくふつうの礼儀さえも。

「覚悟してくださいよ」朝の挨拶のあと、わたしは言った。「教会じゅうの人々の目が、あなたに注がれるでしょうから。ときどき口実を作ってベッドで過ごす怠け者どもも、きょうだけは出てきますよ。みんな通路に立って待っているでしょう。たぶん伸びあがってね」

「なんだか怖くなってきましたわ。行くのはよそうかしら」

「論外だな。行かなかったりしたら、みんな、絶対許してくれませんよ」

彼女は厳かな目でわたしを見た。

「作法がわかるかどうか、自信がありませんわ。カソリックとして育てられたので」

「そのことは黙っていらっしゃい。カソリック教徒は、この地方では、地獄で焼かれて当然とされているんです。少なくとも、ぼくはそう教わっています。ぼくがやることを見ていらっしゃい。そうすれば失敗せずにすみますよ」

馬車が玄関に着いた。ブラシのかかった帽子にこぎれいな花形帽章をつけ、馬丁の少年を脇に従えたウェリントンは、誇らしさではちきれそうになっていた。糊の利いたきれいなシャツに、日曜日用の上着を着こんだシーカムは、このうえなく厳めしく、玄関の横に立っていた。これは一生に一度の晴れ舞台なのだ。

わたしはレイチェルに手を貸して馬車に乗りこませ、自分もその隣にすわった。彼女は黒いマントを肩にかけ、帽子のベールで顔を隠していた。

「みんなあなたの顔を見たがりますよ」わたしは言った。

「では、我慢していただきましょう」彼女は答えた。

「あなたにはおわかりにならないんですよ。いままで、こんなことはなかったんです。もう三十年近くも。年寄りたちは、たぶん、伯母やぼくの母を覚えているでしょう。でも若い連中にとっては、アシュリー夫人が教会に来るなんて前代未聞なんですよ。それに、無知な彼らを啓蒙してやらないと。みんな、あなたが、彼らのいわゆる異国から来たのを知っているんです。連中は、イタリア人というのは黒人だろうと思っているんですからね」

「ねえ、もうやめてくださらない?」レイチェルはささやいた。「御者台のウェリントンに聞こえていますよ。あの背中を見ればわかります」

「いや、やめませんよ。とても大事なことなんですから。ぼくは噂というものを知っています。土地の連中全員が、首を振り振り、こう言いながら、日曜のご馳走の待つ家に帰ることになるんですよ——アシュリー夫人は黒人女か」

「ベールは、教会でひざまずくときに上げます。見たいかたは、そのときにご覧になればいいわ。本当はそんなことすべきではないのですけれど。目はちゃんと祈禱書に据えていないとね」

「席はカーテンのついた仕切りに囲われているんです。いったんそこにひざまずいてしまえば、誰からも見えやしません。そうしたければ、なかでおはじき遊びだってできますよ。子供のころ、よくやっていたんです」

「子供のころ? その話はしないでちょうだい。すっかり知っていますからね。あなたが三つのとき、アンブローズが乳母を解雇したことも、あの人があなたの幼児服を脱がせて半ズボンに替えたときの話も、あなたがアルファベットを覚えたあのひどい勉強法も。信者席でのおはじきくらい驚きませんよ。もっと悪いことをしたのではないかしら」

「ええ。一度、ポケットに白ネズミを入れていったことがありますよ。連中、座席の下を駆け抜けていって、うしろの席の老婦人のペティコートをよじ登ったんです。その人は目を回して、運び出されるはめになりました」

「アンブローズにたたかれました？」

「とんでもない。ネズミを床に放したのは、彼のほうなんです」

レイチェルはウェリントンの背中を指差した。彼の肩はこわばり、耳は赤くなっていた。

「きょうはお行儀よくなさい。さもないとわたくし、出ていきますからね」

「そうしたらみんな、あなたが目を回したのだと思いますよ。そして、ニック・ケンダルとルイーズが助けに飛んでいくでしょう。ああ、しまった……」わたしは愕然として膝の上で手を組み合わせた。

「どうなさったの？」

「たったいま思い出したんです。きのう、ルイーズに会いにいく約束だったんですよ。なのに、すっかり忘れていて。彼女、午後じゅう待っていたかもしれないな」

「それはずいぶんね。彼女がちゃんとその鼻をへし折ってくれればいいけれど」

「あなたのせいにしよう。実際そうなんですからね。領地を案内するようたのまれたんだと言いますよ」

「他に予定があると知っていたら、お願いしなかったのに。なぜ、そうおっしゃらなかったの？」

「すっかり忘れていたからです」

「わたくしだったら憤慨しますわ。女に対して、それ以上ひどい言い訳はありませんもの」

「ルイーズは女じゃありませんよ。ぼくより若いくらいですから。それに、ぼくは彼女を、幼児服で走りまわっていた時分から知っているんです」

「だからと言って許されることではありません。彼女にもちゃんと心があるんですから」

「まあ、なんとか機嫌を直してくれるでしょう。食事のとき、隣にすわるはずだから、花の活けかたがすばらしかったと褒めておきますよ」

「どのお花?」

「家のなかの花です。婦人の間と、それに寝室にもあったでしょう。彼女はわざわざそのために馬車でうちまで来てくれたんです」

「まあ、ご親切なかた」

「シーカムにはちゃんとやれないと思ったんですよ」

「無理もありませんわ。細やかに気を配って、趣味よく活けていらしたもの。婦人の間にある炉棚の鉢のが、いちばんすてきね。それに、窓辺のサフランも」

「炉棚に花がありましたっけ? それに窓辺にも? 気がつかなかったな。でもちゃんと褒め讃えて、細かな点を追及されないよう祈るとしますよ」

わたしはレイチェルを見て笑った。ベールの下のその目がほほえみ返すのが見えたが、彼女は首を振っていた。

馬車は丘の急斜面を下りきって、道を曲がり、村に、そして、教会に到着した。思っていたとおり、大勢の人が垣根の前に群がっていた。ほとんどは顔見知りだったが、好奇心に駆られてやって来た見かけない連中も多かった。馬車が門に近づいていき、わたしたちが降りるとき、ちょっとした押し合いがあった。わたしは帽子を脱いで、レイチェルに腕を差し出した。ニック・ケンダルがルイーズにそうするのを何度も見ていたからだ。多くの視線を浴びながら、わたしたちは教会の入口まで小径を進んでいった。馬鹿みたいな気分になり、違和感を覚えるだろうと思っていたのだが、まったくちがった。感じたのは、自信と誇らしさ、そして、不思議な満足だった。わたしは右も左も見ず、まっすぐ前を向いていた。レイチェルとともに通りすぎていくと、男たちは帽子を取り、女たちはお辞儀をした。ひとりのとき、こんな扱いを受けたことはない。やはりこれは晴れ舞台なのだ。

鐘の鳴りつづけるなか、教会に入っていくと、すでに席に着いていた人々がこちらを振り返った。男たちの足が床をこすり、女たちのスカートが衣擦《きぬず》れの音を立てた。わたしたちはケンダル家の席を通り越し、自分たちの席に向かった。毛深い眉をぎゅっと寄せ、考え深げな顔をしたケンダル氏の姿が目に入った。もちろん、この二日間、わたしがどんな態度を取っていたかを考えているのだ。育ちのよい彼は、わたしたちのどちらにも目を向けなかった。その隣には、ルイーズが背筋をぴんと伸ばし、しゃちこばってすわっていた。彼女はつんけんしたムードを漂わせていた。どうも怒らせてしまったようだ。だが、レイチェルを先に席に入れるため、わたしが脇へ寄ったとき、どうしても好奇心に勝てなくなったのだろう、彼女は顔を上げて、わたしのお客をじっと見つめた。それから、わたしの目を捉え、問いかけるように眉を上げた。わたしは気づかないふりをし、席に入ってドアを閉めた。会衆は祈りのためにひざまずいた。

信者席で女性と並んでいるのは、妙な感じだった。子供時代、アンブローズに連れられて初めて教会に来たときのことを、わたしは思い出していた。当時は、座席ごしに前を見るのにも、足台に立たねばならなかった。わたしはアンブローズをまねて、祈禱書を両手に持ったが、逆さまに持っていることもしょっちゅうだった。祈りの唱和になると、意味など考えもせず、アンブローズのつぶやきを復唱した。少し背が伸びると、カーテンを開けて人々を見回したり、仕切りのなかの牧師や聖歌隊の少年たちを眺めたりした。もっと後に、ハロー校から休みで帰っているときは、アンブローズがするように座席の背にもたれて腕組みし、説教が長すぎれば居眠りした。大人になったいま、教会は瞑想の場となっていた。残念ながら、自らの過ちや怠慢について考えるのではなく、その週のプランを練るのだが。農地や森で行うべき作業、浜に住むシーカムの甥に話すべき事柄、タムリンに出し忘れていた指示、等々。わたしは自分のなかに閉じこもり、何事にも誰にも邪魔されずに、ひとり信者席にすわる。そして、惰性で聖歌を歌い、祈りに唱和する。しかしこの日曜はちがった。わたしは絶えず、隣にいるレイチェルを意識していた。作法を知らないことなど、まったく問題にならなかった。彼女は、生まれたときから毎日曜日、英国国教会の礼拝に出席しているかのようだった。じっと静かにすわり、重々しく牧師に目を据え、ひざまずくときはきちんと両膝をつき、アンブローズやわたしがよくやるように、座席に半分尻を載せたりはしなかった。それに、パスコー夫人やその娘たちが牧師に見えない横のほうの席でいつもしているように、衣擦れの音を立てたり、振り返ったり、きょろきょろしたりもしなかった。賛美歌を歌うとき、彼女はベールを上げた。わたしはその唇が歌詞どおりに動くのを見たが、歌う声は聞こえなかった。説教が始まってみながすわると、彼女はふたたびベールを下ろした。

わたしは思った——最後にアシュリー家の信者席にすわった女性は誰だったのだろう？　副牧師のために歌った、フィービ叔母だろうか。それとも、フィリップ伯父の妻、わたしが会ったことのない、アンブローズの母親だろうか。きっとわたしの父も、戦争でフランスへ行き、命を落とす前、この席にすわったことだろう。それに、わたしの母も。母はまだ若く繊細で、アンブローズの話によれば、夫の死後、五カ月も生きられなかったという。わたしは、両親のことをあまり考えたことがなく、淋しいと思ったこともなかった。アンブローズがふたりの代わりになってくれたからだ。だが、こうしてレイチェルを見ていると、母のことが偲ばれた。母も、父と並んで、あの足台にひざまずいたのだろうか。膝の上で両手を組んで、座席の背にもたれ、説教を聴いたのだろうか。そしてそのあと、馬車で家に帰り、赤ん坊のわたしをベッドから抱きあげたのだろうか。パスコー牧師の単調な声を聞きながら、わたしは考えていた。幼いころ、母の腕に抱かれたときは、どんな気持ちだったのだろう？　母はこの髪をなで、頬にキスし、そのあと、ほほえみながら、わたしをベッドにもどしたのだろうか？　突然、母を思い出せたら、と思った。なぜ子供の記憶は、ある時点までしか遡《さかのぼ》れないのだろう？　わたしは、「待って」と叫びながら、よちよちとアンブローズを追いかけている、小さな男の子だった。その前には何もない。まったく何も……

「では、父なる神、子なる神、聖霊なる神のみもとへ」牧師の声でわたしは立ちあがった。結局、説教は聴かずじまいだった。それに、今週のプランを立てていたわけでもない。わたしはただそこにすわってぼんやり夢想に耽《ふけ》り、レイチェルを眺めていたのだ。

帽子に手を伸ばし、彼女の腕に触れて、わたしはささやいた。「上出来でしたよ。でも本当の試練はこれからです」

「ありがとう」彼女もささやき返した。「あなたのほうもね。約束を破った償いをしなくてはなりませんものね」

わたしたちは教会から日光の下に出た。そこでは、小作人や知人友人の小グループが待っていた。なかには、牧師の奥さんのパスコー夫人とその娘たち、それに、ニック・ケンダルとルイーズもいる。ひとりひとり、彼らは紹介を受けにやって来た。まるで宮中にいるようだ。レイチェルはベールを上げた。わたしは、あとでふたりきりになったら、彼女をからかってやることにした。

ところが、馬車に向かって小径を歩いていく途中、彼女は――その目つきと声に潜む笑いから見て、まちがいなく意図的にだが――わたしが抗議できないよう、みなの前でこう言った。

「そちらの馬車でケンダル嬢をエスコートしてくださらない、フィリップ？　わたしはケンダル様とごいっしょさせていただきますから」

「いいですとも。あなたがそうお望みなら」

「ぜひ、お願いしますわ」彼女はケンダル氏にほほえみかけ、ケンダル氏は一礼して腕を差し出し、ふたりはそろってケンダル家の馬車のほうに向きを変えた。こうなっては、こちらはルイーズとともにうちの馬車に乗りこむしかない。まるで、ひっぱたかれた小学生のような気分だった。ウェリントンが馬たちに合図し、馬車は出発した。

「ねえ、ルイーズ、ごめんよ」わたしはすぐさま口を切った。「きのうの午後は、ぜんぜん抜けられなかったんだ。レイチェルさんがうちの土地を見てまわりたいと言うんで、ついていったんだよ。きみに連絡する暇もなかった。あれば、使いをやって知らせたさ」

「あら、何もあやまることないわ。二時間くらい待ったけれど、どうってことなかった。幸いとてもお天気がよかったから、遅れて生《な》ったブラックベリーをバスケットいっぱい摘んで暇をつぶしていたの」

「本当に気の毒なことをしたね。申し訳ない」

「きっと何かあったんだろうと思っていたわ。でも、深刻な問題じゃなくてよかった。あの人の訪問に対するあなたの気持ちはわかっていたから、乱暴なまねをするんじゃないかと心配していたの。もしかしたら、ひどい口論になって、突然、あの人がうちの玄関先に現れたりするんじゃないかってね。で、どうだったの？　ここまでまったく衝突なし？　すっかり話してよ」

　わたしは帽子のつばを目まで下ろして、腕組みした。

「すっかり？　どういう意味だよ、そのすっかりって？」

「だから何もかもよ。あなた、なんて言ったの？　あの人はどう受け止めたの？　いろいろ言われて、あわてふためいた？　それとも、平然としていた？」

低い声だったので、ウェリントンに聞こえる気遣いはない。それでもわたしはいらだちを覚え、ひどく腹が立った。こんな話を持ち出すとは、いったいどういう料簡だろう？　時と場所をわきまえてほしい。第一、彼女はなんの権利があって、うるさくあれこれ問いただすんだ？

「あまり話をする時間はなかったんだ。到着した晩は、彼女のほうが疲れていて、早く寝てしまったし、きのうはずっとあちこち出歩いていたからね。午前中は庭を、午後はうちの土地を見てまわったから」

「じゃあ、まだまじめな話し合いはぜんぜんしていないの？」

「まじめという言葉の意味によるよ。とにかく彼女は、思っていたのとまったくちがう種類の人だったんだ。きみだって、ちょっと見ただけでわかったろう」

ルイーズは黙りこんだ。彼女は、わたしのように座席にもたれたりはせず、両手をマフに入れ、ぴんと背筋を伸ばしてすわっていた。

「とっても美しいかたよね」ついに彼女は言った。

わたしは向かい側の席から両足を下ろし、頭をめぐらせてまじまじと彼女を見つめた。

「美しい？」仰天してそう言った。「何言ってるんだ、ルイーズ？　気でも狂ったの？」

「とんでもない」ルイーズは答えた。「うちの父に訊いてごらんなさい。誰にでも訊いたらいいわ。あの人がベールを上げたとき、みんなが見ていたのに気づかなかった？　それに気づかないのは、あなたに女を見る目がないせいよ」

「そんな馬鹿げた話は聞いたことがないよ。まあ、確かに目はきれいだが、その点をのぞけばごく平凡な人じゃないか。実際、ぼくがこれまでに会ったなかで、いちばんふつうの人だろうな。ぼくが気に入っているのは、そこなんだよ。なんでも好きなことが言えるし、特別な気遣いもいらない。彼女の前ならなんの気兼ねもなく、椅子にくつろいでパイプを吸っていられるんだ」

「話をする時間はぜんぜんなかったんじゃないの？」

「あげ足を取るなよ。もちろん、夕食のときや遠出したとき、話はしたさ。ぼくが言いたいのは、話をするのになんの努力もいらなかったということなんだ」

「そのようね」

「きみの美人説は、本人に伝えないといけないな。彼女、きっと笑うだろうよ。みんなが見るのはあたりまえさ。彼女はアシュリー夫人だものな」

「そのせいもあるわ。でもそれだけじゃない。平凡かどうかはともかく、あの人はあなたに、とってもいい印象を与えたようね。もちろん、もう中年だけれど。少なくとも三十五にはなっているんじゃない？　それとももっと若いと思う？」

「見当もつかないね。興味もないし。人の年なんてぼくにはどうでもいいんだ。九十九だってかまうもんか」

「馬鹿言わないで。あれは九十九の女性の目じゃない。肌だってそうよ。着ているものは上等ね。あのガウン、すばらしい仕立てよ。マントのほうもね。あの人が着ると、喪服も地味に見えないわ」

「驚いたな、ルイーズ、それじゃまるでパスコー夫人じゃないか。そんな女っぽいゴシップを、きみの口から聞くのは初めてだよ」

「こっちは、そんなご熱心なあなたを見るのは、初めて。だからおあいこよ。たった二日の間に、なんて変わりようなの。まあ、少なくともひとりは、ほっとする人がいるわけだけど。うちの父ったら、最後にあなたに会ったあと、流血沙汰になるんじゃないかって心配していたもの。当然よね？」

丘の長い上りに着いたのが、ありがたかった。いつもどおり馬たちの負担を軽くするため、馬車を降り、馬丁の子といっしょに歩いていけたからだ。ルイーズの態度ときたら、尋常ではない。レイチェルの訪問がつつがなくいっていることに安堵するどころか、彼女はいらだち、怒っているようでさえあった。あんな友情の示しかたがあるだろうか。丘の頂上に着くと、わたしはふたたび馬車に乗りこみ、彼女の隣にすわった。以降、ふたりはひとことも言葉を交わさなかった。馬鹿げてはいるが、向こうに沈黙を破る気がないなら、歩み寄ってなどやるものかという気分だった。わたしは、帰途に比べ、教会までの往路がどんなに楽しかったか、振り返らずにはいられなかった。

あちらのふたりはどんな具合にやっているのだろう、と思った。どうやら楽しくやっていたようだ。ルイーズとわたしが馬車を降りたあと、ウェリントンは場所を空けるためにターンし、わたしたちは玄関の前でケンダル氏とレイチェルを待った。ふたりは旧友同士のように話に花を咲かせていた。普段は無愛想で寡黙なケンダル氏が、いつにない温かな態度で何か長々と論じている。「不名誉な」とか「国は黙っていない」とかいう言葉を耳にして、わたしは悟った。ケンダル氏はお得意のテーマ、「政府と野党」について話しているのだ。賭けてもいいが、彼のほうは馬のために徒歩で丘を登ったりはしなかったはずだ。

「道中、楽しく過ごされましたか？」わたしの目の色をさぐり、口もとをぴくぴくさせながら、レイチェルが訊ねた。どんな道中だったかは、わたしたちの硬い表情からわかっていたにちがいない。

「はい、お陰様で」ルイーズがそう答えて、礼儀正しくうしろに退り、彼女を先に通そうとした。しかしレイチェルはその腕を取った。「いっしょにわたくしのお部屋へ来て、コートや帽子をお脱ぎなさいな。すてきなお花のお礼を申しあげたいの」

パスコー一家は、ケンダル氏とわたしが手を洗い、挨拶を交わし終えるか終えないかのうちに、全員そろってやって来た。わたしは、牧師とその娘たちを庭に案内する役目を負わされた。牧師は別に気にもならないのだが、娘たちのほうはごめん被りたいところだった。牧師の妻のパスコー夫人はと言えば、獲物を追いかける猟犬よろしく、ご婦人がたのいる二階へと向かった。夫人は埃をかぶっていない青の間を見たことがないのだ……。娘たちは大騒ぎでレイチェルを褒めちぎり、ルイーズと同じく、とても美しいかただと言いきった。連中に、あの人は小柄だし、まるで平凡じゃないか、と言ってやるのは楽しかった。娘たちはキャアキャアと抗議の声をあげた。「平凡ではないでしょう」パスコー牧師は、杖で紫陽花《アジサイ》をつついた。「決して平凡ではありませんよ。娘たちの言うように、美しいとも思いませんが。しかし女らしい。そう、この言葉がぴったりです。とても女らしいかただ」

「でもお父様」娘のひとりが言った。「それはあたりまえでしょう? アシュリー夫人が女らしくないはずありませんわ」

「いやいや」牧師は答えた。「女らしさに欠けた女性は、驚くほど大勢いるものだよ」

パスコー夫人の馬面が頭に浮かんだ。わたしは大急ぎで、一同がもう何十回も見ているにちがいない、アンブローズがエジプトから持ち帰った椰子《やし》の若木を指差し――自分としてはそつのない対応のつもりで――話題を変えた。

そろって家にもどり、居間に入ると、そこではパスコー夫人がレイチェルを相手に、庭係の少年と問題を起こした厨房のメイドのことを声高に話していた。

「どうにも不思議なのはね、アシュリーの奥様、いったいどこでそんなことが起きたのかなんですの。その娘は部屋もうちの料理女といっしょですし、わたくしどもの知るかぎり、家を離れたことなどないんですからねえ」

「地下室ということは考えられません?」レイチェルが言った。

わたしたちが入っていくなり、会話はぴたりとやんだ。二年前、アンブローズがいなくなって以来、日曜がそれほど速く過ぎていったことはなかった。いや、彼がいたころさえ、長ったらしい日曜はあった。パスコー夫人を嫌い、その娘たちには関心がなく、ルイーズのことは旧友の娘だからという理由でなんとか我慢しているにすぎなかったアンブローズは、いつもあれこれ手を尽くして、牧師とケンダル氏だけを招こうとした。そうすれば、男四人でくつろぐことができるからだ。女どもが加わると、一時間が一日にも感じられた。しかしこの日はちがった。

食事が始まると、テーブルには肉が並び、磨きぬかれた銀器はきらめき、一同の前にはまるで晩餐会のような光景が繰り広げられた。わたしは、いつもアンブローズがすわっていた上座にすわり、レイチェルはその向かい側だった。結果として、隣はパスコー夫人になったが、この日ばかりはわたしもその言動にカッカせずにすんだ。夫人の穿鑿がましい大顔は、ほぼずっと反対方向へ向けられていたからだ。彼女は笑い、食べ、夫に小言を言うのも忘れていた。牧師のほうも、おそらくは生まれて初めて、自分の殻から引っ張りだされ、頬を赤らめ、目を輝かせて、詩の引用などしていた。パスコー一家の全員が薔薇のように花開いたのだ。それに、あんなに楽しげなニック・ケンダルを見るのも初めてのことだった。

ルイーズひとりが黙りこみ、殻にこもっているようだった。精一杯ご機嫌を取ったが、彼女は応えなかった。応える気がなかったのだろう。彼女はわたしの左隣で身をこわばらせ、ほとんど何も食べず、パンのかけらを粉々に砕いていた。その表情は、石を呑みこんだかのように、じっと動かなかった。まあ、むくれたいなら、むくれていればいい。こちらはあまりにも楽しくて、彼女のことなど気にしてはいられなかった。わたしは背を丸めて椅子にすわり、肘掛けに腕を載せ、牧師に詩の引用をうながすレイチェルを笑っていた。これは、かつて出席し、楽しんできたなかで、いちばんすばらしい日曜の食事だと思った。アンブローズがここにいて、このひとときをみなと分かちあえるなら、世界を丸ごと差し出してもいいほどだった。デザートがすみ、ポートワインがテーブルに置かれると、わたしは迷った。いつものように立ちあがって、ドアを開けるべきなのだろうか。それとも、きょうは向かい側に女主人がいるのだから、合図するのは彼女の役目なのだろうか。会話がふっと途絶えた。突然、レイチェルがこちらを見てほほえんだ。わたしも笑みを返した。一瞬、彼女と抱きあっているような気がした。奇妙な、不思議な感じだった。かつて味わったことのないその感覚は、わたしの全身を貫いていった。

そのとき、ニック・ケンダルがいつものぶっきらぼうな低い声で言った。「どうです、アシュリー夫人。フィリップには、アンブローズを思い出させるところがたくさんあるでしょう？」

ほんのしばらく沈黙があった。レイチェルはナプキンをテーブルに置いた。「ええ、本当に。ですから、このお食事の間ずっと思っていましたの――どこにちがいがあるのかしらって」

彼女は立ちあがった。他の女たちもだ。わたしは席を立って、ドアを開けた。しかし女性陣を居間に送り出し、ふたたび席にもどったときも、あの感覚はまだ消えていなかった。

第十二章

牧師が別の教区で夕べの祈りを捧げなくてはならないため、お客たちはみな、六時ごろに帰った。パスコー夫人が、その週のうちに一度、午後をともに過ごすよう、レイチェルに約束させているのを、わたしは耳にした。それに娘たちも、それぞれの要求を突きつけていた。ひとりは、自分の水彩画への助言を求めており、別のひとりは、ゴブラン織りで椅子カバーを一式作らねばならないのだが、毛糸を選びかねていた。三人目は、木曜ごとに村の病気の女性のところに本を読みにいっているのですが、いっしょに来ていただけないでしょうか、と言った。お気の毒なそのかたは、アシュリーの奥様にとても会いたがっているのです。「本当にねえ」ホールを抜けて、玄関に向かっているとき、パスコー夫人が言った。「奥様とお近づきになりたいという人はそりゃあ大勢いるんですのよ。この先四週間は、午後は全部、約束で埋まると考えてもよろしいんじゃないかしら」

「ペリンからあちこち訪問してもいいのではないかな」ニック・ケンダルが言った。「うちは場所がいいからね。ここよりも便利だろう。一日二日のうちに、お越しいただけると思うが」

彼はちらっとこちらを見た。わたしは、これ以上面倒なことにならないよう大急ぎで返事をし、彼の思いつきを粉砕した。

「それは無理です。レイチェルさんは当分ここに滞在します。よそからの招待に応じる前に、まず領地のみなを訪問しなくてはなりませんから。まず皮切りに、あした、直営の農場でお茶に招ばれることになっているんです。他の農場も順番に訪ねなくては。きっちり序列に従って、小作人全員を表敬訪問しなかったら、不満が噴出するでしょうからね」

ルイーズが目を丸くしてこちらを見たが、わたしは気にも留めなかった。

「ああ、もちろんそうだ」ケンダル氏は驚きながらも言った。「至極当然のことだよ。お供はわたしがすると言おうと思っていたんだが、きみがその気なら話は別だ。しかし――」とレイチェルを振り返って、先をつづける。「もしもこの家の居心地が悪かったら――無礼なことを言ってすまないね、フィリップ。だが、ご存じのことと思うが、この家の者たちは何年もご婦人をもてなしたことがないので、何かとご不自由があるかもしれんのです――だからそんなときや、女性のお相手がほしいときは、うちの娘がいつでも喜んでお迎えしますよ」

「牧師館にもお客様用のお部屋がありますから」パスコー夫人が言った。「お淋しくなったら、どうぞいつでもいらしてください。お迎えできれば、わたくしどももたいへんうれしゅうございますわ」

「ええ、ええ、そうですとも」牧師も口をそろえた。また引用句が喉から出かかっているのだろうか。

「みなさま、本当にご親切で、感謝のしようもございません」レイチェルは言った。「その件は、こちらでのお務めが終わってから、また改めてお話ししましょう。いまはお礼だけ申しあげておきますわ」

　さらにしばらく談笑がつづき、別れの挨拶が交わされ、ようやくお客たちの馬車は家の前の私道を去っていった。

　レイチェルとわたしは居間にもどった。楽しい夕べではあったが、お客が去り、家に静けさがもどったことに、わたしはほっとしていた。レイチェルも同じ気持ちだったにちがいない。しばし立ちつくし、部屋を見回して、彼女はこう言った――「パーティーのあとの静かな部屋って、本当にいいものですね。椅子は動かされ、クッションは乱れ、そこにあるすべてが、みなが楽しんだことを物語っている。そして、家の主《あるじ》は誰もいない部屋にもどってきて、会が終わったことを喜び、ほっとしながらこう言うのです――『また家族だけになれた』フィレンツェにいたころ、アンブローズがよく言っていました。お客の退屈さも、連中が帰ったあとのうれしさを思えば、耐え忍ぶ価値がある。本当にあの人の言うとおりですわ」

　じっと見ていると、彼女は椅子のカバーを整え、さらにクッションに手をやった。「放っておいてください」わたしは言った。「あとはシーカムとジョンが明日やるでしょう」

「女の本能よ」彼女は言った。「そんなに見ないでくださいな。すわって、パイプに煙草をお詰めなさい。今夜は楽しく過ごせましたか？」

「ええ」わたしはスツールの上に斜めにだらんと体を伸ばした。「不思議ですよ。日曜はたいてい、ひどく退屈なんですが。ぼくが話し好きじゃないせいでしょう。でもきょうは、話はあなたに任せて、ただのんびりすわっていられました」

「そこが女のいいところですわ。女はそういうふうに仕込まれていますの。会話がだれると、直感的にどうすればいいかわかるのです」

「ええ。だけどあなたは、さりげなくそれをやるでしょう？　パスコー夫人はまるでちがう。叫びだしたくなるくらい、しゃべってしゃべってしゃべりまくるんです。これまでの日曜は、男が口を開くチャンスなど一切なかった。あなたがどうやって、あんなに楽しい雰囲気を作りあげたのか、見当もつきませんよ」

「では、みなさん楽しまれたのね？」

「もちろんです。いまそう言ったでしょう？」

「それでは、一刻も早くあなたのルイーズと結婚して、ただの渡り鳥ではなく、本当の女主人を家に迎えるべきね」

わたしはスツールに居ずまいを正し、驚きの目でレイチェルを見つめた。彼女は鏡に向かって髪をなでつけていた。

「ルイーズと結婚する？　馬鹿言わないでください。結婚なんて誰ともしたくありません。それに、彼女はぼくのルイーズじゃない」

「あら！　そうだとばかり思っていましたわ。少なくとも、ケンダル様の口ぶりからは、そんな印象を受けましたよ」

レイチェルは椅子のひとつに腰を下ろし、刺繡を手に取った。ちょうどそのとき、ジョンがカーテンを閉めにきたので、わたしは沈黙した。しかし胸の内には怒りがくすぶっていた。いったいなんの権利があって、あの年寄りはそんな勝手な考えを抱いたのだ？　ジョンが去るのを待って、わたしは訊ねた。

「ニック・ケンダルはどんなことを言ったんです？」

「さあ、よくは覚えていませんけれど。ただ、あのかたはそれは了解ずみのことと思っておられるようですよ。教会からの帰り道、お嬢さんがここに来て花を活けたことや、男ばかりの家庭で育てられてあなたが苦労なさったことを、話していらっしゃいました。一刻も早く結婚して、奥さんに面倒を見てもらうのが、あなたのためなのだとか。あなたがルイーズを理解しているように、彼女もあなたをよく理解していると仰せでしたわ。土曜日の失礼のことは、ちゃんとあやまったのでしょうね？」

「ええ、あやまりました。でも無駄だったようです。あんなにご機嫌ななめのルイーズを見るのは初めてですよ。ところで彼女、あなたを美人だと言っていましたよ。パスコー牧師の娘たちもです」

「まあ、うれしいこと」

「パスコー牧師は別の意見でしたが」

「あら、がっかり」

「しかし、女らしいと言っていました。非常に女らしいと」

「どういうところがかしら？」

「たぶん、パスコー夫人とちがうところがでしょう」

小さな笑いを漏らし、彼女は刺繡から目を上げた。「あなたはどうお考えになる、フィリップ?」

「何をです?」

「女らしさの差。パスコー夫人とわたくしの」

「さあねえ」わたしはスツールの脚を蹴った。「ぼくはそういうことには疎いんです。ただ言えるのは、あなたを見るのは好きだけれど、パスコー夫人を見るのは好きじゃないということですね」

「簡潔でいいお答えね。ありがとう、フィリップ」

彼女の手についても同じことが言えた。わたしはその手を見るのも好きだった。パスコー夫人の手は、まるでボイルしたハムなのだ。

「とにかくルイーズのことは、まったくのナンセンスです。だから、どうか忘れてください。彼女を結婚相手として考えたことなどありません。考える気もありませんしね」

「かわいそうなルイーズ」

「そんなふうに思いこむなんて、ニック・ケンダルが馬鹿なんですよ」

「そんなことはありませんわ。若い男女が同じ年ごろで、顔を合わせる機会も多く、お互いのことを気に入っていれば、周囲の人が結婚のことを考えるのはごく自然ですもの。それに、彼女は気だてのいいきれいな娘さんで、なんでもおできになるし。きっとすばらしい奥さんになりますよ」

「レイチェルさん。いい加減にしてくれませんか？」わたしは言った。

彼女はふたたびわたしを見あげて、ほほえんだ。

「それからもうひとつ、みんなを訪問するというナンセンスについてですが」

「牧師館に泊まるとか、ペリンに泊まるとか言うのは、やめてください。この家にいることに、ぼくといっしょにいることに、なんの問題があるんです？」

「いまのところは何も」

「それなら……」

「シーカムがうんざりするまでは、ここにいることにします」

「シーカムは関係ありません。ウェリントンも、タムリンも、他の誰もです。この家の主《あるじ》はぼくです。すべてぼく次第なんですよ」

「では、ご命令に従わなくてはね。女はそういうふうにも仕込まれていますの」

笑っているのではないかと思って、ちらっと顔をうかがったが、彼女は刺繍の上にうつむいており、その目を見ることはできなかった。

「あした、年功順に小作人の一覧を作りますよ。この家にいちばん長く仕えてきた者たちから、先に訪問しなくてはなりません。土曜日に約束したとおり、まず直営地から始めましょう。領地内にあなたに会ったことのない者がひとりもいなくなるまで、毎日午後二時に出かけますからね」

「はい、フィリップ」

「パスコー夫人と娘たちに一筆書いて、他にいろいろ用事があるからと言ってやらなくてはいけませんよ」

「明日の朝、すぐ書きますわ」

「小作人たちがすんだら、そのあとは週に三日、午後はずっと家にいなくてはいけません。確か、火曜と木曜と金曜です。その日は、この郡のお歴々が訪ねてくるかもしれません」

「なぜ曜日までご存じですの？」

「パスコー家の人たちやルイーズがその話をするのを何度も聞いているからです」

「わかりました。それで、わたくしはひとりでお客様のおもてなしをするのですか？　それともあなたもいっしょにいてくださいますの？」

「ひとりでです。彼らはぼくじゃなく、あなたを訪ねてくるんですから。お客の相手は男の仕事ではありません」

「もしもよそのお宅にお食事に招かれたら、お受けしてもいいのですか？」

「招かれませんよ。あなたは喪中なんですから。催しごとを楽しみたかったら、ここでやることにします。しかし一度にふた家族も招きませんからね」

「それがこのあたりのしきたりですの？」

「しきたりなんかどうでもいい。アンブローズとぼくは、しきたりに従ったことなどありません。自分たちでしきたりを作っていたんです」

彼女は刺繍に向かって深く頭をかがめた。笑いを隠そうとしているのではないかという疑いが湧いたが、何を笑っているのかはわからなかった。こちらはふざけているわけではないのだ。

「約束事を箇条書きにしていただけないかしら」しばらくして彼女は言った。「していいことと悪いことをね。お客様を待ちながら、ここでお勉強いたしますから。あなたのご主義に反するような粗相をしては申し訳ありませんし、わたくし自身の恥になりますもの」

「なんでも好きなことを言っていいし、していいんですよ。ただ、それはこの居間でお願いしたいということなんです。図書室へは、どんな理由があっても、誰も入れないでください」

「どうして？　図書室はなぜいけませんの？」

「あそこは、ぼくが暖炉に足を載せて、くつろぐ部屋ですから」

「火曜と木曜と金曜も？」

「木曜はちがいます。木曜は町の銀行へ行きます」

レイチェルは、絹糸のかせをロウソクの明かりのほうへやり、色を確かめた。それから、かせをたたんで、刺繍の布にくるみこむと、全部まとめて脇へ置いた。

わたしは時計を見あげた。まだそれほど遅くはない。もう部屋に引き取るつもりなのだろうか？　わたしは失望を覚えた。

「郡のかたたちの訪問が終わったら、つぎはどうなりますの？」彼女は訊ねた。

「そうしたら、今度は返礼として、彼らをひとり残らず訪問しなくてはなりません。毎日午後二時に馬車を回させましょう。失礼、毎日じゃありません。火曜と木曜と金曜です」

「それもひとりで行くのですか？」

「ええ、ひとりで」

「では、月曜と水曜は、そうだな……」すばやく考えをめぐらせたが、なんの案も浮かばない。「スケッチしたり、歌を歌ったりはなさらないんですか？　パスコー牧師の娘たちみたいに？　月曜には歌のレッスンをし、水曜には絵を描くことにしたらどうです？」

「わたくしは絵も描きませんし、歌も歌いません」レイチェルは言った。「申し訳ないけれど、あなたのお立てになる余暇の計画は、わたくしにはまるで合わないようですわ。訪問を待つ代わりに、こちらから郡のかたたちをお訪ねして、イタリア語を教えさせていただければ、そのほうがずっとよろしいのに」

　彼女はかたわらの高い台のロウソクを消して、腰を上げた。わたしはスツールから立ちあがった。

「アシュリー夫人がイタリア語を教える？」わたしはわざとおぞましげに言った。「なんて不名誉な。教師になるのは、養ってくれる人のないオールドミスだけですよ」

「では、それと同じ境遇の寡婦はどうすればいいのです？」

「寡婦？」わたしはろくに考えもせず言った。「ああ、寡婦はなるべく早く再婚するか、指輪を売るかするんですね」

「なるほど。でもわたくしは、どちらをする気もありませんの。それくらいなら、やはりイタリア語を教えますわ」彼女はわたしの肩を軽くたたくと、肩ごしに、おやすみなさいと言って出ていった。

顔が火のように熱くなるのを感じた。ああ、なんてことを言ってしまったんだ。彼女の境遇を思いやりもせず、彼女が誰で、何があったかも忘れ果てて、わたしはしゃべっていた。かつてアンブローズと話していたときのように、彼女との会話の楽しさに釣りこまれ、その結果、調子に乗って口をすべらせたのだ。再婚する。指輪を売る。いったい彼女はどう思ったろう? どんなにヘマで、無神経で、がさつで、育ちの悪いやつに見えたことか。うなじから髪の根本まで真っ赤になっていくのがわかった。ああ、ちくしょうめ。あやまったところで、なんにもならない。あやまれば、ことが大きくなるだけだ。このまま放っておいて、彼女が忘れてくれるよう祈るしかない。とにかくその場に誰もいなくてよかった。たとえば、ニック・ケンダル。あんなひどい不作法を目撃したら、彼はわたしを脇へ引っ張っていき、渋い顔をしてみせたろう。あるいは、あれが食事中、シーカムやジョンが給仕しているときだったら? 再婚する。指輪を売る。ああ、なんて……なんてことだ……。いったいどういうわけで、あんなせりふが出てきたんだろう? 今夜はきっと眠れまい。目を開けたまま横たわり、輾転反側しつづけることだろう。稲妻のようにすばやかった彼女のあの答えを耳の奥に聞きながら——「わたくしは、どちらをする気もありませんの。それくらいなら、やはりイタリア語を教えますわ」

わたしはドンを呼び、横手のドアから外に出た。足を進めるにつれて、自分の罪は軽くなるどころか、重くなっていくような気がした。がさつで心ない、頭の空っぽな野蛮人……それにしても、彼女はどういうつもりだったんだろう? 本気であんなことを考えるほど金に困っているんだろうか？　アシュリー夫人がイタリア語を教える？　そう言えば、プリマスから来たニック・ケンダル宛のあの手紙。彼女はしばらく休んだ後、ロンドンへ行くと書いていた。それに、ライナルディという男も、フィレンツェの山荘は売らざるをえないと言っていたではないか。そして、わたしは思い出した――というより、その意味するところをはっきりと悟った。アンブローズはその遺言状で、彼女に何も、一切何も、遺贈しなかったのだ。彼の財産は最後の一ペニーまで、わたしのものなのである。使用人たちのゴシップが、ふたたび頭によみがえる。奥様には何もない。もしもアシュリー夫人がイタリア語を教えだしたら、いったいみなは――使用人たち、小作人たち、近隣の人々、郡のお歴々は、どう思うだろう？　二日前、三日前だったら、わたしは気にもかけなかったろう。彼女など飢え死にしてもかまわなかった。空想のなかのあの女なら。それが当然の報いなのだ。だがいまはそうじゃない。いまはちがう。状況は一変したのだ。なんとかしなくてはならない。でもどうすればいい？　本人と話し合うわけにはいかない。そのことを考えただけで、わたしは恥ずかしさと狼狽で真っ赤になった。

それから、安堵とともに、突然、あることが閃いた。金も土地も、法的にはまだわたしのものではない。六カ月後の誕生日までは、そうはならないのだ。それゆえ、この件はわたしの権限外のことであり、わたしの教父の責任なのである。彼は領地の管理者であり、わたしの後見人でもある。それゆえ、レイチェルに話を持ちかけ、領地からのなんらかの贈与を手配するのは、彼の務めなのだ。機会があり次第、彼に会いにいこう。わたしの名前を出す必要はない。通常どおりの、単なる法的手続きに見せかければいい。この地方の慣習だということにしよう。そうだ、これですべて解決する。思いついてよかった。しかしイタリア語のレッスンとは……なんて屈辱的な、あきれた話だ。

いくらか気持ちが楽になり、わたしは家のほうにもどっていった。しかし、そもそもの過ちのことはまだ忘れられなかった。再婚する。指輪を売る……。東側の芝生の端まで来ると、わたしは、下生えを嗅ぎまわっているドンをそっと口笛で呼んだ。すると上から声がした。「よく夜なかに森をお散歩なさるの？」レイチェルだ。彼女は明かりもつけず、青の間の開いた窓の前にすわっていた。自分の失敗がどっとよみがえった。彼女にこちらの顔が見えないのがありがたかった。

「ええ、ときどき」わたしは答えた。「気がかりなことがあるときには」

「つまり、今夜は何か気がかりなことがおありだということ？」

「そうなんです。森を歩いているうちに、深刻な結論に達しましたよ」

「どんな結論です？」

「直接会う前、ぼくを嫌っていたあなたは、まったく正しいという結論です。あなたの考えていたとおり、ぼくは生意気で思いあがったわがままな人間です。いや、それよりもっとひどいやつですよ」

レイチェルは窓の敷居に両腕をついて、身を乗り出した。

「それでは、森のお散歩は、あなたのためになっていませんのね。その結論はとても馬鹿げていますわ」

「レイチェルさん……」

「なんでしょう?」

しかし、なんと言ってあやまればよいのか、わからなかった。居間で口をすべらせたときはあんなにすらすら言葉が出たのに、その失敗を取り繕おうと思うと、まるでだめだった。わたしは押し黙り、恥じ入って、ただ窓の下に突っ立っていた。すると突然、レイチェルが体をねじって、うしろに手をやった。ふたたび窓から身を乗り出すと、彼女は何か投げつけてきた。それは頬に当たって、地面に落ちた。身をかがめて拾いあげると、それは花瓶に挿してあった花のひとつ、サフランだった。

「馬鹿を言うのはやめて、もう寝なさいな、フィリップ」

彼女は窓を閉め、カーテンを引いた。すると、どういうわけか、恥ずかしさは消えた。あの大失敗の重荷もだ。わたしは心が軽くなるのを感じた。

その週の前半は、ペリンに行くことはできなかった。わたし自身が決めた小作人めぐりのためだ。それに、レイチェルにルイーズを訪問させずに、自分だけ教父を訪ねる口実も見つからなかった。しかし木曜日、ついにチャンスはやって来た。レイチェルがイタリアから持ってきた灌木や草花がプリマスから届き、シーカムがこのことを知らせるなり――わたしがちょうど朝食を終えたときだったが――彼女はショールを頭に巻き、庭仕事の身支度を整えて、階下に現れたのだ。ホールと食堂の間のドアは開いており、通っていく彼女が見えたので、わたしは出ていって朝の挨拶をした。

「確かアンブローズに、十一時前の女は見られたものじゃないと言われたはずでは？」わたしは言った。「朝の八時半に、いったい下で何をしているんです？」

「荷が届きましたの。それに、九月末の朝八時半のわたくしは女ではありません。庭師ですのよ。タムリンといっしょに仕事にかからなくてはね」

レイチェルはご馳走を待つ子供のように、楽しげで幸せそうだった。

「草や木を数えるつもりですか？」わたしは訊ねた。

「数える？　いいえ。でも、旅を無事乗り切ったものがどれだけあるか、そのうちすぐに植えられるものはどれか、確かめないと。タムリンには無理でしょうけれど、わたくしにはわかりますもの。木のほうは急ぐことはありません。暇を見て、植えていけばいいのです。でも、草花はすぐ見ないといけませんわ」レイチェルが、身ぎれいで小柄な彼女にはまるで似合わない、粗末な古い手袋をはめていることに、わたしは気づいた。

「まさかご自分で土を掘って歩く気じゃないでしょうね？」

「あら、もちろんそのつもりですわ。見ていてごらんなさい。きっとタムリンたちよりもわたくしのほうが仕事が速いでしょう。そうそう、お昼の食事にはもどりませんからね」

「でも午後の予定はどうするんです？」わたしは抗議した。「ランケリーとクームに行く約束でしょう？　きっと農場では台所を磨きたてて、お茶を用意していますよ」

「延期すると使いをやってくださいな。わたくしは何か植えるものがあるときは、他のことは一切いたしませんの。ごきげんよう」そう言って手を振ると、彼女は玄関から砂利の私道に出ていった。

「レイチェルさん」食堂の窓から、わたしは呼びかけた。

「なんでしょう？」彼女は肩ごしに振り返った。

「アンブローズがまちがっていたのがわかりましたよ」わたしは叫んだ。「朝の八時半でも、女性は充分きれいです」

「アンブローズは、八時半については何も言っていませんでしたわ」彼女は叫び返した。「あの人が言っていたのは、六時半のことです。それに、そのときいたのは階下ではないのですよ」

笑いながら窓から向き直ると、シーカムが唇を引き結んで、すぐそばに立っていた。彼は不服げにサイドボードのほうへ行き、朝食の皿を下げるようジョンに合図した。しかし、この日の庭仕事にもひとつだけいい点があった。これでこちらは自由の身なのだ。わたしは朝の予定を変更して、ジプシーに鞍をつけるよう命じ、十時前にはもうペリンへと向かっていた。ケンダル氏は書斎にいた。わたしは前置き抜きで用件を切り出した。

「おわかりでしょう？　なんとかしなくては。それも、いますぐに。アシュリー夫人がイタリア語を教えるつもりだなんて話がパスコー夫人の耳に入ったら、二十四時間以内にこの郡全体に噂が広まってしまいますからね」

予想どおり、ケンダル氏はひどく驚き、胸を痛めていた。

「なんと不名誉な。まったく問題外だ。そんなことは絶対に認められん。だが言うまでもなく、これは非常にむずかしい問題だよ。どうすべきか、時間をかけてよくよく考えてみなくてはな」

わたしはいらだった。この人の慎重な法律家の頭のことはよく知っている。彼はきっと、あてもないこうでもないと問題をひねくりまわし、何日も無為に過ごすにちがいない。

「ぐずぐずしてはいられないんです。あなたは、ぼくほどはレイチェルさんの性格をご存じないでしょう。あの人は、小作人の誰かに向かって、いつもの調子でさらっと、イタリア語を習いたがっている人をご存じないかしら、なんて言いかねない人なんです。そんなことになったら、どうします？　それに、ぼくはすでにシーカムから、ゴシップだって聞いています。遺言上、レイチェルさんが何も遺されていなかったことは、誰もが知っているんです。あれはいますぐ、すっかり改めるべきですよ」

ケンダル氏は考え深げな面持ちで、羽根ペンを嚙んだ。

「あのイタリア人の弁護士は、アシュリー夫人の経済状態については、なんとも言っていなかったよ」彼は言った。「この件を彼と話せないのが残念だな。あの人にどの程度の収入があるのか、また、前の結婚でどれだけの財産を得たのか、こちらには知るすべがないわけだからね」

「きっとすべてサンガレッティの借金の返済に充ててしまったんでしょう。そう言えば、アンブローズの手紙にもそう書いてありましたよ。そのこともあって、去年、ふたりは帰ってこられなかったんです。レイチェルさんの経済問題がごたごたしていたから。山荘を売らざるをえないというのも、そのせいにちがいない。あの人には自分名義の財産がほとんどないのかもしれません。なんとかしてあげなくては。きょう、すぐに手を打ちましょう」

ケンダル氏は机の上に広がった書類を整理しだした。「きみが態度を変えてくれて、とてもうれしいよ、フィリップ」彼は眼鏡ごしにこちらを見て言った。「レイチェルさんが来る前は、とにかく心配したもんだ。きみは、非常に無礼な態度を取るつもりでいたし、あの人のためには一切何もしない構えだったからな。本当にそうなれば、スキャンダルは避けられなかったろう。少なくともいまのきみには、ものの道理がわかっておる」

「ぼくがまちがっていたんです」わたしはそっけなく言った。「もう忘れましょう」

「結構。では、わたしからアシュリー夫人と銀行に宛てて手紙を書くとしよう。その双方に、当領地にどういう用意があるか説明するよ。いちばんいいのは、わたしがあの人のために口座を開き、そこへ領地から四半期ごとに小切手を振り出すというやりかただろうな。あの人がロンドンや、他のどこかへ移ったら、こちらからそこの支店へ指示を出せばいい。六カ月経って二十五になったら、その手続きもきみが自分でやれるようになる。さて、四半期ごとの金額だが――どれくらいが適当だと思う?」

わたしはしばらく考えてから、金額を指定した。

「ずいぶん気前がいいね、フィリップ」ケンダル氏は言った。「それどころか、気前がよすぎるくらいだよ。あの人はそんなにいらんだろう。少なくとも、現時点ではな」

「ああ、お願いですから、ケチケチしないでくださいよ。やるなら、アンブローズの遺志にそうようにやるか、さもなければ、一切やらないかにしましょう」

「ふむ」ケンダル氏はそう言って、吸い取り紙にいくつか数字を書きつけた。

「あの人はこれで満足するだろうよ。遺言状にどれだけ失望したにせよ、これなら充分、その埋め合わせになる」

法律家の頭とは、なんと頑なで冷たいのだろう。計算式だの数字だのを羽根ペンでガリガリ書き散らし、何シリング何ペンスまで合算し、この領地から支払える金額をはじきだすとは。ああ、金なんか大嫌いだ！

「早く手紙を書いてください」わたしは言った。「自分で持って帰りますから。ひとっ走りして、銀行にも手紙を届けてきましょう。レイチェルさんがすぐに金を引き出せるように」

「フィリップや。アシュリー夫人はそこまで困ってはおらんだろう。きみは極端から極端へ走っているよ」

ケンダル氏はため息をつき、吸い取り紙の上に便箋を置いた。

「まったくあの人の言ったとおりだな。きみはアンブローズそっくりだ」

ケンダル氏が手紙を書く段になると、わたしは彼女にどんな説明がされるのか確認するため、立ちあがって上からそれをのぞきこんだ。彼はわたしの名前は出さず、領地の問題として話を進めた。アシュリー夫人に年金を与えることは、当領地の希望である。当領地は、四半期ごとに支払われる金額をこのように決定した。わたしは鷹のように彼を見張っていた。

「この件にかかわっていると思われたくないなら、手紙は持っていかんほうがいいんじゃないかね？」ケンダル氏は言った。「ドブソンが午後にそっち方面へ行くんだ。彼に手紙を持たせてもいいよ。そのほうが自然だろう」

「ええ、そうですね。では、ぼくは銀行に行きます。どうもありがとう、おじさん」

「帰る前に、ちゃんとルイーズに会っておくれよ。うちのどこかにいるはずだからね」

ルイーズなどどうでもいい、とにかく一刻も早くそこを出たかったが、そう言うわけにもいかなかった。折悪しく彼女は応接間におり、教父の書斎を出たわたしは、その開いたドアの前を通らざるをえなかった。

「声が聞こえたような気がしたのよ」彼女は言った。「きょうはずっといられるの？　ケーキと果物をお出しするわね。きっとお腹がすいているでしょう」

「もう行かなきゃならないんだ」わたしは言った。「ありがとう、ルイーズ。ちょっと仕事のことでお父さんに会いにきただけなんだよ」

「あら、そうなの」最初わたしを見たときは、明るくて自然だったルイーズの表情が、日曜のようにふたたび硬くなった。「アシュリー夫人はお元気？」

「元気だよ。とっても忙しくしている。イタリアから持ってきた灌木が今朝、届いてね。外の促成栽培場でタムリンとそれを植えているんだ」

「それなら、当然、家であのかたのお手伝いをしなきゃならないわけよね」

どこがどうとは言えないが、その口調には妙にいらだたしいものがあった。突然、昔、ふたりで庭でかけっこをしていたときのことが、思い出された。こちらが楽しくて夢中になっている最中に、急にわけもなく、彼女は巻き毛を振ってこう言ったのだ――「もう遊びたくないわ」そしてその場に突っ立ち、いまと同じ強情な顔つきでわたしを見つめたのである。

「よく知ってるだろう。ぼくは園芸のことはまるでわからないんだよ」わたしはそう答え、さらに意地悪く付け加えた。「まだご機嫌ななめなのかい？」

彼女は頬を赤くして、立ちあがった。「ご機嫌ななめって？　意味がわからないわ」

「いいや、わかっているさ。日曜日はずっと、ぶすっとしていたじゃないか。すごく目立っていたぜ。パスコー牧師の娘たちが気づかなかったのが不思議だね」

「きっとパスコー牧師の娘さんたちも、他のみんなと同じで、別のことに目を奪われていたんでしょうよ」

「なんだよ、別のことって？」

「アシュリー夫人ほどの女性ともなれば、あなたのような若造くらい難なく手玉に取れるんだってことよ」

わたしは踵を返し、部屋を出た。できることなら、彼女を殴ってやりたかった。

第十三章

　ペリンから本街道を駆けもどり、荒野を渡って町へ行き、ふたたび家に帰ったころには、二十マイル近い距離を走破していたと思う。途中、町の波止場の居酒屋でリンゴ酒を一杯飲んだものの、何も食べなかったわたしは、四時前には空腹のあまり死にそうになっていた。

　鐘楼の時計が正時を告げた。厩へ直行すると、間の悪いことに、待っていたのは馬丁の子ではなくウェリントンだった。

　汗びっしょりのジプシーを見ると、彼は舌打ちした。「これはいけませんな、フィリップ様」馬を降りるなりそう言われ、わたしは少年時代のようにうしろめたい気分になった。「ご存じでしょう。雌馬は体温が上がりすぎると風邪を引くんです。なのに、さんざ走りまわって、こいつを汗みどろにして帰ってくるなんて。この馬は猟犬どもを追っかけられるような状態じゃないんですよ」

「キツネ狩りをやっていたなら、いまごろまだボドミンの猟場にいるさ。馬鹿言うな、ウェリントン。仕事のことでケンダルさんに会いにいっていたんだよ。ジプシーのことはすまなかったね。でもしかたなかったんだ。別に体を壊しはしないと思うよ」

「そう願いますよ」ウェリントンは、まるでわたしが障害物競走でもさせたかのように、哀れなジプシーの胴体を両手でなでまわしはじめた。

わたしは家まで引き返し、図書室に入った。暖炉の火は赤々と燃えていたが、レイチェルの姿は見当たらなかった。わたしはベルを鳴らしてシーカムを呼んだ。

「アシュリー夫人は？」彼が入ってくると、そう訊ねた。

「三時過ぎにもどられました。フィリップ様がお出かけになってから、ずっと外で庭師たちと働いていらしたのでございます。タムリンはいま執事室におりますが、あんなに植物の扱いが上手な人はいまだかつて見たことがないと申しております。実に驚くべきご婦人なのだそうでございます」

「きっとひどくお疲れだろうな」

「わたくしもそう思いまして、お休みになるよう申しあげたのですが、あのかたはお聞きにならないのでございます。『お湯を運んでちょうだい。お風呂に入るわ、シーカム』とおっしゃいまして。『それに、髪も洗います』そう仰せなので、わたくしは姪を呼びにやろうといたしました。レディーがご自分で髪を洗うなど、とんでもないことだと思いましたのでね。ところがあのかたは、それもお聞きにならないのでございます」

「ぼくにもお湯を運んでくれないかな」わたしは言った。「こっちも一日、たいへんだったんだ。それにものすごく腹が減っている。夕食は早めにしてくれないか」

「かしこまりました。五時十五分前で、いかがでしょう？」

「無理でなければ、そうしてくれ、シーカム」

服を脱ぎ捨て、寝室の暖炉の前で湯気を上げる風呂に浸かるため、わたしは口笛を吹き吹き、階段を上っていった。犬たちがレイチェルの部屋から出てきて、廊下をやって来た。連中はすっかりお客になつき、どこにでも彼女についていくようになっていた。ドンのやつが、階段の上からこちらに向かってパタパタと尾を振った。

「よう、相棒」わたしは言った。「薄情なやつだよな、おまえは。ご婦人のために、ぼくを見捨てたんだから」彼はやわらかな長い舌でわたしの手をなめ、媚びるような目をした。

やがて下働きの少年がお湯を運んできて、風呂を満たした。浴槽にあぐらをかいてすわり、ごしごし体を洗い、湯気のなかででたらめに口笛を吹くのは、いい気分だった。タオルで体をふいているとき、わたしは気づいた。ベッド脇のテーブルに花が活けてある。森から折ってきた小枝に、蘭とシクラメン。これまでわたしの部屋に花を飾った者などひとりもいない。シーカムがそこまで気がつくわけはないし、下働きの少年たちも同じだ。これはレイチェルがしたことにちがいない。その花は、一層、心を高揚させた。レイチェルは一日中、草花や灌木と格闘していたにちがいない。それでも、忙しい合間を縫って、わたしのために花を活けてくれたのだ。なおもでたらめに口笛を吹きながら、わたしはクラバットを結び、ディナージャケットを着た。それから、婦人の間へと歩いていって、ドアをノックした。

「どなた?」なかからレイチェルの声が訊ねた。

「フィリップです。夕食を早めにするとお知らせにきたんです。ぼくは腹ぺこですし、いろいろ聞いて、あなたもそうだろうと思いまして。いったいタムリンと何をしていたんですか?

風呂に入って髪まで洗わなくてはならないなんて」

伝染性の強い、あの忍び笑いが、彼女の答えだった。

「ふたりして、モグラのように地下に潜っておりましたの」

「頭にまで泥がついているんですか?」

「ええ、全身泥まみれでした」彼女は言った。「入浴をすませて、いま髪を乾かしているところです。髪は上にあげて、ちゃんと見られるようになっています。それにこの格好は、まさにフィービ叔母さんそのものですわ。どうぞお入りなさい」

わたしはドアを開け、婦人の間に入った。レイチェルは暖炉の前のスツールに腰かけていたが、一瞬わたしには、それが誰だかわからなかった。喪服でないため、まるでちがって見えたのだ。彼女は、襟もとと袖口をリボンで結ぶ、純白の部屋着に身を包み、髪はまんなかで分けず、頭のてっぺんでまとめていた。

これほどフィービ叔母さんらしくないものは、見たことがなかった。いや、その姿はどんな叔母さんにも見えない。わたしは戸口に突っ立ち、目を瞬きながら彼女を見つめていた。

「なかに入って、おすわりなさいな。そんなびっくりした顔をなさらないで」彼女は言った。

わたしはドアを閉め、椅子にすわった。

「すみません。これまでネグリジェ姿の女性を見たことがないものですから」

「ネグリジェではありません。朝食の時にいつも着ているものですわ。アンブローズはこれを尼さんの衣《ころも》と呼んでおりました」

彼女は腕を上げ、髪にピンを刺しはじめた。

「二十四なら、そろそろ、フィービ叔母さんが髪を結いあげる図のような、温かい家庭的な場面を見てもいいころですわ。目のやり場にお困りになる？」

わたしは腕組みをし、脚を組んで、彼女を眺めつづけた。「ちっとも。ただびっくりしただけですよ」

彼女は笑って、口にピンをくわえ、一本一本それを取ってどんどん髪を巻いていき、うなじで髷《まげ》を作った。仕上がりまでは、ほんの数秒――少なくともわたしにはそう思えた。

「いつもそんなに短時間でやっているんですか？」わたしは驚嘆した。

「ああ、フィリップ、あなたにはまだまだ学ぶべきことがあるのでしょうね。ルイーズが髪を結うところを見たことはありませんの？」

「いいえ、別に見たくもありませんしね」ルイーズの別れ際のひとことがふっと頭に浮かび、わたしは急いで答えた。レイチェルは笑って、ピンのひとつをわたしの膝に放った。

「はい、記念品。枕の下に入れておいて、朝食のときシーカムがどんな顔をするか、見てごらんなさい」

彼女はドアを大きく開けたまま、向かい側の寝室へ入っていった。

「着替えをしますから、そこにいて、大声で話しかけてくださいね」彼女はそう声をかけた。

わたしは、ケンダル氏の手紙の痕跡がないかと、ちらっと小机に目をやった。しかし何も見当たらない。いったいどうしたのだろう？　そうか、きっと寝室に持っていったのだ。彼女はわたしには何も言わないかもしれない。たぶんケンダル氏と自分の間だけで処理するつもりなのだろう。わたしはそうであるよう願った。

「きょうは一日、どこへ行っていらしたの？」向こうの部屋から彼女が訊ねた。

「用事があって町に行っていたんです。会わなければならない人がいたので」銀行のことを話すには及ばない。

「わたしのほうは、タムリンや他の庭師たちととても楽しく過ごしました。草花も木もほとんど捨てなくてすみましたしね。でもね、フィリップ、やるべきことはまだまだたくさんありますのよ。牧場との境の下生えは刈り取らなければならないし、小径も造らなくてはならない。あの一帯を椿の園にするのです。そうすれば、二十年もしないうちに、コーンウォールじゅうの人が、この家の春のお庭を見にくるようになりますわ」

「ええ、それがアンブローズの考えでした」

「でも、念入りに計画を立てなくてはね。運任せにしたり、タムリンにたのんだりしてはだめ。彼はとってもいい人だけれど、知識に限りがありますもの。あなたはなぜ、もっと興味をお持ちにならないの？」

「園芸のことはよくわからないので。昔からぼくの得意分野ではないんです。アンブローズはよく知っていましたが」

「きっとどこかに力になってくれる人がいますわ。ロンドンから設計士を呼んでもいいし」

わたしは答えなかった。ロンドンの設計士など呼びたくない。彼女ならどんな設計士より確かなはずだ。

ちょうどそのときシーカムが戸口に現れた。

「どうした、シーカム？　もう食事の支度ができたのかい？」

「いいえ。ケンダル様の使いのドブソンが、奥様宛の手紙を持ってまいったのです」

わたしの心は沈んだ。あの役立たずめ。こんなに遅くなるなんて、きっと途中どこかで一杯やっていたにちがいない。おかげでこっちは、彼女が手紙を読む場に居合わせるはめになった。なんて間が悪いんだ。シーカムが開いたドアをノックし、彼女に手紙を渡すのが聞こえた。

「ぼくは下へ行って、図書室で待っていますよ」わたしは言った。

「いいえ、行かないで」彼女は答えた。「もう支度はできましたから。いっしょに下に降りましょう。ケンダル様からお手紙をいただきましたの。きっと、わたしたちふたりをペリンへ招いてくださるのでしょう」

シーカムは廊下を去っていった。わたしも立ちあがって、そのあとを追いたかった。急に不安と緊張が襲ってきた。青の間はしんと静まり返っている。彼女が手紙を読んでいるのだ。何年もの時が流れたような気がした。ついに彼女が部屋から出てきて、戸口に立った。手には広げられた手紙があった。彼女は食事のための着替えをすませていた。その肌があんなにも白く見えたのは、きっと喪服のせいだろう。

「あなた、何をなさったの？」

それはいつもとはまったくちがう、妙に張りつめた声だった。

「何をって？　別に何もしていませんが。なぜです？」

「嘘をつかないで、フィリップ。あなたにはどのみち無理なのですから」

わたしは、そのさぐるような非難のまなざしに目を合わせまいとしながら、暖炉の前にみじめに突っ立っていた。

「ペリンにいらしたのでしょう？」彼女は言った。「馬であそこへ行き、ケンダル様に会ってきたのでしょう？」

レイチェルの言うとおりだ。わたしには嘘をつく能力がまるでない。少なくとも、彼女に対しては。

「だとしたら、なんなんです？」

「ケンダル様にこの手紙を書かせたのね」

「それはちがう」わたしはごくりと唾を呑んだ。「そんなことはしていません。彼は自発的にそれを書いたんです。仕事上の話があって、その話をしているうちに、たまたまいろいろな法的問題が表面化して……」

「そしてあなたは、従姉のレイチェルがイタリア語を教えるなどと言っているとあのかたに話した。そうでしょう？」

わたしはみじめなまでにうろたえ、熱くなったり寒くなったりしていた。

「そういうわけではないんです」

「あれがただの冗談だということが、おわかりにならなかったの？」

いや、冗談なんかじゃなかった。冗談だったなら、こんなに怒る必要もないはずじゃないか。

「ご自分が何をしたか、あなたはぜんぜんわかっていらっしゃらない。あなたはわたしにひどい屈辱を与えたのですよ」彼女は窓辺に歩み寄り、こちらに背を向けてそこに立った。「もしもわたしを辱めたがっているなら、あなたは見事に成功したわけですわ」

「わかりませんよ。なぜそんなに意地を張らねばならないんです？」

「意地？」彼女はさっと振り向いた。黒々とした大きなその目が、憤りに燃えてわたしを見つめた。「このわたしが意地を張っているとおっしゃるの？」わたしはまじまじと彼女を見返した。たぶん、ついさっきまでともに笑っていた人間が、突然、怒りをむきだしにしたことに仰天していたのだと思う。それから、我ながら驚いたことに、恐れは消え失せた。わたしは彼女に歩み寄った。

「ええ、意地を張っていますとも。いや、もっと言ってもいい。あなたはひどく傲慢だ。誰かが恥をかくとすれば、それはあなたではなく、ぼくのほうです。あなたがイタリア語を教えると言ったのは、冗談じゃなかった。冗談にしては、ずいぶんすらすらと出てきましたからね。あなたは本気でああ言ったんでしょう？」

「もしもそうだとしたら？　イタリア語を教えるのが恥になりますの？」

「ふつうなら、ちがいます。しかしあなたの場合は、恥になる。アンブローズ・アシュリー夫人がイタリア語を教えるなんて、みっともないことだ。それは、夫が遺言で彼女に何も遺さなかったと公言しているようなもの、相続人であるこのぼく、フィリップ・アシュリーがそうさせなかったと公言しているようなものです。四半期ごとの年金は必ず受け取っていただきますよ、レイチェルさん。そして、銀行から金を引き出すときは、どうか思い出してください。その金はこの領地からでも、領地の相続人からでもない、あなたの夫アンブローズ・アシュリーがあなたに贈ったものなんです」

話しているうちに、彼女のと同じくらい大きな怒りの波が胸に押し寄せてきた。こんなに小さくか弱い相手に自分を辱めたと非難されてたまるか。それに、当然、本人のものである金を拒むなど、断じて許してなるものか。

「どうです？　ぼくの言ったことがわかりましたか？」

一瞬、ひっぱたかれるかと思った。彼女は身じろぎもせず静かに立って、じっとわたしを見あげていた。やがてその目が涙でいっぱいになった。彼女はわたしを押しのけて寝室へ入っていき、バタンとドアを閉めた。わたしは階下へ降りた。食堂へ行ってベルを鳴らし、シーカムにアシュリー夫人は食事には降りてこないと告げた。そして、グラスに赤ワインを注ぎ、ひとりテーブルの上座に着いた。ちくしょうめ！　あれが女というものか。わたしはかつてないほど怒り、また、消耗していた。男たちとともに外で働く、刈り入れ時の長い一日。地代の支払いが遅れている小作人との言い合い。解決せねばならない近隣の住民との争い。どれを取っても、陽気な態度を一変させ、急に敵意を見せる女との五分間とは比べものにならない。そしてとどめはいつも涙なのだ。たぶん、見ている者に与えるその効果を充分心得ているのだろう。わたしはもう一杯ワインを飲んだ。その瞬間、背後に控えているシーカムには、はるか彼方にいてほしかった。

「奥様はご気分がお悪いのでしょうか?」彼は訊ねた。

奥様はご気分がお悪いというより、怒り狂っておられる。だから、いまにもベルを鳴らして、ウェリントンに馬車でプリマスまで送らせるようお求めになるかもしれない——そう言ってやりたいところだった。

「いいや」とわたしは言った。「髪がまだ乾かないいんだ。ジョンに言って、部屋に食事を運ばせてくれ」

結婚生活で男が直面するのはこれなのだ、と思った。バタンと閉まるドア。そして静寂。ひとりきりの食事。おかげで、外回りの長い一日と、心地よい入浴と、刺繍する白く小さな手をのんびり眺めながら、暖炉の前で過ごす静かな宵の楽しさとにかきたてられた食欲も失せてしまう。食事の着替えをし、廊下を歩いていき、婦人の間のドアをノックしたとき、そして、髪を上げ、白い部屋着でスツールにすわる彼女を見たとき、わたしの心はどんなに浮き立っていたことか。それに、ふたりが分かちあったあの雰囲気の、なんとなごやかだったことか。あの場には、今夜の明るい展望を暗示する一種の親密さがあった。ところがいまは、靴の革のように味気ないビーフステーキを前に、テーブルにひとり。彼女のほうはどうしているのだろう? ベッドに横になっているのか? ロウソクの火は消され、カーテンは閉ざされ、室内は真っ暗なのか? それとも、怒りはすでに消え、彼女は乾いた目をして婦人の間にすわり、シーカムの手前、平静を装って食事をしているのか? わたしにはわからなかった。そんなことはどうでもいい。アンブローズの言っていたとおりだ。男と女は人種がちがう。とにかく、ひとつだけは確かだ。わたしは絶対に結婚しない……

食事を終えると、図書室へ行って腰を下ろした。そして、パイプに火をつけ、薪台に足を載せ、食後のまどろみの体勢に入った。ところが、場合によってはとても呑気で快いそのひとときが、今夜は少しも楽しくなかった。手もとがよく見えるよう明かりのほうを向き、足もとにドンを横たわらせて、向かい側の椅子にすわるレイチェルの姿に、わたしはすっかりなじんでいた。いま、その椅子は妙に空っぽな感じがした。ああ、もううんざりだ。たかが女ひとりのせいで、一日の終わりが台なしじゃないか。わたしは立ちあがって、書棚から本を一冊選び出し、ページを繰った。そうしているうちに、少しうとうとしたのだろう。つぎに目を上げたときには、隅の時計の針は九時少し前を差していた。ではベッドに行って眠るとするか。もう火は消えているのだし、これ以上ここにすわっていてもしかたない。わたしは犬たちを犬舎へ連れていき——天気はくずれており、風が吹き荒れ、雨もぱらぱら降っていた——かんぬきをかけて、寝室へ行った。ベッド脇のテーブルのメモに気づいたのは、椅子の上に上着を放り出そうとしたときだ。それは、花瓶のそばに置かれていた。わたしはテーブルに歩み寄り、メモを手に取った。レイチェルからだった。

親愛なるフィリップ

できることなら、どうか私の今夜の無礼をお許しください。あなたの家で、あのような振る舞いをするなど、許されないことでした。言い訳のしようもございませんが、このところ私はどうかしていて、感情がすぐに表に出てしまうのです。先ほどケンダル様にお手紙を書き、お便りのお礼を申しあげ、年金をありがたく頂戴するとお返事いたしました。私のことをご心配くださったおふたりのご親切には、深く感謝しております。おやすみなさい。レイチェルより

わたしはそれを二回読んで、ポケットにしまった。では、意地は尽きたのだろうか？　それに、怒りのほうも？　それらの感情は、涙とともに解消されたのだろうか？　急に心が軽くなった。よかった、彼女は年金を受け入れてくれた。再度銀行へ行き、あれこれ説明し、最初の指示を撤回する自分を、わたしは思い描いていたのだ。そして、ケンダル氏との面談や、言い合いや、その他のごたごたを。さらに、レイチェルがここを飛び出して、ロンドンへ移り、イタリア語を教えながら下宿暮らしをするという最悪の結末を。

このメモを書くことは、レイチェルにとって苦痛だったのだろうか？　高慢な態度から一転して頭を下げることは？　彼女がそうせざるをえなかったのだと思うと、胸が痛んだ。アンブローズが死んで以来初めて、わたしは彼を責めていた。彼は当然、先々のことを考えておくべきだったのだ。病や急な死は、誰にでも訪れる。何も遺さなければ、わたしたちの情け、わたしたちの慈悲に、妻を委ねることになるのが、なぜわからなかったのか。ケンダル氏宛にたった一通手紙を出しておけば、こういう事態は避けられたのである。フィービ叔母の部屋にすわ

り、わたし宛のこのメモを書いているレイチェルの姿が目に浮かんだ。彼女はもう寝室に移り、ベッドに入ったのだろうか？　しばらくためらってから、わたしは廊下を歩いていき、彼女の部屋の前のアーチ路で足を止めた。

婦人の間のドアは開いており、寝室のドアは閉じていた。わたしは寝室のドアをノックした。しばらくは返事がなかったが、やがて彼女の声がした。「どなた？」

わたしは「フィリップです」とは言わず、ドアを開けてなかに入った。室内は暗かった。手にしたロウソクの光が、途中まで引かれたベッドのカーテンを照らした。上掛けに覆われた彼女の体の輪郭が見えた。

「たったいま、あなたからのメモを読みました」わたしは言った。「それでお礼を言いに来たのです。それに、おやすみなさいを」

起きあがって、ロウソクをつけるだろうと思っていたのだが、彼女はそうはしなかった。カーテンの向こうで、ただそのまま、枕を背に横たわっていた。

「それに、わかっていただきたかったのです」わたしはつづけた。「ぼくにはあなたに恩を着せる気など、まったくありませんでした。どうか信じてください」

カーテンの向こうからの声は、妙に静かで、沈んでいた。

「そんなこと、わたくしは一度も思っていませんわ」

しばらくは、ふたりとも無言だった。それから彼女が言った。「イタリア語を教えるくらい、わたくしにはなんでもなかったでしょう。そういうプライドはないのですから。耐えられなかったのは、そんなことをすればアンブローズの不名誉になるとあなたに言われたことなのです」

「本当にそうなんですよ。でももう忘れてください。今後は考える必要のないことですから」

「ペリンまでケンダル様に会いにいってくださるなんて、お優しいのね。本当にあなたらしいわ。きっとわたくしは、ひどく無礼な、感謝の心がまるでない女に見えたでしょう。自分で自分が許せませんわ」いまにも涙ぐみそうなその声は、わたしに不思議な作用を及ぼし、喉と胃にぎゅっと引き絞られるような感覚をもたらした。

「あなたに泣かれるくらいなら、ひっぱたかれたほうがずっとましです」わたしは言った。

ベッドのなかで彼女が動き、ハンカチをさがしてはなをかむのが聞こえた。カーテンの奥の闇のなかで起こった、ごく日常的で単純なその動きと音とが、胃袋のふわふわした感覚をさらに募らせた。

ややあって彼女は言った。「年金はいただきますわ、フィリップ。でも、ご好意に甘えてこちらに滞在させていただくのは、今週かぎりにしなくてはなりません。おさしつかえなければ、来週の月曜日にここを発ち、どこかよそへ、たぶんロンドンへ参りますわ」

空虚感が押し寄せてきた。

「ロンドンへ行く?」わたしは訊き返した。「でもどうして?　なんのために?」

「もともと二、三日のつもりだったのです。すでに予定より長く泊めていただいているのです」

「でも、まだ会っていない者たちがいます。やることがいろいろ残っていますよ」

「それがなんですの？　結局……どれも無意味なことに思えますわ」

なんて沈んだ声だろう。こんなのはまるで彼女らしくない。

「ぼくは、あなたが領地を見て歩いたり、小作人たちを訪ねたりするのがお好きなのだと思っていました。いっしょに出かけていても、いつも楽しそうでしたし。それにきょう、灌木をタムリンと植えていたときもです。あれは全部、見せかけで、あなたはただ気を遣っていただけなんですか？」

しばらく答えはなかった。それから彼女は言った。「ときどき、あなたというかたはまったく何もおわかりになっていないのだと思うことがありますわ、フィリップ」

たぶんそのとおりなのだろう。わたしは傷つき、むくれていた。そんなことはどうでもよかった。

「いいでしょう。発ちたいなら、お発ちなさい。いろいろ噂が立つでしょうが、別にかまやしません」

「いいえ、留まれば余計噂になることに、わたくしは気づくべきだったのです」

「留まれば噂になる？　どういう意味です？　わからないんですか？　あなたには当然ここにいる権利があるんですよ。アンブローズがあんなに馬鹿でなかったら、ここはあなたの家だったんですよ」

「まあ」彼女は突然カッとなって、激しくなじった。「それ以外、わたくしがここに来る理由がありますか？」

　またやってしまった。トンマで気の利かないやつ。もうまずいことは、すべて言い尽くしたろう。突然、無力感を覚え、絶望的な気分になった。わたしはベッドに近づき、カーテンを開けてレイチェルを見おろした。彼女は、両手を組み合わせ、枕に寄りかかっていた。聖歌隊の法衣のような、襟にフリルのついた白いものを着、髪は垂らして、うしろでリボンで結んでいた。その髪型は、子供のころのルイーズと同じだった。わたしは驚き、動揺した。彼女はとても若く見えたのだ。

「いいですか」わたしは言った。「あなたがなぜここに来たのか、あなたがこれまでしてきたことに、どんな動機があるのか、ぼくにはわかりません。ぼくはあなたのことを何も知らない。どんな女のこともです。ただわかっているのは、あなたにここにいてほしいということ、そして、行ってほしくないということだけです。それがそんなに複雑なことですか？」

　彼女は身を護るように両手で顔を覆った。わたしに殴られるとでも思っているかのように。

「ええ、とても」

「なら、問題を複雑にしているのは、あなたのほうで、ぼくじゃない」

　わたしは腕組みして、彼女を見つめた。内心とは裏腹の、悠然たるポーズだ。とはいえ、彼女をベッドに横たわらせ、そうして見おろしていることで、こちらはある意味、優位に立っていた。髪を垂らし、婦人という身分を失って、ふたたび少女にもどっている女に、怒ることなどできるわけがない。

彼女の目が揺れているのに、わたしは気づいた。彼女は頭のなかで言い訳を、発たねばならない新たな理由を、考えているのだ。すばらしい作戦が閃いたのは、そのときだ。

「きょうの夕方、あなたは、ロンドンから設計士を呼んで、庭を設計させるべきだとおっしゃっていましたね。確かに、アンブローズもずっとそのつもりでいたんです。問題は、ぼくが設計士などひとりも知らないということ、それに、そんなやつにまわりをうろつかれたら、どのみち、いらいらして頭がおかしくなるに決まっているということです。アンブローズにとってこの家がどんなに大切なものだったかご存じで、少しでもここに愛着を感じていてくださるなら、あと何カ月か滞在して、ぼくのために庭を設計してくださいませんか」

矢は命中した。彼女はじっと虚空を見つめ、指輪をもてあそんでいた。以前に気づいたのだが、これは物思いに耽っているときの彼女の癖なのだ。わたしはさらにひと押しした。

「ぼくは、アンブローズの立てた計画どおりにやれたためしがないんです。その点は、タムリンも同じです。彼は確かに、すばらしい仕事をします。でも、それには指示が必要なんです。この一年、彼はときどき、助言を求めてぼくのところへやって来ました。でもぼくにはどうすればいいのか、さっぱりわからなかったんです。もしもあなたがここに——植えるものがたくさんある秋の間だけでも——いてくだされば、みんなが助かるんですよ」

レイチェルは指輪をひねりながら言った。「ケンダル様にどうお思いになるか訊いてみなくては」

「ケンダルさんは、関係ありません。ぼくを未成年の学生だとでも思っているんですか？　大事なことはひとつだけ、あなたご自身がここにいたいかどうかです。本心から出ていきたいとおっしゃるなら、もうお引き留めはしません」

驚いたことに、彼女はとても小さな声でこう言った。「どうしてそんなことをお訊きになるの？　わたくしがここにいたがっていることはご存じのはずよ」

なんだって？　ぜんぜん気づかなかった。彼女はずっとその逆の態度を見せていたではないか。

「では、もうしばらくいて、庭を造っていただけますね？」わたしは念を押した。「それで決まりですよ。約束を違えたりはしませんね？」

「ええ、もうしばらくいます」

笑みを抑えるのに苦労した。彼女は真剣な目をしており、笑ったりしたら、気持ちを変えそうな気がしたのだ。わたしは胸の内で勝利を叫んだ。

「結構。ではおやすみを言って、引きあげるとしましょう。ケンダルさん宛のあなたの手紙はどうします？　ぼくのほうで郵便袋に入れておきましょうか？」

「もうシーカムに持っていってもらいました」

「では、どうぞお休みください。もうぼくのことを怒ってはいませんね？」

「最初から怒ってなどいませんわ、フィリップ」

「いや、怒っていましたよ。ひっぱたかれるかと思ったくらいです」

彼女はわたしを見あげた。「あなたはときどき馬鹿におなりですものね。だから、そのうち本当にひっぱたくかもしれませんよ。こちらへいらっしゃい」

そばに寄ると、上掛けに膝が触れた。

「頭を下げて」

彼女はわたしの顔を両手ではさみ、キスした。

「さあ、もう寝なさいな。お利口な坊やのように。よくお眠りなさい」彼女はわたしを押しやり、カーテンを引いた。

わたしは燭台を手に青の間からよろめき出た。ちょうどブランデーを飲んだあとのように、頭がくらくらし、少しぼうっとなっていた。枕を背に横たわっている彼女を見おろしたとき、自分の側にあったはずの強みは、もうどこにもなかった。最後のひとことを言ったのも、最後の意思表示をしたのも、彼女のほうだった。あの少女のような外見と聖歌隊の法衣とに、わたしはだまされたのだ。彼女は終始、女だったのである。それでもわたしは幸せだった。誤解は解け、彼女は残ると約束してくれたのだ。涙の場面ももうなかった。

わたしはまっすぐベッドへは行かず、ケンダル氏宛にひとこと、万事うまくいったと書くために、もう一度、階下の図書室にもどった。ふたりの不穏な夕べのことは、知らせるまでもない。わたしはすばやく手紙をしたため、ホールへ行って、朝便の郵便袋にそれを入れた。

シーカムはいつもの習慣どおり、わたしのために、ホールのテーブルの上に郵便袋とその鍵を残していた。袋を開けた拍子に、他の手紙が二通、手のなかに落ちてきた。どちらもレイチェルの書いたものだった。一通は、彼女が話していた、ニック・ケンダル宛の手紙、そして、二通目は、フィレンツェのシニョール・ライナルディ宛になっていた。わたしはしばらくその手紙を見つめてから、もう一通といっしょに郵便袋にもどした。たぶんわたしが馬鹿なのだ。非常識で、おかしいのだ。あの男は彼女の友達じゃないか。手紙を書くのはごく自然なことじゃないか。それでも、二階の寝室へ向かうとき、わたしは、結局、彼女にひっぱたかれたかのような気持ちになっていた。

第十四章

翌朝、階下に降りてきたレイチェルは、前夜の争いなど嘘のように、屈託なげで幸せそうだった。わたしは庭で彼女と合流したが、その態度の変化はただひとつ、わたしに対してそれまでより丁寧で優しくなったことだった。彼女は前ほどはわたしをからかわなくなり、わたしを笑うのではなく、わたしといっしょに笑った。そして、灌木の植えかたについて絶えず意見を求めてきたが、それは知識をあてにしているのではなく、将来、眺めるとき、わたしが楽しめるようにとの配慮だった。

「なんでも好きなようにやってください」わたしは言った。「生け垣を刈らせるなり、木を切り倒させるなり、あの土手に灌木を生い茂らせるなり、ご自由にどうぞ。ぼくには設計の才能なんてありませんから」

「でもわたくしは、あなたのお気に召すような庭にしたいのよ、フィリップ」彼女は言った。「これは全部、あなたのものですし、やがては、あなたのお子たちのものになるのですもの。わたくしが勝手にあちこち手を加えて、その結果をあなたが気に入らなかったら、どうなさるの？」

「大丈夫、きっと気に入りますよ。それから、お子たちの話はやめてください。ぼくは断固、独身を通すつもりなんですから」

「それはひどく身勝手なうえ、とても愚かな考えですわ」

「そうは思いませんね。独り身でいれば、多くの悩みや心労を避けられるでしょう」

「それによって失うものについて、考えたことはありませんの？」

「ぼくはね、結婚のありがたみは、世に言われているほどのものじゃないと見ているんです。男が求めているのが、ぬくもりと安らぎと、目を楽しませる美しいものだとしたら、それはすべて自分の家から得られます。男がその家を充分愛していればね」

驚いたことに、彼女はこれを聞いて大笑いした。向こう端で作業していたタムリンたちが頭を起こして振り返ったほどだった。

「いつかあなたが恋に落ちたら、いまのせりふを思い出させてあげますわ。二十四歳で、石の壁からぬくもりと安らぎを得るですって？　ああ、フィリップ！」そして彼女は、またあの忍び笑いを漏らした。

何がそんなにおかしいのだろう。

「おっしゃりたいことは、よくわかります。ただぼくは、そんなふうに心を動かされたことがないんですよ」

「確かにそのようね。きっと近隣のかたたちは失望なさっているでしょう。かわいそうに、ルイーズは……」

しかしこちらとしては、ルイーズの話や、恋愛や結婚談議に、誘いこまれる気はなかった。

庭で働くレイチェルを見ているほうが、わたしにはずっと楽しかった。

十月になると、晴れた穏やかな日がつづき、最初の三週間はほとんど雨も降らなかったので、レイチェルの監督のもと、タムリンたちの作業はかなりはかどった。わたしたちはまた、小作人めぐりもつづけ、その全員をどうにか訪問し終えた。予想どおり、結果は大成功だった。わたしは彼らみんなを子供のころから知っており、そういう訪問には慣れていた。それも領主の仕事のうちなのだ。しかし、イタリアでまったくちがう育ちかたをしたレイチェルにとって、それは初めての体験だった。領民に対するその態度はまったく非の打ちどころがなく、彼女が彼らと接するさまにわたしは魅了された。彼女の見せる優しさと仲間意識とは、すぐさまみなに敬意を抱かせ、同時に彼らの心を解きほぐした。彼女は適切な質問をし、適切に答えた。そのうえ――小作人の多くがこのために一層彼女を慕うようになったのだが――彼女は、彼らのあらゆる体の不調を理解し、その治療薬を作れるようだった。

「園芸が大好きなもので、薬草の知識まで身についてしまったのです。イタリアではいつも、こういう研究をしていましたの」そう言って彼女は、ある植物から喘息の胸に塗る軟膏を、別の植物からは火傷《やけど》に効くオイルを作った。また――眠る前に最高の飲み物ですよ、と――消化不良や不眠症によい、香草の煎じ茶の作りかたを伝授したり、ある果物の果汁が喉の痛みからものもらいまでほとんど何にでも効くと教えたりもした。

「見ていてごらんなさい」わたしは言ってやった。「いまに地元の産婆代わりにされてしまいますよ。赤ん坊が生まれる夜になると、みんながあなたを呼びにくるようになるでしょう。いったんそうなったら、もう二度と安らぎなど望めませんからね」

「そのためのお茶もありますわ」彼女は言った。「ラズベリーの葉とイラクサの葉から作りますの。出産前の六カ月間、それを飲んでいれば、なんの苦痛もなく子供が産めるのですよ」

「それは魔術だな。みんなそういうことには感心しないでしょうよ」

「まあ、馬鹿馬鹿しい！　女が苦しむ必要がどこにあるんです？」

わたしの警告どおり、昼すぎにはときおり、郡のお歴々がレイチェルを訪ねてきた。彼女は、下々の者たち同様、シーカムの言ういわゆる「名士たち」ともうまくやった。ほどなく気づいたのだが、シーカムはいまや第七天国に住んでいた。火曜か木曜の午後三時に、お客の馬車が家の前に着くとき、彼はホールに待機している。いまも喪服を着てはいるが、上着はこういう特別なとき用に取ってある新しいやつだ。哀れなジョンは、お客のために玄関のドアを開け、シーカムに彼らを引き渡す役を務める。そのあと、シーカムはしずしずと（後にジョンから聞いた話だが）お客人を応接間に導いていき、仰々しくさっとドアを開け放つ（これはレイチェルから聞いた）。そして祝宴の乾杯の音頭のごとく、来訪者の名を朗々と告げるのだ。レイチェルによると、彼は前もって誰が来そうか彼女に教え、その一族の、今日《こんにち》に至るまでの大まかな歴史を話してきかせるらしい。誰それが来るという彼の予言はだいたい的中するので、わたしたちは、密林の未開人が太鼓をたたきあうように、各家の使用人同士の間にも情報を伝達するなんらかの手段があるのではないかと考えた。たとえば、シーカムはレイチェルにこう告げる――トレメイン夫人が木曜の午後に馬車を出すようお命じになりました。夫人はおふたりのお嬢様、ゴーフ夫人とイゾベル嬢をお連れになるでしょう。どうか、イゾベル嬢とお話しになるときは、あのご令嬢が口が不自由だということをお忘れになりませんように。あるいはこんなことを言う――火曜日にペンリン令夫人がお見えになるやもしれません。あのかたは毎週その日にお孫さんを訪問しておいでですし、そのお宅はここからほんの十マイルですので。しかしどうかご注意ください。あのかたの前では、何があってもキツネの話をしてはなりません。ペンリン令夫人はご長男がお生まれになる前、キツネに脅かされたことがあり、そのせいでご子息の左肩にはいまも生まれつきの痣が残っているのでございます。

「それでね、フィリップ」レイチェルは後にそう語った。「いっしょにいる間、こちらはずっと、狩りのことから話をそらそうと奮闘するはめになりましたの。でもまるで無駄でしたわ。あのかたはチーズのありかを嗅ぎつけたネズミみたいに、どうしてもそこへもどっていくのですもの。最後には、あのかたを黙らせるために、アルプスの山猫狩りの話を作りあげなくてはなりませんでした。山猫を狩るなんて到底無理ですし、これまで試した人もおりませんけれどね」

最後の馬車が無事走り去ったあと、森を抜けて裏からこっそり家にもどると、彼女は必ず訪問客にまつわる逸話でわたしを迎えた。わたしたちは笑いあい、彼女は鏡の前で髪をなでつけ、乱れたクッションを整える。そして、こちらはお客に出された甘いケーキのおあまりをたいらげるのだ。すべてはゲームのよう、陰謀のようだった。とはいえ、お客を迎え、話をするのを、レイチェルは楽しんでいたにちがいない。人々とその生活、彼らが何を考え、何をしているかに、彼女は興味を持っており、よくこんなことを言った。「あなたにはおわかりにならないのよ、フィリップ。フィレンツェの社交界はこちらとはまるでちがうのです。だからすべてが新鮮ですの。昔からイギリスの田舎の生活はどんなだろうと思っていましたのよ。いまやっとそれがわかってきましたわ。わたくしはそのすべてが大好きですの」

わたしは砂糖壺から砂糖をひとつ取ってガリガリと嚙み砕き、さらにシードケーキをひと切れ、切り取る。

「フィレンツェであれ、コーンウォールであれ、誰かと世間話をするほど退屈なことはないと思いますがね」

「ああ、本当に頑固なかたね。きっと、カブやケールのことばかり考えて、偏屈なまま一生を終えるのでしょうね」

わたしは椅子に体を投げ出し、横目で彼女を見ながら、泥だらけの長靴をわざとスツールに載せてみる。しかし彼女は決して文句を言わず、気づいたとしてもそんなそぶりは見せなかった。

「つづけてください」わたしは言う。「この郡の最新のスキャンダルを教えてくださいよ」

「でも興味がおありにならないなら、なぜ話せとおっしゃるの？」

「あなたの話を聴くのが好きだからですよ」

そういうわけで、二階へ行って夕食の着替えをする前に、彼女は近隣の——わずかばかりの——ゴシップを振る舞ってくれる。最近、誰が婚約し、誰が結婚し、誰が死んだか。どの家で赤ん坊が生まれるか。わたしが知人から一生かけて仕入れるよりもっと多くの情報を、彼女は初対面の相手との二十分の会話から、引き出せるらしかった。

「思っていたとおり、あなたは五十マイル四方のあらゆる母親を嘆かせていますのよ」彼女は言った。

「なぜ？」

「だってあなたは、どこの娘さんにも見向きもしないのですもの。あんなに背がお高くて、あんなにご立派で、結婚相手として申し分ありませんのに。どうかお願いです、アシュリーの奥様、もっと外出なさるようお従弟様を説得してくださいまし」

「で、どう答えたんです？」

「あのかたは、ご自分に必要なぬくもりと楽しみはすべて、この四角い壁のなかで得ておいでなのです、と申しておきました。でもこの発言は、誤解を招くかもしれませんわね。言葉に気をつけなくては」

「別に何を言ってもかまいませんよ。誰かにぼくを招待させたりしないかぎりはね。こっちはどこの娘も見たくないんですから」

「ルイーズがいちばん有力と見られていますのよ。かなり大勢の人が、最後は彼女があなたを勝ち取るだろうと言っています。それから、パスコー家の三番目のお嬢さんにもいくらかチャンスがあるかもしれないとね」

「なんだって？　ベリンダ・パスコーですか？　それくらいなら、いますぐ洗濯女のケイティ・サールをもらいますよ。そうだ、レイチェルさん、ぼくを護ってください。ゴシップ好きな連中に、ぼくは世捨て人で、暇さえあればラテン語の詩を綴って過ごしていると言ってやってくれませんか？　それで彼らを振り切れるかもしれない」

「何をしたって、振り切るのは無理ですわ。ハンサムな若い独身男性で、孤独と詩を愛しているなんて、余計ロマンティックに聞こえますもの。そういう話は食欲をそそるものですよ」

「では、どこかよそで腹を満たすんですね。まったく驚きますよ。なぜこのあたりの女たちは――いや、どこもそうなのかもしれませんが――のべつ結婚のことばかり考えているんでしょうね」

「他にあまり考えることがありませんもの。選択肢が少ないのですわ。わたくしのほうも、きっと取り沙汰されているでしょう。結婚相手にふさわしい、奥様に先立たれた殿方の一覧表を渡されたくらいですから。コーンウォールの西のほうに、まさにぴったりのご貴族がいらっしゃるそうですよ。お年は五十くらいで、お家の跡取りで、ふたりの娘さんはどちらももう嫁いでおいでなのですって」

「まさかセント・アイヴスの領主じゃないでしょうね？」わたしは憤然として言った。

「そうそう、確かそんなお名前でした。とても魅力的なかただそうですね」

「あの男が魅力的？　いつも昼間から飲んだくれて、メイドたちのあとを追いかけまわしているんですよ。うちの農場のビリー・ロウの姪が、あの家で奉公していたんですが、その娘はひどく怯えて逃げ帰ってきたんですからね」

「まあ、あなたの口からゴシップを聞くなんて。お気の毒なセント・アイヴス卿。奥様がいたら、メイドを追いかけたりはなさらないでしょうにね。もちろん、どんな奥様かによるでしょうけれど」

「絶対、あんな男と結婚してはいけませんよ」わたしは断固として言った。

「でも、お食事にお招きするくらいはかまわないでしょう？」彼女はまじめそのものの目で言った。これは、ふざけている証拠だ。「パーティーを開いたらどうかしら、フィリップ。あなたにはきれいなお嬢様たち、わたくしには奥様を亡くされたすてきな殿方。でも本当は、もう心は決まっていますの。どうしても結婚しなくてはならないなら、わたくしはあなたのご教父のケンダル様を選びますわ。あのかたは率直にものをおっしゃるでしょう？　わたくしはそこがとても好きですの」

たぶんあれはわざとだったのだろう。しかしわたしは猛然と餌に食いついた。

「まさか本気じゃないでしょうね？　ニック・ケンダルと結婚する？　勘弁してください、レイチェルさん。彼はもう六十近いんですよ。始終風邪を引くか、どこか具合が悪いかなんです」

「それはあのかたが、あなたとちがって、家からではぬくもりと安らぎを得られないせいでしょう」

そのときわたしは彼女が笑っているのに気づき、いっしょになって笑いだした。しかしあとになって疑念が湧いた。日曜日、ここに来るときのケンダル氏は、確かに紳士的だ。それにふたりは非常に仲がいい。わたしたちはすでに一、二回、向こうに食事に招ばれているが、そのときのケンダル氏はこれまで見たことのない輝きを放っていた。しかし彼はもう十年も独り身を通している。レイチェルといっしょになろうなどという途方もない考えは、よもや抱くまい。それに、レイチェルのほうもよもや承諾などすまい。ふたりの結婚の可能性を考えると、カッと体が熱くなった。わたしの従姉レイチェルがペリンで暮らす。アシュリー夫人がケンダル夫人になる。なんておぞましいことだ！　そんなあつかましい考えが一瞬でもよぎったのなら、もう二度とあの年寄りを食事に招くわけにはいかない。とはいえ、日曜の招待を打ち切れば、長年の習慣を破ることになる。それはできない。それゆえ、わたしは従来どおり、彼を招かざるをえないのだった。しかしつぎの日曜日、レイチェルの右隣のニック・ケンダルが、遠くなった耳を彼女のほうへ寄せ、それからいきなり、身をのけぞらせて「それはいい」と笑いだしたとき、わたしはむっつりと考えた――これはどういうことだ？　ふたりは何をあんなに笑っているのだろう？　これも女の特技のひとつだ、と思った。さりげなく冗談を飛ばし、あとに刺すような痛みを残す。

その日の彼女は、すばらしくきれいで、格別に上機嫌だった。右にはニック・ケンダルが、左には牧師がいて、三人の会話が途絶えることはなかった。わたしは、ちょうど最初の日曜のルイーズのように、わけもなく不機嫌になり、黙りこんでしまった。テーブルのこちら側は、まるでクエーカー教徒の集会だった。ルイーズは彼女の皿を、わたしはわたしの皿を、ただ見つめていた。ふと目を上げると、ベリンダ・パスコーが大きな目でじっとこちらを見ていたので、例の地元のゴシップを思い出し、わたしは一層口をきく気をなくした。わたしたちの沈黙は、たぶんそれを取り繕うつもりなのだろう、レイチェルの奮闘にさらに拍車をかけた。彼女とニック・ケンダルと牧師は、競争で詩の引用をしあい、わたしのほうはますます不機嫌になっていった。パスコー夫人がいないのが、本当にありがたかった。夫人は気分がすぐれず、来られなかったのだ。ルイーズはどうでもいい。ルイーズなら別に放っておいてもかまわないのだ。

しかし、みんなが帰ってしまうと、レイチェルはわたしを非難した。「あなたのお客様をおもてなししているのですもの、少しは協力していただかないとね。いったいどうなさったの、フィリップ? あんな頑固そうなしかめっ面をして、どちらのお隣にもまるで話しかけないなんて。かわいそうなお嬢さんたち……」そして彼女は、不服そうに首を振ってみせた。

「あなたの側がとてもにぎやかでしたからね」わたしは言ってやった。「ぼくが口を出すまでもあるまいと思ったんですよ。ギリシア語の『愛している』がどうこう言うあの馬鹿話はよかったな。それに、牧師がヘブライ語であなたに言った『我が心の喜び』も、実にいい響きでしたね」

「ええ、本当に。あんなにすらすら出てくるのですもの。とっても感心いたしました。それにね、ケンダル様がわたくしに、月明かりの灯台の岬を見せたいとおっしゃっていますの。一度見たら生涯忘れられないそうですわ」

「彼が見せるわけにはいきませんよ。灯台の岬はぼくの領地ですから。ペリンには砦の跡みたいなものがあるんです。あの人はあれをあなたに見せればいい。びっしりイバラに覆われていますがね」わたしは、いやがらせにうるさい音を立ててやろうと、石炭をひとつ暖炉に放りこんだ。

「いったいどうなさったのでしょうね」彼女は言った。「冗談もおわかりにならないの？」そしてわたしの肩をたたき、二階へ上がってしまった。女というやつは、これだから腹が立つ。最後のひとことは、決まって向こうから。そして、相手をカッカさせ、自分は涼しい顔で去っていく。女が過ちを犯すことは決してない。仮にあっても、いいように事実をねじ曲げ、逆にしてしまうのだ。レイチェルは始終、ニック・ケンダルと月夜の散歩をするとか、どこかへ遠出するとか、ロストウィジールの市場へ行くとか、気に障ることをほのめかしては、ロンドンから届いた新しいボンネットをかぶっていこうかどうしようか、あれはベールの目が粗くて顔が隠れないし、ケンダル様にもよくお似合いだと褒められたから、などと大まじめに意見を求めてきた。そして、わたしが不機嫌になり、いっそ仮面で顔を隠していったらどうだと言うと、彼女は悦に入り、いや、むしろ陽気になって――これは月曜の夕食の席での会話だった――仏頂面のわたしを尻目にシーカムと話しつづけ、こちらが実際以上に不機嫌に見えるようにするのだった。

そのあと図書室に移り、人目がなくなると、彼女は気持ちを和らげる。まだ悦に入ってはいるものの、いくらか優しくなるのだった。彼女はもう、冗談がわからないとわたしを笑ったりはしない。仏頂面をたしなめもしない。ただ、絹糸のかせを持っていてくれとか、事務所の椅子のカバーを作りたいから、いちばん好きな色を選んでくれとか、たのんでくる。そして、腹の立つことも言わず、余計な穿鑿もせず、ごく静かに、その日一日をどう過ごしたか、わたしが誰と会い、何をしたか、質問するのだ。そのため、憂鬱はすっかり消え去り、わたしは癒され、安らかな気分になる。糸をなでたり伸ばしたりする彼女の手を見つめながら、わたしは思う。なぜ、最初からこういうふうにいかないのだろう? どうして彼女は、意地の悪い冗談、心にひっかかるトゲで波風を立てておいて、ふたたび平和を回復するなどという面倒なことをするのだろう? まるでこちらの気分の浮き沈みを楽しんでいるように見えるが、そんなことの何がおもしろいのか、わたしにはさっぱりわからなかった。ただはっきりしているのは、彼女にからかわれるといやな気分になり、心が傷つくということ、そして、優しくされると幸せになり、安らぎを覚えるということだった。

月末になると天気はくずれた。三日間、雨が降りつづき、庭仕事はとてもできず、わたしのほうも領地を駆けまわってずぶ濡れになる気はなかった。近隣の人々も、わたしたちと同じく、家に閉じこもっていた。いまこそアンブローズの遺品を整理するいい機会だとほのめかしたのは、シーカムだ。レイチェルとわたしは、それまでその問題を避けていたのだと思う。彼が話を切り出したのは、ある朝、ふたりが図書室の窓辺に立ち、降りしきる雨を眺めていたときだった。

「きょうは事務所の日だな」わたしは言っていた。「そちらは婦人の間で一日過ごすんですね。ロンドンから届いたあの箱はいったいなんです? またガウンを選んで、試着して、結局、送り返すわけですか？」

「あれはガウンではなく、カーテンの布地ですの。フィービ叔母さんは目がかすんでいたのでしょう。青の間はその名に値するものでなくてはね。いまのあのお部屋は灰色。ぜんぜん青くないんですもの。それに、ベッドカバーは虫が食っています。でもシーカムにはおっしゃらないでね。ずっと昔の虫食いですから。わたくし、あなたのために新しいカーテンとベッドカバーを選びましたの」

シーカムが入ってきたのは、そのときだ。彼はわたしたちが暇そうなのを見て取って、言った。「外は大荒れでございますよ、旦那様。実は、若い者たちに家の大掃除をさせようかと思うのですが。あなた様のお部屋は、お手入れが必要ですので。ただ、床がアシュリーの奥様のトランクや箱に埋めつくされておりますと、どうしようもございません」

無神経な言葉に傷ついたのではないかと心配になり、わたしはレイチェルに目をやった。顔をそむけるかと思ったのだが、驚いたことに、彼女はこの提案を鷹揚に受け止めた。

「本当にそうね、シーカム。箱があのままでは、お部屋のお掃除もできない。もういい加減にかたづけなくては。ねえ、フィリップ、どうお思いになる？」

「いいですよ。あなたがその気なら。暖炉を燃やして、部屋が暖まったら、上に行きましょう」

お互いに本心を隠そうとしていたのだろう、ふたりは無理に明るく振る舞い、無理に明るくしゃべっていた。彼女はわたしのために、断固悲しみを見せまいとしており、わたしのほうも同じ考えから、本来の自分とは無縁のはしゃいだ態度を装っていた。かつての自分の部屋へ行くと、雨が窓を打ちすえ、天井には湿気のしみが浮き出ていた。この前の冬以来火の入っていなかった暖炉が、燃えながら、パチパチと妙な音を立てた。問題の箱は床の上にずらりと並んでおり、なかのひとつには、なつかしい紺色の膝掛けが載っていた。隅の一箇所に、大きくA・Aと黄色い文字の入ったやつだ。あの最後の日、馬車が走り去るとき、アンブローズの膝にそれをかけてやったことを、わたしは突然思い出した。

レイチェルが沈黙を破った。「さあ、まず衣類のトランクを開けましょうか?」意識的に作った、冷ややかで事務的な声だった。到着時に彼女がシーカムにあずけたトランクの鍵を、わたしは差し出した。

「お任せしますよ」

彼女は鍵を差しこんで回し、さっと蓋を開いた。いちばん上にあったのは、アンブローズの古い部屋着だった。わたしはそれをよく知っていた。厚地の絹の品で、色は暗紅色。長くて平たい彼のスリッパもそこにあった。わたしは立ったまま、じっとそれらを見おろした。まるで過去にもどったような心持ちだった。朝、髭を剃りながら、泡だらけの顔のまま、ここにやって来た彼の姿を、わたしは思い出した。「なあ、フィリップ、ちょっと考えたんだが……」そう言いながら、いまわたしたちの立っているこの部屋に、彼は入ってきた。あの部屋着を着、あのスリッパを履いて。レイチェルはそのふたつをトランクから取り出した。

「これはどうしましょうね?」彼女は言ったが、冷ややかだったその声は、低く静かになっていた。

「さあ。決めるのはあなたですから」

「さしあげたら、お召しになる？」

不思議だった。わたしはアンブローズの帽子をもらった。ステッキもだ。最後の旅に出るとき彼が置いていった、革の肘あてのついた古い狩猟服も、始終着ている。しかしこのふたつ、部屋着とスリッパは——まるで柩《ひつぎ》を開けて、死んだ彼を見ているようだった。

「いいえ」わたしは言った。「いいえ、着ないでしょうね」

彼女はなんとも言わず、部屋着とスリッパをベッドの上に置いた。つぎはスーツだった。薄い地のもの——きっと暑い季節に着たのだろう。見覚えのない服だが、レイチェルにはなじみがあるようだった。トランクに入っていたため、それは皺になっていた。彼女はこれも取り出して、部屋着といっしょにベッドに置いた。「アイロンをかけなくてはね」突然、彼女は、トランクの衣類を猛スピードでつぎつぎ取り出し、ほとんど手も触れずに上へ上へと積み上げはじめた。

「あなたがいらないのでしたら、アンブローズを慕っていた小作人たちがほしがるかもしれませんわ。誰に何をあげたらいいかは、あなたがいちばんよくおわかりでしょう」

きっと自分が何をしているか、わかっていなかったのだと思う。彼女は狂ったようにトランクの服を取り出していた。わたしはただそばに突っ立って、その様子を見つめていた。

「トランクはどうします？　これは役に立ちますけれど？　お使いになる？」彼女はわたしを

見あげた。その声は震えていた。

気がつくと、彼女は腕のなかにいて、わたしの胸に顔を埋めていた。

「ああ、フィリップ。ごめんなさい。あなたとシーカムにお任せすればよかったのよ。ここに来るなんて馬鹿だった」

妙な気分だった。まるで子供を抱いているような。傷ついた動物を抱いているような。わたしは彼女の髪をなで、その頭に頰を寄せた。

「いいんです。泣かないで。図書室におもどりなさい。あとはぼくがやりますから」

「いいえ。なんて弱くて、馬鹿なんでしょうね。あなただって同じようにおつらいのに。あの人のことをとても愛して……」

わたしは唇で彼女の髪に触れつづけた。それは不思議な感覚だった。それに彼女は——そうやってわたしにもたれていると——とても小さく感じられた。

「ぼくなら平気です。男はこういうことに耐えられるものです。女性にはつらいでしょう。ぼくに任せて、レイチェル、下に行ってください」

彼女は少し離れて、ハンカチで涙をぬぐった。

「いいえ。もう大丈夫。二度と取り乱したりしません。それに、衣類は全部出してしまいましたし。よろしければ、みんな小作人たちにあげてくださいね。もちろん、ご自分でほしいものがあったら、どれでもどうぞ。遠慮なさらずに身に着けてください。わたくしは平気です。そうしていただければ、うれしいのです」

本の箱は暖炉のほうにあった。暖かなその場所へ彼女のすわる椅子を持っていくと、わたしはその他のトランクのそばに膝をつき、ひとつひとつ開けていった。

初めてレイチェルを――ほとんど無意識のうちに――呼び捨てにしたことを、彼女が気づいていないよう、わたしは願った。どうしてそんなことをしてしまったのか、自分でもわからない。たぶんそこに立ち、腕に抱いたとき、彼女がとても小さく思えたためだろう。

本のほうには、衣類ほどは、故人の香りがしなかった。彼がいつも旅行に持っていった古い愛読書が何冊かあり、彼女はそれを枕元に置くように、とわたしにくれた。彼のカフスボタンや、飾りボタン、懐中時計やペンもあった。それも全部、うれしいことに、彼女はわたしに押しつけた。本の何冊かは、まったく見覚えのないものだった。彼女はその本をひとつひとつ手に取って、わたしに説明していった。それはもはや、さほど悲しい作業ではなくなっていた。この本はあの人がローマで見つけたものです、と彼女は言った。掘り出しものだと言って、喜んでいましたわ。それから、あそこの古い装丁の本と、その横のは、フィレンツェで手に入れたのです。彼女は、アンブローズがどんな店でそれを買ったか、店の老人がどんな人だったか物語り、そうやって話していると、ぬぐい去られた涙とともに張りつめた空気もどこかへ消えたように思えた。わたしたちは一冊一冊、本を床に並べていった。わたしがはたきを渡すと、彼女はそれで埃を払った。ときどき彼女は本の一節を読みあげ、アンブローズがどんなにその部分を気に入っていたか話してくれた。あるいは、挿し絵を見せてくれることもあった。また、思い出深い何かのページを見て、ほほえむ姿も見られた。

やがてレイチェルは、庭園の設計を図解した本を見つけた。「これはとても参考になりますわ」そう言って立ちあがると、彼女はその本をよく見るために、明るい窓のほうへ移った。

わたしは適当に別の本を開いてみた。するとページの間から紙切れが落ちてきた。アンブローズの筆跡で何か書かれている。どうやら破り取られ、忘れ去られた手紙の一部らしかった。

「もちろんこれは一種の病気だ。よく耳にする、窃盗癖とかいうものだろう。浪費家の父親、アレクサンダー・コリンの遺伝であることはまちがいない。いつごろから患っているのか、その点はわからない。たぶんずっと前からだろう。確かに、これまで気になっていたことの大部分は、それで説明がつく。とにかく、フィリップよ、これだけはわかったよ。もうこれ以上、彼女に財布のひもを握らせておくわけにはいかない。とてもそんな勇気はないよ。このままでは私は破滅だ。領地にも被害が及ぶだろう。ケンダルに警告するのを絶対忘れないように……」

そこで文章は途切れていた。終わりの部分はない。日付は書かれていなかった。筆跡は正常だ。ちょうどそのとき、レイチェルが窓辺からもどってきた。わたしは手のなかで紙切れを握りつぶした。

「それはなんですの？」彼女は訊ねた。

「なんでもありません」

わたしは暖炉に紙を投げこんだ。彼女はそれが燃えるのを見ていた。紙に書かれた文字が、炎のなかで丸くなり、揺らめくのを。

「アンブローズが書いたものですね。なんなのです？　手紙ですか？」

「古い紙切れに書きつけた、ちょっとしたメモですよ」

わたしはトランクの別の本に手を伸ばした。彼女もそれに倣った。わたしたちは肩を並べて本の整理をつづけた。しかしふたりの間には、沈黙が落ちていた。

第十五章

本の整理は昼前に終わった。シーカムがジョンとアーサーをよこして、自分たちが食事にいく前に何か下に運ぶものはないか訊いてきた。

「衣類はベッドに置いたままにしていいよ、ジョン」わたしは言った。「何か覆いをかけておいてくれないか。あとでシーカムに手伝ってもらって包むから。この本の山は、図書室に運んでくれ」

「それからこちらのは婦人の間にお願いね、アーサー」レイチェルが言った。

彼女が口をきくのは、わたしがあの紙切れを燃やしてから初めてだった。

「かまわないでしょう、フィリップ？　園芸の本はわたくしの部屋に置いても？」

「もちろんです。どの本もみんなあなたのものなんですからね」

「いいえ。アンブローズは他の本は図書室へと言うでしょう」彼女は立ちあがり、ドレスをなでつけ、ジョンにはたきを渡した。

「下に簡単な昼食が用意してあります」彼は言った。

「ありがとう、ジョン。でもお腹はすいていないの」

若い者たちが本をかかえて立ち去ったあと、わたしは戸口で立ち止まり、ためらっていた。

「図書室に来て、本をかたづけるのを手伝っていただけませんか？」わたしは訊ねた。

「いいえ、すみませんけれど」彼女はそう答え、さらに何か言いたそうにちょっと間を置いたが、結局何も言わず、自室のほうへと去っていった。

食堂の窓から外を眺めながら、わたしはひとり昼食を取った。雨は相変わらず激しく降っていた。外出はとても無理だし、別に他に用事もない。シーカムに手伝ってもらって、衣類の整理をすませたほうがよさそうだった。助言を求めれば、彼は気をよくするだろう。直営農場には何をやり、トレナントには何をやり、イースト・ロッジには何をやるか。誰も怒らせることのないよう、充分配慮して決めなければならない。きっとふたりとも、午後はそれで手一杯だろう。わたしは作業に集中しようと努めた。しかし、不意に疼きだしては鎮まる歯痛のように、あの紙切れが執拗に脳裏によみがえってくる。いったいなぜ、あれはあの本にはさまっていたのだろう？　破られ、忘れ去られたまま、どれくらい放置されていたのだろう？　半年？　一年？　それとも、もっと長く？　アンブローズはわたし宛に手紙を書いた。しかしそれは、ここに届かなかった。そういうことなのか？　なんらかの理由で、別の本のなかに、別の紙切れ、同じ手紙の切れ端が、はさまっているのだろうか？　あれは、病気になる前に書かれたものにちがいない。筆跡は読みやすく、しっかりしている。従って、前の冬か、いや、もしかすると、その前の秋に……。そのとき恥ずかしさが押し寄せてきた。いったいなんの権利があって、おまえは過去を詮索しているのだ？　あれこれ憶測する必要がどこにある？　結局、手紙は手もとに届かなかったのだ。おまえには関係ないことじゃないか。ああ、あんなものは見なければよかった。

衣類の整理は午後いっぱいつづいた。シーカムは服を袋に入れ、わたしはそこに同封する手紙を書いた。シーカムは、それらの服をクリスマスに配ってはどうかと言った。確かにいい考えだ。小作人たちは感激するだろう。作業が終わると、わたしは階下に降り、図書室へ行って書棚に本を入れはじめた。気がつくと、わたしは書棚に収める前に、いちいち本を振っていた。そしてそうしながら、ケチな盗みを働く者のようにびくびくしていた。

「……もちろんこれは一種の病気だ。よく耳にする、窃盗癖とかいうものだろう……」なぜ、あの文章が頭に浮かぶのだろう？　アンブローズは何が言いたかったのだろう？

わたしは辞書を取って、「窃盗癖」の項を調べた。「必要がないにもかかわらず、盗みを働かずにはいられない病的傾向」でもアンブローズが言っていたのは、こういうことではない。彼は浪費癖を、贅沢を批判していたのだ。贅沢が病気と言えるだろうか？　そういうことで人を責めるなど、まったくアンブローズらしくない。あんなに気前のいい人はいないのだから。

辞書を棚にもどしたとき、レイチェルが入ってきた。

彼女にペテンを見破られたかのように、わたしはうしろめたさを覚えた。「ちょうど本のかたづけが終わったところです」そう言ってから、思った。いまの声は自分で思ったのと同じくらい、彼女にもわざとらしく聞こえただろうか？

「そうですか」レイチェルは答え、暖炉のそばにすわった。食事の着替えはすでにすませていた。もうそんな時間だということに、わたしは初めて気づいた。

「衣類も整理しましたよ。シーカムがとてもよくやってくれたんです。実はいいことを思いついたんですよ。あなたさえよければ、クリスマスにあれを配ろうと思うんですが」

「ええ。たったいまシーカムからそう聞きました。それが何よりでしょう」

原因が自分にあるのか、彼女にあるのか、それはわからなかったが、その場の空気には何か気まずいものがあった。

「きょうは一日雨でしたね」わたしは言った。

「ええ」彼女は答えた。

わたしは自分の手に視線を落とした。それは本の埃で汚れていた。「失礼して、手を洗ってきます。夕食の着替えもしないと」と言って二階へ上がり、服を着替えた。ふたたび降りていくと、食事の支度はすでに調っていた。わたしたちはそれぞれ無言で席に着いた。シーカムは昔からの癖で、何か言いたいことがあると、食事の席の会話によく割りこんでくる。その夜も、食事が終わりに近づくと、彼はレイチェルに言った。「あの新しい布地ですが、もうフィリップ様にお目にかけましたか、奥様？」

「いいえ、シーカム」と彼女は答えた。「その暇がなかったの。でも、フィリップ様がそうお望みなら、食後にお目にかけるわ。ジョンが図書室に運んでくれるでしょう」

「布地？」わたしはとまどった。「なんの布地ですか？」

「あら、お忘れになった？　青の間に使う布地を取り寄せたと申しあげたでしょう？　シーカムはもう見ましたの。とても感心しておりましたわ」

「ああ、あれですか。思い出しましたよ」

「あんなすばらしいお品は、生まれて初めて見ましたよ、旦那様」シーカムが言う。「あれに匹敵するものは、この近隣のどのお屋敷にもございません」

「だってイタリアからの輸入品ですもの、シーカム」レイチェルは言った。「置いているお店は、ロンドンに一軒しかないのよ。あの品のことはフィレンツェで聞いたの。ご覧になりたい、フィリップ？　あまりご興味ないかしら？」

彼女は半ば期待をこめて、半ば心配そうにそう訊ねた。わたしの意見を請いながらも、退屈させるのを恐れているような口調だった。

なぜかわからないが、顔が真っ赤になった。「もちろん、喜んで見せていただきますよ」

わたしたちは立ちあがり、図書室へ移った。シーカムもいっしょに食堂を出、しばらくすると、ジョンとともに布地を上から運んできて、図書室に広げた。

シーカムの言ったとおりだった。コーンウォールのどこをさがしても、そのような布地があるはずはない。いや、オックスフォードでもロンドンでも、それほどのものは見たことがなかった。布地はたくさんあった。豪華なブロケード。分厚いシルクの掛け布。どれも博物館にあるような品々だ。

「最高級のお品でございますよ、旦那様」シーカムはまるで教会にいるように、声をひそめていた。

「この青いのは、ベッドのカーテンにしようかと思いますの」レイチェルが言った。「それから、この紺と金のは窓のカーテンに、キルティングはベッドカバーに。いかがかしら、フィリップ？」

彼女は心配そうにわたしを見あげた。なんと答えればいいのか、わからなかった。

「お気に召さない？」

「とんでもない。とても気に入りましたよ」わたしは言った。「ただ」――また顔が赤くなるのを感じた――「これはかなり値の張る品なんじゃありませんか？」

「ええ、それはもうとても」彼女は答えた。「こういうものは、どれもみんな高価なのです。でもね、フィリップ、この布地は何年ももちますわ。あなたの孫たちも、曾孫たちも、このカバーをベッドにかけ、このカーテンを窓にかけて、青の間で休めるのです。そうじゃないこと、シーカム？」

「さようでございますとも」

「大事なのは、あなたがお気に召すかどうか。ただそれだけですわ、フィリップ」

「それはもちろん。気に入らないわけがないでしょう？」

「それなら、これはあなたのものですわ。わたくしからの贈り物です。では、持っていってね、シーカム。明日の朝、ロンドンのお店に、いただくという手紙を書きますから」

シーカムとジョンは布地をたたみ、運び去った。レイチェルの視線を感じたわたしは、目を合わせたくない一心でパイプを取り出し、平生より時間をかけて火をつけた。

「何か気になっていらっしゃるのね」レイチェルは言った。「いったいどうなさったの？」

なんと答えればいいのだろう？　彼女を傷つけたくはない。

「あんな贈り物をくださるなんていけませんよ」わたしはぎこちなく言った。「たいへんな散財じゃありませんか」

「でもさしあげたいのです。あなたはとてもよくしてくださるのですもの。これくらいなんでもありません。ほんのささやかなお返しですわ」

弱々しいすがるような声だった。ちらっと見やると、その目には深く傷ついた色が浮かんでいた。

「本当に優しいかたですね」わたしは言った。「しかしやはり、これはよくないと思いますよ」

「それはわたくし自身に決めさせてください。それに、わかっていますの。お部屋の仕上がりを見れば、あなただってきっとご満足なさいますわ」

わたしは思い悩み、胸を痛めていた。レイチェルが贈り物をしたがっているからではない。これは、彼女らしく気前のいい、衝動的な行為であり、わたしのほうもきのうまでなら、何も考えずに受け入れていただろう。しかし、あのいまいましい紙切れを読んでしまったがために、その夜のわたしは疑惑の虜となっていた。レイチェルの好意は、ある意味で、彼女の欠点を示しているのではないか。そして、彼女に屈すれば、自分はよく理解できない何かに屈することになるのではないか。

ややあって、彼女は言った。「さきほどの庭の本ですけれど、大いにここの庭造りの参考になりそうですよ。わたくし、あれをアンブローズにあげたのを忘れていましたの。あなたもあの図版をぜひ見なくては。もちろん、このうちにそっくり応用できるわけではありませんけれど、ある部分は使えそうですの。たとえば、野原から海まで見渡せる雛壇の遊歩道とか、その向こうの、土を掘り下げた水生植物園とか。以前、わたくしが泊まったローマのあるお屋敷にも、そういう庭園がありましたわ。本に図が載っていますわ。ここにはそれにぴったりの場所がありますの。前に古い塀があったところですけれどね」

どうしてそんなことができたのかわからない。しかし気がつくとわたしは、このときだけ、さりげなく無頓着な口ぶりで、彼女に訊ねていた。「あなたは生まれてからずっと、イタリアで暮らしていたんですか？」

「ええ」彼女は答えた。「アンブローズから聞いていらっしゃらない？　母の一族はローマの出、父のアレクサンダー・コリンは、よくいる、一箇所に落ち着くことのできないたちの男でした。イギリスは大嫌いでしたわ。たぶんコーンウォールの身内の人々とうまくいかなかったのでしょう。父はローマでの暮らしを気に入っていました。父と母はお似合いの夫婦でしたの。でもね、ふたりともその日暮らしで、いつも貧乏でしたわ。子供のころのわたくしは、そんな暮らしに慣れていましたけれど、大きくなると、たまらない気がいたしましたした」

「ご両親はおふたりともお亡くなりになったのですか？」

「ええ。父はわたくしが十六のときに亡くなりました。母とわたくしは、その後五年間、ふたりで暮らしました。わたくしがコシモ・サンガレッティと結婚するまで、ずっと。つらい五年間でしたわ。町から町へ渡り歩いて、つぎはいつ食べられるかもわからなくて。わたくしはね、箱入り娘ではなかったのですよ、フィリップ。この間の日曜日も、ルイーズとのちがいをつくづく感じてしまいましたわ」

するとと、最初に結婚したとき、彼女は二十一だったのだ。いまのルイーズと同じ年か。いったいふたりは——レイチェルとその母親とは、サンガレッティに出会うまで、どのような暮らしをしていたのだろう？　たぶん、レイチェルがここでやるとほのめかしたように、イタリア語を教えていたのかもしれない。それで、彼女はあんなことを思いついたのだろう。

「母はたいへんな美人でした。わたくしとは少しも似ていませんでしたわ。同じなのは、目や髪の色だけ。母は背が高くて、堂々たる体格の持ち主でした。そして、そういう体型の女にありがちなことですけれど、急にくずれてしまいましたの。容色が衰えて、太って、無頓着になって。父が生きていてそんな母を見ずにすんでよかったと、わたくしは思いました。生きていて、妻のするいろいろなこと、娘のするいろいろなことを見ずにすんでよかったと」

レイチェルは苦々しさなどみじんもまじえず、淡々と話していた。それでも、図書室の暖炉の前にすわる彼女を見て、わたしは思った。自分は彼女のことをほとんど何も知らないのだ。そして今後も、その過去について、詳しく知ることはないだろう。彼女はルイーズのことを箱入り娘と言った。これは本当だ。しかし突然、わたしは気づいた。それと同じことが自分にも言えるのだ、と。わたしはもう二十四歳。しかし、ハロー校とオックスフォード大学での型どおりの数年をのぞけば、ずっと五百エーカーの領地のなかだけで生きてきて、外の世界のことは何も知らない。レイチェルのような人が、あちこち渡り歩き、つぎつぎと住まいを変え、一回、二回と結婚したら――どんな気持ちがするものだろう？　彼女は扉を閉ざすように過去を閉ざし、そのことは決して考えないのだろうか？　それとも、毎日毎日、苦い思い出に悩まされているのだろうか？

「そのかたは、ずっと年上だったのですか？」わたしは訊ねた。

「コシモですか？　いいえ。ほんの一、二歳ですわ。母はフィレンツェで彼に紹介されましたの。ずっとサンガレッティ一族の知己を得たいと思っていて、ようやく。彼が母とわたくしのどちらを選ぶか決めるのには、一年近くかかりました。そのうち母は、かわいそうに、美しさを失い、コシモまで失ってしまったのです。でも結局、わたくしが手に入れたのは、重荷だけ。アンブローズからすっかり聞いているでしょうけれど。結婚生活は幸せなものではなかったのです」

もう少しでこう言うところだった――「いいえ、アンブローズはあなたが思っている以上に、口の堅い人だったのです。仮に何かに傷ついたり、ショックを受けたりしても、目をつぶり、そんなことはなかったふりをしたでしょう。彼は、サンガレッティが決闘で死んだということ以外、結婚前のあなたに関しては一切何も言いませんでした」しかしわたしは黙っていた。そして突然、自分は知りたくないのだと気づいた。サンガレッティのことも、レイチェルの母のことも、フィレンツェでの彼女の暮らしのことも、わたしは知りたくない。扉を閉ざし、鍵をかけてしまいたかった。

「ええ」とわたしは言った。「アンブローズの手紙に書いてありました」

レイチェルはため息をつき、頭の下のクッションを軽くたたいた。

「ああ、いまでは遠い昔のことに思えますわ。つらい年月に耐えたあの娘は、このわたくしとはまったくの別人。十年ですものねえ。コシモ・サンガレッティとの結婚は、そんなにつづいたのですよ。世界を丸ごともらえるとしても、もう二度と若くなりたくはありません。偏った考えかもしれませんけれど」

「まるで九十九の年寄りみたいな言いかたですね」

「女としては、ほぼそんなものですわ。もう三十五ですもの」

レイチェルはわたしを見てほほえんだ。

「ほう？　もっと上かと思っていましたよ」

「そう言われたら、ふつうの女性なら侮辱と受け取るでしょうけれど、わたくしにはお世辞に聞こえますわ。ありがとう、フィリップ」そして、どう返すか考える間も与えず、彼女はつづけた。「今朝、あなたが暖炉に投げこんだ紙には、本当は何が書いてありましたの？」

これは不意打ちだった。わたしはじっと彼女を見つめ返し、ごくりと唾を呑んだ。

「紙？」わたしはとぼけた。「なんの紙です？」

「ご存じのくせに。アンブローズの字で何か書いてあったあの紙です。わたくしに見られないよう、焼いてしまったでしょう」

嘘をつくよりは半分だけ真実を言うほうがいい。そう心を決め、顔が炎のように赤くなるのを感じながら、わたしは彼女と目を合わせた。

「あれは破れた手紙の一部だったんです。ぼく宛に書こうとしたものでしょう。出費がかさんでいるのが心配だというような内容でした。ほんの一、二行しかなかったし、具体的な言葉までは覚えていませんが。暖炉に投げこんだのは、あの状況で、あれを見たらあなたがショックを受けるだろうと思ったからですよ」

驚いたことに、また、ほっとしたことに、じっとこちらを見据えていた目の色が和らいだ。指輪をいじっていた手が膝に落ちた。

「それだけですの？　いろいろ考えてしまいましたわ……なんだったのかと思って」

よかった。わたしの説明は受け入れてもらえたのだ。

「かわいそうなアンブローズ」彼女は言った。「いつもいつもそればかり心配していました。あの人はわたくしを浪費家と見なしていたのです。あなたがもっと始終、その話を聞かされていなかったのが不思議なくらいですわ。向こうでの暮らしは、アンブローズの知っている故郷の暮らしとは、まるでちがっていたのです。あの人にはどうしても、それを受け入れることができませんでした。そして——ああ、あの人を責めることはできない——でも、わたくしにはわかっています。アンブローズは心の底で、わたくしが強いられていた、彼と出会う前の暮らしに怒りを抱いていました。あの巨額な負債。あの人はそれをすべて支払ってくれたのですもの」

わたしは黙っていた。しかし、すわって彼女を見守り、パイプをやっているうちに、心が軽くなるのがわかった。不安はもうない。半分だけの真実が効を奏し、彼女はいま、なんのこだわりもなくわたしと話をしている。

「最初の数カ月、アンブローズはとても気前がよかったのです」彼女はつづけた。「わたくしにとってそれがどんなにありがたいことだったか、あなたには想像もつかないでしょうね、フィリップ。ついに信頼できる人が見つかったのです。そして、それ以上にすばらしかったのは、自分がその人を愛せたことですわ。地球上のどんなものでも、わたくしがほしいと言えば、あの人は与えてくれたでしょう。だからこそ、あの人が病気になったとき……」言葉が途切れ、彼女の目に苦悩の色が浮かんだ。「だからこそ、あの変わりようが、理解できなかったのです」

「つまり、彼がもう気前よくはなくなったということですか？」

「いいえ、気前はよかったのです。でも、前とはちがっていました。あの人はいろいろな贈り物、宝石などをくれるようになりました。まるで、わたくしを試しているようでしたわ。どう説明すればいいのか、わかりませんけれど。そしてお金をもらおうとすると、家にかかるちょっとした費用でも、あの人は出そうとしないのです。いつも疑り深い奇妙な目でわたくしを見て、いろいろ訊いたものですわ。なぜお金がいるのか、どう使うつもりなのか、誰にやるお金なのか……とうとうわたくしは、ライナルディにたよるしかなくなりました。使用人の給金を支払うために、ライナルディにお金を無心するしかなくなったのです」

ふたたび言葉が途切れ、彼女はわたしを見つめた。

「アンブローズは、あなたがそうしているのに気づきましたか？」わたしは訊ねた。

「ええ。確か、前にもお話ししましたわね？　あの人はもともとライナルディをよく思っていなかったのです。でも、わたくしがお金を借りにいったと知ると……もうおしまいでした。アンブローズは、彼がうちに来るのにも我慢できなくなったのです。信じられないでしょうけれど、フィリップ、わたくしは、アンブローズが休んでいる隙にこっそりうちを抜け出して、ライナルディに会い、家のことに必要なお金を借りなくてはならなかったのです」突然、彼女は手を振って、椅子から立ちあがった。「ああ、なんてことでしょう。こんな話、あなたにするつもりはなかったのに」

彼女は窓辺に歩み寄り、カーテンを開いて、激しく降りしきる雨を眺めた。

「なぜです?」わたしは訊ねた。

「なぜなら、あなたには、ここにいたころのアンブローズをそのまま記憶に留めてほしかったから。あなたの胸のなかには、あなたの彼がいる。この家の彼が。そのころのあの人は、あなたのアンブローズだった。それを大切にしてください。最後の数カ月はわたくしのもの。誰とも分かちあいたくありません。特にあなたとは、絶対に」

わたしのほうも、そんなものを分かちあいたくはなかった。彼女にも、過去の扉はひとつひとつ、全部、閉ざしてほしかった。

「何が起きたかおわかりになる?」レイチェルはくるりと窓から振り返り、わたしを見た。「上であの箱を開けたのが、いけなかったのです。あれはあのまま放っておくべきだったのです。あの人の遺品に触れたのがまちがいでした。最初からそんな気がしていたのです。トランクを開けて、あの人の部屋着とスリッパを見たときから。わたくしたちは、それまでここにはなかった何かを、解き放ってしまったのですわ。一種の怨念のようなものを」彼女は蒼白になっていた。その手が胸の前で組み合わされた。「あなたが暖炉に投げこんで燃やしたあの二通の手紙を、わたくしは忘れていません。ずっと考えまいとしてきましたが、きょう、あのトランクを開けてからは、もう一度あれを読んだような気持ちになっています」

わたしは椅子を離れ、暖炉を背に立った。レイチェルは行きつもどりつ歩きまわっている。いったいなんと言えばよいのだろう？

「手紙のなかでアンブローズは、わたくしが自分を見張っていると言っていましたね」彼女はつづけた。「もちろん見張っていましたわ。あの人が怪我をしないように。ライナルディは、修道院から手伝いを呼ぶように言いましたが、その気はありませんでした。そんなことをすれば、アンブローズは、尼僧たちをわたくしが連れてきた監視だと言ったでしょう。あの人は誰も信じていなかったのです。医者たちは優秀で辛抱強い人たちでしたが、それでも始終、拒絶されていました。あの人はわたくしに言って、使用人をつぎつぎ解雇させました。そして最後には、ジュゼッペしか残らなかったのです。あの男だけはアンブローズも信じていました。犬と同じ目をしていると言って……」

言葉が途切れ、彼女は顔をそむけた。山荘を訪ねたとき、門の奥の小屋から出てきたあの使用人を、わたしは思い出した。彼がわたしを苦しませまいとしたことを。あの正直で忠実な目を、アンブローズとわたしが同じように信じたとは、なんと不思議なのだろう。しかもわたしは、たった一度しかあの男に会っていないのだ。

「もうそんなことを話す必要はありませんよ」わたしは言った。「アンブローズを救うことにはならないし、あなたを苦しませるだけですから。あなたと彼との間に何があったかなど、ぼくには関係ありません。すべてもうすんだこと、忘れたことですから。あの山荘は彼の家じゃない。それに、アンブローズと結婚した以上、あなたの家でもないんです。あなたの家はここですよ」

レイチェルは振り返ってわたしを見つめた。「ときどき」彼女はゆっくりと言った。「あなたがあまりにもアンブローズに似ているので、怖くなりますわ。あなたの目は、彼のと同じ表情で、わたくしを見るのですもの。結局、あの人はまだ死んでいないのだ、すべてがもう一度繰り返されるのだ——そんな気がするほどです。でもわたくしにはもう耐えられない。毎日毎晩、果てしなくつづくあの疑いにも、怒りにも」

彼女の言葉を聞いているうちに、サンガレッティ邸が鮮やかに見えてきた。あの小さな中庭。黄色い花をつけている春のキングサリ。庭に置かれた椅子。そこにすわるアンブローズ。そのかたわらの彼のステッキ。あの陰鬱な静けさが、肌に感じられる。空気のカビ臭さが鼻をつき、水の滴る噴水が見える。そして、そのとき初めて、上のバルコニーから見おろす女は、想像の産物ではなく、レイチェルになっていた。彼女はいまと同じすがるような表情、苦悩に満ちた哀願の表情で、アンブローズを見ている。突然、自分がとても年を取って、とても賢くなったような——身内に不可解な新しい力がみなぎっているような気がした。わたしはレイチェルに両手を差し出した。

「レイチェル。ここにいらっしゃい」

彼女は歩み寄ってきて、わたしに両手をあずけた。

「この家には怨念などありません。この家はぼくのものです。怨念は人が死ねばそれとともになくなります。あの衣類はすべて梱包し、かたづけました。もうぼくたちとはなんの関係もありません。今後あなたは、ぼくの記憶にあるままのアンブローズを思い出すでしょう。彼の古い帽子は、廊下のあの長椅子に置いておきましょう。ステッキは、他のといっしょにスタンドに立てましょう。アンブローズがそうだったように、また、ぼくがいまそうであるように、あなたはこの家の一員です。ぼくたちは三人とも、ここの一部なんです。わかりましたか？」

レイチェルはわたしを見あげた。彼女は手を引っこめなかった。

「ええ」

わたしは不思議な感動を覚えていた。まるで、自分の言動がすべてあらかじめ計画され、用意されていたかのような気がした。だがそれと同時に、どことも知れない頭の片隅では、小さな声がささやいていた。「もう取り返しはつかないぞ。絶対に……」わたしたちは手を取りあって立っていた。やがて彼女が言った。「なぜこんなによくしてくださるの、フィリップ？」

その日の朝、彼女が泣いて自分の胸に顔を埋めたときのことを、わたしは思い出した。しばらくの間、わたしは彼女を腕に抱き、その髪に頰を寄せたのだった。もう一度、ああなってほしかった。しかし、その夜の彼女は泣かなかった。わたしの胸に顔を埋めることもなかった。彼女はただそこに立って、わたしの手を握っていた。

「よくしてなどいません」わたしは言った。「ただあなたに幸せになってほしいだけですよ」

レイチェルはそばを離れ、寝室へ持っていく燭台を手に取った。部屋を出ていくとき、彼女は言った。「おやすみなさい、フィリップ。神様のお恵みがありますように。かつてわたくしに与えられた幸せが、いつかあなたにも訪れますように」

彼女が二階へ上がっていくのが聞こえた。わたしは腰を下ろして、図書室の暖炉に見入った。この家に怨念が残っているとしたら、それは彼女のものでも、アンブローズのものでもなく、わたし自身の胸の奥底にその種があるように思えた。もちろんレイチェルにそのことを言うわけにはいかない。彼女が知る必要はないことだ。葬り去り、忘れたつもりでいた昔の嫉妬が、いままたわたしにとりついていた。しかし今度の嫉妬は、レイチェルに対するものではない。それは、これまで世界の誰よりも深く知り、愛していたアンブローズに対する嫉妬なのだった。

第十六章

　十一月と十二月は、飛ぶように過ぎていった。少なくとも、わたしにはそう思えた。以前は、日が短くなり、天候が悪化するとともに、外での活動も減り、四時半にはもう日が暮れるこの季節は、家で過ごす長い夜が退屈に思えたものだ。わたしは読書家ではない。それに社交嫌いなので、近隣の人々と狩りをしたり、食事をしたりするのも苦手だ。そのため、冬至が過ぎ、クリスマスも去ると、いつも早く春が来ないものかとじりじりしていた。西部地方では、春は早く到来する。年が明ける前から、花をつける灌木もあるのだ。しかしこの年の秋は、退屈することもなかった。木の葉が落ち、木々は裸になり、領地の土は雨で茶色くぬかるんだ。海は冷たい風に吹きなぶられ、灰色になった。それでもわたしは、憂いを感じることはなかった。

　いつしか、わたしたち——レイチェルとわたしの生活には、一定の習慣ができあがっていた。それはふたりにしっくり合っているらしく、変更はめったに入らなかった。天候が許せば、レイチェルは午前中を外で、タムリンらの植樹作業を指揮したり、わたしたちが採用した雛壇の遊歩道の工事を監督したりして過ごす（これには、森で働く連中の他に、新たに人を雇う必要があった）。一方わたしは、従来どおり、領地の管理の仕事で農場から農場へ走りまわったり、やはり自分の土地のある辺境の地区を訪れたりした。十二時半、ふたりは軽い食事——たいていは冷たいもの、たとえば、ハムやパイとケーキ——を取るため、合流する。それは使用人たちの食事の時間なので、給仕はなしだ。レイチェルはいつも自室で朝食を取るので、わたしはそのとき初めて彼女と顔を合わせることになる。

領地を回っているとき、あるいは、事務所で働いていて、鐘楼の時計が正午を告げ、そのほぼ直後に男たちを食事に呼ぶ鐘が鳴り響くと、わたしは身内に興奮が湧きあがり、急に心が浮き立つのを感じる。

そのとき携わっていた仕事は、突然、退屈に思えてくる。たとえば、牧場や森、近所の農場に出かけていて、時計と鐘の音が聞こえてくると——その音は遠くまで伝わり、風向きがよければ三マイル離れていても聞こえることがある——わたしは、昼食のひとときを一瞬でも逃すまいとばかりに、せっかちにジプシーの首を家の方角へめぐらせる。事務所にいても同じことだった。わたしは、机の書類を眺め、羽根ペンを嚙み、椅子をうしろに傾けている。ところが突如、それまで書いていたものが、なんの重要性もなくなるのだ。この手紙はあとまわしでいい。この計算は必要ない。ボドミンのこの一件は、別のときに決めよう。そして何もかも脇へ押しやって、わたしは事務所を出、中庭を突っ切って家へ、食堂へと向かう。

レイチェルはたいてい先にそこに来ていて、わたしを迎え、挨拶の声をかけた。わたしの皿の横には、よく花の小枝が置かれていた。一種の贈り物だ。わたしはいつもそれをボタン穴に挿した。また、新しい強壮剤、香草の煎じ茶が、用意されていることもあった。彼女はそうした飲み物の調合法を百も知っているらしく、料理人に絶えずどれかを作らせていた。彼女が来て数週間後、シーカムが口もとに手をやって、こっそり教えてくれたところによれば、料理人は毎日、レイチェルの指示を仰いでいるのだという。うちの食事が前よりよくなったのは、そのためなのだそうだ。

「奥様はアシュリー様には知られたくないとおっしゃるのです。出過ぎだと思われるのを心配なさっておいでなのですよ」

わたしは笑い、彼女には何も言わなかった。ただしときどき、面白半分、その日の料理に感嘆してみせた。「厨房の連中、いったいどうしたんだろうな。フランス仕込みのシェフに変身しつつあるみたいだ」すると彼女は無邪気にこう答える。「お気に召しました？ 以前、召しあがっていたものより、よくなりまして？」

いまでは誰もが、彼女を「奥様」と呼んでいたが、それは少しも気にならなかった。たぶんわたしは、そのことに喜びと、一種の誇らしさを覚えていたのだろう。

昼食を終えると、レイチェルは二階へ行って休む。あるいは、火曜か木曜であれば、わたしが馬車を用意させ、ウェリントンが訪問の返礼に近隣の誰かの屋敷へ連れていく。ときどき、その道筋に用事があると、わたしも一マイルほど同乗していき、その後、馬車を降りて、彼女をひとりで行かせる。出かけるとき、彼女はいつも念入りに身支度をした。いちばん上等のマント。新しいベールとボンネット。わたしは、彼女を見たいがために、うしろ向きに馬車にすわる。一方彼女は、たぶんわたしへの意地悪だろう、ベールを上げようとしない。

「いざゴシップへ」わたしは言う。「いざ、ささやかな衝撃とスキャンダルへ。壁のハエになるためなら、ぼくはなんでも差し出しますよ」

「いっしょにいらっしゃいな」彼女は答える。「きっとあなたのためになりますわ」

「絶対にいやですね。食事のとき、すっかり話してくださいよ」

そしてわたしは道ばたに立ち、走り去る馬車を見送る。窓からは、小馬鹿にしたように小さなハンカチが振られている。つぎにわたしが彼女に会うのは、五時の食事のときだ。その間の時間は、夜を迎えるための待ち時間と化していた。仕事をしていても、領地を回っていても、人と話していても、わたしは常に早くすませたいという焦燥感に駆り立てられていた。いま何時だろう？　アンブローズの形見の懐中時計に、わたしは目をやる。まだ四時半か。なんて時の経つのがのろいんだろう。家畜小屋を通って帰宅すると、彼女がもどっているかどうかはすぐわかる。もしもどっていれば、馬車置き場には馬車があり、馬たちには餌と水が与えられているからだ。家に入り、図書室を通り、居間を通って、わたしはどちらの部屋も空っぽなのを確認する。これは、レイチェルがすでに自室に上がって、休んでいる証拠だ。彼女は食事の前に必ず休息を取るのである。そのあとわたしは、入浴するか手を洗うかし、服を着替え、図書室で彼女を待つ。時計の針が5に近づくにつれ、いらだちはふくらんでいく。彼女の足音が聞こえるよう、図書室のドアはいつも開けたままにしてあった。

最初に聞こえてくるのは、パタパタという犬たちの足音だ——犬たちにとっていまやわたしはどうでもよい存在となっており、彼らは影のようにレイチェルのあとをついて歩いているのだった。それから階段をこするガウンの衣擦れの音が聞こえてくる。それこそがわたしにとって一日でいちばんすばらしい瞬間だった。その音には、胸をときめかせる予感、大きな期待感を呼び起こす何かがあり、そのため彼女が入ってくると、わたしはすっかりうろたえ、口をきくこともままならなくなるのだった。あのガウンが何でできていたかは、知らない。厚地の絹なのか、サテンなのか、ブロケードなのか。とにかく、それは床をこすっては浮きあがり、またこするようだった。浮きあがっているのは、ガウンそのものなのだろうか。あるいは、それをまとってこのうえなく優雅に進むレイチェルのほうなのだろうか。とにかく、陰気で殺風景だった図書室は、彼女が入ってくると、とたんに華やぐのだった。

ロウソクの明かりによって、彼女は、昼間にはなかった新たなやわらかみを帯びた。まるで、午前中のまぶしさや、それより鈍い午後の光が、もっぱら仕事のため、実際的な目的のためにのみ捧げられ、事務的で冷ややかな、きびきびした動きを作っていたかのようだった。そして宵が訪れ、鎧戸が閉まり、雨風が遮断され、家が自らを閉ざすと、彼女はこれまで内に秘めていた光によって輝く。頬や髪は色づき、目は深みを帯び、こちらを向いて何か言うときも、書棚へ行って本の一冊を取るときも、身をかがめて、暖炉の前に寝そべるドンをなでるときも、その身のこなしはゆったりと優美で、一瞬ごとに目を奪うのだった。そういうときわたしは、なぜ以前この人を平凡だなどと思ったのか、自分を不思議に思った。

シーカムが呼びにくると、わたしたちは食堂に移り、それぞれの席に着く。わたしはテーブルの上座、彼女はその右隣だ。わたしには昔からずっとそうしてきたように思えた。そこにはなんの違和感も不思議さもない。シーカムと話さずにすむよう席の前に本を立てかけ、着替えもせず古い上着のままひとりそこにすわったことなど、一度もなかったかのようだ。しかし、本当に昔からこうだったなら、それがこれほどまでに刺激的に感じられ、単なる飲み食いがある種の新たな冒険となることなどなかったろう。

何週間過ぎても刺激は薄れるどころか、むしろ増すばかりだった。気がつくとわたしは、五分でも彼女の姿を見たいがために、何やかやと口実を作っては家にもどり、ともに過ごせる昼と夜の決まった時間以外にもふたりのひとときを作ろうとしていた。

彼女は図書室にいたり、ホールを通ってどこかへ行く途中であったり、居間で訪問客を待っていたりした。わたしを見ると彼女はちょっと驚き、笑顔になって言う。「まあ、フィリップ、こんな時間になぜおもどりになったの？」そこでわたしは、作り話をすることになる。庭のことでは、昔、アンブローズが興味を持たせようとしても退屈する一方で、あくびばかりしていたわたしが、いまや、植樹だの雛壇の遊歩道だのに関する協議事項があれば、必ずその場にいるよう心がけていた。夕食のあとも、わたしたちはレイチェルのイタリアの本をいっしょに眺め、図版を比較検討し、どれをまねるべきかさかんに論じあった。仮に彼女が、うちの農場を見おろす区画にローマ広場の複製を造ろうと言ったとしても、たぶんわたしは賛成したと思う。わたしは「ええ」とか「いいえ」とか「実にいいですね」とか言い、首を振ったが、実は何も聴いていなかった。楽しいのは、一生懸命な彼女を見ていることだった。眉を寄せ、印をつけるペンを手に、ひとつひとつの絵を慎重に検討する彼女を見ていること、そして、本から本へ動く手そのものを見ていることだった。

ふたりが過ごすのは、いつも図書室とはかぎらなかった。ときには、彼女がフィービ叔母の部屋に誘ってくれることもあったからだ。そんなとき、わたしたちは床の上に本や庭の設計図を広げた。下の図書室ではわたしが主人役だったが、ここでは彼女が女主人だった。わたしにはこちらのほうが好ましかったような気がする。ふたりの間にもう堅苦しさはなかった。シーカムは邪魔しなかった。レイチェルはどんな手を使ったものか、銀の盆による厳かなお茶のサービスを見事断念させたのだ。その代わり彼女は、ふたりのために香草のお茶を入れた。これは大陸の慣習で、このほうが目や肌によいのだという。

こういった食後の時間は、飛ぶように過ぎていく。わたしはいつも、彼女が時間を訊くのを忘れてくれればと願ったが、いまいましい鐘楼の時計は、ふたりのすぐ頭上で十時を打ち、必ず平和を打ち砕くのだった。

「まあ、もうこんな時間なの」彼女はそう言って本を閉じ、立ちあがる。これが、退出せよという合図なのだ。戸口でぐずぐず話を長引かそうとしても無駄だった。時計が十時を打つと、わたしは去らねばならない。ときおり彼女はわたしに手を差し出し、キスさせた。あるいは、頬を向けてくることもあった。あるいは、子犬にするように、わたしの肩を軽くたたくことも。しかし身を寄せてきたり、あの夜、ベッドに横たわっていたときしたように、わたしの顔を両手ではさんだりすることは決してなかった。別にそれを求めていたわけではない。期待していたわけではないのだ。それでも、おやすみを言って自室へともどり、鎧戸を開けて静かな庭を眺め、森の下の入り江に打ち寄せる海のかすかなざわめきを耳にすると、わたしは休日を終えた子供のように、妙に淋しい気持ちになった。

熱っぽい空想のなかで一日かけて刻々と形作られてきた夜は、終わったのだ。つぎの夜が来るのは、ずっと先に思えた。それに、心も体も、まだ眠れる状態ではない。かつて、彼女がここを訪れる前は、食後はいつも暖炉の前でうたた寝し、それから伸びをし、あくびをして、重い足で二階へ上がり、ありがたくベッドにもぐりこみ、七時まで眠ったものだ。でもいまはちがった。わたしはひと晩中でも歩いていられた。夜明けまででも話していられた。しかし前者は馬鹿げており、後者は不可能だ。それゆえわたしは、椅子に身を投げ出すようにして開いた窓の前にすわり、パイプをやりながら、芝生を眺める。ときには、一時、二時になってから、ようやく服を脱いでベッドに入ることもあったが、それまで何をしていたかと言えば、ただ椅子にすわってふさぎこみ、何も考えず、静かな時を無為に過ごしただけなのだった。

十二月、満月とともに初霜が訪れると、不寝番の夜はさらに耐え難くなった。霜には鮮烈で冷たい美しさがある。それは心を捉え、驚きの目を見張らせた。窓の下に広がる芝生は、野原へと下っていき、野原は海へと下っていく。そのすべてが霜で白くなり、月光の下で白くなっている。芝生を囲む木々は、黒く、じっと動かない。ウサギたちが現れ、あちこちで草を食い散らし、やがててんでに巣穴に飛びこんでいく。と突然、静けさのなかに雌キツネの声が甲高くこだまし、小さなすすり泣きがそれにつづく。夜、耳を打つ他のどんな声とも似ていない、不気味な声だ。森のなかから背の低い痩せたものが忍び足で現れ、さっと芝生に駆け出してくると、ふたたび木立のなかに身を隠す。しばらくすると、同じ声がもう一度、今度は遠い草地のほうから聞こえてくる。見ると、満月は木立の上に昇り、空に浮かんでいる。窓の下の芝生にはもうなんの動きもない。レイチェルは青の間で眠っているのだろうか？　それとも、わたしと同じように、カーテンを開け放っているのだろうか？　十時にわたしをベッドに追いやった時計が、一時を打ち、二時を打った。ここには美という財産がある、とわたしは思った。ふたりはそれを分かちあったのかもしれないと。

よその連中には、味気ない外の世界をくれてやろう。これは世界ではない。魔法なのだ。そしてそのすべては、わたしのものだ。ただわたしは、それを自分だけのものにしておきたくはなかった。

すると寒暖計のように、浮き立った気分は一気に落ちこみ、ときとしてわたしは、虚しさと悲しみさえ覚える。レイチェルは、もうしばらくだけここにいると約束した。それはあとどれくらいなのだろう？　もしもクリスマスのあと、彼女がこちらを見て、「来週、ロンドンへ参りますわ、フィリップ」と言ったら？　悪天候という魔法が植樹の作業をすべて中断させたので、春が来るまでこれ以上できることはほとんどない。雛壇の遊歩道のほうは、この先雨が減ればつづけられるだろうが、こちらはレイチェルがいなくても設計図さえあれば、作業員たちだけで充分やれる。彼女はいつ発つと言いだすかしれない。そして、引き留める口実はもう何もない。

昔、家でクリスマスを過ごしていたころ、アンブローズはイヴに小作人たちを招いて晩餐会を開いていた。彼のいなかった昨年の冬、わたしは何もしなかった。旅からもどったアンブローズが、夏至の日に代わりの会を催したからだ。今年、わたしは昔からの慣例どおり、イヴの晩餐会を復活させることにした。レイチェルがいるというだけで、そうする価値は充分ある。

子供のころ、それはクリスマスのハイライトだった。男たちはイヴの一週間ほど前に大きなモミの木を運びこみ、晩餐会の会場となる、馬車置き場の上の長い部屋にそれを置いた。わたしはツリーがあるのを知らないことになっていた。しかし、まわりに人がいないとき――たいていは、使用人たちが食事をする昼ごろに――わたしはこっそり裏へ回って階段を上り、横手のドアから長い部屋に入った。すると部屋の奥には、鉢に植えられた巨大なツリーがそびえており、壁際には晩餐会用の長テーブルが何卓も用意されているのだった。初めてツリーの飾りつけを手伝わせてもらったのは、ハロー校から最初の休暇で帰ってきたときだ。それはたいへんな昇格だった。それまで、あれほど誇らしさを感じたことはなかった。幼いころわたしは、上座のアンブローズの隣にすわっていたが、この昇格により、その年は自らのテーブルの上座にすわったのだ。

今年ふたたび、わたしは森の係の者たちに指示を出し、自ら森へ入って木を選んだ。レイチェルは大喜びだった。どんな祝い事もこれ以上の満足を与えはしなかったろう。彼女はシーカムや料理番と熱心に話し合い、食品室や食糧庫や狩りの獲物の小屋を見てまわった。家の男たちを説き伏せて、うちの農場から若い娘をふたり呼びよせ、自分の監督のもとでフランス風のペストリーを作らせさえした。あたりは興奮と、そして謎とに包まれていた。というのも、わたしがレイチェルに、絶対にツリーを見てはいけないと言い、彼女は彼女で、晩餐会で何が出るかは秘密だと宣言したからだ。

やがてレイチェル宛にさまざまな包みが届き、すばやく二階へ運び去られるようになった。婦人の間をノックすれば、カサコソと紙の音がし、長いこと経ってからようやく彼女の声が「どうぞ」と答える。レイチェルは目を輝かせ、頬を上気させて、床にひざまずいており、絨毯にはさまざまな品物が散らばって、覆いがかけられている。そして彼女は、それを見てはいけないと言うのだった。

わたしはふたたび子供時代にもどっていた。寝間着姿で階段に出てつま先立ちになり、階下からのかすかな話し声に耳をそばだてたときの、あの興奮状態に。そうしていると突然、アンブローズが図書室から現れ、わたしを笑ったものだ。「ベッドに行くんだ、この腕白坊主。鞭でひっぱたくぞ」

ひとつだけ気がかりなことがあった。レイチェルへの贈り物は何にすればよいのだろう？ある日、わたしはトルーロへ行き、本屋を回って園芸の本をさがしたが、適当なものは見つからなかった。それに、どんな本を贈っても、彼女がイタリアから持ってきた本にはかなわないはずだ。女がどんな贈り物を喜ぶのか、わたしにはまるでわからなかった。ニック・ケンダルはよく服地をルイーズに贈っているが、レイチェルは喪服しか着ない。だから生地を贈るわけにはいかなかった。そのときわたしは、以前、父親からロンドン土産のロケットをもらって、ルイーズがとても喜んでいたのを思い出した。日曜にうちで食事をするとき、彼女はよくそれを着けていた。それで答えが見つかった。

この家の宝飾品のなかに、何かレイチェルに贈るのによいものがあるにちがいない。宝石類は、家の金庫にあるアシュリー家の書類とは別に、銀行に保管されている。火事も起こりうるので、それがいちばん安全だとアンブローズは考えていた。そこにどんなものがあるのか、わたしはまったく知らなかった。ただ、一度、幼いころに、アンブローズに連れられて銀行へ行ったことは、おぼろげに覚えている。そのとき彼は、首飾りのひとつを手に取り、それが祖母のものであったことを、ほほえみながら話してくれた。彼の話によれば、わたしの母も結婚式の日にそれを着けたのだそうだ。ただし、父がこの家の直系でなかったため、その日だけ、借り物としてである。いい子にしていたら、いつか、おまえがこれを妻に贈るのを許してやろう、と彼は言った。そしてわたしは気づいた。銀行にどんなものがあるにせよ、それはわたしのものなのだ。厳密に言えば、三カ月待たねばそうはならないが、それは形だけのことだ。

ニック・ケンダルはもちろん、どんな宝飾品があるか知っているだろう。しかし、彼は仕事でエクセターに行っており、うちの晩餐会の開かれるクリスマス・イヴまでもどらない。わたしはひとりで銀行へ行き、宝飾品を見せてもらうことにした。

カウチ氏はいつもどおり丁重にわたしを迎え、波止場に面した自分の私室で話を聴いた。

「ケンダル様はご承知のことと考えてよろしゅうございますね？」彼は訊ねた。

「もちろんです」わたしはいらいらして言った。「すべて了解ずみですよ」それは嘘だったが、二十四にもなって、しかもあと数カ月で誕生日を迎えるというのに、些細なことでいちいち教父の許可を求めるなど、まったく馬鹿げている。そのことを思うと、無性に腹が立った。

カウチ氏は金庫に人をやり、宝飾品を取ってこさせた。それらは、封印された箱に入って現れた。カウチ氏は封を破り、机の上に布を敷いて、箱の中身をひとつひとつ並べていった。

これほどすばらしいコレクションだとは思ってもみなかった。指輪に腕輪、耳飾りにブローチ。その多くが、ルビーの髪飾りには耳飾り、サファイアの腕輪にはペンダントと指輪という具合に、セットになっている。しかし、手を触れる気にもなれず、ただそれらを眺めながら、わたしは失望とともに思い出した。レイチェルは喪中で、色のついた宝石は身に着けないのだ。こういうものを贈ってもしかたない。使ってはもらえないだろう。

そのときカウチ氏が最後の箱を開け、真珠の首飾りを取り出した。四連の品で、帯のように首に巻くようになっており、ダイヤモンドの留め金がひとつついている。わたしにはひと目でわかった。子供のころ、アンブローズが見せてくれたあの首飾りだ。

「きれいですね」わたしは言った。「これが、このなかでいちばん値打ちのある品なんです。従兄のアンブローズが見せてくれたのを覚えていますよ」

「それについては、ちがう意見もございましょうね」カウチ氏は言った。「手前ならば、このルビーにいちばん高い値をつけますな。しかしこの真珠の首飾りには、ご一族の特別な思いがこもっているのでしょう。これは、あなた様のお祖母様、アンブローズ・アシュリー夫人が花嫁になられたとき、セント・ジェイムズ宮廷で初めてお着けになった品なのです。そして、あなた様の伯父上が領地を継承なさると、当然のこととして、伯母上のフィリップ夫人がこれを譲り受けました。その後、ご一族のいろいろなかたが、結婚式の日にこれをお着けになってきました。あなた様のお母上もそのおひとりです。最後にこれをお着けになったのは、確か、お母上だと思います。お従兄のアンブローズ・アシュリー様は、結婚式がよその土地で行われても、これを郡外へ出すことは決してお許しにならなかったので」カウチ氏が首飾りを手に取ると、なめらかな丸い真珠に窓から射す光が落ちた。

「そう、確かに美しい品です。そしてこの二十五年間、これを身に着けたご婦人はひとりもいらっしゃらないのです。お母上の結婚式には、手前も出席させていただきました。お母上はおきれいなかたでしたよ。この真珠がとてもよくお似合いでした」

わたしは手を伸ばして、カウチ氏の手から首飾りを奪い取った。

「これは持っていきます」そう言って、くるむものとともに首飾りを箱に入れると、彼はやや面食らった顔をした。

「それはいかがなものでしょうか、アシュリー様。万が一紛失なさったら、たいへんなことになりますが」

「なくしませんよ」わたしはそっけなく答えた。

カウチ氏は困っているようだった。わたしは、それ以上強く反対されないうちに、急いで逃げだすことにした。

「後見人がなんと言うか気になさっているなら、どうぞご心配なく。エクセターから彼がもどったら、ぼくのほうで話をつけておきます」

「どうかよろしく」カウチ氏は言った。「しかし本当は、ケンダル様に立ち会っていただいたほうがいいのですがね。もちろん四月に、あなた様が法的に財産を継承されてからならば、これをすべて持ち出されても、かまわないわけですが。いえ、そのようなことはおすすめできませんよ。しかし法的にはなんら問題ないわけです」

わたしは彼に手を差し出し、よいクリスマスを、と挨拶すると、意気揚々と帰途に着いた。国じゅうさがしても、これ以上の贈り物は見つからないだろう。真珠が白くて本当によかった。それに、最後にこれを着けたのがわたしの母だという事実も、ふたりの絆を深めてくれるだろう。彼女にそのことを話そう。これで、前よりも明るい気分で、クリスマス・イヴを迎えられる。

あと二日……天気はよく、霜もさほどではなく、晩餐会の夜は晴れになりそうだった。使用人たちは興奮しきっていた。そしてクリスマス・イヴの朝、長テーブルとベンチが部屋に並べられ、ナイフとフォークと大皿がセットされ、梁からときわ木が吊されると、わたしはシーカムと若い連中に、いっしょに来てツリーの飾りつけを手伝ってくれるようたのんだ。シーカムは指揮官を買って出た。彼は全体像を捉えるべく、他のみなから少し離れて立ち、わたしたちがツリーをあちこちへ向け、この枝、あの枝と持ちあげて、白く塗った松かさやヒイラギの実を飾りだすと、弦楽六重奏の指揮者よろしく両手を振りまわした。

「その向きは感心いたしませんな、フィリップ様。もう少し左へ向けたほうが、美しく見えるでしょう。おお！　行き過ぎです……そう、それで結構。ジョンや、右側の四番目の枝が曲がっているよ。それを少し上へ。これこれ……乱暴だな、おまえは。そこの枝を広げるんだ、アすべて台なしでございます」

ーサー、そう、広げて。

「ツリーは自然に生えているように見えねばならんのだよ。これ、ヒイラギの実を踏むんじゃない、ジム。フィリップ様、どうかもうそのままに。少しでも動かせば、すべて台なしでございます」

シーカムにそんな芸術的センスがあろうとは、それまで思ってもみなかった。

彼は両手を腰に当て、目を細めて、うしろに退った。「フィリップ様。これで完璧でございます」ジョンがアーサーを肘でつついて、顔をそむけるのを、わたしは目にした。

会は五時に始まることになっていた。いわゆる「自家用馬車族」は、ケンダル父娘とパスコー一家だけだった。あとの連中は荷馬車か軽二輪馬車で、家が近い者たちは徒歩で来る。わたしはカードに全員の名前を書き、各人にふさわしい席の大皿にそれを置いた。字を読むのが苦手な者やまったく読めない者の隣には、読める者を配した。テーブルは三卓あった。わたしはひとつのテーブルの上座に、レイチェルはその向かい側に、すわることになっていた。二番目のテーブルの上座に着くのは、直営農場のビリー・ロウ、三番目の上座は、クームのピーター・ジョンズだった。

しきたりでは、お客たちは五時過ぎに長い部屋に集まり、席に着くことになっている。そして一同が着席してから、わたしたちが入場するのだ。食事が終わると、アンブローズとわたしはツリーから贈り物を取って、みなに手渡す。男には祝儀、女には新しいショール。さらに、食べ物のつまった籠を全員に。贈り物はいつも同じだ。少しでもちがうことをすれば、誰もがショックを受けたろう。しかし今回、わたしは、贈り物を渡す役をいっしょに務めるよう、レイチェルにたのんでおいた。

あの真珠の首飾りは、会のための着替えの前に、レイチェルの部屋に届けさせた。くるむものは取らなかったが、なかには手紙を入れておいた。手紙にはこう書いた――「最後にこれを着けたのは、ぼくの母でした。今後、この首飾りはあなたのものです。ぜひ今夜、着けてください。そしてこれからもずっと。フィリップより」

わたしは入浴し、正装し、五時十五分前に支度を終えた。

ケンダル父娘とパスコー一家は、母屋には寄らない。しきたりでは、彼らは直接、長い部屋へ行き、そこで小作人たちとおしゃべりして、場をなごませるのだ。アンブローズはいつも、これを名案だと考えていた。使用人たちも先に長い部屋に入り、アンブローズとわたしは、屋敷の裏の石畳の通路を通って中庭を抜け、馬車置き場の上の長い部屋へ階段を上っていくのだった。今夜、レイチェルとわたしは、ふたりでその道を歩くことになっていた。

わたしは下に降り、居間で待った。そこにたたずんでいるうちに、不安が湧いてきた。なにしろ女に贈り物をしたのは、生まれて初めてなのだ。何かエチケットに反する点があったかもしれない。贈っていいものは、花か本か絵だけなのではないだろうか？　もしも、四半期ごとの年金のときのように、彼女が怒ったら？　妙な解釈をして、これを侮辱と取ったらどうしよう？　それは恐ろしい考えだった。つづく数分は、じわじわと拷問されているようだった。そしてついに、階段から足音が聞こえてきた。今夜、彼女の前を歩く犬たちはいない。彼らはみな、早めに犬舎に閉じこめられたのだ。

レイチェルはゆっくりとやって来た。なじみ深いあの衣擦れの音が近づいてくる。やがてドアが開き、彼女が入ってきて、わたしの前に立った。思っていたとおり、衣裳は真っ黒だ。しかしそれは、初めて見るガウンだった。ぴったりしているのは胴の部分だけで、あとは体を離れ、大きくふくらんでいる。生地は光沢を帯び、まるで光を浴びているようだった。肩はむきだしになっていた。髪は大きく渦巻かせ、普段より高く結いあげて、耳を出していた。そして、首には真珠の首飾りがあった。身に着けている装飾品は、それひとつだった。真珠は、彼女の肌の上で、白くやわらかく輝いていた。それほどまばゆく、幸せそうな彼女は、見たことがなかった。結局、ルイーズとパスコー家の娘たちは、正しかったのだ。レイチェルは美しい。

彼女はしばらくその場に立って、わたしを見つめていた。それから、両手を差し伸べて言った。「フィリップ」そばに歩み寄ると、彼女は両腕を巻きつけてきた。わたしは彼女を抱き寄せた。その目には涙が浮かんでいたが、今夜はそれも気にならなかった。レイチェルは腕をほどくと、わたしの後頭部に手をやり、髪を愛撫した。

それから彼女は、わたしにキスした。以前とはちがうふうに。そして、彼女を抱きながら、わたしは思った。「望郷の念でも、遺伝的な病でも、熱病でもない。アンブローズはこのせいで死んだのだ」

わたしはキスを返した。そのとき、鐘楼の時計が五時を打った。レイチェルは何も言わなかった。わたしもだ。彼女はわたしの手を取った。ふたりは厨房の暗い通路をともに進み、中庭を抜け、窓に明るく灯の灯る馬車置き場の上の部屋へと向かった。笑いさざめく声と、期待に満ちた輝く顔へと。

第十七章

わたしたちが入っていくと、全員が立ちあがった。テーブルは押しやられ、足と床がこすれあい、ささやきが広がった。人々はいっせいにこちらへ頭をめぐらせた。レイチェルは入口で一瞬、立ち止まった。たぶん、これほど多くの顔に迎えられるとは、思っていなかったのだろう。それから彼女は、奥のクリスマス・ツリーに気づき、歓声をあげた。すると静けさが破られ、一同から、彼女の驚きに対する共感と喜びのつぶやきが漏れた。

わたしたちはいちばん奥のテーブルのそれぞれの側へ進み、レイチェルはすぐさま着席した。残りのみなもそれに倣い、たちまちにぎやかなおしゃべりが始まった。ナイフがカチャカチャ鳴り、大皿は動かされ、男たちは隣同士ぶつかりあって、笑ったりあやまったりしている。わたしの右隣は、他の女たちの上をいくため、モスリンのドレスで着飾った直営農場のビル・ロウ夫人だった。そして気がつくと、左隣では、クームのジョンズ夫人が渋い顔でロウ夫人を見ていた。慣習にこだわるあまり、わたしはふたりが口をきかない仲だということをすっかり忘れていたのだ。ある市《いち》の日、卵をめぐる行きちがいに端を発したいさかいは、もう十五年もつづいている。とにかくこちらは、紳士的に振る舞い、不快なムードを取り繕わねばならない。それにはリンゴ酒の大瓶が役に立ちそうだ。そこでわたしはいちばん手近な瓶をつかむと、ふたりに、そして自分自身にも、たっぷり酒を注ぎ、それから料理に目を向けた。厨房の連中はふんだんに食べ物を用意していた。クリスマスの晩餐ならこれまで何度も出席してきたが、こんなたくさんご馳走が出た記憶はない。鵞鳥に七面鳥、牛と羊の脇腹肉、紙の飾りのついた巨大なハム、あらゆる形、あらゆる大きさのペストリーとパイ、干した果実のいっぱい入ったプディング。そして、こってりした料理の間には、レイチェルが直営農場のメイドたちとともにこしらえた、アザミの冠毛のように軽い、あの華奢で繊細なペストリーの大皿がある。

期待に満ちた貪欲な笑みが、腹を空かしたお客たちの、そしてわたしの顔をほころばせた。「ご領主」に気兼ねがいらない他のテーブルでは、すでに大きな笑いがあがっている。口の達者な連中は、ベルトと襟をゆるめ、思い切りしゃべりまくっていた。素朴な目をしたジャック・リビーが——たぶんここへ来る途中、すでに一、二杯、リンゴ酒をやってきたのだろうが——しゃがれ声で隣の者に言っている。「うへえっ……これだけ飲み食いすりゃあ、あとでカラスの餌食にされたって、なんにも感じないだろうぜ」わたしの左隣では、酷薄そうな薄い唇のジョンズ夫人が、羽根ペンを持つようにフォークをつまみ、鵞鳥の手羽をつついていたが、ジャックのやつはわたしに向かってウィンクしながら、その耳もとにささやいた。「手で引き裂きなよ、あんた。ずたずたにしちまいな」

ジャックの皿の横に小さな包みが置かれているのに気づいたのは、そのときだ。包みはどれもレイチェルの字で宛名が書かれていた。誰も彼もが同時にそれに気づいたらしく、みながいそいそと包装を破る間、しばらく料理は忘れ去られた。わたしは自分の分を開けず、じっと様子を見ていた。突然の胸の疼きとともに、レイチェルが何をしたかがわかった。彼女は、きょうここに集まった人々全員に贈り物を与えたのだ。自らの手でそれを包み、そのひとつひとつに手紙を入れたのだ。別に大きなものでも、上等なものでもない。彼らを喜ばすちょっとした品々。婦人の間の謎の包装紙は、このためだったのである。わたしはすべてを理解した。

周囲のみながふたたび食事にもどると、わたしも贈り物を開けた。自分のもらったものは他の誰にも見せまいと心に決め、膝の上、テーブルの下で、こっそり包みを開いた。それは金鎖のキーホルダーだった。円盤がひとつついていて、そこにP・A・R・Aとふたりのイニシャルが入り、その下に日付も刻まれている。わたしはそれをしばらく両手で持っていた。それから、こっそり胴着のポケットにしまいこみ、レイチェルのほうを見やってほほえんだ。彼女はこちらを見つめていた。グラスを掲げてみせると、彼女もグラスを掲げて挨拶を返した。ああ！　なんて幸せなんだ。

食事は楽しくにぎやかに進んだ。脂《あぶら》でべとつく山盛りの大皿はいつのまにか空になり、グラスは繰り返し満たされた。テーブルのなかほどで誰かが歌いだすと、他の者がそれを引き継ぎ、やがてちがうテーブルの連中もそこにつぎつぎ加わった。長靴が床を踏み鳴らして拍子を取り、ナイフやフォークが大皿をたたき、人々の体はリズムに乗って軽快に揺れ動いた。酷薄そうな薄い唇のクームのジョンズ夫人は、男にしてはあなたの睫毛は長すぎる、とわたしに言った。わたしは彼女にさらにリンゴ酒を注いでやった。

最後に、アンブローズの完璧なタイミングを思い出しながら、わたしは大きな音を立てて長長とテーブルをたたいた。ざわめきが静まった。「よろしければ、いったん外に出て、もう一度もどってきてください。五分後に、アシュリー夫人とわたしがツリーの贈り物をお配りしますから。どうもありがとう、みなさん」

戸口での押し合いへし合いは、予想どおりだった。わたしは口もとに笑みを浮かべ、しんがりのシーカムを見送った。彼はしゃちこばってまっすぐ歩いてはいたものの、床がくずれないよう一歩一歩しっかり足を踏みしめていた。残った者たちはベンチとテーブルを壁際へ押しやった。ツリーの贈り物が配られ、わたしたちが去ったあと、まだ踊ることのできる連中はダンスに興じるのだ。そして真夜中まで、どんちゃん騒ぎがつづく。少年時代、わたしはいつも子供部屋の窓ごしに、ドンドンという足踏みの音を聴いていた。今宵、ツリーのそばに立つ数人のグループに、わたしは歩み寄った。牧師はそこにいた。パスコー夫人と三人の娘と副牧師もだ。そしてニック・ケンダルとルイーズも。ルイーズはきれいだったが、少し青ざめていた。わたしは彼らと握手を交わした。パスコー夫人はわたしに向かってずらりと歯をむきだした。

「あなたにしては上出来でしたわね。こんなに楽しい会は初めてですよ。娘どもも大喜びです」

副牧師を三人で共有し、娘たちは確かに大喜びのようだった。

「ご満足いただけてよかった」わたしはそう言って、レイチェルに向き直った。「楽しんでいただけましたか?」

彼女の目がわたしの目と合い、ほほえんだ。「楽しんだかですって? とても幸せで、泣きたいほどでしたわ」

わたしはニック・ケンダルに一礼した。「こんばんは、ケンダルさん。クリスマスおめでとう。エクセターはいかがでしたか？」

「寒かった」彼はそっけなく言った。「寒くて、陰気臭かったよ」

ぶっきらぼうな態度だ。彼は片手を背中に当て、もう一方の手で白い口髭を引っ張っていた。晩餐会の何かが気に障ったのだろうか？　ケンダル氏の好みに合わないほど、リンゴ酒が振る舞われすぎていたとか？　そのときわたしは、彼がレイチェルをじっと見ているのに気づいた。その目は、彼女の喉の真珠の首飾りに注がれていた。それからわたしの視線に気づいて、彼は目をそらした。一瞬、ラテン語の教科書の下に隠した虎の巻を先生に見つかった、ハロー校の四年生にふたたびもどったような気がした。しかしすぐにわたしは肩をすくめた。自分は二十四歳のフィリップ・アシュリーだ。クリスマス・プレゼントのことで人の指図を受ける気はない。特に、教父には絶対、何も言わせるものか。パスコー夫人はすでに、そのことで何かまずい発言をしたのだろうか？　おそらく礼儀上、それはできないだろう。いずれにせよ、夫人が首飾りのことを知るわけはない。母はパスコー牧師がここの教区に来る前に亡くなったのだから。ルイーズは気づいている。それはもう明らかだった。彼女の青い目がレイチェルのほうへ動き、それから下に落ちるのを、わたしは見た。

小作人たちがどやどや部屋にもどってきた。レイチェルとわたしがツリーの前に立つと、彼らは笑ったり、ささやきあったりしながら、押し寄せてきた。わたしは身をかがめては宛名を読みあげ、贈り物の包みをレイチェルに渡した。彼らはひとりひとり進み出て、贈り物を受け取った。レイチェルは頬を上気させ、楽しげにほほえみながら、ツリーの前に立っていた。彼女のほうを見ずに名前を読みあげるだけで、わたしは精一杯だった。「ありがとうございます、旦那様、神様のお恵みを」彼らはわたしに言い、それから彼女のほうへと進む。「ありがとうございます、奥様、神様のお恵みを」

ひとつひとつ贈り物を手渡し、全員とひとことずつ話すのには、半時間近くかかった。最後の贈り物がお辞儀とともに受け取られ、すべてが終わると、突然、あたりはしんと静まり返った。人々は壁際にひとかたまりになって立ち、わたしの言葉を待っていた。「クリスマスおめでとう、みなさん」そう言うと、全員がいっせいに叫んだ。「クリスマスおめでとうございます、旦那様、アシュリーの奥様」

ここで、この特別な日のために、髪をひと房、額に貼りつけたビリー・ロウが、甲高く声を張りあげた。「おふたりに、万歳三唱」長い部屋いっぱいに轟きわたった万歳三唱は、床を揺るがし、一同を階下の馬車の上に転落させるかと思われた。わたしはレイチェルを見やった。その目には涙が浮かんでいた。首を振ってみせると、彼女はほほえんで、瞬きして涙を押しもどし、一方の手をわたしにあずけた。ケンダル氏が冷ややかな硬い表情でこちらを見ているのに気づき、わたしは不埒にも、少年同士がやりあうときの相手を黙らせる辛辣なせりふを思い浮かべた。「気に入らないなら、いてくれなくていいぜ……」この攻撃は有効だろう。しかしわたしは、何も言わずにほほえんで、レイチェルに腕を取らせ、長い部屋から屋敷へともどった。

誰かが――シーカムは彼方からの太鼓の音に操られているような状態だったから、たぶんジョンだと思うが――贈り物が配られている間に家に飛んで帰り、ケーキとワインを居間に用意してくれていた。みんな、満腹だったので、どちらにも手をつけなかった。ただ副牧師だけは、砂糖つきバンを砕いていた。たぶん三人分食べたろう。それから、その軽はずみな舌であらゆる調和をぶち壊すためにこの世に生まれてきたにちがいないパスコー夫人が、レイチェルのほうを向いてこう言った。「ご無礼をお許しくださいませ、アシュリーの奥様、でも、どうしてもひとこと申しあげずにはいられませんの。奥様のお着けになっているその真珠の首飾り、なんて美しいのでしょう。今夜はずっと、それから目が離せませんでしたわ」

レイチェルはにっこりして、首飾りに手を触れた。「ええ、自慢の品ですの」

「それはご自慢だろう」ケンダル氏がそっけなく言った。「ちょっとした財産ですからな」

その声の調子に気づいたのは、レイチェルとわたしだけだったと思う。レイチェルはとまどった顔でケンダル氏を見やり、それからわたしに目を移して何か言おうとしたが、わたしはその機先を制した。「馬車が来たようですよ」

わたしは居間のドアのところへ行った。通常はお開きの合図に気づかないパスコー夫人も、さすがにこれを見て、今宵の出番が終わったことを悟った。「さあおいで、娘たち」彼女は言った。「みんな、疲れたでしょうし、明日は一日忙しいのだから。牧師の家族はね、アシュリー様、クリスマスは働きづめですのよ」わたしはパスコー一家を玄関まで送った。幸い予想は的中し、一家の馬車はすでに待機していた。彼らは副牧師を同乗させた。彼は、ふたりの大きな娘の間に、小さなカラスのようにうずくまっていた。彼らが走り去ると、今度はケンダル家の馬車が玄関前に寄せられた。居間にもどってみると、そこにいたのはケンダル氏だけだった。

「他の人たちは?」わたしは訊ねた。

「ルイーズとアシュリー夫人は二階へ行った」彼は答えた。「すぐに降りてくるだろう。ちょうどよかったよ、フィリップ。話があるんだ」

わたしは暖炉のほうへ行き、両手をうしろへ回してそこに立った。

「なんでしょう?」

ケンダル氏はすぐには答えなかった。それはいかにも気まずそうな様子だった。

「エクセターに行く前には、きみに会う機会がなくてね。そうでなければ、もっと前に話したんだが。実はな、フィリップ、銀行から非常に気になる話を聞いたんだよ」

もちろん首飾りの件だろう。でも、あのことは他人には関係ない。

「カウチ氏からでしょう?」

「ああ。至極当然のことだが、彼はアシュリー夫人がすでに数百ポンド、口座から借り越していることを知らせてくれたんだよ」

全身が冷たくなるのを感じた。わたしは茫然と彼を見返した。それから緊張の糸が切れ、顔が火のように熱くなった。

「ほう?」

「どうにも理解できん」ケンダル氏は行きつもどりつ歩きまわった。「ここにいるかぎり、金はかからんだろうにな。きみのお客として暮らしていれば、いるものはほとんどないはずだからね。わたしには、国外に金を送っているとしか思えんよ」

わたしは暖炉の前に立ちつくしていた。心臓が激しく動悸を打っている。「あの人はとても気前がいいんです」わたしは言った。「今夜、お気づきになったでしょう？　全員への贈り物。あれは数シリングでは、できないことです」

「数百ポンドと言えば、その金額の十数倍だ。確かにあの人は気前がいいようだが、贈り物だけでは借り越しの説明はつかんよ」

「あの人は、家にかかる費用も進んで負担してくれているんです。青の間のカーテンなどを買いこんだんですよ。そういうことも考慮に入れなくては」

「かもしれん。だが、われわれが四半期ごとに与えると決めた額の二倍、いや、三倍近くがすでに引き出されたという事実は変わらんよ。今後、いったいどうしたものかね？」

「金額を二倍、三倍にすればいい。ぼくたちが決めた額は、明らかに足りなかったわけですから」

「しかしそれは論外だよ、フィリップ」彼は叫んだ。「こういう暮らしをしていて、そんな大金を必要とする女はいないだろう。ロンドンの上流階級のご婦人でも、なかなかそこまでは金を使えんよ」

「ぼくたちの知らない借金があるのかもしれません。フィレンツェで債権者たちが返済を迫っているのかも。でもそれは、こっちがとやかく言うことじゃない。年金を増やして、借り越し分を補充してください」

ケンダル氏はぎゅっと唇を引き結んで、わたしの前に立った。早く終わらせたいと願いながら、わたしは階段で足音がしないかと耳をそばだてていた。

「もうひとつあるんだ」彼は言いにくそうに切り出した。「きみには、銀行からあの首飾りを持ち出す権限はないよ、フィリップ。わかっているだろう？　あれはコレクションの一部、家宝の一部なんだ。きみにそれを奪う権利はない」

「あれはぼくのものです。自分の財産は好きにしていいはずです」

「その財産はまだきみのものじゃない。あと三ヵ月、待たねばな」

「だからなんなんです？」わたしは両手を広げた。「三ヵ月なんてすぐですよ。あの人が持っていれば、首飾りは安全です」

ケンダル氏はちらっとわたしを見あげた。

「それはどうかな」

意味ありげなその言葉に、わたしの怒りは燃えあがった。

「どういうことです？　何が言いたいんですか？　あの人が首飾りを売ってしまうとでも？」

ケンダル氏はしばらく答えなかった。彼は口髭を引っ張った。

「実はエクセターへ行ったおかげで、レイチェルさんについてこれまで知らなかったことがわかってね」

「いったいどういう意味です？」

彼の視線がドアへ移り、ふたたびもどってきた。

「向こうで何人かの旧友にばったり出くわしたんだ。きみの知らない、旅好きな連中だがね。彼らはもう何年も、イタリアとフランスで冬を過ごしている。で、レイチェルさんが最初の夫君のサンガレッティと結婚していたころ、あの人に会ったらしいんだ」

「それで?」

「夫婦はふたりとも悪名高かったそうだ。放蕩三昧と、言いにくいが、節操のない暮らしぶりとでな。サンガレッティが命を落とした決闘は、他の男のことが原因だったんだ。アンブローズ・アシュリーとサンガレッティ伯爵夫人の結婚を知ったときはぞっとした、とその人たちは言っていた。みんな、夫人が彼の財産を数ヵ月で使い果たすものと思ったそうだ。幸い、そうなる前にアンブローズは死んだわけだがね。すまんな、フィリップ。しかし、わたしは心配でならんのだ」彼はふたたび、行きつもどりつしはじめた。

「あなたが旅行者の噂話なんかに耳を貸すとは、思ってもいませんでしたよ」わたしは言った。「そんな連中がなんなんです? 十年以上前のゴシップを持ち出すなんて、いったいどういう料簡だろう? そいつらもきっと本人の前では、そんなことは言えないでしょうよ」

「まあ、そのことはいい。いま気がかりなのは、あの真珠のことだ。すまないが、あと三ヵ月、きみの後見人を務める者として、あの首飾りは返してもらうよう言わざるをえんな。あれは他の宝石といっしょに銀行に置いておくよ」

今度はこっちが行きつもどりつする番だった。わたしには自分が何をしているのか、ほとんど意識していなかった。

「首飾りを返してもらう？　でもそんなこと、たのめるわけがないでしょう？　あれは今夜、クリスマス・プレゼントとして、あの人にあげたんです。何があっても、ぼくにはそんなことはできません」

「ならば、わたしが代わりにやるしかない」

急にわたしは、彼の頑なな顔、そのしゃちこばった立ち姿、人の気持ちに対する鈍感さに、憎しみを覚えた。

「そんなこと、させるもんですか」

その瞬間、彼には千マイルも彼方にいてほしかった。わたしは彼の死を願った。

「いいかい、フィリップ」彼は声の調子を変えた。「きみはまだまだ若いし、とても感じやすいんだ。好意の印として、従姉に何かをあげたいという気持ちはよくわかる。しかし家に伝わる宝飾品は、それ以上のものなんだよ」

「あの人にはあれを受け取る権利があるんだ。誰かにあの宝石を身に着ける資格があるとしたら、それはあの人なんだ」

「アンブローズが生きていれば、そうだったろう。しかしいまはちがう。宝石類は、きみの未来の妻のために取っておかねばならんのだよ、フィリップ。それだけじゃない。あの首飾りはそれ自体に大きな意味がある。今夜、食事に来た年寄りのなかには、そのことで何か言う者もいるかもしれん。あの首飾りは、アシュリー家の者が、結婚式の日、唯一の宝飾品として花嫁に身に着けさせるものなんだ。これは家に伝わる縁起担ぎでね、この土地の連中はそういうしきたりを好むんだよ。さっきも言ったが、年寄りたちはこの言い伝えを知っている。ああいうまねは縁起が悪いよ。それに、この手のことはゴシップの種になる。いまの立場のアシュリー夫人にとって、それは望ましいことじゃないだろう」

「今夜うちに来た連中は」わたしは気短に言った。「あの首飾りはぼくの従姉の持ち物だと考えたでしょうよ。仮にものが考えられる状態だったとしてですが。そんな馬鹿げた話は聞いたことがありませんよ。あの人があれを身に着けたことがゴシップの種になるだなんて」

「それについては何も言うまい。噂になれば、たちまち耳に入るだろうからな。だがこの一点だけは譲れないよ、フィリップ。あの首飾りは、銀行の金庫にもどさなくてはいけない。あれはまだきみのものではない。わたしの許しも得ずに銀行へ行き、安全な保管場所から持ち出す権利など、きみにはないんだ。もう一度言おう。きみがあの首飾りを返すようアシュリー夫人に言わないなら、わたしから言うよ」

議論に熱中するあまり、わたしたちは階段を降りてくる衣擦れの音を聞き逃した。気づいたときはもう遅かった。ルイーズを従え、レイチェルはすでに戸口に立っていた。

わたしと向きあって部屋の中央に立つケンダル氏のほうに、彼女は目を向けた。

「ごめんなさい。お話が聞こえてしまいましたの。どうかもうおよしになって。わたくしのことで、おふたりに気まずい思いをさせたくはありません。フィリップはご親切にも、今夜、この真珠を着けさせてくださった。でも、ケンダル様、これを返すようあなたがおっしゃるのも、ごもっともですわ。さあどうぞ」彼女は両手をうなじへやり、首飾りを外した。

「いけません。そんな必要がどこにあるんです？」

「もういいのよ、フィリップ」

彼女は首飾りを外し、ケンダル氏に渡した。彼はさすがに気まずげな顔をしていたが、ほっとしているようでもあった。

ルイーズが同情の目で見つめているのに気づき、わたしは顔をそむけた。

「ありがとう、アシュリー夫人」ケンダル氏はいつものぶっきらぼうな調子で言った。「おわかりいただけるでしょうな。この首飾りは本当にこの家の家宝なのです。フィリップにはこれを銀行から持ち出す権利などなかったのですよ。それは分別に欠ける馬鹿げた行動だったのです。だが若い連中は、無鉄砲ですからな」

「ようくわかっておりますわ。もうこの話はやめましょう。何かくるむものがお入り用ですか？」

「いや、結構。わたしのハンカチで充分です」

ケンダル氏は胸ポケットからハンカチを取り出すと、非常に注意深く、そのまんなかに首飾りを置いた。

「では、わたしとルイーズはそろそろお暇《いとま》しましょう。ありがとう、フィリップ。非常に結構な、楽しい会だった。おふたりとも、よいクリスマスをお迎えください」

わたしは返事もしなかった。ホールに出ていき、玄関の前に立ち、馬車に乗りこむルイーズに無言で手を貸した。彼女が同情をこめてぎゅっと手を握ってきたが、こちらはひどく心が乱れていて、それに応えるどころではなかった。つづいてケンダル氏がルイーズの隣に乗りこみ、ふたりは行ってしまった。

わたしはのろのろと居間にもどった。レイチェルはそこに立って、暖炉をじっと見おろしていた。首飾りのないその首は、妙に淋しい感じがした。わたしは何も言わず、怒りとみじめさでいっぱいになって、彼女を見つめていた。わたしに気づくと、レイチェルは腕を差し伸べ、わたしは彼女に歩み寄った。胸が迫って口をきくことができなかった。まるで十歳の少年のような気分で、いまにも泣きだしそうだった。

「だめよ」レイチェルは、実に彼女らしい、優しく温かな声で言った。「気になさらないで。お願いよ、フィリップ。一度だけでもあの首飾りを身に着けられて、わたくしはとても誇らしかった」

「あなたに着けてほしかったんです。ずっと持っていてほしかったんです。ちくしょうめ。あんなやつ地獄へ落ちればいい」

「シーッ。いい子だから。そんなことを言ってはだめ」

わたしは怒りと憎しみでいっぱいだった。できることなら、いますぐ銀行へ馬を走らせ、金庫へ行き、そこにある宝飾品を、貴石も宝石もひとつ残らず取ってきて、彼女にやってしまいたかった。銀行にある金も銀も全部だ。わたしは世界を丸ごと彼女に贈りたかった。

「すべて台なしだ」わたしは言った。「今夜の会も、クリスマスも。何もかもふいになった」

レイチェルはわたしを抱き寄せて、笑った。「子供みたいなかたね。まるで、贈り物を持たずに駆け寄ってきた坊やだわ。かわいそうなフィリップ」わたしは身を引き離し、彼女を見おろした。

「ぼくは子供じゃない。三カ月経てば、もう二十五歳です。あの真珠は母が結婚式の日に着けたものなんです。その前は伯母が、そしてその前は祖母が。ぼくがなぜあなたにあれを着けてもらいたかったか、わからないんですか？」

レイチェルはわたしの肩に両手をかけ、もう一度キスしてきた。

「もちろんわかっていますわ。だからこそ、あんなにうれしかったし、誇らしかったのです。もしもフィレンツェでなくここで結婚していたら、アンブローズは結婚式の日、あの首飾りをわたくしにくれたことでしょう。それをご存じだから、あなたは、あれを着けさせてやりたいとお思いになったのでしょう？」

わたしは何も言わなかった。数カ月前、彼女は、わたしには洞察力が欠けていると言った。今夜は、その言葉をそっくり本人に返してやりたかった。しばらくすると、彼女はわたしの肩を軽くたたき、二階の寝室へ引き取った。

わたしはポケットに手を入れ、レイチェルからもらったあの金の鎖に触れた。他に何もなくとも、これだけはわたしのものだ。

第十八章

わたしたちのクリスマスは楽しいものだった。レイチェルがそうなるよう配慮してくれたのだ。わたしたちは、領内の農場や小屋を馬車で回り、アンブローズの形見の衣類を配って歩いた。行く先々でパイやプディングを食べさせられたため、ふたたび夜が来たときには、ふたりとも満腹で、とても夕食を取る気にはなれなかった。そこで前夜の残りものの鵞鳥や七面鳥は使用人たちに始末させ、わたしたちは居間の暖炉の前で栗を焼いた。

そのあと、まるで二十年前にもどったかのように、レイチェルが目をつぶるよう命じ、笑いながら婦人の間へ上がっていった。ふたたびもどってくると、ツリーは、派手な色の紙包みでにぎやかに飾り立てられており、なかの贈り物はどれもおかしなものばかりだった。もちろん彼女は、イヴのドラマ、首飾り騒動を忘れさせようとして、こんなことをしてくれたのだ。でも忘れることはできなかった。許すこともだ。そしてクリスマス以降、ケンダル氏とわたしの関係は冷えびえしたものとなった。つまらない中傷に耳を貸しただけでも許せないのに、彼は遺言状の細かな点にこだわり、あと三カ月、わたしを自分の監督下に置こうとしているのだ。レイチェルにこちらの予想以上の出費があったからと言って、それがなんなのだろう？　わたしたちは、彼女がどれだけ必要としているか、わかっていなかったのだ。アンブローズもケンダル氏も、フィレンツェの生活を理解していなかったということだ。確かに彼女は贅沢かもしれないが、それがそんなに悪いことだろうか？向こうの社会のことは、わたしたちには判断できない。ケンダル氏は昔から用心深く爪に火を灯すようにして生きてきた。それに、アンブローズも自分のことに金をかけたりはしなかった。だからケンダル氏は、財産がわたしのものになっても、同じ状態がつづくものと決めこんでいるのだ。わたし自身、ほしいものはほとんどなく、アンブローズのころと同様、自分のために金を使う気はなかった。しかしケンダル氏のけち臭さは、わたしをむらむらさせ、自分の金は好きなように使ってやれ、という気持ちを起こさせた。

彼は年金を浪費していると言って、レイチェルを責めた。まあ今度は、屋敷のために湯水のごとく金を使うこのわたしを責めればいい。元日が過ぎると、わたしは、いずれ自分のものとなる家屋敷を改修する気になった。しかし、庭に手を加えるだけではない。農場を見おろす雛壇の遊歩道の工事は進んでいる。その隣の区画を掘り下げて、レイチェルの本の絵を模した、水生植物園を造る準備もだ。

わたしは家の修理もすることにした。うちには毎月、領内の石工ナット・ダンが来ている。彼はつぎつぎ梯子を伝って屋根に上がり、煙突にもたれ、パイプを吹かしつつ、突風で吹き飛ばされた屋根板を葺《ふ》き替えるのだ。わたしたちはずいぶん長いこと、そうした応急処置だけですませてきた。そろそろ新しいタイル、新しい屋根板、新しい樋《とい》で屋根全体を直し、長年風雨にさらされて傷んだ壁も補強すべきだろう。二百年前、議会の連中にさんざん荒らされ、先祖たちの手でなんとか崩壊から救われて以来、この家は放りっぱなしも同然だった。だからこのわたしが、過去の怠慢の埋め合わせをしよう。ニック・ケンダルが顔をしかめ、吸い取り紙の上で金勘定したって、かまうものか。彼は首でもくくればいい。

そういうわけで、わたしは勝手にこの件を進めた。一月が終わる前から、うちの屋根や外回りでは、十五人から二十人の男たちが働き、屋内でも同様に、わたしの指示に従って天井や壁の装飾に当たっていた。作業の請求書を受け取ったときのニック・ケンダルの顔を思い浮かべ、わたしは大きな満足を覚えた。

家の修理はお客を招かない口実にもなった。当分、日曜の食事会も中止だった。おかげでわたしは、パスコー一家やケンダル父娘の毎週の訪問から解放され、これも計画のうちだったのだが、ニック・ケンダルとは一切顔を合わせずにすんだ。わたしはまた、シーカムに例の密林方式で、居間に作業の者たちがいるため、目下、アシュリー夫人はお客様の訪問を受けられないとの噂を広めさせた。そんなわけで、わたしたちは冬から早春にかけてのその時期を、隠者のごとく過ごした。わたしは大いにその生活を気に入っていた。フィービ叔母の部屋は、ふたりの居室となった。レイチェルはまだあの部屋をそう呼びつづけていたのだ。一日の終わりに、レイチェルはそこにすわって縫い物か読書をし、わたしはそんな彼女を眺める。クリスマス・イヴの真珠事件以来、彼女の態度は前よりもっと優しくなっていた。それは、うっとりするほど快いものだったが、ときとして耐え難くもあった。

たぶんレイチェルは、わたしに及ぼす自分の力に気づいていなかったのだと思う。庭のことやその他の実際的な事柄について話しながら、彼女が椅子のそばを通りすぎるとき、ほんの一瞬、肩に置かれたり、髪を愛撫したりするあの手は、わたしの心臓の鼓動を速め、動悸はしばらく収まらなかった。彼女の動く姿を見ることは、喜びだった。彼女はわたしの視線を意識しているがゆえに、意図的に椅子から立ちあがり、窓辺へ歩み寄り、カーテンに手をかけ、芝生を見おろすのではないか――ときどき、そんな気さえした。彼女は独特の発音でわたしの名を呼んだ。他の人が呼ぶとき、それは短く歯切れのよい名前で、最後のPがいくらか強めに発音される。しかし彼女は、Lを長々とゆっくり発音し、これがわたしの耳には新鮮に、好ましく響いた。少年時代、わたしはいつも、アンブローズという名に憧れていた。そしてその気持ちは、それまでずっとつづいていたように思う。ところがいまでは、自分の名が彼の名よりはるかに歴史があることがうれしかった。作業員たちが新しい鉛管を持ってきて、屋根から地面へ走る樋として壁に据え付け、水受けが並んだとき、自分の頭文字P・Aと日付が刻まれた、その下の小さな飾り板、さらにその下の、母方の紋章である獅子を見あげ、わたしは不思議な誇らしさを覚えた。かたわらに立っていたレイチェルは、わたしの腕を取って言った。「初めて知りました。あなたは誇り高い人ですのね、フィリップ。これでますます、あなたが好きになりましたわ」

そう、わたしは誇らしかった……だが、同時に虚しさをも覚えていた。

こうして、屋敷の内外で、作業は進められていった。そして、それ自体、苦痛であり、喜びでもある、初春の日々がやって来た。窓の下では、クロウタドリとズアオアトリが初めてさえずり、レイチェルとわたしを目覚めさせた。わたしたちは昼に顔を合わせたとき、そのことを話題にした。太陽はまず東側のレイチェルの部屋を訪れ、その窓から幅の広い斜めの光を彼女の枕に降り注ぐ。わたしはそれより遅く、着替えのときに朝日を迎える。窓から身を乗り出し、海へとつづく野を見渡せば、そこには鋤《すき》を引いて彼方の丘を登っていく馬たちの姿があり、その上空ではカモメが旋回している。家に近い草地では、雌羊と幼い子羊がぬくもりを求め身を寄せ合っている。移動を決意したタゲリたちも、翼をはためかせ、小さな群れでやって来た。まもなく彼らは番《つがい》となる。雄どもは有頂天で空を駆けのぼり、とんぼ返りを打つことだろう。海岸では、ダイシャクシギがさえずり、聖職者のような白黒のミヤコドリが朝食の海草を重々しくついばんでいる。太陽のもと、空気はぴりっと塩辛かった。

シーカムがやって来て、イースト・ロッジのサム・ベイトがぜひ会いにきてほしいと言っていると告げたのも、そんな日の朝だった。サムは、気の毒に、病気で寝こんでいるのだが、何かわたしに渡さねばならない大事なものがあるのだという。それは、息子や娘に託すことができないほど、貴重なものなのだそうだ。わたしはあまり気に留めなかった。田舎の連中はみな、些細なことを謎めかせたがるのだ。それでもその日の午後、わたしは〈四つ辻〉の門まで道をたどり、ちょっと話をするため、彼の小屋に立ち寄った。サムはベッドの上に身を起こしており、毛布の上には、クリスマスに贈ったアンブローズの形見の上着が置いてあった。それは、アンブローズが大陸の暑い気候に合わせて買ったらしい、わたしの知らないあの薄い色の上着だった。

「やあ、サム」わたしは言った。「寝こんでいるとは気の毒にな。どこが悪いんだい?」

「なに、いつもの咳ですよ、フィリップ様。毎年、春に出るんです」サムは答えた。「親父のとおんなじだ。そのうち、あたしもこいつのせいでお陀仏でしょうよ。親父がそうでしたからね」

「馬鹿言うなよ、サム。父親の病気に息子もやられるなんて、ただの迷信さ」

サム・ベイトは首を振った。「そう馬鹿にしたもんでもありませんぜ。旦那様だってご存じでしょうに。アンブローズ様とその親父様、つまり、旦那様の伯父上のご老公は、どうです? ふたりとも脳の病気にやられちまったじゃありませんか。自然には逆らえません。あたしは牛どもで、おんなじことを見てきましたからね」

わたしはなんとも答えなかった。アンブローズがどんな病気で死んだか、なぜサムが知っているのだろう? わたしは誰にも話していない。この近隣の噂が広まる勢いには、実に驚くべきものがある。

「咳の薬をもらいに、娘をアシュリー夫人のところへよこすといいよ」わたしは言った。「あの人はそういうことにとても詳しいから。ユーカリの油も治療薬のひとつなんだ」

「ええ、ええ、そういたしますよ、フィリップ様」彼は答えた。「ですが、まずとにかく旦那様に来ていただくのがよかろうと思いましてね。実は、手紙のことなんですよ」

彼は声を落とし、その場にふさわしい気遣わしげな重々しい顔をした。

「手紙というと?」わたしは訊き返した。

「フィリップ様。クリスマスの日、旦那様とアンブローズの奥様はご親切にも、あたしたちの何人かに、亡くなられたご主人様の形見の服をくださったでしょう。ご主人様とおんなじものを持ってるなんて、あたしたちはみんな、そりゃもう鼻高々ですよ。で、ここにある、ベッドの上のこの上着ですが、これはあたしがいただいたもんです」彼はちょっと間を取り、クリスマスに受け取ったときと同じく、うやうやしくその上着に触れた。「さて、あの夜、あたしはこの上着をここへ持ってきました。そして、ガラスのケースがあったらそこに入れとこう、と娘に言ったんです。ところが娘は、馬鹿言っちゃいけないと言うんです。上着ってのは着るためにあるんだ、とね。ですが、あたしには着る気なんぞありませんでした。だって、それじゃあんまりあつかましい気がしたんでね。そこでこれは、あそこの衣裳簞笥にしまって、ときたま取り出しちゃあ、眺めていたんですよ。そのうち、咳が始まって寝こんじまったわけですが、そのときどうしたことか、ふっとあれを着てみようって気になりましてね。ちょうどこんな具合に、ベッドの上に起きあがったんです。軽くて、着心地のいい上着でした。着たのは、きのうが初めてです。で、そのとき手紙を見つけたわけですよ」

彼は言葉を切って、枕の下をさぐり、封筒をひとつ引っ張りだした。「つまりこういうことですよ、フィリップ様。この手紙はきっと、裏地の内側にすべりこんじまったんです。たたんだり、包んだりしたって、気づきゃしないでしょう。あたしみたいに、これを着てる不思議さに打たれて、両手でなでまわさないかぎりはね。あたしは何かガサガサしてるのに気づきましてね、思い切ってナイフで裏地を開いてみたんです。そしたら、ほれ、このとおり、手紙が出てきたんですよ。アンブローズ様がご自分で封をして、フィリップ様の宛名を書いてるでしょう？　おつきあいが長かったから、あのかたの字ならすぐわかります。これを見たときは、体が震えましたよ。まるで、死んだ人からメッセージを受け取ったような気がしたもんでね」

サムは手紙を差し出した。そう、彼の言うとおりだ。それはわたし宛であり、アンブローズが書いたものだった。なつかしいあの筆跡を見おろすと、突然、胸がずきりと痛んだ。

「よくやってくれたな、サム」わたしは言った。「それに直接、来るよう言ってくれて助かったよ。ありがとう」

「とんでもない、フィリップ様。なんてことありませんよ」彼は答えた。「ただあたしはこう考えたんです。その手紙は、ずっと前にお手もとに届いてなきゃいけなかったんだろうに、何カ月もここにあったんだ、とね。お気の毒に、お亡くなりになった旦那様がそいつが見つかるよう強く願ったから、それでそいつは出てきたんでしょう。きっと、フィリップ様がそれをお読みになることも、おんなじように強く願っていなさるでしょうよ。だからあたしは、娘をお屋敷にやるより、直接お話ししたほうがよかろうと思ったんです」

わたしはもう一度、礼を言い、胸ポケットに手紙をしまうと、辞去する前にさらにしばらくサムと話をした。そして、なんとなくそうすべきだという気がして、このことは一切誰にも──娘にも言わないよう、彼にたのんだ。理由は、彼がいままで秘密を守った理由と同じく、故人の遺志を尊重するため、とした。サムは誰にも言わないと約束し、わたしは小屋をあとにした。

屋敷へはすぐにはもどらなかった。わたしは森を抜け、その一帯を見おろす、トレナントと並木通りとに接する小径まで登っていった。アンブローズはこの散歩道が他のどれより好きだった。そこは、南側の灯台の岬を別にすれば、うちの領地でいちばん高い場所で、森と谷とその先の海の広がりをすっかり見渡すことができる。道の両側には、アンブローズやその父親が植えた木々が立ち並び、風よけとなっているが、それも眺望の邪魔になるほど高くはない。五月になると、地面は青いツリガネソウに覆いつくされる。小径は森のてっぺんで終わり、その先は谷間の森番の小屋に向かう急斜面となる。あるときアンブローズは、そこに花崗岩をひとつ据えた。「わたしが死んだら、こいつを墓石にするといい」彼は半ば冗談、半ば本気でそう言った。「わたしはアシュリー家の他の者たちといっしょに一族の納骨所にいるのではなく、ここにいるものと考えてくれよ」

石をそこに置いたとき、彼は自分が一族の納骨所でなく、フィレンツェのプロテスタントの墓地に埋葬されるとは、よもや思っていなかったろう。その花崗岩に、彼は自分がこれまで旅してきたさまざまな土地のことを飾り文字で彫りこみ、最後に、今後、ふたりでそれを見ると き笑えるよう、短いふざけた詩を書き添えた。馬鹿馬鹿しい冗談ではあったけれど、内心彼は本気だったのだと思う。彼が故郷を離れていたあの最後の冬、わたしはよく森の小径を登ってきて、この花崗岩のそばに立ち、彼があんなにも愛した景色を見おろしたものだ。

きょうここを訪れ、花崗岩に手を当てて立ち、わたしは心を決めかねていた。眼下に見える森番の小屋からは、もくもくと煙が立ちのぼっている。留守中、鎖につながれ、取り残された森番の犬が、誰にともなくときどき吠えた。あるいは、犬は自分の鳴き声で淋しさを紛らわせているのかもしれない。昼の輝きは消え去り、空気は冷たくなっていた。空には雲が広がっている。彼方には、ランクリーの丘から森の下の沼地へ、水を飲みに降りていく牛の群れが見えた。沼地の果ての湾の水は、陽光を失い、スレート色になっている。かすかな風が海から吹き寄せ、下方の木々をさわさわとそよがせた。

わたしは石碑の横にすわると、アンブローズの手紙をポケットから取り出し、膝の上に伏せて置いた。彼の指輪の印章、ベニハシガラスの頭が刻印された赤い蠟が、じっとこちらを見あげている。封筒は厚くない。なかには何も入っていないのだ。開けたくない手紙以外は何も。どんな虫の知らせがわたしをためらわせたのか、どんな直感が砂に頭を隠すダチョウのようにわたしを尻ごみさせたのか、それはわからない。アンブローズは亡くなり、その死とともに過去は葬り去られた。わたしには自分の人生があり、自分の意志がある。この手紙は、わたしが忘れることにしたあの事柄に、ふたたび触れているかもしれない。アンブローズはレイチェルを浪費家と責めた。ならば、わたしはいまそれとまったく同じそしりを、おそらくはより正当な理由により、受けねばならない。わたしはほんの数カ月の間に、アンブローズが長年かけて使った額よりもっと多くの金を家屋敷に注ぎこんでいる。それでも彼を裏切っている気はしなかった。

しかしこの手紙を読まなかったら……アンブローズはなんと言うだろう？　もしもいま中身も見ずに、これをずたずたに引き裂き、捨ててしまったら、彼はわたしを責めるだろうか？

わたしは手紙を手のなかで何度も何度もひっくり返した。読むべきか、読まざるべきか。ああ、こんな選択はしたくない。家にいるときは、わたしの忠誠はレイチェルにある。婦人の間で、彼女の顔を見つめ、あの手を、あのほほえみを目で追い、あの声を聞いていれば、どんな手紙にも悩まされはしない。しかし、こうしてこの森で、アンブローズのステッキを持ち、彼の上着を着て、ふたりで始終訪れた花崗岩のそばにいると、彼の力は絶大になった。誕生日が晴れるよう祈る幼い子供さながらに、何も気がかりなことが書かれていないよう神に祈り、わたしは手紙を開いた。日付は前年の四月になっていた。つまり、彼は死ぬ三カ月前にこれを書いたのだ。

愛するフィリップ

このところ便りがなかったとしても、それはおまえのことを考えていなかったからではない。この数カ月、心にはいつもおまえのことがあった。おそらく以前にも増してそうだったと思う。しかし手紙は途中でなくなったり、他人に読まれたりする可能性がある。そんなことになってほしくはない。だから私は手紙を書かなかったし、たとえ書いても多くを語らなかったのだ。私はずっと体調が悪く、熱とひどい頭痛に悩まされている。いまは小康を得ているが、この状態がどれくらいつづくかはわからない。熱はまた出るかもしれない。頭痛もだ。このふたつが始まると、私は自分が何を言い、何をしているのか、わからなくなる。この点は確かだ。

しかし原因ははっきりしない。フィリップよ、私は不安でならない。いや、それどころではなく、煩悶している。冬の間、おまえに手紙を書いたはずなのだが、その後まもなく病気になり、その手紙をどうしたかはまったく記憶にない。気まぐれに襲われ、破いてしまった可能性もある。確かその手紙に、私は非常に気がかりな彼女の欠陥について書いたと思う。それが遺伝的なものなのかどうかは、わからない。たぶんそうなのだろう。また、あと数ヵ月で生まれるはずだった子供を失ったことが、致命的だったのかもしれない。

ちなみに、おまえへの手紙には、このことは書かなかった。あのころ、私たちはふたりともひどく動揺していたのだ。私にはおまえがおり、そのことがなぐさめになっている。しかし女はもっと深い傷を受けるものだ。想像がつくだろうが、彼女はいろいろと計画を立てていた。それが四ヵ月半後にすべて無になったうえ、医者からもう二度と子供はできないと宣告されたのだ。彼女の苦しみ、悲しみは、私のそれ以上に大きなものだった。彼女が変わったのは、まちがいなくそのときからだ。金遣いは一層荒くなり、ごまかしたり、嘘をついたり、私を避けて殻にこもるといった一面も現れた。こういった傾向は、結婚当初の彼女の温かな性格とは、正反対のものだ。月日が経つにつれ、彼女はますます、夫である私以上に、ライナルディという男にたよるようになった。これは、前にも手紙で触れた、サンガレッティの友人であり、どうやら弁護士でもあったらしい人物だ。私は、この男が彼女に悪影響を及ぼしているのだと思う。彼は何年も前から、サンガレッティの存命中さえも、彼女に恋心を抱いていたのではないだろうか。しばらく前までは、彼女があの男をそういう目で見たことがあるとは、一瞬たりとも思わなかったが、自分に対する彼女の態度が変わって以来、私は確信が持てなくなっている。彼の名を呼ぶとき、彼女の目は翳り、声の調子は変わる。それが、私の心に恐ろしい疑惑を呼び起こすのだ。

彼女は自堕落な両親に育てられ、最初の結婚の前もその後も、ふたりのどちらから見てもどうかと思われる生活を送っていた。そのためだろうか、私はよく、彼女の倫理観がわれわれの故郷のものとはちがうのを感じる。たぶん夫婦の絆など、さほど神聖ではないのだろう。彼女はあの男から金をもらっているようだ。いや、実際に証拠もある。罰当たりなことを言うようだが、いま、彼女の心を動かせるのは金だけなのだ。子供さえ無事に生まれていたら、こんなことにはならなかったろう。医者に旅を止められたとき、耳を貸さずに、彼女を連れて郷里《くに》へ帰ればよかったとつくづく思う。そうしていれば、私たちはいまごろおまえといっしょにいただろうし、みんな幸せでいられたはずだ。

ときどき彼女は本来の自分にもどったように見える。あらゆる問題が消え、あまりに完璧なので、長い悪夢から目覚めて、結婚当初の幸せな数カ月にもどったような気さえする。ところが、ちょっとしたきっかけで、ふたたびすべてが失われる。たとえば、テラスに降りていくと、そこにはライナルディがいる。そして私を見るなり、ふたりは黙りこむのだ。そうなると私は、彼らは何を話していたのだろうと考えずにはいられない。一度、彼女がなかに引っこみ、ふたりきりになったとき、ライナルディが唐突に、遺言状のことを訊いてきたことがある。ちなみに、私たちが結婚したときに、彼はその遺言状を見ている。あのままだと私が死んだ場合、妻には何も遺されないと彼は指摘した。そのことは私も承知しており、言われるまでもなく、この点を修正すべくすでに新しい遺言状は書いてあった。それは、彼女の浪費癖が一過性のもので、根の深いものでないことがはっきりしたら、証人の立ち会いのもと、署名するようになっている。

ところで、この新しい遺言状により、屋敷と領地は、土地の管理運営が完全におまえの手に委ねられるという条件つきで、その存命中にかぎり彼女のものとなり、彼女が死ねば、おまえが譲り受けることになる。

この遺言状は、いま話した理由により、まだ未署名のままとなっている。

ひとつ心に留めておいてくれ。遺言状のことを訊いてきたのはライナルディ、現在の遺言状の不備を指摘したのはライナルディなのだ。彼女自身は何も言っていない。しかしふたりの間では、この話が出ているのだろうか？　私がいないとき、彼らはどんなことを話しているのだろう？

遺言状の件があったのは、三月のことだ。確かにそのころ、私は体調が悪く、ひどい頭痛に悩まされていた。ライナルディは私が死ぬかもしれないと考え、あの男らしい冷たい計算のもとにあの話を持ち出したのかもしれない。その可能性はある。ふたりは何も話し合っていないのかもしれない。だが真実を知るすべはない。このところ、私は始終、彼女の視線を感じる。彼女は用心深い奇妙な目で私を見つめている。そして私が抱くときは、怯えているように見える。だが何に、誰に怯えているのだろう？

二日前――実はこの手紙を書こうと思い立ったのはそのためなのだが――私は三月に倒れたとき同様、ふたたび発熱した。それはいつも突然始まる。まず痛みと吐き気に見舞われ、その後すぐに脳が興奮状態に陥り、私を暴力へと駆り立てる。やがて心身ともにふらふらになり、立っているのもむずかしくなる。この段階が過ぎると、激しい眠気が襲ってきて、四肢の力が抜け、私は床やベッドに倒れてしまう。父がこのようになった記憶はない。確かに頭痛はあり、熱にも悩まされていたが、その他の症状は見られなかった。

フィリップよ。私が信頼できるのはこの世でおまえひとりだ。これがどういうことなのか、教えてくれ。そしてできたら、ここへ来てほしい。ニック・ケンダルには何も言うな。誰にも何も言ってはいけない。何よりも返事は一切書くな。ただ来てくれ。

ある考えが頭にとりつき、絶えず私を悩ませている。彼らは私の毒殺を企んでいるのだろうか?

アンブローズより

わたしはもとどおり手紙をたたんだ。谷底の小屋の犬が吠える声がやんだ。森番が門を開ける音がし、犬が歓迎の叫びをあげた。小屋から話し声が聞こえ、バケツがガランガランと音を立て、ドアがバタンと閉まった。向こうの丘の木立からニシコクマルガラスの群れが舞い上がり、カアカア鳴きながら旋回し、黒いかたまりとなって沼地付近の別の木々のこずえに移った。わたしは手紙を破らなかった。その代わり、花崗岩の石碑の下に穴を掘り、手紙を札入れに収め、その札入れを土中深く埋めて、両手でその部分の土をならした。そのあとわたしは丘を下り、森を抜けて下の道に出た。ふたたび屋敷へと登っていくと、仕事を終え、家に向かう男たちが談笑する声が聞こえてきた。わたしはちょっと足を止め、とぼとぼと歩み去る彼らを見送った。男たちが一日中働いていた壁の足場は、妙に殺風景で淋しげに見えた。

わたしは中庭を通って、裏口からなかに入った。敷石の上を行く足音を聞きつけて、シーカムが執事室から出てきた。その顔にはショックの色が浮かんでいた。

「よくおもどりくださいました。奥様がずっとお待ちなのです。かわいそうにドンが事故に遭いましたもので。奥様はたいへん心配なさっておいでです」

「事故だって？　何があったんだ？」

「大きな屋根板が上から落ちてきたのでございます。ドンは最近、だいぶ耳が遠くなっておりましたでしょう？　それに、図書室の窓の下の日溜まりから、めったに離れませんでしたし。屋根板は背中に当たったにちがいありません。あの犬は動けないのです」

図書室に行ってみると、レイチェルが床に膝をつき、ドンに膝枕をしてやっていた。わたしが入っていくと、彼女は顔を上げた。「あの人たちがこの子を殺したのです」彼女は言った。「この子はもう長くありません。なぜこんなに長く家を空けていらしたの？　あなたがここにいれば、こんなことにはならなかったのに」

その言葉は、頭のなかに残っている、ずっと忘れていた何かのこだまのように聞こえた。しかし、それがなんなのかは思い出せなかった。シーカムは出ていき、わたしたちはふたりきりになった。彼女の目から涙があふれ出て、頬を伝った。「ドンはあなたのもの、あなたの一部ですもの。あなたたちはいっしょに育ったのですもの。この子が死ぬなんて、とても耐えられません」

わたしはそばへ行って、彼女のかたわらに膝をついた。気がつくと、わたしが考えているのは、花崗岩の下の地中に深く埋もれたあの手紙のことでも、ふたりの間に身を横たえ、死を前にしている哀れなドンのことでもなかった。わたしが考えているのは、ただひとつ――この家に来て以来初めて、レイチェルがアンブローズのためでなくわたしのために悲しんでいるということだった。

第十九章

その長い宵、わたしたちはずっとドンに付き添っていた。わたしは夕食を取ったが、レイチェルは何も食べようとしなかった。真夜中少し前に、ドンは死んだ。わたしは彼を運び出し、覆いをかけた。亡骸《なきがら》は翌日、栽培場に埋めるつもりだった。図書室にもどると、レイチェルはすでに二階に上がっており、室内は空っぽだった。婦人の間へ行ってみると、彼女はそこにいて、涙に濡れた目でじっと暖炉を見つめていた。

わたしはそばにすわって、その手を取った。「ドンは苦しまなかったと思いますよ。痛みはなかったでしょう」

「十五年前」彼女は言った。「お誕生日のパイを開けた十歳の男の子。わたくしの膝を枕にあの子が横たわっている間、あの話が絶えず頭に浮かんできました」

「三週間後、また誕生日が来ます。ぼくは二十五になるんです。その日、何が起こるか、ご存じですか?」

「すべての願いがかなうのですわ。少なくとも、わたくしの小さいころ、母はそう言っておりました。あなたの願いごとはなんですの、フィリップ?」

わたしはすぐには答えず、彼女といっしょに暖炉に見入っていた。

「さあ」わたしは言った。「その日にならないと、わかりません」

指輪のはまった彼女の手は、わたしの手に白く静かに重なっていた。

「二十五になれば、教父の手ももう及ばなくなる。財産はぼくのもの、ぼくの自由になるんです。真珠の首飾りも、銀行にある他の宝飾品も、全部あなたにあげられるんですよ」

「でも、いただくわけにはいきませんわ、フィリップ。それはあなたが結婚するまで、未来の花嫁のために取っておくべきものですから。結婚する気はないとおっしゃるけれど、いつか気が変わるかもしれませんもの」

自分が何を言いたいかは、よくわかっている。しかし、それを口にする勇気はなかった。そこでわたしは、かがみこんで彼女の手にキスし、それから身を離した。

「なんの手違いもなければ、あの宝飾品は全部、あなたのものだったのです。宝石だけじゃない、何もかもだ。この屋敷も、金も、土地も。そのことはよくご存じでしょう」

レイチェルは悲しそうだった。彼女は暖炉から目を離し、椅子の背にもたれた。その手が指輪をいじりはじめた。

「それは言ってもしかたのないことでしょう。手違いがあったにしても、わたくしはそういうことには慣れています」

「あなたはそうかもしれない。でもぼくはちがう」

わたしは立ちあがって、暖炉を背に、彼女を見おろした。自分に何ができるか、わたしにはもうわかっていた。その邪魔は誰にもできないことも。

「どういう意味ですの？」彼女は、目にあの悲しげな色をたたえたまま、そう訊ねた。

「気にしないでください。三週間経てば、わかります」

「三週間経って、あなたのお誕生日が過ぎたら、わたくしはお暇《いとま》しなければなりませんわ、フィリップ」

来るべきものがついに来た。しかし、頭のなかにプランができあがったいま、そこにはもうなんの問題もなさそうだった。

「なぜです？」わたしは訊ねた。

「長居しすぎましたもの」

「教えてください。仮にアンブローズが、ぼくが領地を管理運営するという条件つきで、あなたの存命中、財産はあなたのものになるという遺言状を作っていたら、どうしました？」

彼女の目が揺れ、わたしから離れて暖炉にもどった。

「どういう意味ですの？　どうしたかというのは？」

「あなたはここで暮らしたでしょうか？　ぼくを追い出したでしょうか？」

「あなたを追い出す？　ご自身のおうちから？　まあ、フィリップ、何をおっしゃるの？」

「では、ここに留まったのですね？　この家に住み、ぼくを雇ってくれたのですね？　ここでふたりいっしょに暮らしたのですね？　ちょうどいましているように？」

「ええ、たぶん。考えてみたことはありませんけれど。でも、それとこれとはまったく話がちがいますわ」

「どうちがうのです？」

彼女は両手を広げた。「どう説明したらいいのでしょうね？　おわかりにならない？　わたくしは女ですもの。ここにいることは許されませんわ。ケンダル様が真っ先に賛成なさるでしょう。あのかたは何もおっしゃらないけれど、そろそろわたくしは出ていくべきだと思っておられるはずですわ。この家がわたくしのもので、いまおっしゃったように、あなたがわたくしに雇われているという形であったなら、話はまったくちがったでしょう。その場合、わたくしはアシュリー夫人で、あなたはわたくしの跡継ぎですから。でも実際は、あなたはフィリップ・アシュリーで、わたくしは、あなたのご厚意にすがって暮らしている親戚の女なのです。このふたつには、天と地ほどのちがいがあるのですわ」

「確かにそうです」

「では、この話はもうやめましょう」

「いや、もっと話しましょう。きわめて重大な問題ですからね。その遺言状はどうなったんです？」

「どの遺言状です？」

「アンブローズが作り、署名しなかった遺言状です。あなたに全財産を遺すという」

彼女の目の不安の色が深まった。

「どうしてその遺言状のことをご存じなのです？　一度もお話ししていないのに」

言い抜けならできる。わたしは嘘をついた。

「そういうものがあるはずだとずっと思っていたんです。しかし署名はなく、従って法的には無効なのだろうと。いや、それどころか、ぼくは、その遺言状がいまもあなたのお手もとにあるんじゃないかとさえ、思っているんです」

当てずっぽうだったが、手応えはあった。彼女の目が無意識に、壁際の小さな書き物机へと走り、ふたたびもどってきた。

「いったい何を言わせたいのです？」

「ただ遺言状があることを確認したいだけですよ」

彼女はためらい、それから肩をすくめた。

「ええ、確かに遺言状はあります。でも、あったところでどうにもなりません。署名がないのですから」

「それを見せてもらえますか？」

「なんのために？」

「とにかく見たいんです。ぼくを信じてください」

レイチェルは長いことわたしを見つめていた。明らかにとまどい、不安も覚えているようだった。彼女は立ちあがって机に歩み寄ると、そこでまたためらい、こちらを振り返った。

「どうして突然、こんなことをなさるの？　なぜ過去をそっとしておけないのです？　あの夜、図書室で、そうしようと約束したでしょう？」

「あなたのほうは、ここに留まると約束しましたよ」

遺言状を渡すか否か。選ぶのは彼女だ。その日の午後、花崗岩のそばで自分のした選択のことが頭に浮かんだ。よかれ悪しかれ、わたしは手紙を読むという道を選んだ。今度はレイチェルが決断を下さねばならない。彼女は書き物机のほうへ行くと、小さな鍵を手に取り、引き出しを開けた。そして引き出しから、一枚の紙を取り出し、わたしに手渡した。

「そうなさりたいなら、お読みなさい」

わたしはロウソクのほうへ紙を持っていった。筆跡はアンブローズのものだった。その日の午後、読んだ手紙の字より力強い、しっかりした読みやすい字だ。日付は一昨年の十一月。彼とレイチェルが結婚してから七カ月が経っている。いちばん上の行には「アンブローズ・アシュリーの遺言」とあった。内容は、彼がわたしに伝えてきたとおりだった。財産は、わたしが管理運営するという条件で、その存命中、レイチェルのものとなり、彼女の死後は、夫婦の間に生まれる長子に譲られる。そして、子供が生まれなかった場合は、わたしが相続することになっていた。

「写しを作ってもいいですか?」わたしは訊ねた。

「どうとでもお好きに」彼女は青白い顔をし、どうでもいいと言いたげな気のない態度を見せていた。「もうすんだことですものね、フィリップ。いまさらあれこれ言っても始まりませんわ」

「これはしばらく、ぼくがおあずかりしましょう。写しも作っておきます」そう言って机に向かい、わたしはペンと紙を取った。レイチェルは頬杖をついて、椅子にもたれていた。

アンブローズがあの手紙で訴えてきたことは、すべて確認しなければならない。わたしはそう思っていた。そこで、いやでたまらなかったが、心を鬼にして彼女への質問にかかった。わたしは羽根ペンでガリガリやっていた。遺言状を書き写すというのは、口実のようなものだった。そうしていれば、彼女の顔を見ずにすむのだ。

「アンブローズは十一月にこれを作ったのですね。彼がこの時期に新しい遺言状を作ろうと思い立った理由に、心当たりはおありですか？　結婚はその前の四月だったでしょう」

返事はかなり経ってから返ってきた。治ったばかりの傷をさぐるときの外科医の気持ちが、急にわかったような気がした。

「あの人がそれを十一月に書いた理由など、わたくしにはわかりません。そのころは、ふたりとも死のことなど念頭にありませんでした。むしろその逆だったのです。あれは、わたくしたちがともに過ごした十八カ月間で、いちばん幸せな時期でしたわ」

「そのようですね」わたしは新しい紙を一枚取った。「そのことは彼が手紙で知らせてくれました」椅子のなかで動く音がし、彼女がこちらを向いた。しかしわたしは机に向かって書く作業をつづけた。

「アンブローズが知らせた？　でも、黙っているようたのんだのに。わたくしは、あなたが誤解するかもしれない、軽んじられたと思うかもしれないと心配だったのです。そうお思いになって、当然ですもの。あの人は秘密にしておくと約束しました。どのみち、同じことでしたけれど」

その声は単調で、なんの感情もこもっていなかった。結局、外科医が傷跡をさぐっても、患者は、痛みなどないとぼんやり言うだけなのかもしれない。アンブローズは、花崗岩の下に埋められたあの手紙に、こう書いていた――「女はもっと深い傷を受けるものだ」ペンを走らせながら、わたしは自分の書いた言葉に気づいた。「どのみち同じこと……どのみち同じこと」わたしはその紙を破って、改めて書きはじめた。

「そしてとうとう、遺言状には署名がされなかったわけですね」

「ええ。アンブローズはそれを、いまあるその状態のままにしておいたのです」

ついに書き終えた。わたしは、遺言状と作ったばかりの写しをたたみ、両方いっしょに懐に収めた。それは、その日の午後、アンブローズの手紙を入れて歩いたのと同じ胸ポケットだった。それからわたしは、レイチェルの椅子のそばへ行ってひざまずき、彼女をしっかり抱きしめた。女を抱くようにではなく、子供を抱くように。

「レイチェル、なぜアンブローズは遺言状に署名をしなかったんでしょう？」

彼女はじっと静かにすわっており、身を引き離そうとはしなかった。わたしの肩に置かれた手だけに、急に力が加わった。

「教えてください」わたしは言った。「教えてください、レイチェル」

それに答えた声は遠くかすかで、耳もとのささやきにすぎなかった。

「わかりません。その話はそれっきり出なかったのです。でも、わたくしには結局、子供は産めないのだと知ったとき、あの人はわたくしへの信頼を失ったのでしょう。一種の信仰心が消えたのですわ。本人は気づいていませんでしたけれど」

その場にひざまずき、彼女を抱きながら、わたしは、花崗岩の下に埋めたあの手紙のことを思い出していた。そこには、同じ非難がちがう言葉で記されていた。愛しあうふたりがそんなふうに誤解しあい、同じ悲しみを抱いて離れていくなどということが、どうして起こってしまうのだろう？　男女の愛には、当時者たちを苦悩と疑いに駆り立てる何かがあるにちがいない。

「では、悲しかったでしょうね？」わたしは訊ねた。

「悲しかったかですって？」彼女は言った。「どうお思いになる？　気が狂いそうでしたわ」

そのとき、あの山荘のテラスにすわっている彼らの姿が目に浮かんだ。ふたりの間には不可解な影があった。彼ら自身の疑いと恐れとが作りあげた、実体のない影だ。この影の起源は、もはや突き止めることもできないほどはるか昔に遡るようだった。おそらく、自らのわだかまりに気づかぬまま、アンブローズは、サンガレッティとの、そしてそれ以前のレイチェルの過去について思い悩み、自分が共有しえなかった日々のことで彼女を責めていたのだろう。そしてレイチェルもまた、子供が産めなくなったことで愛も失われるものと思いこみ、彼と同じように怨念を抱いていたのだろう。結局、彼女はアンブローズのことをまるでわかっていなかったのだ。そして彼も、レイチェルのことを少しも知らなかったのだ。花崗岩の下に埋めたあの手紙の内容を、彼女に話してきかせようか。でもそんなことをしても、なんにもなるまい。この誤解はあまりにも根が深すぎる。

「すると、遺言状が署名されないままになったのは、単なる手違いのせいなのですね？」わたしは訊ねた。

「手違いでもなんでも結構ですわ。いまとなっては、どうでもいいことですもの。でもその後まもなく、あの人の態度が変わったのは確かです。そして、そのうち別人のようになってしまったのです。目が眩むほどの頭痛が始まって、そのせいで一度か二度、暴力的になったこともあります。わたくしは、どこまで自分に責任があるのだろうと思い、恐れておりました」

「あなたにはひとりもお友達がいなかったのですか？」

「友達はライナルディだけ。でも彼は、いまあなたにお話ししたようなことは、何も知りませんでした」

あの酷薄そうな顔、あのさぐるような細い目。ライナルディを信用しなかったとしても、アンブローズを責めることはできない。しかし、レイチェルの夫でありながら、アンブローズはなぜ自信が持てなかったのだろう？　女に愛されていれば、男にはそうとわかるはずではないか。しかし、いつもわかるとはかぎらないらしい。

「そして、アンブローズが病に倒れると、あなたはライナルディを家に呼ぶのもやめたのですね？」

「とてもそんな勇気はありませんでした。アンブローズがどんなふうになったか、あなたには決しておわかりにならないでしょう。わたくしもお話ししたくはありません。ねえ、フィリップ、お願いですから、もう何も訊かないでください」

「アンブローズはあなたに疑いを抱いていた。でも何を疑っていたのです？」

「あらゆることをですわ。不貞や、もっと悪いことを」

「不貞より悪いとは、どんなことです?」

レイチェルは突然、わたしを押しのけて立ちあがり、歩いていってドアを開いた。「なんでもありません」彼女は言った。「なんでもありませんわ。さあ、もう行って。わたくしをひとりにしてください」

わたしはゆっくりと立ちあがって、ドアの前に立つ彼女のところへ行った。

「すみません。怒らせる気はなかったんです」

「怒ってなどいませんわ」

「もう二度とこんなことはお訊きしません。これが最後です。固くお約束します」

彼女の顔は蒼白で、こわばっていた。その声は冷ややかだった。

「ありがとう」

「お訊きしたのには、わけがあるのです。三週間後にわかります」

「わけはどうでも結構よ。とにかく、もう行ってください」

彼女はわたしにキスをせず、手を差し伸べもしなかった。わたしは一礼して、部屋を出た。でもついさっき、彼女は、わたしがそばにひざまずき、自分を抱くのを許したのだ。なぜ、急に態度が変わったのだろう? アンブローズが女のことをほとんど知らなかったとしたら、わたしはそれ以下だ。男をいきなり捉え、舞い上がらせる、あの思いがけない優しさ。ところがなんの理由もなく、急に気分は変わり、男はもといた場所に放り出される。女たちの頭には、どんな複雑な思考回路がめぐらされ、その判断を曇らせているのだろう？　どんな衝動がその心を揺さぶって、彼女らを怒りに駆り立て、殻にこもらせ、また、突如、おおらかにするのだろう？　男は確かにちがっている。感覚の鈍いわれわれが、のろのろと羅針盤の目盛りに従って動くのに対し、気まぐれで不安定な女たちは、風の向くまま、気の向くままに進路を変える。

翌朝、下に降りてきたとき、レイチェルの態度はいつもどおり優しく穏やかだった。前夜のふたりの話には、彼女はまったく触れなかった。わたしたちは哀れなドンを、椿の遊歩道の出発点に当たる、栽培場の隅の一角に埋めてやった。わたしは彼の墓を石で小さく丸く囲った。ふたりとも、アンブローズがドンをわたしに贈った十歳の誕生日の話はしなかった。来《きた》る二十五歳の誕生日の話もだ。しかしその翌日、わたしは早起きをし、ジプシーに鞍をつけるよう命じて、ボドミンへ出かけた。訪ねた相手は、ウィルフレッド・チューインという、ボドミンの弁護士だ。彼はこの郡の人々の仕事を数多く請け負っているが、これまでアシュリー家の仕事をしたことはない。セント・オーステルの住人の問題は、わたしの教父が取り扱っているためだ。わたしはその弁護士に、実は緊急かつ内密に処理すべき問題があるのだと告げ、全財産をレイチェル・アシュリー夫人に譲渡する旨の書類を、その財産が法的にわたしのものとなる四月一日付で作成してほしいとたのんだ。

わたしは、アンブローズの未署名の遺言状を弁護士に見せ、署名がないのは単に、彼が突然、病に倒れ、世を去ったためなのだと話した。そして、新たな書類には、レイチェルの死後、財産がわたしに返されることや、彼女の存命中、土地の管理運営はわたしに任されることなど、アンブローズが遺言状に書いた内容をそのまま組みこむよう、彼に依頼した。わたしが先に死んだ場合は、遺産は当然、ケント州にいるわたしのまたいとこの手に渡るが、それはレイチェルが死んだ後のこととした。チューインはこちらの要望をすぐに理解し、おそらくニック・ケンダルと仲がよくないためだろうが――これもわたしが彼をたよった理由のひとつなのだ――そのような大事な仕事を任されたことを喜んだ。

「領地を守るための条項を何かお入れしましょうか？　この草稿のままですと、アシュリー夫人は自由に土地を売ることができますが？　領地をいまのまま継承していきたいとお思いなら、これはいかがなものでしょう？」

「そうですね」わたしはゆっくりと言った。「売却を禁じる条項があったほうがいいでしょう。当然、屋敷のほうについてもです」

「お家に伝わる宝飾品もあるのでは？」彼は言った。「それに個人の持ち物もです。そちらはどういたしましょう？」

「それはすべて彼女のものです。本人の好きにしてかまいません」

チューインはわたしに草稿を読んできかせた。何も問題はなさそうだった。

「もうひとつだけ」彼は言った。「アシュリー夫人が再婚した場合の条項がありませんが」

「そういうことは、まずないでしょう」

「ええ、おそらく。しかしその条項はやはり入れておくべきでしょう」

チューインはペンを宙に浮かせたまま、もの問いたげにわたしを見つめた。

「お従姉様はまだ比較的お若いのでしょう？　再婚の可能性は考慮に入れておくべきですよ」

突如、郡の彼方に住むセント・アイヴス卿のことが、そして、レイチェルの言ったおぞましい冗談が、頭に浮かんだ。

「彼女が再婚した場合は」わたしは急いで言った。「財産はぼくにもどされるものとします。これは絶対です」

チューインはメモを取り、もう一度草稿を読みあげた。

「で、これを四月一日までに正式に作成しておかなければならないわけですね？」

「ええ、お願いします。その日がぼくの誕生日なので。財産はその日、完全にぼくのものとなるのです。誰にも文句は言えないはずです」

チューインは紙をたたんで、こちらに笑顔を向けた。

「たいへん気前のよいことをなさるのですね。手に入った瞬間、そのすべてを手放すわけですから」

「そもそも、従兄のアンブローズ・アシュリーがあの遺書に署名をしていれば、ぼくのものなど何もなかったんですよ」

「それでも、こんなことが行われた例は、いまだかつてなかったのではないでしょうか。まさに前代未聞です。おそらく、その日まで他言は無用なのでしょうね」

「ええ、そうです。この件は極秘にしてください」

「承知いたしました、アシュリー様。ご信頼いただき、ありがとうございます。今後とも何かありましたら、いつでもご用命ください」

彼は三月末日に正式な書類が届くようにすると約束し、建物の出口まで出て頭を下げた。

わたしはどうとでもなれという気分で家に向かった。知らせを聞いたら、ニック・ケンダルは卒中を起こすかもしれないと思ったが、それでも平気だった。わたしとしては、教父の監督下から逃れたいだけであって、別に彼の不幸を望んでいるわけではない。にもかかわらず形勢は完全に逆転してしまった。レイチェルはと言えば、もう領地を離れ、ロンドンへ行くことなどできまい。前夜の彼女の主張はもはや通らない。わたしが家にいるのがいやなら、それも結構。こちらは小屋に移り、毎日、彼女を訪ねて指示を仰ごう。ウェリントンやタムリンや、他の使用人たちに倣って、帽子を手に彼女の命令を待とう。もしも子供だったら、きっとわたしは生きる喜びを爆発させ、跳ね回っていただろう。しかし大人であるわたしは、その代わりに、ジプシーに土手を飛び越えさせ、反対側に着地した拍子に危うく落馬しそうになった。三月の風が、わたしを狂わせていた。大声で歌いたかったが、ひとつのメロディをたどることがどうしてもできない。生け垣は新緑に輝き、柳は芽ぐみ、甘く香る金色のハリエニシダは満開だ。それは熱に浮かされ、馬鹿をやるのにふさわしい日だった。

昼ごろ、帰宅し、馬車道から屋敷に近づいたときだ。わたしは玄関の前に雇いの馬車が停まっているのを目にした。それは見慣れぬ光景だった。レイチェルのお客はみな、自家用の馬車でやって来るからだ。その車輪と車体は、まるで長旅をしてきたように埃まみれだった。それに、馬車にも御者にも見覚えはない。それを見て、わたしは家畜小屋のほうへ回ったが、ジプシーを引き取りにきた馬丁の少年も訪問客のことは何も知らず、ウェリントンのほうはどこにも見当たらなかった。

ホールには誰もいなかったが、そっと居間のほうへ向かうと、閉じたドアの向こうから声が聞こえてきた。わたしは正面の階段を使わず、使用人用の裏階段から自室に上がることにした。ところが、向きを変えたちょうどそのとき、居間のドアが開き、肩ごしに笑いながらレイチェルが出てきた。彼女は美しく幸せそうで、気分が浮き立ったときのいつものあの輝きを放っていた。

「おかえりなさい、フィリップ。どうぞ居間にいらして。このお客様からは逃げられませんよ。わたくしたちふたりに会うために、遠くからはるばる旅してきたのですもの」笑顔の彼女に腕をつかまれ、わたしはいやいや部屋に引っ張りこまれた。そこにはひとりの男がすわっていた。彼はわたしを見ると立ちあがり、手を差し伸べて進み出てきた。

「驚かれたようですな」男は言った。「いや、申し訳ない。しかし、初めてお会いしたときは、わたしも突然の訪問に驚いたものです」

それはライナルディだった。

第二十章

胸の内の思いがそっくり顔に出ていたのかどうか、それはわからない。しかし、きっとそうだったのだろう。レイチェルはすばやくあとを引き取って、フィリップは徒歩や馬でいつも外に出ていて、どこにいるのか、いつ帰ってくるのか自分にはまるでわからないなどと、ライナルディに話しだした。「この人は小作人たち以上によく働くし、領地のどの部分であれ、彼らよりずっとよく知っているの」

彼女はお客に見せびらかすように、なおもわたしの腕に手をかけていた。まるで教師がぶすっとした子供を引き立てるように。

「すばらしい領地をお持ちで結構なことです」ライナルディは言った。「お従姉がここにたいへんな愛着を抱かれるのも無理はない。こんなに元気そうなこの人は初めて見ましたよ」

彼の目――はっきり覚えている、まぶたの垂れた無表情なあの目が、しばらくレイチェルに留まり、それからふたたび、こちらに向けられた。

「ここの気候はきっと、われわれの住むフィレンツェの厳しい気候より、体にも心にもいいのでしょう」

「従姉の祖先は西部の出ですから。この人はただ、本来いるべき場所へ帰ってきただけなのです」

ライナルディは笑みを浮かべた。仮にそのかすかな顔の動きを、笑みと呼べるのならばだが。彼はレイチェルのほうを向いて言った。「それは、どちらの血がより濃いかによるのでは？　きみの若いお従弟は、きみの母君がローマの出だということを忘れていらっしゃるようだ。もうひとつ付け加えるなら、きみは日に日に母君に似てきている」

「顔だけならいいけれど」レイチェルは言った。「あの体型や性格は受け継ぎたくありませんもの。ねえ、フィリップ、ライナルディは宿に泊まると言い張りますの。別に選り好みはしないから、どこか教えてくれですって。でも、そんなこと馬鹿げていると言っておきましたわ。ライナルディに使ってもらえるお部屋なら、うちにありますものね？」

これにはがっくりしたが、ことわるわけにもいかなかった。

「もちろんです。すぐ用意させますよ。雇いの馬車も帰します。もう必要ないでしょうから」

「わたしはエクセターからあの馬車で来たのです」ライナルディが言った。「御者に支払いをして、ロンドンへもどるとき、また雇うとしますよ」

「いますぐ決めることはないわ」レイチェルは言った。「ここに来た以上、少なくとも二、三日は泊まって、何もかも見ていってもらわないと。それに、いろいろ話し合うこともあるし」

わたしは居間を出て、部屋の用意を――屋敷の西側に、彼にちょうどよさそうな、だだっ広い殺風景な部屋があるのだ――命じると、風呂に入り、夕食の着替えをするために、足取り重く二階の自室へ上がった。窓からは、ライナルディが外に出てきて、御者に金を払う様子が見えた。彼は値踏みするように、しばらく車回しにたたずみ、あたりを見回していた。あの男にはひと目で樹木の値打ちがわかるのだという気がした。彼はまた、玄関のドアの彫刻を吟味し、曲線の模様を手でなでていた。レイチェルもそこに加わったらしい。彼女の笑い声が聞こえ、ふたりはイタリア語で話しはじめた。やがて彼らはなかに入り、玄関のドアが閉まった。

下には降りず、部屋に留まり、ジョンに言って夕食をここに運ばせようかとも思った。そんなにいろいろ話すことがあるのなら、彼らもわたしがいないほうがいいだろう。しかしわたしはこの家の主《あるじ》なのだ。不作法なまねはできない。わたしはのろのろと入浴し、不承不承、服を着た。下に降りると、鏡板の洗浄と天井の修理をして以来、使っていなかった食堂で、シーカムとジョンが忙しく立ち働いていた。テーブルにはいちばん上等の銀器が用意され、お客用のあらゆる道具が並べられていた。

「そんなに大騒ぎすることはないよ」わたしはシーカムに言った。「図書室で食べればいいんだから」

「奥様のご命令なのです」シーカムは厳かにそう答えた。そのあと、彼がジョンに、食品室からレースつきのナプキンを持ってくるよう命じているのが聞こえた。日曜の食事会のときでさえ、そんなものは使わないのに、である。

わたしはパイプに火をつけ、外に出た。春の夕べはなおも明るく、黄昏まではまだ一時間あまりありそうだ。それでも居間のロウソクは灯されていた。カーテンはまだ引かれていない。ロウソクは青の間にも灯っており、レイチェルが着替えをしながら、窓の前を行ったり来たりするのが見えた。本当なら今夜は、ふたりだけで婦人の間で過ごすはずだった。ボドミンの件を胸に秘めたわたしと、穏やかに一日の出来事を物語る彼女とで。だがもはや、そういうことは期待できない。居間の明るさ、食堂のにぎやかさ、わたしにはまるで興味のない事柄について語り合うあのふたり。何より大きいのは、わたしがあの男に抱いている本能的な嫌悪感だ。ライナルディが、ただふらっと暇つぶしにここに来たとは思えない。きっと何か目的があるにちがいない。あいつがイギリスに来ていて、訪ねてくる気でいたことを、レイチェルは知っていたのだろうか？　ボドミンへの遠足の楽しい気分は、すっかり消え失せていた。少年の浮かれ騒ぎは終わった。わたしは意気消沈し、不安にさいなまれながら、家に入った。居間に行くと、ライナルディがひとり、暖炉の前に立っていた。彼は旅行着から正餐用の服に着替えており、壁に飾られたわたしの祖母の肖像画を見ていた。

「魅力的なお顔だ」彼はそんな感想を述べた。「美しい目に、美しい肌。美貌の家系というわけですな。絵そのものは、さほどの価値はありません。ご覧になりたければどうぞ」

「そうでしょうね」わたしは言った。「階段にはレーリーとネラーの作品がありますが」

「降りてくるとき、気づきました」彼は答えた。「レーリーはなかなかのものですが、ネラーのほうはもうひとつですな。あれは彼の最高の画法で描かれてはいない。おそらくもっと派手な画法の時代に制作され、弟子の手で仕上げられたのでしょう」わたしはなんとも言わなかった。レイチェルの足音が階段から聞こえてこないかと耳をすましていたのだ。「フィレンツェを出る前——」ライナルディは言った。「——あなたのお従姉のために、フリーニの初期の一作をなんとか売ってきましたよ。散り散りになってしまったサンガレッティ・コレクションのひとつなのですが、これが実に見事な作品なのです。以前は、いちばんいい具合に光の当たる、サンガレッティ邸の階段に飾ってあったのですが。山荘にいらしたときはお気づきにならなかったでしょうね」

「ええ、そのようです」

そこへレイチェルが入ってきた。彼女はクリスマス・イヴに着た、あのガウンを着ていたが、肩はショールで隠されていた。わたしはそれを見てほっとした。彼女は、双方の表情から仲よくやっていたかどうか汲み取ろうとするように、わたしたちふたりの顔をかわるがわる見比べた。

「いま、フィリップ君に、フリーニの聖母マリアが売れたのは幸運ではあったが、それにしても実に惜しい作品だったと話していたところだよ」ライナルディが言った。

「でもわたくしたち、そういうことにはもう慣れっこになっているんじゃなくて?」彼女はそう答えた。「救えなかった家宝は山ほどあるのですもの」わたしは、その心やすげな「わたくしたち」という言いかたを恨めしく思っている自分に気づいた。

「山荘は売れたのですか?」わたしはぶっきらぼうに訊ねた。

「いや、まだです」ライナルディは言った。「実は——これもあなたのお従姉に会いにきた理由のひとつなのですが——われわれはあの館を売る代わりに、三、四年の間、人に貸そうかと考えているのです。そのほうが得策でしょう。売れればそれでおしまいですからね。お従姉もいつかそのうち、フィレンツェに帰りたくなるかもしれません。あの館で何年も暮らしてきたわけですし」

「いまのところ帰る気はぜんぜんないけれど」レイチェルが言った。

「そうだろうね。しかしそのうちどうなるか」

レイチェルが歩きまわると、ライナルディの目は彼女を追った。わたしはそれがいやでたまらず、なんとかしてレイチェルをすわらせたかった。彼女がいつもすわる椅子は、ロウソクの明かりから少し離れた、顔が陰になる場所にある。ガウンを見せるためでないなら、彼女が部屋を歩きまわる理由はひとつもない。わたしは椅子を前に引き出したが、彼女はすわらなかった。

「考えてもごらんなさい。ライナルディはもう一週間もロンドンにいながら、そのことを知らせてこなかったのですよ。シーカムからこの人が来ていると言われたときほど、驚いたことはありませんわ。前もって連絡をよこさないなんて、本当にひどい人」彼女に肩ごしにほほえみかけられ、ライナルディは肩をすくめた。

「突然来れば、一層喜んでもらえるのではないかと思ってね。不意打ちは、状況次第で喜びにもその逆にもなりうるから。覚えているかな？　あなたがひとりでローマに滞在していたときのことを？　ほら、カステルッチ家のパーティーに出るために着替えている最中に、コシモとわたしがいきなり現れたことがあったろう？　あなたはいかにも迷惑そうな顔をしていたね」

「ああ、でもあれにはわけがあったの」レイチェルは笑った。「お忘れなら、わざわざ思い出していただくには及びませんけれどね」

「忘れてなどいるものか。あなたのガウンの色まで覚えているよ。琥珀のような色だったな。それにベニート・カステルッチがあなたに花を贈ったことも覚えている。彼のカードが見えたんだ。コシモは気づいていなかったが」

そこへシーカムが、食事の用意ができたと告げにきた。レイチェルはなおも笑い、ローマでのさまざまな出来事をライナルディに思い出させながら、先に立ってホールに出、食堂へと入っていった。あれほど憂鬱になり、自分を場ちがいに感じたのは初めてだった。ふたりはさまざまな人や場所について話しつづけ、ときおりレイチェルは子供をなだめるように、テーブルの向こうからこちらに手を伸ばして、こう言った。「わたくしたちを許してくださいね、フィリップ。ライナルディと会うのは本当に久しぶりなのですから」するとライナルディは、あのまぶたの垂れた黒い目でじっとわたしを見つめ、ゆっくりと笑みを浮かべるのだった。

一度か二度、彼らはイタリア語で話しだした。何かの話の途中で、ライナルディが言葉につまり、こちらに詫びるように会釈してから母国語に切り換えたのだ。レイチェルは彼に答えたが、その唇から耳慣れない言語が、わたしと英語で話すときよりはるかに流暢《りゅうちょう》に流れ出てくると、その顔立ち全体が変わった。彼女はいつもより生き生きと活気づいていたが、同時にいつもよりきつく見え、わたしとしてはあまり好きになれない新たな輝きを帯びていた。

このふたりは、我が家の鏡板張りの食堂には似つかわしくなかった。彼らはどこか別な場所、フィレンツェかローマで、褐色の肌の優雅な召使いにかしずかれ、わたしの知らない華やかな世界に取り巻かれて、この未知の言語で談笑しているべきであって、革のスリッパでパタパタ歩きまわるシーカムや、テーブルの下で体を掻く子犬とここにいるべきではないのだ。すっかり意気消沈したわたしは、料理を前に湿っぽく背を丸め、クルミに手を伸ばしては、憂さ晴らしにそれを割っていた。レイチェルは、わたしとライナルディがポートワインとブランデーを回しあう間もそこにいた。いや、わたしがそれを回したと言うべきだろう。ライナルディはその両方を飲んだが、わたしはどちらも口にしなかった。

ライナルディは持っていた箱から葉巻を取り出して火をつけ、パイプに火をつけるわたしをいかにも寛大そうな態度で、しげしげと見つめた。

「イギリス人の若者はみなパイプをやるようですね」彼は言った。「消化を助けるんだそうですが、息が臭くなると聞きましたよ」

「ブランデーを飲むようなものですよ」わたしはやり返した。「あれは判断力を鈍らせます」

突然、栽培場に埋められた哀れなドンのことが思い出された。若いころあの犬は、嫌いな犬に出くわすと、毛を逆立て、尻尾をぴんと突っ立てて、ひとっ飛びで相手の喉笛に嚙みついたものだ。わたしにもいまになって彼の気持ちがわかった。

「ごめんなさい、フィリップ」レイチェルが立ちあがりながら言った。「ライナルディとわたくしは、いろいろ話しあうことがあるのです。それに、署名しなければならない書類もありますし。二階の婦人の間に行きますわ。しばらくしたら、あなたもいらっしゃらない?」

「いや、やめておきましょう。一日中、外出していたので、事務所に届いている手紙に目を通さないと。おふたりとも、おやすみなさい」

レイチェルは食堂をあとにし、ライナルディもそれにつづいた。彼らが二階へ上がっていく音が聞こえた。ジョンがテーブルをかたづけに来たときも、わたしはまだそこにすわっていた。

そのあとわたしは外に出て、ふたりきりになったのだから、きっと彼らはイタリア語で話しているだろう。レイチェルは暖炉のそばのあの低い椅子に、ライナルディはそのかたわらにすわっている。わたしたちが昨夜、どんな話をしたか、彼女はあの男に告げるのだろうか？ わたしが遺言状を引き取り、その写しを作ったことも？ その場合、あの男はどんな助言をするのだろう？ どんな忠告を与えるのだろう？ それに、あの男が彼女に署名させるために持ってきた書類とは、いったいなんなのだろう？ 仕事の話が終わったら、ふたりはまた友人同士にもどり、共通の知人やなじみの場所について語り合うのだろうか？ 彼女はわたしにしてくれたようにライナルディにも香草のお茶を入れ、あの男に自分の姿を見せるために室内を歩きまわるのだろうか？ あいつが婦人の間を出るのは何時だろう？ そのとき彼女はあいつに手を差し出すのだろうか？ あの男もわたしがするように、口実をもうけて、しばらく戸口でぐずぐずするだろうか？ それとも、古い友人だということで、彼女はあの男には遅くまで留まることを許すのだろうか？

わたしは新しい雛壇の遊歩道まで歩きつづけ、その道を浜べまで降りていき、そのあと、ヒマラヤ杉の若木が植わった一角まで引き返し、行ったり来たりを繰り返した。やがて鐘楼の時計が十時を打った。いつもわたしが辞去する時刻だ。あの男も同じだろうか？　わたしは芝生の縁まで進み、そこに立って、レイチェルの部屋の窓を見あげた。婦人の間の明かりはまだついていた。わたしはじっと見守り、待ちつづけた。歩いたため体は温まっていたが、木々の下の空気は冷たく、やがて手脚が冷えてきた。真っ暗な夜で、あたりはしんと静まり返っている。今夜、木立の上には白い月もない。時計が十一時を告げると、その直後、婦人の間の明かりは消え、青の間の明かりがついた。わたしはさらにしばらくじっとしていた。それから、ふと思いついて、屋敷の裏に回り、厨房の前を通って西側に出ると、ライナルディの部屋の窓を見あげた。安堵がどっと押し寄せてきた。明かりはそこにも灯っていたのだ。鎧戸は閉まっていたが、その隙間から光が漏れている。窓もまた固く閉ざされていた。わたしは意地の悪い満足感とともに、きっとやつは夜じゅうどちらも開けられまいと思った。

　わたしは家に入り、寝室に上っていった。そして上着を脱ぎ、クラバットを外し、椅子にそのふたつを放り出したときだ。廊下でガウンがさらさら鳴るのが聞こえ、つづいてそっとドアをたたく音がした。ドアを開けると、彼女がそこにいた。着替えはまだで、肩にはあのショールをかけている。

「おやすみなさいを言いにきましたの」

「それはどうもありがとう。あなたもよく休んでください」

　彼女は視線を落とし、わたしの靴の泥に目を留めた。

「どこに行っていらしたの？」

「庭を散歩していたんです」

「なぜ香草のお茶を飲みにいらっしゃらなかったの？」

「その気になれなかったものですから」

「困ったかたね。お食事の間もご機嫌ななめの男の子のような態度でしたよ。本当に子供なら鞭で打たれるところですわ」

「すみません」

「ご存じでしょう？　ライナルディとは長いつきあいなのです。積もる話があったのですわ。わかってくださるわね？」

「彼が十一時まで部屋にいるのを許したのは、ぼくよりずっと長いつきあいだからですか？」

「まあ、もう十一時？　ちっとも気づきませんでした」

「あの男はいつまで滞在するんです？」

「それはあなた次第ですわ。もしもあなたが快くそうするようすすめてくだされば、たぶん三日ほどいるのではないかしら。それ以上ということはありえませんわ。ロンドンにもどらなくてはならないはずですもの」

「あなたがすすめてほしいとおっしゃるなら、そうせざるをえませんね」

「ありがとう、フィリップ」突然、彼女はわたしの顔を見あげた。その目は優しく、口の隅にはかすかな笑みが漂っていた。「いったいどうなさったの？　本当にしかたのないかたね。庭を歩きまわりながら、何を考えていらしたのかしら？」

言いたいことは山ほどあった。自分がライナルディに深い不信感を抱いていること。彼がこの家にいるだけで不愉快だということ。そして、どんなにもとのように彼女とふたりきりになりたいか。その代わり、どれも気に食わなかったその夜の話題のひとつを取りあげ、わたしはこう言った。「あなたに花を贈ったベニート・カステルッチというのは、いったい何者なんです？」

胸の奥から忍び笑いを漏らし、彼女は伸びあがって、わたしに抱きついた。「彼はお年寄り。しかもとっても太っていて、息が葉巻臭いの――わたくしはあなたのほうがずっとずっと好きですわ」そして彼女は行ってしまった。

それから二十分もしないうちに、彼女は寝入ったにちがいない。しかしわたしのほうは、鐘楼の時計が正時ごとに鐘を鳴らすのを聞きながら、四時まで眠れずにいた。そして朝方にようやくうつらうつらまどろみはじめ、七時にもっとも眠りが深まったとき、いつもどおり容赦なくジョンに起こされたのである。

ライナルディは三日どころか七日も滞在した。しかもその七日の間、彼に対するわたしの見方が変わるような出来事は何ひとつ起こらなかった。何より我慢ならなかったのは、わたしに対するあの寛大ぶった態度だと思う。まるでご機嫌を取ってやらねばならない子供を相手にするように、わたしを見るとき、彼の口もとにはいつも薄笑いが浮かんでいた。そして、昼の間、わたしがどんな仕事に従事していようと、それは少年の向こうみずな冒険として扱われた。わたしは昼食には絶対家にもどらないようにした。そして午後、四時過ぎに帰宅し、居間に入っていくと、そこには必ずふたりがいて、決まってイタリア語で話をしており、しかもその会話はわたしが入っていくなりぴたりとやむのだった。

「おや、勤労者のご帰還だ」あろうことか、レイチェルとふたりきりだったころ、わたしがいつもすわっていた椅子に腰を据え、ライナルディが言う。「そして、彼が田畑にきちんと鋤が入っているかどうか、領地を見回っている間、きみとわたしは精神的には何百マイルも彼方にいたわけだよ、レイチェル。新しい雛壇の遊歩道をぶらついたことをのぞけば、われわれは一日中、まったく動いていないんだ。中年になることにも、いろいろいい点はあるものだね」

「あなたのせいで、わたくしはすっかり堕落してしまったわ、ライナルディ」レイチェルは答える。「あなたがいらして以来、ずっとサボりどおしですもの。どなたも訪問していないし、植樹の監督もしていない。あまり怠けているとフィリップに叱られます」

「しかしきみは知的には怠けていないよ」彼はそう答える。「その意味では、われわれの活動範囲は若きフィリップ君が現実に脚で歩いたのと同じ広さに及ぶわけだ。それともきょうは、徒歩ではなく、馬でお出かけでしたかな？　イギリスの若いかたたちは、常に肉体を酷使されるのですね」

ライナルディは、頭の空っぽな馬車馬だとわたしをあざけっているのだった。そして、ここでもまた、レイチェルが教え子をかばう教師のようにわたしに救いの手を差し伸べ、そのことがますますわたしを激昂させた。

「きょうは水曜日でしょう。フィリップは水曜日は、馬でも徒歩でも出かけません。事務所で帳簿をつけるのです。この人は計算が得意で、どれだけお金を使ったか、いつも正確につかんでいるのよ。ねえ、フィリップ？」

「いや。実を言うと、きょうは地元の法廷に出て、盗みで告発された男を裁いていたんです。結局、男は罰金だけで釈放されましたが」

ライナルディはあの寛大ぶった態度でわたしを見つめた。

「若き農夫であると同時に、若きソロモンでもあるわけか。いや、実にいろいろな才能がおありなのですな。フィリップ君を見ていると、デル・サルト（アンドレア・デル・サルト。一四八六―一五三〇。盛期ルネサンスのイタリアの画家）のバプテスマのヨハネを思い出さないか、レイチェル？　彼にはあれと同じ、傲慢と純真が一体となったすばらしい魅力が備わっているよ」

「そうかしら。わたくしはあのヨハネを思い出したことはないけれど。わたくしにとって、フィリップに似ている人はたったひとりですもの」

「ああ、それはそうだろう。だが、彼には確かにデル・サルト風なところがある。いつか、この土地から引っ張りだして、われわれの国を案内してさしあげなくては。旅は視野を広げるものだからね。彼に美術館や教会のすばらしさをお見せしたいよ」

「アンブローズは美術館や教会には興味がなかったわ。フィリップだってきっと感心しないでしょう。ねえ、フィリップ、法廷でケンダル様にお会いになった？　ライナルディを連れて、ペリンのお宅を訪問したいのですけれど」

「ええ、彼もいましたよ。よろしくと言っていました」

「ケンダル様には、とてもすてきなお嬢さんがおありなの」レイチェルはライナルディに言った。「フィリップより少し年下よ」

「お嬢さんだって？　なるほど」ライナルディが言う。「すると、フィリップ君は若いご婦人がたとまったく無縁なわけではないんだね？」

「とんでもない」レイチェルは笑った。「四十マイル四方のあらゆる母親が、この人に目をつけているわ」

わたしは彼女をにらみつけたものだ。するとレイチェルはますます笑い、夕食の着替えのためにそばを通って出ていくとき、いつものいまいましいやりかたでわたしの肩を軽くたたいた。いかにもフィービ叔母さん的だ、と以前言ってやったことがあるが、お世辞だとでも思ったのか、彼女は逆に喜んでいた。

そしてライナルディは、彼女が二階へ消えたこの機会に、わたしに言った。「レイチェルに年金を給付するという件ですが、あなたと後見人のかたのお心の広さには感心しております。あの人が手紙で知らせてくれたのですが、本人もたいへん心を動かされていました」

「いや、あれくらい当然ですよ」わたしはそう答え、相手がこのそっけなさに気をくじかれ、黙ってくれるよう願った。三週間後に何が起こるか、この男には話したくなかった。

「おそらくご存じでしょうが」ライナルディは言った。「その年金を別にすれば、あの人には、ときどきわたしが売りさばいているもの以外、自分の財産がまったくないのです。こちらの気候は非常に体によかったようですが、遠からずあの人は慣れ親しんだフィレンツェの社交界にもどりたくなるでしょう。実は、わたしが山荘を処分しなかったのは、それを考えてのことなのです。この絆はきわめて強いものなので」

わたしはなんとも答えなかった。仮にその絆が強いとしたら、それはこの男がそうなるよう仕向けているからにすぎない。レイチェルはこの男が来るまで、一度としてそんな絆のことなど口にしていないのだ。ライナルディ自身の財産はどれくらいあるのだろう？　もしやこの男は、サンガレッティの遺したものを売るだけでなく、自分の金をレイチェルに与えているのではないだろうか？　アンブローズはやはり正しかったのだ——この男は信用できない。それにしてもレイチェルは、どのような弱い心から、この男を弁護士として、また、友人として受け入れつづけているのだろう？

「もちろん」とライナルディはつづけた。「最終的には山荘は売り払い、フィレンツェに小さなアパートメントでも買うか、フィエソレに小さな家を建てるかしたほうがいいでしょう。レイチェルには大勢友人がいて、みんな、あの人を放したくないと思っているのです。わたしもそのひとりですが」

「初めてお目にかかったとき、あなたは、レイチェルさんは衝動的な女性だとおっしゃいましたよね。きっとその性分はずっと変わらず、あの人はどこであれ、自分の気に入った場所に住みつくのではないですか」

「確かにそうでしょう。しかしその衝動的な性分は、必ずしもあの人を幸せにするわけではないのです」

おそらく彼はこう言いたかったのだ――レイチェルのアンブローズとの結婚は衝動的で、なおかつ、不幸なものだった、と。また、彼女がイギリスに来たのも衝動的で、自分はその結果を危ぶんでいる、と。この男にはレイチェルを支配する力がある。なぜなら、彼女の財政を取り仕切っているからだ。そしてその力をもってすれば、彼女をフィレンツェへ連れもどすことさえできるかもしれない。わたしは、ライナルディがここへ来たのはそのためだと信じていた。彼はレイチェルにその考えを植えつけ、おそらくは、領地から入る年金だけではいまにやっていけなくなると吹きこむ気なのだ。でもこちらには、彼の知らない切り札がある。三週間後、彼女は永遠にライナルディの支配から脱するのだ。ふつうならにんまり笑える状況である。だが実際には、ライナルディに対する嫌悪感があまりにも強く、彼の前では笑う気にもなれなかった。

「あなたのような育ちのかたにとって、女性を家でもてなし、しかも、それがこのように何カ月もつづくというのは、異例のことにちがいない」ライナルディは、あのまぶたの垂れた目をわたしに据えて言った。「ひどく迷惑だったのでは?」

「それどころか、非常に楽しく過ごしていますよ」

「だとしても、あなたのようにまだ若く、経験も浅いかたにとっては、劇薬です。あまり飲みすぎると、害になりかねませんよ」

「もうすぐ二十五ですからね。どういう薬が自分に合っているかは、ようくわかっているつもりです」

「お従兄のアンブローズさんも、やはりそう考えていました。彼は四十三でしたが、結局まちがっていたのです」

「それは警告ですか？　それとも助言ですか？」

「その両方です。ちゃんと聴く耳をお持ちであれば、ですが。では失礼して、夕食の着替えをしてまいります」

これが、わたしとレイチェルの間に楔《くさび》を打ちこむライナルディ流のやりかただったのだと思う。それ自体はなんでもないひとことを、トゲをこめてぽつりと言い、空気を毒す。あの男は、レイチェルに気をつけろ、とほのめかした。ならば、わたしのことはどう言っているのだろう？　わたしの留守中、居間でレイチェルとふたりきりになれば、イギリス人の若者である以上、手脚がむやみに長く、脳味噌が足りないのは無理もないなどと、肩をすくめているのではないだろうか？　それとも、もっと凝った手を使うのだろうか？　あの男は確かに、自分の意見をたっぷり持っている。そしていつでもそれを口にし、他人を中傷できるよう、身構えているのだ。

「背の高すぎる人の問題は――」あるとき、彼は言った。「――どうしても猫背になるという点だな」（このときわたしは、シーカムに何か言いつけるため、頭をかがめて戸口に立っていた。）「それに、長身で筋肉質だと、太ってしまうんだ」

「アンブローズは太らなかったわ」レイチェルが急いで言った。

「彼はこの若者のように激しい運動はしなかったからね。過度に歩いたり、馬に乗ったり、泳いだりすることが、妙な具合に体を発達させてしまうんだよ。わたしは始終、そういう人を見てきた。そのほとんどが、イギリス人だったがね。イタリア人はもっと骨格が小さいし、あまり動かずに生活している。だから痩せたままでいられるんだ。食事も、われわれのは、さほど肝臓や心臓の負担にならない。こってりした牛肉だの羊肉だのはあまり食べないからね。それに、ペストリーはと言えば……」彼はとがめるように両手を広げた。「この若者は、始終ペストリーを食べている。きのうは、夕食に丸一個パイをたいらげていたよ」

「お聞きになった、フィリップ？」レイチェルが言った。「ライナルディは、あなたは食べすぎだと思っているようですわ。ねえ、シーカム、フィリップ様のお食事を減らさないといけないわ」

「とんでもございません、奥様」シーカムは恐れをなして言った。「これぐらい食べないと、お体に毒です。フィリップ様はおそらくは、まだ成長期なのですから」

「まさかね」ライナルディがつぶやく。「二十四にもなってまだ成長しているとしたら、深刻な先天性障害の恐れがある」

彼は、レイチェルの許しを得て居間へ持ちこんだブランデーをちびちびやりながら、考え深げにじっとわたしを見つめつづけた。おかげでこっちは、しまいには、ボドミンの市で母親に見世物にされ、小銭を稼いでいる頭の足りない哀れなジャック・トレヴォース同様、背丈が七フィート近くもあるような気がしてきた。

「あなたはどこも悪くないのでしょう?」ライナルディは言った。「子供時代、異常な成長を誘発する重い病を患ったなどということは、ないでしょうね?」

「覚えているかぎり、病気をしたことなど一度もありませんね」

「それはそれで問題だな。病気をしたことのない人間ほど、ぽっくり逝ったりするものだから。ちがうかね、シーカム?」

「さあ、どうでしょうか。わたくしにはよくわかりません」シーカムは言った。しかしわたしは、彼が出ていきしな、ちらっとこちらを見たのに気づいた。それは、わたしがすでに疱瘡にかかっているのではないか、と疑うような目つきだった。「このブランデーはあと三十年は置かないとだめだな」ライナルディは言った。「フィリップ君の子供たちが成人したころが、ちょうど飲みごろだろう。そう言えば、レイチェル、きみとコシモがフィレンツェじゅうの人――とは言わないまでも、そう思いたくなるほど大勢のお客をもてなしたあの夜を覚えているかい? ほら、コシモがどうしてもと言って、全員にベニスの謝肉祭のように、頭巾つきマントと仮面をつけさせたあのパーティーさ。きみの亡くなられた母上は、なんとか公とさかんにふざけていたね。ロレンゾ・アマナティだったかな?」

「誰であっても不思議はないけれど、ロレンゾではなかったわ。彼はわたくしを追いかけまわすのに忙しかったのですもの」

「馬鹿をやったものだな」ライナルディは思い出に耽りながら言った。「みんな、若く無鉄砲で、責任感のかけらもなかった。いまのように、静かに落ち着いているよりずっとよかったよ。

イギリスでは、ああいったパーティーはやらないのだろうね。もちろん、気候も向いていないのだろうが。だがその問題さえなければ、フィリップ君も仮面とマントを着こんで、茂みに隠れたケンダル嬢をさがすのを、楽しめたかもしれない」

「ルイーズにしてみれば、それ以上うれしいことはないでしょうね」レイチェルは答えた。彼女はわたしを見て、口もとをぴくぴくさせていた。

わたしはふたりを残して部屋を出た。するとたんに、ふたりがイタリア語で話しだすのが聞こえた。ライナルディが何か訊ね、レイチェルのほうは笑いながらそれに答えている。それで、ふたりがわたしを話題にしているのがわかった。たぶんルイーズのことや、この近隣に広まっているらしいあのいまいましい噂、わたしたちふたりがそのうち婚約するとかなんとかいう話をしているのだろう。ちくしょう！　いったいあいつはいつまでここにいる気なんだ？　あと何日、あと幾晩、こんなことに耐えねばならないんだろう？

そして、彼の滞在の最後の夜、ニック・ケンダルがルイーズを伴って食事にやって来た。その会は成功だった――というより、一見そのように見えた。ライナルディはケンダル氏に礼を尽くすべく最大限の努力をしており、ケンダル氏、ライナルディ、レイチェルの三人はなぜかひとかたまりになって彼らだけで話をし、ルイーズとわたしは勝手にふたりで楽しむよう放っておかれた。ときおりライナルディはこちらに目を向け、いかにも優しげで、いかにも寛大そうな笑みを浮かべた。一度など、そっとケンダル氏にこう耳打ちするのまで聞こえた――「実によいお嬢さんと立派なご教子だ。きっとすばらしいご夫婦になられるでしょう」このせりふはルイーズにも聞こえ、かわいそうに彼女は真っ赤になった。わたしは大急ぎで、今度はいつロンドンへ行くのか、などと彼女に質問しはじめた。それで気持ちが楽になればと思ったのだが、もしかするとこれがまずかったのかもしれない。ロンドンのことは食後ふたたび話題にのぼり、レイチェルがこう言いだしたのだ。「わたくしも近いうちにロンドンへ行きたいと思っていますの。もしも時期が重なったら――」とルイーズに向かって「――ぜひ、あちこち案内してくださいな。わたくし、ロンドンは初めてですの」

これを聞いて、ニック・ケンダルは耳をそばだてた。

「では、そろそろここをお発ちになるわけだ。いや、確かに、コーンウォールの冬の厳しさはもうたくさんでしょう。ロンドンのほうがはるかに楽しめるにちがいない」そして彼は、ライナルディに向き直った。「あなたも当分、あちらに滞在なさいますか？」

「あと何週間か、仕事があるのですが」ライナルディは答えた。「しかしレイチェルが来るというなら、もちろん、いつでもお相手しますよ。わたしのほうは、あなたがたのお国の首都にかなり詳しいのでね。どうかあちらにいらしたら、お嬢さんとおふたりで、われわれと食事をしてくださいい」

「それはもう喜んで。ロンドンの春は実にいいものですよ」

向こうで会う？　なぜ落ち着き払ってそんな話ができるのだ？　彼ら全員の頭をかち合わせてやりたかった。しかし何より腹が立ったのは、ライナルディの「われわれ」という言葉だ。わたしには彼の企みがわかった。レイチェルをロンドンへおびき寄せ、そこで仕事のかたわらもてなし、そのうえで、イタリアへ帰るよう説き伏せる気なのだろう。そして、ニック・ケンダルも彼なりの理由から、それに手を貸すにちがいない。

このわたしに、彼らをあっと言わせる計画があることなど、本人たちは知らない。こうして社交辞令がたっぷり交わされ、夜は過ぎていった。最後の二十分ほど、ライナルディはニック・ケンダルを脇へ呼んで、何か話していた。たぶんまた毒になるようなことをほのめかしていたのだろう。

ケンダル父娘が去ったあと、わたしは居間へはもどらず、そのまま寝室へ行った。レイチェルとライナルディが上がってくるのが聞こえるよう、ドアは少し開けておいた。ふたりはなかなか上がってこなかった。時計が十二時を打っても、彼らはまだ下にいた。わたしは踊り場まで出ていって耳をすました。居間のドアは少し開いていた。彼らの声が小さく聞こえてくる。わたしは手すりをつかみ、そこに体重をかけて階段の半ばまで裸足で降りていった。子供時代の記憶が脳裏をよぎった。子供のころのわたしも、アンブローズが下で誰かと食事をしていると、これと同じことをしたものだ。わたしはあのときと同じうしろめたさを覚えた。声は延々つづいている。しかし、そのやりとりを聞いても無駄だった。レイチェルとライナルディが話しているのは、イタリア語なのだ。ただ、フィリップという名がときどき出てくるのはわかった。それに、ケンダルという名も数回。ふたりは、わたしか彼、あるいはその両方を話題にしているのだ。レイチェルの声には妙な焦りがあり、ライナルディはまるで彼女を問いただすような口調になっていた。突然、不快感がこみあげてきた。ニック・ケンダルはライナルディに、フィレンツェから来た旅行好きの友人たちのことを話したのではないだろうか？　そして今度はライナルディがレイチェルにそのことを話しているのではないだろうか？　ああ、ハロー校で受けた教育など無駄だった。ラテン語やギリシア語の勉強など徒労にすぎなかった。ふたりの人間がわたしの家で、おそらくはわたしにとって重大なことをイタリア語で話しているというのに、わたしには自分の名前以外、何ひとつ聞き取れないのだ。

突然、沈黙が落ちた。話し声はやんでいる。物音も聞こえない。あの男がレイチェルに歩み寄り、彼女を抱いているのだとしたら？　彼女が、クリスマス・イヴにわたしにしたように、あの男にキスしているのだとしたら？　そう思うと、ライナルディに対する憎しみがどっと押し寄せてきた。もう少しで我を忘れ、階段を駆けおりていき、力まかせにドアを開け放つところだった。そのとき、ふたたび彼女の声がし、衣擦れの音が近づいてきた。彼女のロウソクの光がちらっと見えた。遠い昔のあの子供のように、わたしは忍び足で寝室にもどった。

レイチェルが自室に向かって廊下を歩いていくのが聞こえた。一方ライナルディは、反対側の自分の寝室へと向かった。こんなに長時間、ふたりは何を話していたのか――それを知ることはまず不可能だ。だが少なくとも、今夜はライナルディがこの屋根の下で過ごす最後の夜なのだ。明日からはわたしも安眠できるだろう。翌朝、わたしは、彼の出発が待ち遠しくて食事も喉を通らないほどだった。ライナルディをロンドンに運び去る馬車の車輪の音が車回しに響くと、別れの挨拶は昨夜すませたものと思っていたレイチェルが、庭仕事の身支度を整えて、さよならを言いに降りてきた。

ライナルディは彼女の手を取ってキスした。今回彼は、家の主《あるじ》であるわたしへの当然の礼儀として、英語で別れを告げた。「では、手紙で予定を知らせてくれるね？」彼はレイチェルに言った。「わたしがロンドンで待っているのをお忘れなく」

「四月一日までは、どこへも行きませんわ」レイチェルはそう言って、ライナルディの肩ごしにわたしにほほえみかけた。

「なるほど、フィリップ君の誕生日だね？」ライナルディは馬車に乗りこみながら言った。「彼がよい一日を過ごせるよう、それに、あまりパイを食べすぎないよう祈っているよ」そして窓から顔を出し、捨てぜりふにこう言った。「しかし妙な気分でしょうな。よりによってそんな日が誕生日とは。四月馬鹿の日でしょう？　だが、二十五にもなれば、そんな子供じみたことは思い出しもしないかな」そして馬車は敷地の門に向かって走りだし、彼はいなくなった。

わたしはレイチェルに目をやった。

「お誕生日にお祝いに来てくれるよう誘うべきだったかしら ね？」そう言って、わたしの心に触れるあの笑みをふっと浮かべると、彼女はガウンにつけていたサクラソウを取り、わたしの上着の襟に挿した。「七日間、よく辛抱してくださったわね」彼女はささやいた。「わたくしのほうは怠けどおしでしたわ。またふたりきりになれてご満足かしら？」その答えも待たず、彼女は栽培場へタムリンをさがしにいってしまった。

第二十一章

三月の残りの週は、瞬く間に過ぎていった。日が経つにつれ、将来に対する自信は増し、心は明るくなった。レイチェルもこちらの気分を感じ取ったらしく、楽しそうだった。

「お誕生日のことでこんなに浮かれる人など、見たことがありませんわ。まるで小さな子供ね。目が覚めたら、奇跡が起こるとでも思っていらっしゃるの？　お気の毒なケンダル様。あのかたから解放されることは、あなたにとってそんなに大事なのですか？　あれ以上、よくしてくださる後見人などどこにもおりませんよ。それで、お誕生日にはどんな計画がおありですの？」

「計画などありませんよ」わたしは答えた。「ただ先日、ご自分のおっしゃったことをお忘れなく。誕生日には、あらゆる願いをかなえてもらえるんですからね」

「それは十歳まで。そのあとは、そうはいきません」

「ひどいな。あなたは年齢の条件などつけませんでしたよ」

「海辺のピクニックやヨット遊びを考えていらっしゃるなら、わたくしはお供しませんよ。浜辺にすわるには季節的にまだ早すぎますし、ヨットに関してはわたくし、馬のこと以上に何も知らないのですもの。代わりにルイーズを連れておいきなさいな」

「ルイーズを連れていく気はありません。それに、あなたがお困りになるようなところへは、絶対に行きませんよ」実を言えば、わたしはその日何をするかなど、まるで考えていなかった。決めてあるのは、レイチェルの朝食の盆にあの書類を載せるということのみ。あとは成り行きに任せるつもりだった。ところが三月三十一日になると、他にもうひとつ、やりたいことを思いついた。銀行のあの宝石のことが頭に浮かんだのだ。なんて馬鹿だったんだろう。もっと前にあれを回収しておけばよかった。そういうわけで、その日、わたしはふたつの闘いに挑むことになった。ひとつはカウチ氏との闘い、もうひとつは教父との闘いだ。

わたしはまず、カウチ氏のほうからかたづけることにした。あのコレクションを全部、ジプシーで運ぶのは無理だろう。しかし、四輪馬車を出させるのもまずい。レイチェルが音に気づいて、用があるからいっしょに町まで乗せていってくれと言うかもしれない。第一、わたしが四輪馬車で出かけるのは、めずらしいことなのだ。そこでわたしは、口実をもうけて徒歩で町へ行き、帰りは馬丁の子に二輪馬車で迎えにこさせることにした。不幸にして、その朝は、土地の者がひとり残らず買い物に来ているようだった。そしてこの港町では、隣人を避けたければ、建物の軒先に隠れるか、湾に飛びこむしかない。わたしは、パスコー夫人とその娘たちに出くわさないよう、絶えず物陰に身を隠していた。しかし、そのこそこそした態度こそ何より人目を惹いたはずで、アシュリー氏がおかしな行動を取っていたという噂——魚市場で門口から門口へと走り、隣の教区の牧師夫人が通りを歩いてくるなり、まだ午前十一時だというのに、《薔薇と王冠》に飛びこんだという話は、町じゅうに広まったにちがいない。アシュリー氏が酒飲みだという話は、まちがいなく、海外まで伝わったことだろう。

ついに、四方を壁に囲まれた銀行という安全地帯に入ると、カウチ氏が前回同様、感じよくわたしを迎えた。

「今回は、全部持ち出しにきたのですが」わたしは言った。

「まさか……」カウチ氏は言った。「他行に口座を移すのではありますまいね、アシュリー様？」

「そうではなく、家宝の宝石のことですよ。明日、二十五になると、あのコレクションは正式にわたしのものとなるのです。だから誕生日に目覚めたとき、それが手もとにあるようにしたいわけです」

カウチ氏はわたしを変人だと思ったにちがいない。少なくとも少々イカレているくらいは思ったろう。

「つまり、その日だけちょっと持っていたいというわけですか？　そう言えば、クリスマス・イヴにも同じようなことをなさいましたな。あの首飾りは、ご後見人のケンダル様がすぐに手前どもの金庫にもどされましたが」

「ちょっとではありませんよ、カウチさん。あのコレクションはうちに置きたいのです。自分の手もとに。これ以上、わかりやすい話はないと思いますが」

「なるほど。お屋敷に金庫などの安全な保管場所はあるのでしょうね」

「それはこちらの問題です。いますぐあれを持ってきていただけると、たいへんありがたいのですが。今回は首飾りだけでなく、全コレクションがいるのです」

カウチ氏はまるで自分の財産を奪われるような顔をしていた。

「承知いたしました」彼は不承不承言った。「少々お時間がかかりますが。慎重に金庫から取り出さねばなりませんし、包装にはさらに注意が必要ですので。もしも町に他のご用がおありでしたら……」

「他の用事はありません」わたしはさえぎった。「ここで待って、自分で持ち帰りますよ」このうえ時間を稼いでも無駄だとわかったのだろう。彼はコレクションを持ってくるよう部下に指示を出した。わたしはこのために入れ物を持ってきていた。運よく宝石全部がぴったり収まる大きさのものがあったのだ。実のところ、それはうちでいつもキャベツを運ぶのに使っている枝編み細工の籠だった。カウチ氏は貴重な箱をひとつひとつそのなかに入れながら、その都度、身をすくめていた。

「手前どものほうで、適切な形でお届けしたほうが、ずっといいのですがねえ、アシュリー様。当行には、この目的に適した四輪箱馬車がございますからね」

そうだろうとも、とわたしは思った。そうすれば、さぞみんなが騒ぐだろう。銀行の箱馬車が、シルクハットをかぶった店長を乗せ、アシュリー様のお住まいに向かったそうな。それくらいなら、二輪馬車と野菜籠のほうがよほどいい。

「大丈夫ですよ、カウチさん。なんとかなりますから」

こうしてわたしは、肩に籠を担ぎ、意気揚々と銀行からよろめき出たが、とたんに、左右にひとりずつ娘を従えたパスコー夫人に衝突した。

「おやまあ、アシュリー様」夫人は言った。「ずいぶんお荷物がおありですこと」

片手で籠をかかえ、わたしは仰々しくさっと帽子を取った。

「いまはつらい時期なのです。ぼくもすっかり落ちぶれてしまって、カウチさんはじめ銀行のみなさんに自らキャベツを売らねばならないのです。うちの屋根の修理に金がかかって、ほとんど文無しになったもので、町で農産物の行商をするしかないのですよ」

夫人はあんぐり口を開けてまじまじとわたしを見つめ、娘ふたりは目を丸くした。「あいにく、この籠の中身の買い手はもうついています。そうでなければ、ニンジンをいくつか買っていただくのですが。でもこの先、牧師館で野菜がご入り用の際は、ぜひご用命を」

それだけ言うと、わたしは三人を置いて、自宅の二輪馬車をさがしにいった。馬車に籠を積みこみ、御者台に上がって手綱を取り、馬丁の少年が隣に飛び乗ったとき、ふと見ると、パスコー夫人はまだ、曲がり角から、啞然とした顔でこちらを眺めていた。これでまた噂が立つだろう。フィリップ・アシュリーは、変人で酔っ払いで狂っているばかりか、貧しい行商人でもあるのだそうな。

わたしたちは〈四つ辻〉に出る長い道を通って家に帰った。馬丁の子は二輪馬車をかたづけにいき、わたしは裏口から家に入った。使用人たちは食事中だった。わたしは彼らの階段から二階に上がり、つま先立って表側の自分の部屋に回った。そして野菜籠を衣裳簞笥にしまって鍵をかけたあと、昼食を食べに下に降りた。

ライナルディがいたら目を閉じて、身震いしたことだろう。わたしは鳩肉のパイをがつがつむさぼり、大ジョッキのエールで喉の奥へ流しこんだ。

レイチェルは――残されていたメモによれば――ずっと家にいて、待っていたが、わたしは帰らないのだろうと考え、自室に引き取っていた。このときばかりは、彼女がいないのも気にならなかった。わたしの顔には、うしろめたさと喜びとがはっきり出ていたにちがいないからだ。

食事を終えるやいなや、わたしはふたたび出かけた。今度は馬で、ペリンへだ。ポケットには、弁護士のチューイン氏が約束どおり使いの者に届けさせた書類が収まっていた。また、わたしはあの遺言状も持っていた。今度の会見は、朝のものほど簡単にはいくまいと思ったが、わたしはひるまなかった。

ケンダル氏は在宅しており、書斎にいた。

「フィリップや」彼は言った。「何時間か早すぎるが、かまわんだろう。誕生日おめでとうと言わせてもらうよ」

「ありがとう。それに、ぼくとアンブローズに対するあなたのご好意と、長年、後見人を務めてくださったことにもお礼を申しあげます」

「それも明日で終わりだがね」ケンダル氏はほほえみながら言った。

「そうですね。明日というより、きょうの十二時で終わりです。でも、そんな時間帯に起こすのは申し訳ないので、ぼくがいまから署名するある書類に連署していただけないでしょうか。

今夜の十二時きっかりに効力を発するものなのですが」

「ふむ」彼は眼鏡に手を伸ばした。「書類か。どんな書類だね?」

わたしは胸ポケットから例の遺言状を取り出した。

「まず、これを読んでいただけますか。別にレイチェルさんが進んで渡したのではなく、ずいぶん言い合ったすえ、やっと渡してもらったものです。前々からこういう書類があるのではないかと思っていたのですが、やはりそうだったわけです」

遺言状を渡すと、ケンダル氏は鼻に眼鏡を載せ、文面に目を通した。「日付はあるが署名がないね、フィリップ」

「そうなんです。しかし筆跡はアンブローズのものです。そうでしょう?」

「もちろんだ。その点はまちがいない。しかしわからんのは、なぜ署名をしてわたしに送ってこなかったのかだ。こっちは彼が結婚した当初から、この種の遺言状を待っていたんだよ。きみにもそう言ったろう?」

「署名する意思はあったのです。でも病気のせいでできなかったんですよ。それにすぐにも帰郷し、直接あなたに手渡すつもりだったろうし。確かですよ」

ケンダル氏は机に遺言状を置いた。

「なるほど。こういうことはよその家でも起きているよ。未亡人にとっては不幸なことだが、われわれにはもうどうすることもできない。署名がないかぎり、遺言状に効力はないからね」

「わかっています。あの人のほうも何も期待はしていません。さっきもお話ししたとおり、この遺言状はさんざん説得して、ようやく手に入れたものなのです。これは返さなければなりませんが、写しは作ってあります」

わたしは遺言状をポケットにしまい、自分の作った写しを彼に渡した。

「今度はなんだね？　また何か新事実が明るみに出たと言うのかな？」

「いいえ。ただぼくの良心が、おまえは本来受けるべきでない恩恵に浴しているぞ、と言うのです。アンブローズはあの遺言状に署名するつもりだった。ところが死が、いや、その前に病気が、彼を妨げたのですから。どうか、ぼくの用意したこの書類を読んでください」

そう言ってわたしは、ボドミンの弁護士チューインが作成した巻物を彼に渡した。

ケンダル氏はゆっくりと注意深くそれを読んだ。その顔は次第に厳粛になっていった。ずいぶん経ってから、彼はようやく眼鏡を外して、こちらを見た。

「レイチェルさんは、この書類のことは何も知らないんだね？」

「ええ、まったく何も」わたしは答えた。「ぼくがどんな条項を入れたか、何をするつもりか、察知した気配は少しもありません。ぼくの計画など、まるで気づいていないのです。きょうぼくがここにいることも、あなたに遺言状を見せることも、あの人は知りません。一、二週間前、あなたもお聞きになったでしょう。あの人は近いうちにロンドンへ行くつもりなのです」

ケンダル氏は机の向こうからわたしの顔を見据えた。

「きみの決心は固いのだろうね？」

「そのとおりです」

「これが悪用される恐れのあることや、保護条項がほとんどないことは、わかっているね？　やがてはきみやきみの跡継ぎのものとなるはずの財産が、失われる可能性があることも？」

「ええ。喜んでそのリスクは負いますよ」

　ケンダル氏は首を振り、ため息をついた。立っていって、しばらく窓の外を眺めたすえ、彼はふたたび机の前にもどった。

「あの人の弁護士のシニョール・ライナルディは、この書類のことを知っているのかね？」

「知るわけがありませんよ」

「前もって話してくれればよかったのにな、フィリップ。そうすれば、わたしと彼とで話し合いが持てたろうに。あれは良識のある男のようだからね。あの晩も少し話したんだ。思い切って、気がかりな借り越しのことまで打ち明けてみたよ。彼は、あの浪費癖は問題だと認めていた。ずっと前からそうだったらしいよ。そのせいでアンブローズだけでなく、最初のご主人のサンガレッティともめていたそうだ。どうやらレイチェルさんの扱いかたを知っているのは、あのシニョール・ライナルディだけらしい」

「ライナルディの言うことなどちっとも気になりませんね。ぼくはあの男が嫌いなんです。その発言だって、自分の目的を果たすために決まっていますよ。あいつの望みは、彼女をそそのかしてフィレンツェに連れもどすことなんです」

　ケンダル氏はふたたびじっとわたしを見つめた。

「フィリップよ。個人的な質問をするが、許しておくれ。わたしは、赤ん坊のときからきみを知っているんだからね。きみはあの従姉にすっかりのぼせあがっているんじゃないかね？」

頰がカッと熱くなったが、それでもわたしは彼から目をそらさなかった。

「どういう意味ですか。のぼせあがるとは、安っぽくて、ひどく醜悪な言葉です。ぼくはレイチェルさんを他の誰よりも尊敬し、大事に思っているんです」

「もっと前に言うつもりだったんだがね。あの人がきみの家に長々滞在していることについては、いろいろ噂が立っているんだよ。もっと言うなら、この郡はその話で持ちきりなんだ」

「放っておけばいい。明日以降は、他の話題に移るでしょう。土地と財産の譲渡の件を秘密にしておくのはまず無理ですからね」

「それなりの分別があり、自尊心を保ちたいと思っているなら、レイチェルさんはロンドンへ行くか、きみに居を移すようたのむはずだよ。いまの状態は、ふたりのどちらにとっても非常にまずい」

わたしは黙っていた。大事なのはひとつだけ——彼に署名をさせることだ。

「むろん長い目で見れば、ゴシップを抑える手段はただひとつしかない。この書類によれば、それが財産の移譲を防ぐ唯一の手段でもある。つまり、あの人に再婚してもらうことだ」

「それはまず無理でしょうね」

「どうだろう、自分で結婚を申し込んでみては？」

ふたたび顔が熱くなった。

「そんなことはできません。あの人は承諾してくれないでしょう」

「どうも気に入らんよ、フィリップ」彼は言った。「あの人がイギリスに来さえしなければなあ。だが、いまさら言ってもせんないことだ。よろしい、署名なさい。どんなことになっても自業自得だぞ」

わたしはペンを取り、書類に署名した。ケンダル氏はなおも深刻な表情でわたしを見つめていた。

「世の中にはな、フィリップ」彼は言った。「本人にはなんの咎もないのに、災厄をもたらす女というのもいるんだよ。そういう女たちは、触れたものをことごとく不幸にしてしまうんだ。なぜきみにこんなことを言っているのか、自分でもわからないがね。だが言わねばならんような気がするんだよ」そして彼は、長い巻物のわたしの署名の下に連署した。

「ルイーズを待つ気はないんだろうね？」

「ええ」そう言ってから、少し気持ちを和らげて付け加えた。「明日の夜、他に用がなければ、おふたりで食事に来て、ぼくが健《すこ》やかに誕生日を迎えたことに乾杯してくださいませんか」

ケンダル氏は少しためらってから答えた。「行けるかどうかわからんな。いずれにしろ、正午までに使いをやろう」わたしたちを訪問するのは気が進まず、かといって、招待をことわるのも悪いと思っているのは、明らかだった。彼は譲渡の件を予想よりすんなり受け入れた。激しい叱責も、長ったらしい説教もなかった。たぶん彼もようやく、わたしのこの性分では何を言っても無駄だと悟ったのだろう。だがその沈鬱な様子からは、本当はひどく動揺し、心を痛めていることがうかがえた。家宝の宝飾品のことが話題にのぼらなくてよかった。あのコレクションがキャベツの籠に収まって、わたしの衣裳簞笥に隠されていると知ったら、彼の我慢も限界に達したかもしれない。

わたしは家へと馬を走らせた。この前、ボドミンのチューイン弁護士を訪ねたあと、同じように馬で家に向かったときの高揚感が思い出された。あのときは、結局、帰宅してみると、ライナルディがいたのだ。だがきょうは、そうしたお客はいないはずだ。あれから三週間、この地方はすっかり春めき、まるで五月の暖かさだった。天気を予報する者はみなそうだが、うちの農夫たちも首を振り振り、災いを予言した。遅霜が降り、満開の花を傷め、乾いた地表のすぐ下で育ちだした小麦もだめになるだろう。だがその三月の末日にかぎっては、たとえ飢饉になろうが、洪水や地震が起ころうが、わたしは平気だったろう。

太陽は、静かな空を燃え立たせ、水面を翳らせて、西の湾に沈みつつあった。東の丘陵地帯の上には、満月間近の丸い月がくっきりと浮かんでいる。これこそが陶酔なのだろう、とわたしは思った。過ぎていく時に完全に身を委ねたこの感覚こそが。すべてはぼんやりとではなく、泥酔したときのようにきわめて鮮明に見えた。敷地内に入っていくと、そこには妖精物語の優美さがすっかり備わっていた。池のそばの水飲み場へとぼとぼと歩いていく牛たちでさえ魅惑的な生き物となり、美に貢献していた。道際の高い木々では、ニシコクマルガラスたちが作りかけの巣に脚を踏ん張り、バタバタはばたいている。屋敷の煙突からも、家畜小屋の煙突からも、青い煙がもくもく立ちのぼっており、裏庭からはガランゴロン鳴るバケツの音、男たちの口笛、犬舎の子犬たちの吠える声が聞こえてくる。わたしにとって、これらはすべて、なじみ深い慣れ親しんだもの、赤ん坊のころから見てきたものだ。だがいま、そこには新たな魔力があった。

昼に食べすぎたので空腹ではなかったが、喉は渇いていた。そこでわたしは、中庭の井戸から澄んだ冷たい水を汲み、ごくごくと飲んだ。

若い者たちはちょうど裏の戸締まりをしているところだった。わたしは彼らと冗談を交わした。明日がわたしの誕生日であることは連中も知っており、絶対秘密だと言って、シーカムがわたしへの贈り物として自分の肖像画を描かせたことを教えてくれた。シーカムは、フィリップ様はホールのご先祖様の肖像画と並べてそれを飾るに相違ないと言っているという。わたしは、必ずそうすると若い者たちに約束した。そのあと三人は、隅のほうでうなずきあい、何か小声で話していたが、やがて使用人用の区画へと消え、しばらくすると包みをひとつ携えてもどってきた。ジョンが代表として、それを手渡して言った。「これはわたしたち三人からです、フィリップ様。みんな、明日まで待ちきれないもので」

それはパイプのセットだった。三人はこのために、ひと月分の給金をはたいたにちがいない。わたしは彼らと握手し、その背中をたたいて、実は今度ボドミンかトルーロへ行ったら、これと同じのを買おうと思っていたのだと明言した。それを聞いた彼らがあんまりうれしそうに見つめるので、わたしはすっかり心を動かされ、不覚にも涙を流しそうになった。実を言えば、それまでわたしは、十七のときアンブローズにもらったもの以外、どんなパイプも使ったことがなかった。しかし今後は、彼らをがっかりさせないためにも、セットの全部を使うよう心がけねばならない。

そのあとわたしは、入浴し着替えをした。下に降りていくと、レイチェルは食堂で待っていた。

「何か企んでいるでしょう」開口一番、彼女は言った。「一日中、お留守でしたわね。何をしていらしたの？」

「それはね、アシュリー夫人」わたしは言ってやった。「あなたには関係ないことですよ」

「今朝から誰もあなたを見かけていないし」彼女は言う。「わたくし、お昼にもどって、ひとりぼっちで食事をしたのですよ」

「タムリンのところへ行けばよかったのに。彼のかみさんは、すばらしく料理がうまいんです。あなたもご満足したはずですよ」

「きょうは町へいらしたの？」

「ええ、そうです、町へね」

「誰か知っているかたにお会いになった？」

「ええ」わたしは噴き出しそうになった。「パスコー夫人と娘たちに会いました。ぼくの格好を見て、ひどくショックを受けていたな」

「なぜですの？」

「ぼくが肩に籠をかけていたから、そして、キャベツを売り歩いているんだと言ってやったからですよ」

「それは本当のお話？　それとも、ただ《薔薇と王冠》でリンゴ酒を飲みすぎて、そう言っただけですか？」

「いいえ、本当の話ではないし、《薔薇と王冠》で飲みすぎたわけでもありません」

「では、いったいどういうことですの？」

　答える気はなかった。わたしはただ椅子にすわって、ほほえんでいた。

「食事がすんだら、月が昇りきったころに、泳ぎにいこうかな。今夜は全身に活力がみなぎっている。それに、馬鹿をやりたい気分なんです」

　レイチェルはワインのグラスごしに、まじめくさってわたしを見つめた。

「せっかくのお誕生日を、胸に湿布を貼って、一時間ごとにクロフサスグリを飲みながら、ベッドで過ごしたいなら、どうぞ泳いでいらっしゃい。止めはしませんわ。でも言っておきますけれど、看病するのは、わたくしではなく、シーカムですからね」

　わたしはぐっと伸びをして、喜びのため息を漏らした。一服してもいいかと訊ねると、レイチェルは承知した。

　わたしはパイプのセットを取り出した。「ほら、見てください。若い連中がくれたんです。明日の朝まで待てないと言って」

「あなたもあの子たちと同じで、大きな赤ちゃんですわ」彼女は言い、それから声をひそめた。「シーカムがどんな贈り物を用意しているか、ご存じないでしょう？」

「知っています」わたしはささやき返した。「連中が教えてくれたんです。こんなうれしいことはありません。その絵ですが、ご覧になりましたか？」

レイチェルはうなずいた。「見事なものですよ。いちばん上等の上着、あの緑のを着ていて、下唇も何もかもシーカムそのものですの。バスにいる義理の息子に描かせたのですって」

食事がすむと、わたしたちは図書室へ移った。しかし、活力がみなぎっていると彼女に言ったのは、嘘ではなかった。興奮のあまり、わたしはじっとすわっていられないほどだった。夜が過ぎ、朝が来るのが待ち遠しくてならなかった。

「ねえ、フィリップ」とうとうレイチェルが言った。「後生ですから、散歩してきてくださいな。それでよくなるなら、灯台の岬まで走って往復していらっしゃい。きっとあなたは発狂したのでしょうから」

「これが狂うということなら、ずっとこのままでいたいですね。狂気がこんな喜びをもたらすとは思ってもいませんでしたよ」

レイチェルの手にキスすると、わたしは外に出た。散歩にうってつけの、静かで明るい夜だった。彼女に言われたように走りはしなかったが、ともかくわたしは灯台の丘まで行った。満月間際の月は、頬をふくらませて湾の上に浮かんでおり、その顔にわたしの秘密を共有する魔法使いの表情をたたえていた。夜間は、石壁に護られた谷の急斜面の草地に隠れている子牛たちが、わたしが近づいていくとよろよろと立ちあがり、四方へ逃げ散っていった。

草地の上では、農場の明かりが輝いていた。そして灯台の岬が近づき、左右に湾が広がると、西の海岸線には小さな町々の灯がちらちらと揺れており、東にはわれらが町の港の灯も見えた。

しかしまもなく、農場の灯火が消えると、それらの明かりも消えた。海に銀色のすじを落とす青白い月光以外、あたりには何もない。散歩によい夜ならば、泳ぎにもよいはずだ。どんな湿布や強壮剤の脅威にも、わたしを止める力はなかった。わたしは岩の突き出たお気に入りの地点に降りていくと、自らの無鉄砲さに声をあげて笑いながら、水中に飛びこんだ。ああ！　なんて冷たいんだ。わたしは犬のように身震いし、ガチガチ歯を鳴らしながら、向こう岸に向かって泳ぎだし、ほんの四分ほどで服を着に岩場へと引き返した。

これは狂気だ。いや、狂気より重症かもしれない。しかし、そうだとしてもかまわない。歓喜はなおもわたしを捉えていた。

シャツでできるだけ体をふくと、わたしは森を抜けて家へと向かった。月明かりが小径をぼんやり照らしており、闇は不気味に、幻のように、木々の背後に潜んでいた。小径はやがてふたつに分かれた。一方の道はヒマラヤ杉の並木道へ、もう一方は新しい雛壇の遊歩道へとつづいている。その分岐点で、わたしはさらさらという音を耳にした。木々のもっとも密集した箇所に何かがいる。と突然、雌ギツネのあのいやな匂いが鼻をつき、すぐ足もとの草のなかをすうっと通りすぎていった。しかしその姿は少しも見えず、土手に斜めに咲いているスイセンもみな、風にそよぎもせず、じっと動かぬままだった。

ついにわたしはうちに着き、レイチェルの部屋を見あげた。窓は大きく開け放たれていた。ロウソクがまだ灯っているのか、すでに消されたあとなのか、それはわからなかった。わたしは懐中時計に目をやった。真夜中まであと五分。突然、もう待ちきれないと思った。あの若者たちだって、わたしに贈り物を渡すのが待ちきれなかったのだ。パスコー夫人とキャベツのことを思うと、浮かれた気分は最高潮に達した。青の間の窓の下に行き、わたしはレイチェルを呼んだ。三度、名前を呼んで、やっと反応が得られた。窓辺に現れた彼女は、袖のふっくらした、レースの襟の、あの白い尼さんの衣を着ていた。

「どうなさったの?」彼女は言った。「もう半分眠っていたのに」

「そこで待っていてくれませんか? すぐもどりますから。あなたにあげたいものがあるんです。パスコー夫人に見られたあの荷物ですよ」

「わたくしはパスコー夫人ほど穿鑿好きではありませんの。朝まで待ちますわ」

「ぼくは朝まで待てない。いますぐでないとだめなんです」

わたしは横手のドアからうちに入り、自分の部屋に駆けのぼると、キャベツの籠を持ってふたたび下に降りた。籠の取っ手には太いひもを結んだ。それに、上着のポケットにはあの書類も入っていた。レイチェルは窓辺で待っていた。

「いったいその籠には何が入っていますの?」彼女は小声で訊ねた。「ねえ、フィリップ、もしもお得意の悪ふざけなら、わたくしは遠慮しますよ。そのなかには、カニかザリガニが入っているのでしょう?」

「パスコー夫人はキャベツだと思っています。とにかく、嚙みつくものでないことは保証しますよ。さあ、ひもをつかんで」

わたしは長いひもの一端を窓に向かって投げた。

「引きあげてください。両手を使って。かなりの重さですから」言われるままに彼女はひもを引きはじめ、籠は家の外壁や蔦の網にドンドンとぶつかった。わたしは身を震わせて笑いをこらえながら、彼女を見あげていた。

ついに窓の敷居の上に籠が引きあげられ、沈黙が落ちた。

ややあって彼女はふたたび顔を出した。「やはり信用できませんわ、フィリップ。どの包みも妙な形をしていますもの。きっと嚙みつくものでしょう」

答える代わりに、わたしは蔦の網を登りだした。上へ上へと腕を交互に伸ばしていくと、ついに窓に手が届いた。

「気をつけて」レイチェルは声をかけた。「落ちて、首の骨を折ったらたいへん」

ほどなくわたしは、片足を床に、もう一方の足を窓枠に載せた格好で、室内にいた。

「なぜ髪が濡れていますの？」彼女は訊ねた。「雨も降っていないのに」

「泳いできたんです。そうすると言ったでしょう。さあ、包みを開けて。それともぼくが開けてあげましょうか？」

室内には一本だけロウソクが灯っていた。レイチェルは裸足で床に立ち、震えていた。

「お願いですから、何か体にかけてください」

わたしはベッドカバーをつかみ取ると、さっと彼女をくるみこみ、それからその体を抱きあげて、毛布のなかに入れた。

「あなた、気が狂ってしまったのね」

「狂ってなどいません。ただ、たったいま二十五になったというだけですよ。ほら、聴いて」わたしは片手を上げた。時計が十二時を打った。わたしはポケットに手を入れた。「これはお暇なときに読んでください」そう言って、あの書類をテーブルの、燭台のそばに置いた。「でも残りのものは、いまあげたいんです」

わたしはベッドの上にその中身を空け、籠を床に放り出した。包み紙を引き裂き、箱をあちこちへ撒き散らし、やわらかな袋を四方に放り捨てた。ルビーの髪飾りと指輪が転がり出てきた。つづいてサファイアとエメラルドが。そして真珠の首飾りと腕輪も。何もかもがいっしょくたに、シーツの上に降ってくる。「これはあなたのです。これも、そして、これも……」有頂天になって、わたしはそれらを彼女の膝に積み上げ、その手に、その腕に、その体に押しつけた。

「フィリップ」レイチェルは叫んだ。「あなた、どうかしているのよ。いったい何をなさったの?」

わたしはそれには答えず、首飾りを取りあげて、彼女の首に巻いた。「ぼくは二十五になったんです。時計が十二時を打つのを聞いたでしょう? もう何も問題はない。これは全部、あなたのものだ。もしも世界がぼくのものなら、それもあなたにあげますよ」

あとにも先にも、あれほどとまどい、驚いた目は見たことがない。彼女はわたしを見あげ、散らばった首飾りや腕輪を見おろし、ふたたびわたしに視線をもどした。それから、たぶんわたしが笑っていたせいだろう、突然、わたしに抱きつき、自分も笑いだした。わたしたちは抱き合っていた。まるで、わたしの狂気に彼女が感染し、わたしの愚行に彼女が加わり、この狂った激しい歓びがふたりのものとなったかのようだった。

「これが、何週間も前からあなたが計画していたことですの？」

「そうです。本当は朝食といっしょに届ける予定でした。でも、あのパイプのセットをくれたうちの若い連中と同じで、ぼくも待ちきれなかったんです」

「なのに、わたくしには何もあげるものがないわ」彼女は言った。「クラバットを留める金のピンだけですの。あなたのお誕生日なのに情けないこと。他に何かほしいものはありませんか？　遠慮なくおっしゃって。どんなものでもさしあげますから」

わたしは、ルビーやエメラルドに取り囲まれ、真珠の首飾りを巻いたレイチェルを見おろした。そして突然、真剣になり、その首飾りの意味を思い出した。

「ひとつだけ望みがあります」わたしは言った。「でもお願いしても無駄でしょう」

「なぜ？」

「あなたはぼくに平手打ちを食らわせ、さっさと出ていけと言うでしょうから」

レイチェルはじっとわたしを見あげ、その手でわたしの頬に触れた。

「どうぞおっしゃって」彼女の声は優しかった。

男が女に妻になってほしいとたのむとき、どのようにするものなのか、わたしは知らなかった。ふつうは、まず許しを求めるべき親がいる。親がいない場合は、求愛——申し込みに先立つなんらかの言葉のやりとりがある。しかしレイチェルとわたしは、どちらにも当てはまらない。それに、いまは真夜中だ。しかも、ふたりの間で、愛や結婚の話が交わされたことはない。ただ唐突に、はっきりとこう言おうか？「レイチェル、あなたを愛しています。ぼくと結婚してくれますか？」結婚に対するわたしの反感を種に冗談を言い合ったあの庭での朝を、わたしは思い出した。わたしは彼女に、安らぎを与えるものは自分の家だけで充分だと言ったのだ。彼女はあの言葉を理解したのだろうか？　いまも覚えているだろうか？

「以前、ぼくはあなたにこう言いました――必要なぬくもりと安らぎはすべて自分の家から得ている。覚えていますか？」

「ええ、覚えています」

「あれはまちがいでした。何が足りないか、いまではわかっています」

レイチェルはわたしの頭に触れた。そして耳の先に、さらに顎に。

「本当に？　それは確かですの？」

「絶対に確かです」

彼女はわたしを見た。その目はロウソクの明かりのなかで、いつもより黒く見えた。

「あの朝は、あんなに自信満々だったのにね。それに強情でしたわ。家のぬくもりというものは……」

レイチェルは手を伸ばして、ロウソクを消した。その間も彼女は笑っていた。

夜明けに外の芝生に出たとき――それは、使用人たちが目を覚まし、降りてきて鎧戸を開け、屋敷に朝日を入れるより前だったが――わたしは思った。あれほど明快な形で、結婚を承諾された男がかつていただろうか？　常にあんなふうであれば、退屈きわまる数々の求愛の儀式はいらなくなる。これまでわたしは、恋愛とその添え物にはなんの関心もなかった。世の男たち女たちはなんでも好きなようにやればいい、勝手にしろ、と思っていた。わたしは目を閉ざし、耳をふさぎ、眠っていたのだ。だがいまはもうちがう。

誕生日の最初の数時間に起きたあの出来事が、色褪せることは決してあるまい。そこに情熱があったとしても、わたしは覚えていない。記憶に残っているのは、あの優しさだ。そして、愛を受け入れる女がまったく無抵抗になるあの驚異は、永遠に忘れられないだろう。おそらく、それこそが男を虜にする女の秘策なのだ。最後の最後になるまで許さないことが。

その真偽を知るすべはない。比較すべき対象がわたしにはないからだ。彼女はわたしにとって最初で最後の女性なのだ。

第二十二章

　やがて、屋敷が陽光に目覚め、日輪が芝生を取り巻く木々の上に現れた。露がたっぷり降り、草はまるで霜に覆われたように銀色に輝いていた。クロウタドリがさえずりはじめ、ズアオアトリがそれにつづき、まもなく春の合唱団がいっせいに歌いだした。真っ先に陽光を捉えたのは、風見だった。それは、空を背に黄金色に輝きながら、鐘楼の上で北西に向きを変えると、その位置で止まった。その間に、最初は黒ずみ、暗く見えた屋敷の灰色の壁も、朝の光を受けて新たな輝きを帯び、和らいでいった。

　家に入って自室に上がると、開いた窓の前に椅子を引き寄せ、わたしは海を眺めた。頭は空っぽだった。肉体は落ち着いており、じっと動かない。どんな悩みも、浮上してはこない。見えない深みからじわじわと湧きあがり、この至福の安らぎをかき乱す心配事など、ひとつもない。まるで人生のすべてが決まり、進むべき道が明確になったかのようだ。過去はもうどうでもいい。未来は単なる継続にすぎない。すでに慣れ親しみ、手にしているすべてが、いつまでもいつまでも、連禱のアーメンのように、つづいていくだろう。未来にあるのはこれだけだ——レイチェルとわたし。引きこもって暮らすひとりの男とその妻。ふたりだけのこの家。ドアの外に締め出された世界。きょうも明日も、ふたりの命があるかぎり。祈禱書のこの文句は、わたしも覚えていた。

　わたしは目を閉じた。すると彼女はいまもそばにいた。その瞬間に、わたしは眠りに落ちたのだろう。目が覚めると、開いた窓からは陽光が流れこんでいた。いつのまにかジョンが入ってきたらしく、衣類は椅子の上に置かれ、湯も運びこんであった。髭を剃り、着替えをすると、わたしは朝食に降りていった。食事はサイドボードの上で、すでに冷たくなっていた。シーカムは、わたしがとうの昔に降りてきたものと思っているのだ。しかし固ゆで卵とハムなら冷たくても問題ない。その日のわたしは、どんなものでも食べられたろう。そのあとわたしは、犬たちを口笛で呼び、外に出た。そして、タムリンや彼の大切な花々には見向きもせず、目についた咲きかけの椿を残らず摘み取り、きのう、宝石を運ぶ役目を果たしたあの籠にそれを入れた。ふたたびうちに入ったわたしは、階段を上り、レイチェルの部屋に向かった。

　彼女はベッドの上に身を起こし、朝食を食べていた。抗議する間も、カーテンを閉じる間も与えず、わたしはシーツの上に雨のように椿を降り注ぎ、レイチェルを花で覆った。

「もう一度、おはよう」わたしは言った。「まだぼくの誕生日だということを、どうぞお忘れなく」

「誕生日であろうとなかろうと、人の部屋に入るときはノックをするものですわ。出ていってください」

　髪にも肩にも椿がくっついた状態で、ティーカップのなかやバターつきパンの上にそれをぽたぽた落としながら、威厳を保つのはむずかしい。それでもわたしは真顔にもどり、部屋の入口まで後退した。

「すみません。窓から入って以来、ドアには無頓着になってしまって。マナーなどどこかへ吹っ飛んでしまったようです」

「シーカムがお盆を下げにくる前に、出ていったほうがいいわ。いくら誕生日でも、あなたがここにいるのを見たら、きっとショックを受けるでしょうからね」

その冷たい声には気をくじかれたが、彼女の言うことももっともだと思った。朝食中の女性の部屋に押しかけるなんて、ちょっと大胆だったかもしれない――たとえその女性が、未来の妻であるとしても。それにシーカムはまだそのことを知らないのだ。

「では行きます。どうかお許しください。ぼくはただ、こう言いたかっただけなんです――愛していますよ」

わたしは踵を返し、部屋を出た。そしてそのとき気づいた。彼女はもうあの真珠の首飾りを着けていなかった。きっと早朝、わたしが立ち去ったあと、外したのだろう。それに、床に散らばっていた他の宝石も、すっかりかたづけられていた。ただ、彼女のかたわらの朝食の盆には、きのうわたしが署名したあの書類が載っていた。

階下ではシーカムが、紙包みを手にわたしを待っていた。

「フィリップ様、きょうはまことに喜ばしい日でございます。さしでがましいことですが、今後、あなた様の幸せなお誕生日が幾たびもめぐり来るよう、お祈りさせていただきます」

「ありがとう、シーカム」

「これはつまらないものですが、長年、このお家にご奉公させていただいた記念にと思いまして。お腹立ちにならなければよろしいのですが。決して、喜んで受け取っていただけると決めつけているわけではございませんので」

包みを開けると、シーカムそのものの横顔が目の前に現れた。本人の気に入るようには描かれていないかもしれないが、しかしまちがえようがない。

「いや、すばらしい」わたしは厳粛に言った。「実に見事だ。これは階段のそばに飾らなきゃいけないな。金槌と釘を持ってきてくれないか」シーカムは、ジョンにその仕事をさせるため、重々しくベルを鳴らした。

わたしたちは協力しあって、その肖像画を食堂の外の壁に飾った。「どんなものでしょうね、この絵は」とシーカムは言った。「あまり似ていないとお思いになりませんか、旦那様？　どうも顔立ちが険しすぎるような気がするのですよ。特に鼻のあたりですが？　わたくしとしては、どうも納得できないのです」

「肖像画に完璧を求めてはいけないよ、シーカム」わたしは答えた。「これ以上を望むのは無理というものだ。ぼく自身は大いに満足している」

「それなら、何も問題はございません」

本当なら、そのときその場で、レイチェルと婚約したことを彼に教えてやりたかった。わたしはそれほど歓びに満ち、幸せいっぱいだったのだ。しかし、ある考えがわたしを押し留めた。これはきわめて厳粛かつ微妙な問題なのだ。いきなり話すべきではない。折を見て、ふたりから伝えたほうがいいだろう。

仕事をするような顔をして裏の事務所へ行ったものの、結局、わたしは、ただ机の前にすわって、宙を見つめるばかりだった。目の前には絶えず、レイチェルの姿がちらついていた。枕に寄りかかり、椿のつぼみの散らばった盆から朝食を食べる彼女。明け方の平穏はいつしか消え失せ、わたしは昨夜の熱狂にふたたびとりつかれていた。椅子をうしろへ傾け、ペンの先を嚙みながら、わたしは思った。結婚したら、レイチェルもあんなふうに簡単にわたしを追い出すわけにはいかない。朝食は夫婦そろって取ることにしよう。もうひとりで食堂に降りていくことはない。わたしたちは新たな日課を作るのだ。

時計が十時を打った。男たちが、窓の向こうの中庭や裏庭で働いているのが聞こえる。わたしは伝票の束を眺め、それをもとどおりしまった。自分と同じく判事を務める他の執政官に手紙を書きだし、それも途中で破り捨てた。言葉がまったく出てこず、すじの通ったことなど何ひとつ書けないからだ。しかし、レイチェルが降りてくる正午までには、まだ二時間もある。やがて、ペンヘイルの農夫、ナット・ブレイがやって来て、トレナントに迷いこんだ牛のことを長々と話しはじめた。隣の小作人が柵をきちんとしていないのがいけないのだ、と彼は言った。わたしはうんうんとうなずきながら、実はほとんど聞いていなかった。いまごろ、レイチェルは着替えをすませて外に出、タムリンと話しているにちがいない。

わたしは運の悪いナットの話をいきなりさえぎり、唐突に別れを告げた。それから、彼のとまどい、傷ついた表情を見て、執事室へ行ってシーカムとエールを一杯やるようすすめた。

「きょうは休むことにしたんだよ、ナット。誕生日だからね。ぼくはこの世でいちばん幸せな男なんだ」そしてわたしは、ぽかんと口を開けた彼の肩をたたき、このせりふをどう取るかは本人に任せておいた。

そのあとわたしは、窓から顔を突き出して、中庭ごしに厨房に声をかけ、そこの連中にピクニックをするから昼食を籠につめてくれとたのんだ。なぜか突然、家や食堂やテーブルの銀器といった形式張ったもののない太陽の下で、レイチェルとふたりきりになりたくなったのだ。指示を終えると、わたしは厩へ行った。奥様のためにソロモンに鞍をつけるようウェリントンに言わねばならない。

ウェリントンは厩にいなかった。馬車置き場の扉は大きく開かれ、馬車は消えていた。厩係の少年は、敷石の上を掃いていた。わたしの問いに、彼は「さあ」という顔をした。

「十時過ぎに奥様が馬車を出すよう言ったんです。行き先はわかりません。たぶん町へ行ったんでしょう」

わたしは家にもどり、ベルを鳴らしてシーカムを呼んだ。だが彼が知っていたのは、ウェリントンが十時過ぎに馬車を玄関に回したことと、レイチェルが支度を整え、ホールで待っていたことだけだった。彼女が昼前に馬車で出かけたことなど一度もない。高揚しきっていた心が、急にくじけ、沈みこんだ。ふたりの一日は、まだ始まったばかりだ。なのに、こんなことになろうとは。

わたしはすわりこんで待った。正午になり、使用人たちに食事を告げる鐘が鳴った。ピクニックの籠はかたわらにあり、ソロモンには鞍がつけられている。しかし馬車はもどってこなかった。二時になると、ついにわたしはソロモンを厩へ引いていき、厩係の子に鞍を外すよう命じた。そのあと、森を抜けて新しい道を歩いていったが、朝の興奮は無感動へと変わっていた。たとえいま彼女が帰ってきても、ピクニックにはもう遅すぎる。春の太陽のぬくもりは、四時には消えてしまうのだ。

馬丁の子が〈四つ辻〉の門を開け、馬車を通すのを見かけたのは、道の終わりに当たるその地点にもう少しでたどり着こうというときだった。わたしは馬車道のまんなかに立ち、馬たちが近づいてくるのを待った。わたしの姿を目にすると、ウェリントンは手綱を引き、馬たちを止めた。この数時間の胸がつぶれんばかりの失望感は、馬車のなかにすわるレイチェルをひと目見たとたんに消えた。わたしがなかに乗りこみ、向かい側の狭い固い座席にすわると、彼女は馬車を進めるようウェリントンに命じた。

レイチェルは黒っぽいマントに身を包んでおり、ベールを下ろしているため、顔も見えなかった。

「十一時からずっとさがしていたんですよ」わたしは言った。「いったいどこへ行っていたんです?」

「ペリンへ」と彼女は答えた。「ケンダル様に会いに」

胸の奥に埋めてあった恐れと混乱が、一気に浮かびあがってきた。わたしは激しい不安とともに思った――ふたりは手を組んで、わたしの計画をぶち壊す気だろうか? だとしたら、どんなふうに？

「なぜです？」わたしは訊ねた。「そんなに急いで彼に会う必要がどこにあるんです？　決着はとっくに着いているんですよ」

「決着というのは、なんのことかしら」

車輪が轍《わだち》にはまって馬車が揺れ、レイチェルは黒っぽい手袋の手を伸ばして吊革につかまった。ベールに顔を隠し、喪服姿でそこにすわる彼女の、なんとよそよそしく見えたことか。昨夜、わたしを抱きしめたあのレイチェルとはまるで別人のようだった。

「あの書類のことです」わたしは言った。「あなたはあのことを考えているんでしょう。あれに逆らうことはできませんよ。ぼくは成人なんだ。ケンダルさんにはどうにもできない。署名も、押印も、連署もすんでいる。すべてはあなたのものなんです」

「ええ」彼女は答えた。「いまではわたくしも納得しています。文言が少しわかりにくかっただけのことですわ。だから、どういう意味かはっきりさせたかったのです」

相変わらずよそよそしい、冷たく無関心な声だ。わたしの耳、わたしの記憶には、真夜中にささやかれた別の声が残っているというのに。

「では、すべて解決したわけですね？」

「ええ、すっかり」

「すると、この件についてはもう何も言うことはありませんね？」

「ええ、何も」

しかしなぜか心は晴れず、妙な疑惑が残った。彼女に宝石を贈ったとき、ふたりが共有したあの自然な雰囲気、歓びと笑いはどこにもない。ニック・ケンダルめ。何かレイチェルを傷つけるようなことを言ったのか。

「ベールを上げてください」わたしは言った。

しばらく彼女は動かなかった。それから、御者台のウェリントンの大きな背中とその隣にすわる馬丁の子をちらっと見あげた。曲がりくねった道がまっすぐになると、ウェリントンは馬に鞭をくれ、ペースを上げた。

彼女はベールを上げた。わたしの目を見つめるその目には、期待していたような笑いはなく、恐れていたような涙もなかった。それは、落ち着いた無感動な目、事務的な用事で出かけ、うまく処理してきた者の目だった。

これといった理由はないが、わたしは虚しさを覚え、だまされたような気分になった。わたしはその目に、明け方の記憶どおりであってほしかったのだ。愚かなことかもしれないが、彼女がベールで顔を隠しているのは、その目がまだあのときと同じだからだと思っていたのである。ところが、そうではなかった。ニック・ケンダルの書斎でも、きっと彼女はこうだったにちがいない。机をはさみ、決然と、事務的かつ冷静に、少しもひるまず、彼と向き合っていたのだろう。そしてその間、わたしのほうは、悶々としながら、家の前で彼女を待っていたのだ。

「もっと早く帰るつもりだったのです」彼女は言った。「でも、ぜひ昼食をいっしょにとすすめられて、ことわりきれなかったのです。何か計画がおありだった？」レイチェルは過ぎていく風景に目を向けていた。なぜ、ただの知り合いといっしょにいるように、そんなふうにすわっていられるのか、わたしには不思議だった。わたしのほうは、手を差し伸べ、彼女を抱きしめるのを我慢するだけで精一杯だというのに。昨夜来、何もかもが変わった。ところが彼女は、そんなそぶりはまったく見せない。

「計画はありました」わたしは言った。「でも、もうどうでもいいんです」

「ケンダル様たちは、今夜は町でお食事をなさるのですって。でも、帰りがけにうちにも寄ってくださるそうです。きょうは、ルイーズと少し仲よくなれたような気がしますわ。あの人の態度もいつもほど冷たくはなかったのです」

「それはよかった。ふたりには友達になってほしいんです」

「やはり最初に考えていたとおりだという気がしてきました」レイチェルはつづけた。「あの人はあなたにぴったりだわ」

彼女は笑ったが、わたしは笑わなかった。ルイーズを冗談の種にするなんて、あんまりだと思ったのだ。わたしはあの娘になんの悪意も抱いていないし、彼女がよい夫に恵まれるよう願っている。

「どうもケンダル様はわたくしをよく思っていないようですわ。無理もありませんけれどね。でも、昼食が終わるころには、お互いよく理解しあえたようです。ぎこちなさが和らいで、話もはずみましたの。わたくしたち、前より細かくロンドンで会う計画を立てたのですよ」

「ロンドン？」わたしは訊き返した。「まさか、まだロンドンへ行く気でいるんじゃないでしょうね?」

「あら、もちろんそのつもりですけれど。何か問題がありますか?」

わたしは黙っていた。確かに彼女には、そうしたければロンドンに行く権利がある。行きたい店もあるだろうし、買い物もしたいだろう。いまでは自由に使える金があるのだから、なおさらだ。でも……しばらくは、待てるはずだ。ふたりいっしょに行ける時までは。わたしたちには話しあうべきことがたくさんある。しかしわたしは、その気になれなかった。そのとき、いまのいままで考えてもみなかったことが、いきなり、衝撃とともに頭に閃いた。アンブローズが亡くなってからまだ九ヵ月足らずだ。世間は、わたしたちが夏より前に結婚するのをよく思わないだろう。なぜか、昼間になると、真夜中には存在しなかったさまざまな問題が発生するようだ。わたしはそのすべてに消えてほしかった。

「まっすぐ家に帰るのはやめましょう」わたしは彼女に言った。「いっしょに森を散歩しませんか」

「ではそうしましょうか」

わたしたちは谷間にある森番の小屋のそばで馬車を降り、ウェリントンを先に帰した。くねくねと丘を上る、小川のそばの小径を歩いていくと、木々の下にはところどころサクラソウが群生していた。レイチェルはいちいち身をかがめてはそれを摘み、そうしながら、またルイーズのことに話をもどして、あの娘には庭を見る目があるから、ちゃんと教えれば、じきにいろいろ覚えるだろうなどと言った。わたしとしては、ルイーズのことなどどうでもよかった。彼女は地の果てにでも行き、そこで心ゆくまで園芸を楽しんでいればいい。レイチェルを森に連れてきたのは、ルイーズの話をするためではないのだ。

わたしはレイチェルの手からサクラソウを取りあげ、それを地面に置くと、木の下に自分の上着を広げて、彼女にそこにすわるようたのんだ。

「わたくし、疲れてなどいませんわ」レイチェルは言った。「一時間以上も、馬車にすわっていたのですから」

「そしてこっちは、この四時間、ずっと玄関前であなたを待っていたんです」

わたしは彼女の手袋を脱がせ、その手にキスした。そして、ボンネットとベールをサクラソウのなかに置くと、ずっと願っていたとおり、他のところにもキスした。今度もまた、彼女は少しも抵抗しなかった。「これがぼくの計画だったんです。それをあなたは、ケンダルさんたちとの昼食のためにぶち壊したんですよ」

「そんなことだろうと思っていました。だから、わたくしは出かけたのです」

「誕生日にはなんでもかなえてくれると約束したでしょう、レイチェル」

「物事には限度というものがありますわ」

限度など見えない。不安はすっかり消え去り、わたしはふたたび幸せになっていた。

「ここが森番のよく通る道だったら、どうします？　わたくしたち、ちょっと馬鹿みたいに見えるんじゃないかしら」

「土曜にぼくが給金を払うときは、彼のほうがもっと馬鹿みたいに見えるでしょうよ。それとも、その仕事もあなたが引き継ぎますか？　いまでは、ぼくはあなたの使用人なんですからね。あなたのご命令を待つ、もうひとりのシーカムです」

レイチェルの膝を枕にそこに横たわると、彼女は指でわたしの髪を梳《す》いた。わたしは目を閉じ、これがいつまでもつづいてくれたらと願った。このひとときだけが、永遠に。

「なぜわたくしがお礼を言わないのか、あなたは不思議に思っているでしょうね」レイチェルは言った。「馬車のなかで、とまどった目をしてましたもの。でも、わたくしには言うべき言葉がないのです。わたくしはずっと自分を衝動的な人間だと思っていました。けれど、あなたはそれ以上ですわ。あなたが何を与えてくださったか、それを実感するまでには、しばらく時間がかかりそうです」

「ぼくは何も与えてなどいません。あれはもともとあなたのものなんだ。さあ、もう一度キスさせてください。玄関の前で過ごした長い時間の埋め合わせをしたいんです」

しばらくして、彼女は言った。「少なくとも、ひとつだけは学びましたわ。二度とあなたとは森を散歩しませんからね。さあ、起こして」

わたしは手を貸してレイチェルを立ちあがらせ、一礼して手袋とボンネットを差し出した。レイチェルはバッグをさぐって、小さな包みを取り出し、それを開いた。「これをどうぞ。わたくしからのお誕生日の贈り物です。もっと早くお渡しすべきでしたわね。お金持ちになると知っていたら、その真珠ももっと大きかったでしょう」彼女はそのピンをわたしのクラバットに留めた。

「さあ、もううちに帰らせていただける？」

レイチェルはわたしの手に手をすべりこませた。昼食を食べていないことを思い出し、わたしは急に激しい空腹を覚えた。彼女とともに道なりに進みながら、わたしは鳥のゆで肉とベーコンと、まもなく訪れる夜のことを考えていた。と、突然、谷を見おろすあの花崗岩が目の前に現れた。小径の果てにそれが立っているのを、わたしはすっかり忘れていたのだ。急いで木立のなかへ入ろうとしたが、もう遅かった。レイチェルは、木の間に立つ四角く黒っぽいその物体にすでに気づいていた。彼女はわたしの手を放すと、足を止めて、それを見つめた。

「あれは何かしら、フィリップ？」彼女は訊ねた。「あの墓石のような四角いもの。ほら、ひとつだけ、地面から突き出していますわ」

「なんでもありません」わたしは急いで言った。「ただの花崗岩です。道しるべのようなものですよ。ここに森を抜ける小径があるんです。こっちのほうがなだらかで歩きやすい。この左、石の手前です」

「いいえ、待って。見てみたいわ。こちらのほうには、これまで来たことがないのよ」

レイチェルは石に歩み寄り、そのすぐ前で足を止めた。彼女の唇が動き、そこに刻まれた文句を読んでいる。わたしは不安な思いでその様子を見守っていた。気のせいかもしれないが、レイチェルは身をこわばらせているように見えた。それに、彼女は必要以上に長くそこに立っていた。きっと石の文句を二度、繰り返して読んだのだろう。やがて彼女はもどってきたが、今度はわたしの手を取ろうとはせず、ひとりで歩いていった。石碑のことは、彼女もわたしも何も言わなかった。しかしどういうわけか、あの大きな花崗岩は、どこまでもふたりについてきた。石に刻まれたあの滑稽詩が、その下の日付が、アンブローズのイニシャルのA・Aが、わたしには見えた。そしてまた、レイチェルには決して見えない、花崗岩の下の湿っぽい地中深く埋められた、手紙の入ったあの札入れも。わたしは、卑劣なやりかたで、レイチェルとアンブローズの両方を裏切っているような気がした。この沈黙こそが、彼女の動揺の何よりの証拠だ。わたしは思った――いま何か言わなかったら、あの花崗岩はふたりを隔てる壁となり、ますます大きくなっていくにちがいない。

「あそこへはもっと前にお連れするつもりだったのです」長い間があったせいか、わたしの声は妙に大きく響いた。「アンブローズは領内の他のどこより、あの場所からの眺めを気に入っていました。だからあそこに石を立てたのです」

「でも、わたくしにあれを見せることは、お誕生日の計画には入っていなかった。そうでしょう?」その声はそっけなく冷ややかな、赤の他人の声だった。

「ええ」わたしは小さな声で言った。「計画には入っていませんでした」それっきりふたりの間に会話はなく、うちに入るなり、彼女は部屋に上がってしまった。

わたしは入浴し、着替えをした。いまや心が軽いどころか、どんよりした憂鬱な気分だった。なぜ、忘れていたんだろう? あの花崗岩のところへ行ってしまうなんて、いったいどうしたことだろう? もちろん、アンブローズが何度となくあの場所に立ち、ステッキにもたれ、ほほえんでいたことなど、レイチェルは知らない。けれどもあの滑稽詩は、それを産み出した雰囲気を彷彿させる。戯れと感傷の相半ばするアンブローズの気分、あの皮肉っぽい目の奥の優しい想いを。すっくとそそり立つ、誇らしげなあの花崗岩は、本当なら彼の化身となるはずだった。しかしやむをえない事情により、レイチェルは彼を故郷で死なせず、何百マイルも彼方に、フィレンツェのプロテスタントの墓地に、埋めてしまったのだ。

誕生日の夜に影が落ちた。

幸い、彼女はあの手紙のことは何も知らない。今後も決して知ることはないだろう。夕食の着替えをしながら、わたしは思った。どうして自分は、あの手紙を暖炉で燃やさなかったんだろう？　まるで本能によりいつかふたたびそれを掘り出しにいく獣のように、あそこに埋めたのはなぜなんだろう？　手紙の内容は、もう思い出せない。あれを書いたとき、アンブローズは病気だったのだ。ふさぎこみ、猜疑心にとりつかれ、死を目前にして、深い考えもなくあれこれ書いてしまったのだ。そのとき突然、目の前の壁で躍っているかのように、あの一文が目に浮かんだ――「罰当たりなことを言うようだが、いま、彼女の心を動かせるのは金だけなのだ」

髪をとかそうと鏡の前に立つと、その文句も鏡に飛び移った。レイチェルにもらったピンをクラバットに留める間も、それはそこにあり、階段を降りて居間に入るときも、わたしについてきた。そしてそれは、書かれた言葉から、アンブローズの声、あのなつかしい忘れえぬ低い声へと変わった――「彼女の心を動かせるのは金だけなのだ」

夕食に降りてきたとき、レイチェルは、まるで許しの印のように、また、わたしへの誕生日の贈り物のように、あの真珠の首飾りを着けていた。けれどもなぜか、わたしには、それを着けていることが、彼女を自分に近づけるのではなく、ますます遠のかせているように思えた。今夜は、今夜だけは、首には何も着けずにいてほしかった。

わたしたちは夕食の席に着いた。シーカムとジョンが給仕を務め、テーブルには、わたしの誕生日に敬意を表して、上等の燭台や銀器が並べられ、レースのリネンまで出ていた。少年時代からの習慣どおり、鳥のゆで肉とベーコンもちゃんと用意されており、シーカムはいかにも誇らしげに、わたしを見つめながら、それを運んできた。わたしたちは声をあげて笑い、ほほえみ、彼らとわたしたちに、そして、これまでの二十五年間に乾杯した。しかしその間もずっとわたしは、自分たちがシーカムとジョンの手前、無理に陽気に振る舞っているのを感じていた。彼らがいなければ、ふたりは沈黙に陥るにちがいない、と。

わたしは追いつめられた気分になった。食べねばならない、楽しくやらねばならない。唯一の解決策は、さらにワインを飲み、レイチェルのグラスも満たすことだ。そうすれば、とがった神経も鈍麻し、ふたりとも、あの花崗岩の記念碑のことや、心の奥底で感じているその象徴的な意味を、忘れられるだろう。昨夜、わたしは満月のもと、浮き立つ心で、夢を見ながら、灯台の岬まで歩いた。しかし今夜は覚醒し、ときおりこの世の富を見ながら、その闇をも見ているのだった。

わたしは酔いにかすんだ目で、テーブルごしにレイチェルを見ていた。彼女はシーカムを振り返って笑っている。これほど美しい彼女は見たことがないような気がした。もしも早朝のあの穏やかさと安らぎとを取りもどし、それを、サクラソウの咲き乱れるブナの大木の下での、午後のあの愚行と混ぜあわせることができたら、わたしはふたたび幸せになり、彼女も幸せになるだろう。そしてふたりはこの先ずっと、そのかけがえのない神聖な気持ちを保っていけるだろう。

シーカムがふたたびわたしのグラスを満たした。すると闇の一部がすうっと消え、不安が和らいだ。ふたりきりになれば万事うまくいくのだ、とわたしは思った。今夜、このあと、すぐに結婚できるかどうか、彼女に訊こう。すぐに、と言っても、たぶん数週間後、一ヵ月後だ。このことはみなに知ってほしいから。シーカムにもジョンにも、ケンダル父娘にも。レイチェルがわたしゆえにその名を持つようになるのだと。

彼女はアシュリー夫人、フィリップ・アシュリーの妻となるのだ。

わたしたちはずいぶん長いことそこにすわっていたにちがいない。車回しで馬車の音がしたとき、ふたりはまだテーブルを離れていなかった。やがて呼び鈴が鳴り響き、ケンダル父娘が食堂に通されてきた。レイチェルとわたしは相変わらず、パンくずやデザートや半分空いたグラスの散らかるなかにすわっていた。わたしはよろよろと立ちあがり、ケンダル氏が、もう食事はすませた、ただきみの健康を祈りにちょっと寄っただけだ、と言うのにも耳を貸さず、椅子をふたつテーブルの前に引っ張ってきた。

シーカムが新しいグラスを持ってきた。青いガウン姿のルイーズがもの問いたげにこちらを見ているのに、わたしは気づいた。どうやら飲みすぎだと思っているらしい。確かにそのとおり。だが、きょうはわたしの誕生日なのだ。そして、きょう、ルイーズは知ることになる。彼女はただの幼なじみだ。それ以外の立場で、わたしを批判する権利はない。教父にもやっとわかってもらえる。これで、彼もルイーズにあらぬ期待をかけるのはやめるだろうし、ゴシップも途絶えるだろう。この件を取り沙汰したがる連中の心も休まるにちがいない。

わたしたちは、低い声で談笑しながら、ふたたびそろって腰を下ろした。ケンダル氏とレイチェルとルイーズは昼食をともにしたため、すっかり打ち解けていた。一方、わたしはテーブルの上座に無言ですわり、彼らの話を右から左へ聞き流しながら、頭のなかでひたすらどう切り出すべきか考えていた。

やがてケンダル氏がグラスを手に身を乗り出してきて、笑顔で言った。「二十五歳の誕生日おめでとう。今後の長寿と幸せを祈るよ」

三人がこちらを見ている。ワインを飲みすぎたせいなのか、それとも、胸がいっぱいだったためなのか、その瞬間、わたしはこう感じた――ケンダル氏とルイーズは信頼できる大切な友達だ。自分はふたりを愛している。そして、いとしいレイチェルは、早くも目に涙を浮かべ、励ますようにうなずきながら、ほほえんでいる。

ならばいまこそがその時だ。室内には使用人もいない。秘密は四人の間で保たれるだろう。

わたしは立ちあがって、感謝を述べ、それから自分のグラスを満たして言った。「ぼくも今夜、おふたりに乾杯してほしいことがあります。この朝以来、ぼくはこの世でいちばん幸せな男でした。ケンダルさん、ルイーズ、どうかレイチェルに乾杯してください。彼女はぼくの妻となるのです」

わたしは杯を空け、笑顔で三人を見おろした。誰も返事をせず、誰も動かなかった。教父はとまどった表情を浮かべ、レイチェルを振り返った。彼女の笑みが消えているのに、わたしは気づいた。レイチェルは仮面のように顔を凍りつかせ、わたしを凝視していた。

「気でも狂ったのですか、フィリップ？」

わたしはテーブルにグラスを置いた。手もとがおぼつかなかったので、それは端に寄ってしまった。グラスはひっくり返り、つぎの瞬間、砕け散って床の上で震えていた。心臓が激しく鼓動している。レイチェルの静かな白い顔から、目を離すことができない。

「すみません」わたしは言った。「発表が早すぎたかもしれない。でも、きょうは誕生日だし。それにこのふたりは、昔からの友達ですから」

わたしは両手でテーブルをつかんで体を支えた。耳の奥でドクドクと音がする。レイチェルは理解できないようだった。彼女はわたしから顔をそむけ、ケンダル氏とルイーズに目をもどした。

「きっと誕生日の興奮とワインのせいで、おかしくなってしまったのでしょう。子供じみた悪ふざけですが、どうかお許しになって、できればお忘れください。正気に返ったら、本人からもお詫びするでしょう。では、居間のほうへ移りましょうか？」

彼女は立ちあがり、先に立って部屋を出た。わたしはその場に立ちつくし、晩餐の残骸を見つめていた。パンくず、白いクロスにこぼれたワイン、うしろに引かれた椅子。わたしのなかにはなんの感情もなかった。まったく何も。ただ、心のあった場所に、ぽっかり空洞があるばかりだ。わたしはしばらくそうしていた。それから、ジョンとシーカムがかたづけに来ないうちに、よろよろと食堂を出、図書室へ入って、空っぽの炉格子の前にすわった。ロウソクは灯されておらず、薪は灰のなかに落ちこんでいた。半ば開いたドアから、居間の話し声が低く聞こえてくる。わたしはくらくらする頭を両手で押さえた。口のなかには酸《す》っぱいワインの味がした。たぶん、こうやって暗闇にじっとすわっていれば、バランス感覚が取りもどせるだろう。ぼうっとした空っぽな感じも消えるだろう。口をすべらせたのは、ワインのせいだ。でも、なぜ彼女はあれほど過敏に反応したのだろう？　あのふたりに秘密を守ると誓わせれば、それですむことなのに。彼らはわかってくれたはずだ。わたしはそこにすわって、お客が帰るのを待ちつづけた。ほどなく——永遠にも思われたが、十分足らずだったかもしれない——話し声が大きくなり、彼らがホールに出てきた。シーカムが玄関のドアを開け、ケンダル父娘に別れを告げるのが聞こえた。やがて車輪の音が遠のいていき、ドアのかんぬきをかける金属音がした。

　頭は前よりいくらかはっきりしていた。わたしはすわったまま、耳をすました。レイチェルのガウンがさらさら鳴っている。その音は半分開いた図書室のドアに近づいてきて、一瞬そこで止まり、それから去っていった。つづいて、階段を上っていく彼女の足音がした。わたしは立ちあがってそのあとを追い、廊下の曲がり角でレイチェルに追いついた。彼女はそこで足を止め、階段の上のロウソクを消そうとしていた。わたしたちは、揺らめく光のなかで、互いに見つめ合った。

「もうお休みになったのかと思っていました」彼女は言った。「すぐお部屋にいらしたほうがいいわ。これ以上、何かしでかす前に」

「もうあの人たちは帰ったわけだし、許してくれませんか？　信じてください、ケンダル父娘なら信用できます。決して、ぼくたちの秘密を漏らしたりはしませんよ」

「まあ、それはそうでしょう。あの人たちは何ひとつ知らないのですから。あなたのおかげで、わたくしは、馬丁といっしょに屋根裏へこそこそ上っていくメイドのような気持ちになりました。これまでも恥をかいたことはありますけれど、今度のは最悪ですわ」

彼女のものではない、なおも白く凍りついた顔がそこにはあった。

「昨夜のことを恥じているんじゃないでしょうね」わたしは言った。「あなたはあのとき約束してくれた。怒ってなどいなかった。あなたがそうしろと言えば、ぼくは直ちに出ていったでしょう」

「約束ですって？　なんの約束です？」

「ぼくと結婚する約束ですよ、レイチェル」

レイチェルは手に燭台を持っていた。彼女はそれを持ちあげ、わたしの顔をむきだしの炎で照らした。「よくもそんなことが言えますね、フィリップ。わたくしが昨夜、あなたと結婚の約束をしたですって？　お食事のとき、ケンダル様たちの前で、わたくしが言ったとおりだわ。あなたは気が狂ってしまったのです。よくご存じでしょう。わたくしはそのような約束はしておりません」

わたしはまじまじと彼女を見返した。気が狂っているのはわたしではない、レイチェルのほうだ。自分の顔がカッと赤くなるのがわかった。

「あなたはぼくの望みを訊ねたじゃありませんか。誕生日の願いは何かと。ぼくにはたったひとつしか望みはなかった。いまもそうです。ぼくはあなたと結婚したいんだ。いったいあなたはなんと思っていたんです？」

レイチェルは答えなかった。彼女はわたしを見つめつづけた。ひどく驚き、とまどった顔で。まるで翻訳することも、理解することもできない外国語を聴いているように。そのとき突然、激しい苦痛と絶望とともに、わたしは悟った。実際、わたしたちのどちらにとっても、相手の言葉は外国語なのだ。何もかもがまちがって受け取られていたのだ。真夜中にわたしが何を求めたのか、彼女は理解していなかった。そしてこちらも、彼女が何をくれたのか理解せず、ただ驚きに打たれていた。わたしが愛の誓いと信じたものは、レイチェルが彼女なりの解釈を与えた、意味のない別の何かだったのである。

彼女は恥をかいたと言うが、わたしはその二倍もの屈辱を感じていた。自分の意図がそのように受け取られていたとは。

「では、わかりやすく言いましょう」わたしは言った。「いつ結婚してくれますか？」

「でも、その気はないのです、フィリップ」彼女はわたしを追い払うように手を振った。「この気持ちは決して変わりません。期待していらしたなら、お気の毒ですけれど。誤解させる気はなかったのです。では、おやすみなさい」

彼女は立ち去ろうとしたが、わたしはその手を捉え、強く握りしめた。

「じゃあ、ぼくを愛していないんですか？　そのふりをしただけなんですか？　いったいどうして昨夜、本当のことを言って、ぼくを追い出さなかったんです？」

レイチェルの目にふたたびとまどいが浮かんだ。彼女には理解できないのだ。わたしたちは、なんのつながりもない赤の他人同士だった。彼女はよその国、ちがう人種に属している。

「あのことでわたくしを責めるおつもり？」彼女は言った。「わたくしはお礼がしたかったのです。それだけですわ。だって宝石をいただいたでしょう？」

その瞬間、わたしはアンブローズが知っていたすべてを知ったのだと思う。彼がレイチェルのなかに見出し、求め、しかし、結局は得られなかったものを、わたしは知った。そして、その煩悶、苦悩、彼らの間の果てしなく広がっていく隔たりも。わたしたちのとはまったくちがう、真っ黒な彼女の目が、困惑の色をたたえ、わたしたちふたりを見つめている。アンブローズは、揺らめくロウソクの灯のもと、かたわらの闇に立っていた。わたしたちは希望を失い、懊悩しつつ、レイチェルを見つめ、彼女は責めるようにこちらを見返している。薄明かりのなかのその顔もまた異国のもの、小さく、細い、硬貨に刻まれた顔だった。わたしの握っている手に、もはやぬくもりはなかった。冷たい華奢な指が、逃れようともがいている。指輪がわたしのてのひらをひっかき、傷つけた。わたしは彼女の手を放したが、そのとたんにまたその手がほしくなっていた。

「なぜそんな目で見るのです？」レイチェルはささやいた。「わたくしが何をしたとおっしゃるの？　顔つきが変わっていますわ」

他に彼女に何が与えられるか、わたしは考えてみた。レイチェルには土地があり、金も宝石もある。そして、わたしの体も心も。あとは、わたしの名前だけだ。しかし、それさえも、彼女はすでに持っている。他にはもう何もない。恐れを与えるのでないかぎり。わたしはレイチェルの手からロウソクを奪い取った。そして、階段の上の台にそれを載せ、彼女の首に両手を巻きつけた。彼女は動きを封じられ、ただ目を大きく見開いて、わたしを見つめていた。まるで、怯えた小鳥を両手に持っているようだった。少し力を加えれば、しばらくばたばたともがいて、死んでしまう。手をゆるめれば、飛び去っていく。

「ずっとそばにいると誓ってください。絶対に離れないと」

レイチェルは答えようとして口を動かしたが、首を締めつけられているため、声が出なかった。わたしは手をゆるめた。彼女は喉に手をやって、あとじさった。わたしの両手が押さえつけていた部分には、真珠の首飾りにそって、赤いみみずばれがふたすじ残っていた。

「ぼくと結婚してくれますか？」

レイチェルはなんとも答えず、ただわたしの顔に目を据え、喉に手を当てたまま、あとじさっていった。壁に映る自分自身の影——形も実体もない化け物を、わたしは見た。彼女がアーチの通路に消えるのを見、ドアが閉じ、鍵が回る音を聞いた。わたしは自分の部屋にもどった。そして、鏡にちらっと映った自分の姿を捉え、足を止めて、じっとそれを見つめた。額に汗を浮かべ、蒼白な顔をして、そこに立っているのは、確かにアンブローズだった。しかしわたしが動くと、それはふたたびわたし自身になった。猫背で、ひょろ長い不器用な手脚を持ち、弱腰で、無教養で、子供じみた悪ふざけに興じたフィリップに。レイチェルは、ケンダル父娘に、わたしを許し、忘れるよう言った。

わたしは窓を開け放った。しかし今夜は月もなく、雨が激しく降っていた。風がカーテンを揺らし、炉棚の暦をぱらぱらめくって床に吹き落とした。わたしは身をかがめて暦を拾いあげると、いちばん上の紙を破り取り、くしゃくしゃに丸め、暖炉に放りこんだ。それが誕生日の締めくくりだった。四月馬鹿の日は終わった。

第二十三章

朝、朝食の席に着き、風が吹き荒れる外の景色に何も映らぬ目を向けていたときだ。シーカムが手紙の載った盆を持って、食堂に入ってきた。それを見て、わたしの心ははずんだ。レイチェルが部屋に来てほしいと言ってきたのかもしれない。しかしそれは、レイチェルからではなかった。字が彼女のより大きく、丸みを帯びている。それはルイーズからだった。「たったいま、ケンダル様の馬丁がこれを持ってまいりました」シーカムが言った。「お返事を待っておりますが」

わたしは手紙を読んだ。

親愛なるフィリップ、昨夜のことで、わたしはずっと心を痛めています。あなたの気持ちは、父よりよくわかっているつもりです。どうか、わたしが友達だということを忘れないで。いまも、これからもずっとです。わたしは午前中に用事があって町へ行きます。もし話し相手がほしかったら、お昼前に教会の外で会えますが、いかがでしょう。ルイーズ

わたしは手紙をポケットにしまい、紙とペンを持ってくるようシーカムにたのんだ。真っ先

に感じたのは、簡単に礼を述べたうえ、ことわりたいという衝動だ。相手が誰であれ、お誘いがかかるといつもそうなのだが、今朝はいつにも増して人に会う気にはなれなかった。しかしシーカムが紙とペンを持ってくると、気が変わった。眠れぬ一夜と強い孤独感のせいで、わたしは急に人恋しくなったのだ。ルイーズとは他の誰より親しい仲だ。そこでわたしは、自分も町へ行き、教会の外できみをさがすから、と返事を書いた。

「これをケンダル様の馬丁に渡してくれ」わたしは言った。「それから、十一時までにジプシーに鞍をつけておくよう、ウェリントンに言ってくれ」

朝食をすませると、事務所へ行って請求書を処理し、きのう書きかけた手紙を書きあげた。なぜかきょうは簡単にできた。脳の一部が無感覚に働いており、惰性のように事実と数字を拾っては、それを書き留めていく。仕事がかたづくと、一刻も早く屋敷から、そして、屋敷にまつわるすべてから離れようと、厩へ回った。わたしはきのうの思い出のある森の道は行かず、敷地を突っ切って直接、本街道に出た。我が愛馬はまだとても若く、子鹿のように神経質で、なんでもないことに驚いては、耳をそばだて、あとじさり、生け垣のなかに逃げこもうとした。激しい風もまた、わたしたちをなぶった。

二月と三月に吹くはずだった強風が、ついにやって来たのだ。この数週間のぽかぽか陽気と、平らな海と、太陽は消え去った。雨をたっぷり含んだ縁の黒い巨大な雲が、尾をたなびかせて西の空から駆けてきて、ときおり怒りを爆発させ、どっと霰《あられ》を降らせる。西の湾の海は荒れていた。街道の左右の畑では、カモメが叫び、耕されたばかりの土に向かって急降下しては、早春に育《はぐく》まれた青い芽をさがしている。きのうの朝、わたしがあっさり追い払ったナット・ブレイが、霰から身を護るため、濡れた袋を肩にかけて、門のそばに立っていた。れていった。彼は手を上げて、おはようと叫んだが、その声はわたしを通り越し、運び去られていった。

本街道からでさえ、海の音は聞こえた。砂の浅瀬がつづく西のほうでは、波は低く切り立ち、打ち返しては泡となる。しかし東の河口の前では、長い波が港口の岩に打ち寄せて砕ける。その轟きは、生け垣を吹き抜け、芽吹いた木々をたわませる、身を切るような風の音と混じり合っていた。

丘を下り、町へ入っていくと、あたりは閑散としていた。仕事で外出中の人々も、急な寒気《かんき》に凍えた顔をし、風に背を向け、肩を丸めて歩いていた。わたしは《薔薇と王冠》にジプシーを置いて、教会への小径を歩いていった。ルイーズは風を避けてポーチの屋根の下で待っていた。わたしは重たい扉を開け、彼女とともに教会に入った。風の吹き荒れる屋外に比べると、そこは薄暗く、ひっそりしていたが、厳しい寒さはやはりひしひしと感じられ、あたりにはカビ臭い教会の匂いもこもっていた。仰臥《ぎょうが》したアシュリー家の祖先と、その足もとで涙を流す息子たち、娘たちの大理石の像のそばに、わたしたちはすわった。いったいこの地方には、ここやうちの教区の者を含め、何人のアシュリー一族が散らばっているのだろう。彼らはどんなふうに人を愛し、苦しみ、そして進んできたのだろうか。

森閑とした教会のなかで、わたしたちは自然に声をひそめ、ささやくように話していた。

「クリスマスからずっとあなたのことを心配していたの。いいえ、その前からだわ」ルイーズは言った。「でもそうは言えなかった。耳を貸してもらえなかったでしょうからね」

「心配する必要はないよ」わたしは答えた。「あのあと万事、うまくいったからね。あんなことを言ったぼくが悪かったんだ」

「でも、本当のことだと思っていたからこそ、ああ言ったんでしょう。向こうは初めからだます気だったのよ。あなただって最初は心の準備ができていたじゃないの。彼女が来るまでは」

「少し前までは、だまされてなんかいなかったさ。誤解したにしても、その責任は他の誰でもなく、ぼく自身にあるんだよ」

突然、教会の南の窓に雨が吹きつけてきて、高くそびえる信者席にはさまれた通路はより一層暗くなった。

「去年の九月、彼女がここへ来たのはなぜ？」ルイーズは言った。「どうして、はるばるあなたに会いに来たの？　彼女がやって来たのは、感傷からでも、ちょっとした好奇心からでもない。彼女は目的をもって、イギリスへ、コーンウォールへ来たのよ。そして、その目的を達成したの」

わたしは向き直って、ルイーズを見た。彼女の灰色の目は、純朴で率直だった。

「どういう意味だよ？」

「彼女はお金を手に入れたわ。旅に出る前から、そういう計画だったのよ」

わたしが五年生のころ、ハロー校の教師がみなに向かってこう言っていた。真実は漠然としていて見えないものだ。ときにはそれにつまずいても、気づかないことさえある。しかし、老いて死に近づいた者たちは真実を見出し、つかみ、理解する。ときとして、きわめて純粋な幼い者たちもだ。

「それはちがうよ」わたしは言った。「きみはあの人のことが何もわかっていない。彼女は衝動的で、情熱的な人なんだ。気まぐれで不可解だが、計画性なんかない。彼女は衝動的にフィレンツェを発ち、感情の赴くままにここに来た。そして、幸せだったから、なおかつ、そうする権利もあったから、ここに留まったんだよ」

ルイーズは憐れむような目をして、わたしの膝に手を載せた。

「あなたがこんなに無防備でなかったら、アシュリー夫人は留まりはしなかったわ。きっとうちの父を訪ね、まあまあ公平な取引をして、去っていったでしょう。あなたは最初から彼女の動機を見誤っていたの」

信者席から通路によろめき出ながら、わたしは思った――もしもルイーズがその手でレイチェルを殴ったのなら、あるいは、唾を吐きかけ、髪やガウンを引きむしったのなら、まだしも我慢できたろう。それは原始的かつ動物的な行為であり、フェアな闘いだ。しかし教会の静謐のなかで、レイチェルのいないときに、こんなことを言うのは――これは中傷だ。いや、冒瀆に近い。

「そんな話をおとなしく聴いてはいられないよ。ぼくはきみのなぐさめと同情がほしかったんだ。それが得られないなら、しかたがない」

ルイーズは立ちあがって、わたしの腕をつかんだ。

「わからない？　わたしはあなたを助けようとしているのよ」彼女は哀願するように言った。

「でもあなたにはなんにも見えないのだから、何をしてあげても無駄ね。アシュリー夫人は何カ月も先のことまで計画する人よ。そうでなければ、冬の間、毎月毎週、受け取った年金を国外に送金したりはしなかったはずでしょう？」

「どうして、そんなことを知っているんだよ？」

「うちの父には伝《つて》があるから。そういうことは全部、カウチさんから父に伝わるの。父はあなたの後見人ですもの」

「彼女が金を送っていたからって、それがなんなんだ？　フィレンツェには借金があるんだよ。そのことなら前から知っていた。債権者たちが支払いを催促しているんだ」

「よその国から？　そんなことがあるかしら？　わたしにはそうは思えない。それより、アシュリー夫人が帰郷に備えて蓄財を計画していたと考えたほうがよくはない？　彼女は、領地とお金が二十五歳の誕生日に法的にあなたのものとなるのを知っていた。つまりきのうね。だから、冬をここで過ごしたの。その後は、うちの父という後見人もいなくなって、好きなだけあなたからしぼり取れるから。ところが、突然、その必要もなくなった。あなたは、自分が持っているすべてを、彼女にあげてしまったんですもの」

　自分と親しい、信頼している娘が、こんな卑しい心を持っているとは、信じられなかった。しかも――これが何よりいまいましい点だが――論理と常識を味方につけて、自分の同性をけなそうとするとは。

「その言葉は、お父上の法律家の頭が言わせているのか？ それとも、きみ自身が言っているのか？」わたしは訊ねた。

「父は関係ないわ。寡黙な人ですもの。わたしにはほとんど何も話してくれない。これはわたし自身の判断よ」

「きみは初めて会ったその日から、あの人を敵視しはじめた、そうだろう？ 日曜日、教会でさ？ あとで食事に来たときも、ひとこともしゃべらず、テーブルに向かってつんとした顔をしていたっけ。きみは最初から彼女を嫌うことに決めていたんだ」

「あなたはどうなの？ 彼女が来る前、自分がどう言っていたか覚えてる？ あなたが抱いていたあの敵意は、忘れられない。でも、あれにはちゃんと根拠があったわ」聖歌隊席に近い横手のドアがギーッと動いた。ドアは開き、小柄で地味な掃除婦、アリス・タッブが、箒を手にそろりと入ってきて、通路を掃きはじめた。彼女はこちらをちらっと盗み見し、説教壇のうしろに消えた。しかしその気配は残り、もはやそこは人気《ひとけ》のない場所ではなくなっていた。

「無駄だよ、ルイーズ。きみにはぼくを助けることなんかできない。ぼくはきみが好きだ。きみもぼくを好きだろう。でも、このまま話しつづけたら、お互い憎みあうようになる」

ルイーズはわたしを見つめた。その手がわたしの腕から落ちた。

「じゃあ、そんなにあの人を愛しているのね？」

わたしは顔をそむけた。ルイーズはわたしより若い。ほんの小娘だ。彼女に理解できるはずはない。いや、アンブローズ以外、誰にも理解できないだろう。そして、その彼はもういない。

「今後、あなたたちはどうなるの？」ルイーズは訊ねた。

ふたりの足音が通路に虚ろに響いている。窓を打つ吹き降りは、やんでいた。気まぐれな陽光が、南の窓の聖ペテロの後光を輝かせ、やがてまた、その光をかすませた。「あの人に結婚を申し込んだよ」わたしは言った。「もう二度もね。この先も何度でも申し込む。それがぼくの今後だ」

出口に着くとわたしが扉を開け、ふたりはふたたびポーチに出た。門の近くの木では、雨にもめげずクロウタドリがさえずっていた。肩に盆を載せ、頭からエプロンをかぶった肉屋の少年が、それに合わせて口笛を吹きながら通りすぎていく。

「最初に申し込んだのはいつ？」ルイーズは訊ねた。

わたしはふたたびあのぬくもりを感じた。ロウソクの光が見え、笑い声が聞こえた。それから突然、光が消え、笑い声も消えた。レイチェルとわたしはふたりきりだった。そのとき、まるで真夜中をまねるように、教会の時計が昼の十二時を告げた。

「ぼくの誕生日の朝だよ」わたしはルイーズに答えた。

ルイーズは、頭上でやかましく鳴り響く鐘が最後のひとつを打つのを待っていた。

「彼女はなんて答えた？」

「行きちがいがあったんだ。あの人がノーと言ったのに、ぼくはイエスと取ったんだよ」

「そのとき、彼女はもう例の書類を読んでいたの？」

「いや。そのあとで読んだんだ。同じ朝のうちに」

教会の門をくぐるとき、わたしはケンダル家の馬丁と二輪馬車に気づいた。主人の娘を見ると、彼は鞭を上げ、馬車から降りてきた。ルイーズはマントを着て、フードを頭にかぶった。

「じゃあ、それを読むなり、父に会いにペリンに飛んできたわけね」

「内容がよく呑みこめなかったからだよ」

「帰っていくときは、よく呑みこんでいたわよ。はっきり覚えているわ。馬車を待たせて、みんなで段々に立っていたとき、父が言ったの。『再婚に関する条項は、あなたには少し厳しいかもしれませんね。財産を手放したくなければ、未亡人のままでいなくてはならんわけですから』そうしたら、アシュリー夫人はにっこり笑って、こう答えたわ。『いいえ、なんの問題もありませんわ』」

馬丁が大きな傘を差して、小径をやって来る。ルイーズは手袋をはめた。新しい真っ黒なスコールが、空を駆けてきた。

「あの条項は財産を守るために入れたんだ」わたしは言った。「よその人間に、浪費されないようにね。ぼくの妻になれば、適用されないよ」

「それがまちがいなの。彼女があなたと結婚すれば、全財産があなたの手にもどるのよ。そのことは考えていなかったでしょう」

「だとしても、問題はないね。ぼくは最後の一ペニーまで、あの人と分けあうつもりだから。その条項のために、あの人がぼくとの結婚を拒むわけはない。きみがほのめかしているのは、そういうことだろうがね」

フードは彼女の顔を隠していたが、灰色の目だけはそこからのぞいて、わたしを見つめていた。

「妻は夫のお金を国外へ送ることはできないし、自分の故郷に帰ることもできない。わたしは何もほのめかしてなどいないわ」

馬丁が帽子に手を触れ、ルイーズに傘を差しかけた。わたしはそのうしろから小径を歩いていき、馬車に乗りこむ彼女に手を貸した。

「わたし、何もしてあげられなかったわね」ルイーズは言った。「それにあなたは、わたしを情のない冷たいやつだと思っているでしょう。でも、場合によっては、女には男よりはっきり物事が見えるのよ。傷つけてしまって、ごめんなさい。わたしはただ、あなたに正気に返ってほしいだけなの」彼女は馬丁のほうへ身を乗り出した。「いいわ、トーマス、帰りましょう」トーマスは馬に方向転換させ、彼らは本街道をめざして丘を登っていった。

わたしは《薔薇と王冠》へ行き、小さな客室にすわった。ルイーズが、何もしてあげられなかったと言ったのは、本当だった。わたしはなぐさめを求め、少しもそれを得られなかった。与えられたのは、歪曲された、過酷で冷たい事実だけだ。法律家であれば、彼女の言ったことにも納得できたろう。彼女の父親が人の心を斟酌せず、物事を評価することを、わたしは知っている。ルイーズが、彼の容赦のない鋭いものの見方を受け継ぎ、それに基づいて結論を導き出すのも無理はない。

わたしはレイチェルと自分の間に起きたことを、ルイーズよりよく理解している。森のなかの、谷を見おろすあの花崗岩の石碑のことも。わたしの知らない過去の月日のことも。ライナルディは言った――「レイチェルは衝動的な女性です」彼女は衝動的に、わたしと愛し合った。そして衝動的に、わたしを手放したのだ。アンブローズも同じ経験をしたのだろう。アンブローズなら理解できたろう。そして、彼にもわたしにも、他の女、他の妻はありえない。

わたしは長いこと《薔薇と王冠》の寒い部屋にすわっていた。宿の主人が羊の冷肉とエールを運んできたが、腹はすいていなかった。その後、わたしは宿を出て、埠頭に立ち、段々に当たっては砕ける高波を見守った。漁船がそれぞれブイにつながれ、揺れている。ひとりの老人がしぶきに背を向けて漕ぎ座にまたがり、舟底から水をかい出している。波が打ち寄せるたびに、舟はふたたび水でいっぱいになっていた。

雲はますます低く垂れこめ、霧となって、対岸の木々を包みこんでいた。ずぶ濡れにならず、ジプシーに風邪を引かすこともなく、家にたどり着きたければ、天候がさらに悪化する前に帰らなくてはならない。もはや戸外には人っ子ひとりいなかった。わたしはジプシーにまたがると、丘を登っていった。〈四つ辻〉に出ると、さらに数マイル短縮すべく本街道から並木道に入った。その道は本街道ほど風は当たらなかったが、百ヤードも行かないうちに、ジプシーの歩みが突然、ぎくしゃくしはじめた。森番の小屋までわざわざ行って、蹄鉄の石を取りのぞいてもらい、そこで世間話をするのは気が進まない。そこでわたしは、馬を降りてそっと彼女を引いていくことにした。小径には、強風に吹き飛ばされた木の枝がいくつも落ちていた。きのうと同じく、木々はいまもさかんに揺れ、霧雨に震えていた。

湿地帯の谷からは、蒸気が白くもくもくと立ちのぼっていた。わたしはぶるっと身を震わせ、この長い一日がいかに寒かったかに初めて気づいた。教会にルイーズとすわっているときから、《薔薇と王冠》の火の気のない部屋にいる間もずっとだ。きのうとはなんというちがいだろう。

わたしはジプシーを引いて、きのうレイチェルとともに歩いた小径をたどった。サクラソウをさがして歩きまわったブナの木々のまわりには、ふたりの足跡がまだ残っていた。その花々も、元気をなくし、苔のなかでじっと身を寄せ合っている。轡《くつわ》に手をかけ、歩きにくそうなジプシーとともに行く道は、果てしなく思えた。降りそぼる雨が上着の襟から流れこみ、背中を冷やした。

家にたどり着いたときは疲れ果てていて、ただいまを言う気にもなれなかった。わたしは無言でウェリントンに手綱を投げ、まじまじ見つめる彼を尻目にその場をあとにした。前夜が前夜だけに水以外何も飲みたくなかったが、体が濡れて冷えていたので、ブランデーを軽くやれば、喉がひりつく代わりにいくらか温まれるだろうと食堂へ行った。そこではジョンが夕食のテーブルを用意していた。彼は食品室へブランデーのグラスを取りにいき、一方わたしは待っている間に、三人分の席が用意されているのに気づいた。

ジョンがもどってくると、わたしはテーブルを指差した。「どうして三人分なんだ?」

「パスコー嬢の分でございます」彼は答えた。「一時からずっとうちにいらっしゃいますので。今朝、旦那様がお出かけになってまもなく、奥様が牧師館に行かれ、パスコー嬢を連れていらしたのです。お泊まりになるということですが」

わたしはとまどってジョンを見つめた。「パスコー嬢がうちに泊まる?」

「はい。日曜学校で教えているメアリー・パスコー嬢でございます。薄紅の部屋をご用意するのに、きょうはばたばたいたしました。お嬢様と奥様はただいま、婦人の間においでです」

ジョンはテーブルの用意をつづけた。わたしはブランデーを注ぐ気にもなれず、サイドボードにグラスを置いて、二階へ上がった。自室のテーブルには、レイチェルの筆跡の手紙が載っていた。わたしは封を破いた。日付と曜日があるだけで、書き出しの文句はなかった。「わたくしのお相手としてこの屋敷に滞在するよう、メアリー・パスコーにお願いしました。昨夜のこともありますので、もうあなたとふたりきりではいられません。夕食の前とあと、そうなさりたければ、婦人の間にいらしても結構です。どうか紳士的に振る舞ってくださいますように。レイチェル」

まさか本気のはずはない。ありえないことだ。レイチェルとわたしは、パスコー家の娘たち、とりわけ、おしゃべりなメアリーを、何度、笑いものにしたかしれないのだ。のべつ刺繍のお手本を作り、貧しい人々を訪問してはうるさがられている、メアリー。母親をもっと太らせ、さらに不器量にしたようなメアリー。冗談ということなら、ありうる。そうだ、これはレイチェルの冗談なのかもしれない。テーブルの上座にすわるわたしの仏頂面を眺めるために、夕食にだけ彼女を招いたのかも――でも、この手紙は冗談で書かれたものではない。

踊り場に出てみると、薄紅の間のドアは開いていた。まちがいない。炉格子のなかでは火が燃え、椅子の上には靴と部屋着が広げられ、部屋じゅうにブラシや本といった、よそ者の私物が置いてある。そして、レイチェルの部屋に通じる、いつも鍵のかかっている奥のドアも、大きく開け放たれていた。その向こうの婦人の間からは、かすかな話し声さえ聞こえる。ではこれが、わたしに与えられた罰、わたしへの辱めなのだ。メアリー・パスコーは、レイチェルとわたしを隔てる障壁となるよう、わたしたちが二度とふたりきりにならないよう、招かれたのだ。レイチェルは手紙にそう書いてさえいる。

まず最初に感じたのは、激しい怒りだった。どうして、まっすぐ婦人の間へ行き、メアリー・パスコーの肩をつかんで、荷物をまとめて出ていけ、と言わずにいられたのか、不思議なほどだった。ウェリントンに命じて、即刻、彼女を家へ送り返したかった。このわたしの家に彼女を招くとは何事だろう。しかも、もうわたしとふたりきりではいられないなどという、情けない、馬鹿らしい、侮辱的な名目で。ではわたしは、食事のたびに、メアリー・パスコーに耐えねばならないのか。図書室や居間に居座るメアリー・パスコー、敷地内をうろつくメアリー・パスコー、婦人の間で過ごすメアリー・パスコーを受け入れ、日曜の食事会のときだけ、惰性で我慢している女同士の果てしないおしゃべりに、さらにつきあわねばならないのか。

わたしは着替えもせず、濡れた服のままで、廊下を歩いていった。婦人の間のドアを開けると、レイチェルはいつもの椅子にかけ、メアリー・パスコーをかたわらのスツールにすわらせて、いっしょにイタリアの庭園の絵が入った大型本を見ていた。

「あら、お帰りになったのね」レイチェルは言った。「また妙な日に、馬で出かけたものですね。わたくしの馬車など、牧師館に行く途中、街道から吹き飛ばされそうになりましたわ。ほら、ご覧なさい。メアリーがお客様としてうちに来てくださいましたの。もうすっかりくつろいでいらっしゃるのよ。うれしいわ」

メアリー・パスコーは短くコロコロと笑った。

「びっくりいたしましたわ、アシュリー様。お従姉さんたら、突然、迎えにいらっしゃるんですもの。他のみんなはうらやましがって、青くなっておりました。いまだに、ここにいるのが信じられないくらいですの。それに、このお部屋はなんてすてきで居心地がいいんでしょう。陛下より快適なほどですわ。お従姉さんのお話ですと、あなたは毎晩、ここでお過ごしになるそうですね。クリベッジはなさいますか？　わたくしはクリベッジに夢中ですの。ご存じなければ、おふたりにやりかたをお教えしますわ」

「フィリップは運任せのゲームには興味がありませんのよ」レイチェルが言う。「この人はただ黙って、パイプを吸っているほうがいいんですの。あなたとわたくしでやりましょうよ、メアリー」

彼女はメアリー・パスコーの頭ごしにわたしを見た。やはり冗談ではなかった。レイチェルは今度のことを意図的にやったのだ。その険しい目つきからも、それはわかった。

「ふたりで話せませんか？」わたしはぶっきらぼうに言った。

「その必要はないでしょう」レイチェルは答えた。「メアリーに隠すことなど何もありませんもの。なんでもおっしゃってください」

牧師の娘はあわてて立ちあがった。「いいえ、どうぞ。お邪魔はしたくありません。お部屋はすぐそこですし」

「ドアを大きく開けておいてくださいね、メアリー」レイチェルは言った。「わたくしが呼んだら、聞こえるように」敵意に満ちたその目は、じっとわたしを見据えていた。

「ええ、そういたしますわ、アシュリーの奥様」メアリー・パスコーはそう言うと、ぎょろりと横目でこちらを眺め、わたしをかすめて、全部のドアを開けたまま出ていった。

「どうしてこんなことをしたんです?」わたしはレイチェルに訊ねた。

「理由はよくおわかりのはずよ。手紙に書いてあったでしょう」

「彼女はいつまでいるんです?」

「わたくしが望むかぎりずっとです」

「あなただって彼女には二日も我慢できないでしょう。ぼく同様、気が狂ってしまいますよ」

「それはまちがいです。メアリー・パスコーは善良な娘さんですわ。話したくないときは、話さなければいいのです。少なくともあの人が同じ屋根の下にいれば、ある程度、安心していられるでしょう。それに、そろそろそういう時期ですし。いつまでも、これまでどおりというわけにはいきません。あなたが食事の席で、あんなふうに感情を爆発させたあとですもの。ケンダル様もお帰りになる前、そう言っていらしたわ」

「彼がなんと?」

「わたくしがここにいることについては、いろいろ噂があるのだと。あなたが結婚などと言いふらせば、ますますひどいことになると。他にどこでしゃべったのか、わたくしは知りませんけれどね。メアリー・パスコーがここにいれば、これ以上は噂も立たないでしょう。これでなんとかなるはずですわ」

昨夜のわたしの行動が、このような変化、このような恐ろしい敵愾心を呼び起こしたなどということがありうるだろうか？

「ねえ、レイチェル、ドアも閉めずに、二、三分話し合ったくらいでは、この問題は解決しませんよ。お願いですから、ぼくの話を聴いてください。食事のあと、メアリー・パスコーが床に就いてから、ふたりきりで話させてください」

「昨夜、あなたはわたくしを脅したのですよ。あんなことは一度でたくさん。解決すべき問題など何もありません。もう行っても結構よ。それとも、ここで、メアリー・パスコーとクリベッジをなさる？」彼女はふたたび庭園の本に目をもどした。

わたしは部屋を出た。これ以上もう手の打ちようがない。ではこれが、前夜、ほんのしばらく、彼女の首に手をかけたことへの罰なのか。すぐに後悔したあの行為は、許されないのか。これがその報いなのか。怒りは湧きあがったときと同様に、たちまち消え失せ、重たく物憂い絶望へと変わった。ああ、なんてことをしてしまったんだ。

ほんの少し前、ほんの数時間前まで、ふたりは幸せだった。誕生日の前夜の歓び、あの魔法はすべて消え去った。自らの過ちにより、潰《つい》えてしまったのだ。《薔薇と王冠》の冷え切った客室にいたときは、わたしとの結婚に対するレイチェルのためらいも、数週間後には克服できそうな気がした。すぐには無理でも、そのうちに。いや、ふたりがともに暮らせるなら、誕生日の朝のように愛し合っていられるなら、結婚などどうでもいい。決めるのは彼女、選ぶのは彼女だ。でも拒絶されるはずはない。家に入ったときのわたしは、楽観的でさえあった。しかし、いまここには、他人が、第三者がおり、ふたりの間の誤解はなおも解けていない。部屋に突っ立っていると、ほどなく女たちの話し声が階段に近づいてきた。衣擦れの音が階下へと向かう。思っていたより、もう遅いのだ。ふたりは着替えをすませ、夕食に行ったにちがいない。しかし彼女たちと同席する気にはとてもなれなかった。食事はふたりでしてもらうしかない。どのみち食欲などなかった。わたしは寒気がしたし、全身がこわばっていた。たぶん風邪を引いたのだ。部屋にいたほうがいいだろう。わたしはベルを鳴らして、ふたりに詫びを伝えるようジョンにたのみ、食事には降りていかない、すぐ寝るつもりだと言った。恐れていたとおりこれは波紋を呼び、まもなくシーカムが心配そうな顔をして上がってきた。

「ご気分がお悪いのですか、フィリップ様？」彼は言った。「からし入りのお風呂に入られて、熱いグロッグ酒をお飲みになってはいかがでしょう？　あんな雨風のなか、馬でお出かけになったからでございますよ」

「何もいらないよ。ありがとう、シーカム」わたしは言った。「ちょっと疲れたんだ。それだけさ」

「お食事はぜんぜん召しあがらないので？　鹿肉とアップルパイがございますよ。お出しするばかりになっておりますが。ご婦人がたは居間でお待ちになっています」

「いいんだ、シーカム。昨夜はよく眠れなくてね。朝になればよくなるよ」

「奥様にお話ししておきましょう。きっとひどく心配なさいますよ」

少なくとも自室にこもっていれば、レイチェルとふたりきりで会うチャンスはあるかもしれない。たぶん食事のあとで、彼女は上がってきて、どんな具合か訊ねるだろう。

わたしは服を脱いで、ベッドに入った。やはり風邪にちがいない。シーツはひどく冷たく感じられ、わたしはそれをむしり取って、毛布の間にもぐりこんだ。体はこわばり、感覚がなく、頭はがんがんしていた。こんなことは初めてだ。わたしは横たわって、女たちが食事を終えるのを待った。ふたりがペチャクチャしゃべりながら——それにつきあわずにすんだのが、せめてもの幸いだ——ホールを通って食堂に入っていき、ずいぶん経ってから、ふたたび居間にもどっていくのが聞こえた。

八時を回ったころ、ふたりが二階に上がってくる音がした。わたしはベッドの上に身を起こし、上着を肩にかけた。きっとレイチェルはこの機会に来てくれるだろう。目の粗い毛布にくるまっていながら、わたしはまだ寒かった。脚や首の痛みは、そっくり頭へと移り、燃えるようになっていた。

待てど暮らせど、レイチェルは来なかった。あのふたりは婦人の間にいるにちがいない。時計が九時を打ち、十時を打ち、十一時を打った。十一時を過ぎると、わたしも悟った。レイチェルには今夜来てくれる気など毛頭ないのだ。では、無視することも罰の一環なのか。

わたしはベッドから起きあがり、廊下に出た。ふたりはすでに寝室に引き取っていた。メアリー・パスコーが薄紅の間を歩きまわる音がする。ときおり、いらだたしい小さな咳払いも聞こえる。これも彼女が、母親から受け継いだ癖なのだ。

わたしはレイチェルの部屋まで廊下を歩いていった。ノブに手をかけ、回してみたが、ドアは開かなかった。鍵がかかっているのだ。そこで、そっとノックしてみた。返事はなかった。わたしはのろのろと部屋に、自分のベッドにもどり、氷のように冷たい体をそこに横たえた。

つぎの朝、自分が服を着たことは、わたしも覚えている。しかしジョンが呼びにきたことや、朝食を取ったことはまったく記憶にない。ただ奇妙な首の凝りと、ひどい頭痛があったことだけは確かだ。わたしは事務所へ行って椅子にすわったが、手紙も書かず、人にも会わなかった。正午を少し回ったころ、シーカムが、ご婦人がたが昼食をお待ちです、と言いにきた。わたしは何も食べたくなかった。シーカムはそばに近づいてきて、わたしの顔をのぞきこんだ。

「フィリップ様。具合がお悪いのでしょう。どうなさったのですか?」

「わからない」わたしは言った。シーカムはわたしの手を取り、触ってみると、事務所から出ていった。彼が急ぎ足で中庭を突っ切っていく足音が聞こえた。

まもなく、ドアがふたたび開いた。そこにはレイチェルが立っていた。その背後にはメアリー・パスコーもいた。そしてシーカムも。レイチェルは前に進み出た。

「シーカムからご病気だと聞きました。どうなさったのです?」

わたしは彼女を見あげた。何もかもが非現実的に思えた。自分が事務所の椅子にすわっていることもよくわからず、二階の寝室にいるような、昨夜のようにベッドで凍えているような気がした。

「いつ彼女を帰すんです？」わたしは言った。「あなたを傷つけたりは絶対にしません。名誉にかけて誓います」

レイチェルはわたしの額に手を当て、わたしの目をのぞきこみ、さっとシーカムを振り返った。「ジョンを呼んで。ふたりでアシュリー様をベッドへお連れしてちょうだい。大至急、馬丁の子をお医者様のお迎えにやるよう、ウェリントンに言って……」

レイチェルの白い顔とその目以外、わたしには何も見えなかった。それから、彼女のうしろに、なんとなく滑稽で場ちがいで愚かしい、メアリー・パスコーの驚愕の眼《まなこ》が見えた。そのあとは、すべてが消え、体のこわばりと痛みだけが残った。

ベッドにもどると、窓辺に立ったシーカムが、鎧戸を下ろし、カーテンを閉め、わたしの切望していた闇を部屋に呼びこむのがわかった。目も眩むばかりのこの痛みを、闇は和らげてくれるかもしれない。わたしは枕の上の頭を動かすことができなかった。まるで首の筋肉が突っ張り、こわばっているようだった。自分の手のなかにレイチェルの手を感じ、わたしはもう一度言った。「あなたを傷つけたりしないと約束します。メアリー・パスコーを家に帰してください」

レイチェルは答えた。「いまはお話しにならないで。静かに寝ていらっしゃい」

室内はささやきに満ち満ちていた。ドアが開いて閉まり、また開いた。あたりを歩きまわるひそやかな足音がする。踊り場の光がちらちらと見える。そして、ひそひそ声は常に聞こえていた。そのため、突然、ひどい幻覚に襲われ、わたしはこう思った――屋敷は人でいっぱいなのだ。あらゆる部屋にお客がいるのだ。彼らはこの屋敷に収まりきれず、居間にも図書室にもぎっしり立っている。そしてレイチェルはそのなかを、みなに笑いかけ、話しかけ、手を差し伸べながら、歩きまわっている。わたしは何度も何度も言いつづけた。「こいつらをどこかへやってくれ」

やがて、自分を見おろすギルバート医師の、眼鏡のかかった丸顔が目に映った。するとこの医者も一味なのか。子供のころ、水疱瘡にかかったとき、彼は診察にきた。それ以来、この医者と会ったことはめったにない。

「真夜中に海に泳ぎにいったそうですね」医師は言った。「無茶なまねをしたものですな」彼は子供に向かってやるように首を振ってみせ、顎髭をなでた。わたしは光のまぶしさに目を閉じた。レイチェルが医師に言うのが聞こえた。「こういう熱病のことはよく知っています。まちがいありませんわ。フィレンツェにいたとき、これで子供が死ぬのを何度も見ました。まず脊椎をやられるのです。それから脳を。お願いですから、なんとかしてください」

彼らは出ていった。するとふたたび、ひそひそ話が始まった。つづいて、車回しに響く車輪の音、去っていく馬車の音がした。そのあと、ベッドのカーテンのすぐそばから、誰かの息遣いが聞こえてきた。それで何が起きたかがわかった。レイチェルが出ていったのだ。彼女はボドミンへ行き、ロンドン行きの乗合馬車に乗るつもりなのだ。そして、わたしの見張りとしてメアリー・パスコーを家に残していったのだ。使用人たち、シーカムもジョンもみな去った。残っているのは、メアリー・パスコーだけだ。

「出てってくれ」わたしは言った。「ひとりにしてくれ」

するとひとつの手が額に触れた。メアリー・パスコーの手だ。わたしはそれを払いのけた。しかし、手はふたたびもどってきた。こそこそ忍び寄る、冷たい手。出ていけ、とどなったが、それは強く、氷のようにしっかりとわたしを捉え、やがて、額の上、首の上で本当に氷へと変わり、わたしを締めつけ、囚人にした。そのあとわたしは、耳もとでささやくレイチェルの声を聞いた。「さあ、じっとして。これで頭が楽になりますよ。少しずつよくなりますからね」

頭をめぐらそうとしたが、できなかった。結局、彼女はロンドンへは行かなかったのだろうか？

わたしは言った。「ぼくを置いていかないでください。どこへも行かないと約束してください」

レイチェルは言った。「約束しますわ。ずっとおそばにいますからね」

目を開けたが、彼女は見えなかった。室内が暗かったからだ。部屋の形状は変わっていた。これはいつもの寝室ではない。その部屋は独房のように細長かった。寝台も鉄のように硬い。衝立の向こうのどこかに、ロウソクが一本、灯っている。向かい側の壁のくぼみには、ひざまずく聖母像があった。わたしは大声で呼んだ。「レイチェル……レイチェル……」

走ってくる足音がし、ドアが開いた。レイチェルの手はわたしの手のなかにあり、彼女は言っていた。「ここにいますわ」わたしはふたたび目を閉じた。

気がつくとわたしは、アルノ川の橋の上に立ち、まだ見たことのない女を破滅させてやると誓っていた。うねる水が茶色く泡立ちながら、橋の下を流れていく。乞食娘のレイチェルが、空っぽの手で近づいてくる。彼女は裸だった。身に着けているのは、真珠の首飾りだけだ。突然、彼女は川面を指差した。アンブローズが両手を胸の上で組み、橋の下を流れていく。彼は川下へ流れ去って見えなくなり、そのあとを、硬直した四つ足を天に突き上げ、ゆっくりと荘重に、犬の死骸が追っていった。

第二十四章

最初に気づいたのは、窓の外の木に葉が茂っていることだった。わたしはとまどって、それを見つめた。ベッドに入ったとき、その木の芽はまだふくらんでもいなかったのだ。なんて奇妙なんだろう。確かにあのとき、カーテンは閉まっていた。でも誕生日の朝、窓から身を乗り出して芝生を見渡したとき、まだ芽がとても固かったことはよく覚えている。頭痛は消えていた。体のこわばりも取れている。きっと何時間も眠っていたのだろう。もしかすると二日以上経つのかもしれない。誰でも病気にかかると、時間の感覚がなくなるものだ。

とはいえ、ギルバート老医師の顎髭を何度も見ていることは確かだ。それから、見知らぬもうひとりの男もだ。部屋はずっと暗いままだった。でも、いまは明るくなっている。顔はざらざらしていた――すぐ髭を剃る必要がありそうだ。わたしは片手を顎にやった。信じられない。顎髭まである。わたしは自分の手を見つめた。それはわたしの手らしくなかった。白くて細く、爪もかなり伸びている。馬に乗るせいで、爪は始終、折っているのだが。頭をめぐらせると、ベッドのそばにはレイチェルがすわっていた。椅子は、婦人の間の彼女の椅子だった。わたしが見ているのに、レイチェルは気づかなかった。彼女は見たことのないガウンを着て、刺繍をしていた。それは彼女の他のガウンと同様、色は黒だが、袖は短く、生地も薄地で、まるで暑い季節に着る服のようだった。なぜ、この部屋はこんなに暖かいのだろう？　窓は開け放たれている。炉格子のなかに火の気はない。

わたしはもう一度顎に手をやり、髭に触れた。心地よい感触だった。突然、わたしは笑いだした。声を聞いてレイチェルは顔を上げ、こちらを見た。

「フィリップ」彼女はほほえんだ。気がつくと、彼女はすぐそばにひざまずき、わたしを両腕で抱きしめていた。

「顎髭が生えましたよ」わたしは言った。

ことの奇妙さに、笑いが止まらなかった。やがて笑いは咳に変わった。レイチェルはすぐさま、苦いものが入ったグラスを手に取った。そして、それを口もとまで持ってきて無理に飲ませたあと、ふたたびわたしをベッドに寝かせた。

この一連の動きは記憶の琴線に触れた。グラスを持ち、わたしに飲み物を飲ませる手が、長い間、夢に現れては消えていたのは確かだ。メアリー・パスコーだと思いこみ、わたしはいつもその手を押しのけていた。わたしは身を横たえたままレイチェルを見つめ、手を差し出した。レイチェルはその手を取って、固く握りしめた。わたしは、いつも浮き出ている彼女の手の甲の青白い血管を親指でなぞり、指輪をいじくった。かなり長いこと、何も言わずに、そうしていた。

しばらくして、わたしは口を開いた。「彼女は帰しましたか？」

「帰した？　誰をです？」

「メアリー・パスコーですよ」

レイチェルはハッとした。見あげると、その笑みは消え、目には翳りがあった。

「あの人はもう五週間も前に帰りました。でも、そのことはあとで考えましょうね。喉は渇いていらっしゃらない？　わたくし、あなたのために、ロンドンから取り寄せた新鮮なライムで冷たい飲み物を作りましたの」飲んでみると、苦い薬のあとだけに、それはうまかった。

「ぼくは病気だったんですね」

「ええ、かなり危なかったのですよ」

レイチェルは出ていきそうなそぶりを見せたが、わたしにはそんなことは耐えられなかった。

「その話をしてください」何年も眠りつづけ、世の中に置き去りにされたことに気づくリップ・ヴァン・ウィンクル（ワシントン・アーヴィングの物語の登場人物。二十年間山中で眠りつづける怠け者）のような好奇心で、わたしはいっぱいになっていた。

「やめておきますわ」彼女は言った。「わたくしの心にあの不安な日々をよみがえらせたくはないでしょう？　あなたは重いご病気だった。それでいいことにしましょうよ」

「どこが悪かったんです？」

「わたくし、イギリスの医者はあまり買っていませんの。大陸では、その病気を髄膜炎と呼んでいます。こちらでは誰も知りませんでしたけれど。あなたがいま生きているのは、奇跡のようなものなのですよ」

「どうしてぼくは助かったんでしょう？」

レイチェルはほほえみ、わたしの手をぎゅっと握りしめた。「あなたご自身の体力のおかげでしょう。それに、わたくしも医者たちにいくつか指示を出しました。脊柱に穴を開けて液を排出させたのも、そのひとつ。それに、香草の汁から取った漿液を血管に注入させたり。医者たちは害になると言いましたけれど、あなたはちゃんと助かりましたわ」

そう言えば、冬の間、レイチェルは、不調を訴える小作人たちに強壮剤を作ってやっていた。わたしはそんな彼女を、産婆とか薬剤師とか呼んでからかったものだ。

「なぜそういう知識をお持ちなんです?」

「母から教わりましたの。わたくしたち、フィレンツェの人間は、とても老練で、とても賢いのです」

この言葉は記憶の琴線に触れたが、それがなぜなのかは思い出せなかった。頭を使うのは、まだ難儀だった。それにわたしは、彼女の手を取って、ベッドに横たわっているだけで満ち足りていた。

「外の木にはなぜ葉が茂っているんです?」

「茂って当然ですわ。もう五月の第二週ですもの」

どうも納得がいかなかった。自分が何も知らずにそんなに長く寝ていたとは。それに、寝こむ原因となったさまざまな出来事も思い出せない。レイチェルは、記憶にないなんらかの理由でわたしに腹を立てていた。そして、メアリー・パスコーをうちへ招いたのだが、あれはなぜだったのだろう? 誕生日の前日にふたりが結婚したことはまちがいない。でも教会の情景も式の模様も、はっきりとは覚えていない。ただ出席者は、ケンダル氏とルイーズ、それに、教会の小柄な掃除婦、アリス・タップだけだったような気がする。わたしはとても幸せだった。それがまったく突然、絶望のどん底へ突き落とされ、それから病に倒れたのだ。でももう、そのことはいい。すべては解決したのだ。わたしは生き延び、いまは五月なのだから。

「もう起きても大丈夫だと思いますが」わたしは言った。

「いいえ、まだまだ」彼女は答えた。「たぶん一週間したら、体を慣らすために、そこの窓辺にすわれるようになるでしょう。それから、婦人の間まで歩いていけるようになって、今月中にはなんとか下に降りて、いっしょに外にすわれるようになるかもしれませんわ。まだわかりませんけれどね」

実際、わたしの回復のペースは、レイチェルの言ったとおりだった。初めてベッドの端にすわって床に足を下ろしたときほど、まぬけな気分になったことはない。部屋全体がぐらついた。左右からシーカムとジョンに支えられたわたしは、まるで生まれたての赤ん坊のように弱々しかった。

「おやおや、奥様。フィリップ様はまたお背が伸びておりますよ」そう言ったシーカムがあんまり驚いた顔をしているので、わたしは思わず笑いだし、ふたたびすわりこんでしまった。

「やっぱりボドミンの市で見世物にしてもらおうかな」そう言ったとき、わたしは鏡のなかの自分に気づいた。顎髭のある、がりがりに痩せた青白いその男は、伝道師そのものだった。

「この地方を説教して回ろうか。きっと何千人もの人々がぼくについてくるぞ。どう思いますか？」わたしはレイチェルを振り返った。

「わたくしは髭のないあなたのほうが好きですわ」彼女は重々しく答えた。

「剃刀《かみそり》を持ってきてくれ、ジョン」わたしは言った。しかし髭を剃り終え、もとどおり顔がすべすべになると、せっかくの威厳が失われ、少年の地位に引きもどされてしまったような気がした。

回復期は楽しいものだった。レイチェルはいつもそばにいてくれた。話はあまりしなかった。話をするとわたしがすぐに疲れ、またあの頭痛がぶりかえすからだった。わたしにとって何より心地よいのは、開いた窓のそばにすわっていることだった。ウェリントンはわたしの気が紛れるよう、馬たちを窓の前に連れてきて、ちょうどサーカスのリングの動物たちのように、砂利敷きの車回しをぐるぐる運動させた。やがて脚がしっかりしてくると、わたしは婦人の間へ歩いていき、そこで食事を取るようになった。レイチェルは給仕を務め、まるで子守のようにわたしの世話を焼いた。実際、あるときわたしは、仮に病気の夫に一生縛られることになっても、それは他の誰でもない、あなた自身の責任なんだ、と彼女に言ってやった。するとレイチェルは奇妙な目でわたしを見つめ、何か言いかけてためらい、話題を変えた。

なんらかの理由で――おそらく、アンブローズが亡くなって一年経つまでは、発表を差し控えようということなのだろうが――ふたりの結婚を使用人たちに知らせていないことは、わたしも覚えていた。きっとレイチェルは、シーカムの前で不用意な発言をされるのを恐れているのだろう。だからわたしは口を閉ざしていた。二カ月後には、堂々と公表できるのだ。そのときまで辛抱しよう。レイチェルへのわたしの愛は、日に日に深まっていくようだった。そして彼女は、冬のどの時よりも優しく、思いやりにあふれていた。

初めて階下に降り、外に出たとき、寝こんでいる間の大きな変化を目の当たりにして、わたしは驚いた。雛壇の遊歩道はすでに完成していた。その横の水生植物園は、深く掘りぬかれており、石で舗装して土手を固めるばかりになっている。目下、その部分は、大きくぽっかり開いた、暗くて不気味な深い穴となっていて、上の雛壇から見おろすと、土を掘っている連中がこちらを見あげて、笑顔を見せた。

タムリンは得意げに栽培場へわたしを連れていった。レイチェルは近くの小屋に、彼のかみさんに会いにいっていた。椿はもう終わっていたが、ツツジはまだ花盛りだった。それにオレンジ色のメギもだ。そして、キングサリの木々のやわらかな黄色い花も、下の牧場へ向かって房になって垂れ下がり、その花弁を散らしていた。

「でもこの木はそのうち移し替えなきゃいけません」タムリンは言った。「この調子で育ちつづけたら、枝が牧場の地面近くまで垂れてきて、牛どもが種を食って死んじまいますからね」花がすでに落ち、莢ができかけている枝に、彼は手を伸ばした。莢のなかには小さな種があった。「セント・オーステルのあっち端に、これを食って死んだやつがいるんですよ」タムリンはそう言って、莢をうしろへ放り捨てた。

花はどれもそうだが、キングサリの花の時期がどんなに短いか、また、その花がどんなに美しいかを、わたしは忘れていた。そして突然、イタリアの山荘の小さな中庭で見たあの枝の垂れた木と、箒を取って、その莢を掃いていた使用人の女を思い出した。「フィレンツェにこれと同じ種類の立派な木があったよ」わたしは言った。「アシュリー夫人の山荘に」

「さようですか、旦那様。あの気候だと、ほとんどなんでも育つんでしょうな。さぞいいところでしょう。奥様が帰りたがるのも無理ありません」

「あの人は帰る気などないと思うよ」

「そりゃあよかった。別なふうに聞いてたもんでね。奥様はただ、フィリップ様がすっかりよくなられるのを待っているだけだとかって」

まったく信じられない。ちょっとした噂からこんなふうに話がふくらんでいくとは。これを食い止めるには、わたしたちの結婚を発表するしかないだろう。だが、そのことをレイチェルに言うのはためらわれた。以前、病気になる前にも、この点については議論があり、その結果、レイチェルを怒らせてしまったような気がするからだ。

その夜、レイチェルとともに婦人の間にすわり、寝る前にいつも飲む習慣となっていた香草の煎じ茶を飲んでいたとき、わたしは言った。「この近隣にまた新しい噂が広まっていますよ」

「今度はなんですの？」レイチェルは顔を上げてそう訊ねた。

「なんとあなたがフィレンツェへ帰るというんです」

レイチェルはすぐには答えず、ふたたびうつむいて刺繍に向かった。

「時間はいくらでもありますもの。いますぐ決めるには及びませんわ。まず、あなたにすっかりよくなっていただかないと」

わたしはまごついて、彼女を見つめた。するとタムリンの話も、あながちまちがいではなかったのだ。彼女の頭のどこかには、フィレンツェに行こうという考えがあったのだ。

「あの山荘はまだ売っていないんですか?」わたしは訊ねた。

「ええ、まだですの。それにやはり、売るのも貸すのもよそうかと思っているのです。状況が変わって、あの家を維持する余裕もできましたし」

わたしは黙っていた。彼女を傷つけたくはなかったが、家をふたつ持つという考えはあまり気に入らなかった。それどころか、わたしはいまもあの山荘にいやな印象を抱いていた。そして、いまのいままで、彼女もそうだと思っていたのだ。

「つまり、向こうで冬を過ごしたいということですか?」わたしは訊ねた。

「ええまあ。あるいは、夏の終わりもね。でもいまそのことを話す必要はありませんわ」

「ぼくはずいぶん長いこと怠けていた。冬じゅう、この家を放っておくわけにはいかないと思いますよ。いや、留守するのはまったく無理でしょう」

「そうでしょうね。それに、あなたにお任せできないなら、わたくしも領地を離れる気にはなれません。春になったら、訪ねていらっしゃればいいわ。わたくしがフィレンツェをご案内しますから」

病気を患って以来、わたしの理解力はひどく鈍っていた。彼女の言葉はまるで意味をなさなかった。

「訪ねていく？　そんな形で暮らしていこうと言うんですか？　一度に何カ月も離ればなれになって？」

レイチェルは刺繍を置いて、わたしを見つめた。その目には不安が浮かんでおり、顔には翳りがあった。

「ねえ、フィリップ。さっきも言いましたけれど、先のことはまだ話したくありませんの。あなたは重い病気が治ったばかりですもの。先走って計画を立てるなんていけませんわ。よくなるまではどこへも行かないとお約束しますから」

「でも、そもそも行く必要がどこにあるんです？」わたしはなおも訊ねた。「いまではあなたはここの人なんですよ。ここがあなたの家なんです」

「わたくしにはあの山荘もあるのです。それに大勢のお友達や、向こうでの生活も。こちらの暮らしとはもちろんちがいますけれど、それでも慣れ親しんだ生活ですわ。イギリスに来て、もう八カ月ですもの。そろそろ変化が必要な気がしますの。無理を言わないで、わかってくださいな」

「ぼくは身勝手なんだろうな」わたしはゆっくりと言った。「それには気づきませんでしたよ」そういうことなら、覚悟を決めて、彼女がイギリスとイタリアで交互に暮らしたがっているという事実を受け入れるしかない。その場合は、わたしも当然、行ったり来たりするわけだから、領地を任せる管理人をさがさなくてはならない。離れて暮らすなど、もちろん問題外だ。

「ケンダルさんが適当な人を知っているかもしれないな」わたしは頭のなかの考えを声に出し

て言った。

「適当な人って？」彼女は訊き返した。

「だから留守の間、領地を管理させる人間ですよ」

「そんな人は必要ないでしょう。もしいらっしゃるとしても、あなたがフィレンツェに滞在するのはほんの数週間ですもの。もちろんあそこがとても気に入って、もう少しいることになるかもしれませんけれどね。春はとってもきれいなところですもの」

「春でもいつでもいい」わたしは言った。「あなたが行くと決めた日に、ぼくも行きますよ」

ふたたび彼女の表情が翳り、その目に不安が浮かんだ。

「そのことはまたそのうち考えましょう。ほら、もう九時過ぎですよ。いつもより遅くなってしまいましたわ。ジョンを呼びましょうか。それとも、ひとりで大丈夫ですか？」

「誰も呼ばないでください」わたしはそう言って、ゆっくりと立ちあがった。手脚にはいまだにいまいましいほど力がないのだ。わたしはそばに行ってひざまずき、両腕に彼女を抱いた。

「ぼくはつらくてたまらない。部屋にひとりきりでいるなんて。しかもあなたはこんなに近くに、廊下のすぐ先にいるのに。もう彼らに話してもいいでしょう？」

「何を話しますの？」

「ぼくたちが結婚したことを」

レイチェルはわたしの腕に抱かれたまま、身じろぎひとつせず、静かにすわっていた。まるで命を失い、硬直してしまったかのように。

「まあ……」彼女はつぶやいた。それからわたしの肩に手をかけ、顔をのぞきこんできた。「それはどういう意味ですの、フィリップ？」

頭のどこかで、この数週間そこにあった痛みのこだまのように、脈が打ちだした。その疼きはどんどんひどくなり、それとともに恐怖が訪れた。

「うちの者たちに言うんです」わたしは言った。「そうすれば、あなたのそばにいてもなんの問題もない。それがあたりまえのことになります。ぼくたちは結婚しているんですから……」

しかし、レイチェルの目の表情のせいで、わたしの声は小さくなり、消えてしまった。

「でもね、フィリップ、わたくしたちは結婚していませんわ」彼女は言った。

頭のなかで何かが爆発した。

「そんなことはない。結婚しましたよ。ほら、ぼくの誕生日に。忘れたんですか？」

でもそれはいつのことだ？　教会はどこだった？　牧師は誰だった？　あの激しい痛みがふたたびもどってきた。部屋がぐるぐる回っている。

「そうだと言ってください」わたしは哀願した。

それから突然、わたしは悟った。すべて幻想だったのだ。この数週間の幸せは空想にすぎなかったのだ。夢は破れた。

わたしはレイチェルの肩に顔を埋めた。そんなふうに涙を流したことは、子供のときさえなかった。レイチェルがわたしを抱き寄せ、無言で髪をなでている。まもなくわたしは落ち着きを取りもどし、ぐったり椅子にすわりこんだ。レイチェルが何か飲み物を持ってきて、かたわらのスツールにすわった。夏の夜の影が部屋のなかで躍っている。コウモリたちも軒下の隠れ家から現れ、窓外の黄昏のなかでくるくる飛びまわっていた。

「あのまま死なせてくれればよかったんだ」わたしは言った。

レイチェルはため息をつき、わたしの頰に手を当てた。「そんなことを言われると、わたくしまで苦しくなります。確かにいまはつらいでしょう。でもそれは、体がまだ弱っているからですわ。そのうち、もっと力がついたら、こんなことはきっとどうでもよくなります。また領地のお仕事に取り組むことになるでしょうし――ご病気の間、放ってあったことをいろいろ処理しなくてはならないでしょう？　それに、もうすぐ夏の盛りになりますから、また泳いだり、湾でヨットを走らせたりできますわ」

彼女がわたしでなく自分自身に言いきかせていることは、その声でわかった。

「それだけですか？」

「よくご存じでしょう。あなたはここにいれば幸せなのです。これがあなたの生活ですし、今後もずっとそうでしょう。あなたはわたくしに領地をくださった。でもわたくしはずっと、この土地をあなたのものと見なすつもりです。ふたりの間では、これは一種の信託財産になるのですわ」

「つまり一年中、毎月毎月、イタリアとイギリスの間で手紙のやりとりをしようと言うんですか？　ぼくが『親愛なるレイチェル、こちらでは椿が花盛りです』と書くと、あなたはこう返事をする――『親愛なるフィリップ、椿の件、喜んでおります。わたくしの薔薇園も順調です』これがぼくたちの未来なんですか？」

毎朝、朝食後に、砂利敷きの車回しをうろうろする自分の姿が目に浮かんだ。ボドミンからの何かの請求書以外、手紙など入っていないのをよく知りながら、馬丁の子が郵便袋を持ってくるのを待つわたし。

「わたくしも夏ごとに帰ってくると思いますよ」レイチェルは言った。「万事うまくいっているかどうか確かめに」

「その季節だけやって来て、九月の一週目に飛び立っていくツバメのようにですか」

「さっきも申しあげたでしょう。春にはそちらから訪ねてきてください。イタリアにはあなたのお気に召しそうなところがたくさんあります。あなたは一度しか、旅をしたことがないでしょう。世界のことをほとんどご存じないのですよ」

レイチェルはまるで、むずかる子供をなだめる教師だった。たぶん彼女は、実際にそういう目でわたしを見ているのだろう。

「世界のことなんか知りたくない。前に見たもののせいで、残りも全部いやになりました。いったいぼくに何をさせる気ですか？　ガイドブックを片手に、教会だの博物館だのをうろつけと言うんですか？　見識を広げるために、見ず知らずの連中と交われと？　それくらいなら、うちで雨を眺めてふさぎこんでいるほうがよほどましだ」

わたしの声は荒っぽく苦々しかったが、どうすることもできなかった。レイチェルはまたため息をついた。きっと、何も問題ないことをなんとかわたしに証明しようと苦慮しているのだろう。

「もう一度言いますけれど、体の具合がよくなれば、将来に対する見方もちがってきますわ。何もかも以前とほとんど変わらないのですもの。お金のことは……」彼女はちょっとためらい、わたしを見つめた。

「金がなんなんです？」

「領地にかかる経費ですけれど、資金は全額、安全なところに投資する予定ですの。その収益で赤字を出さずに領地を経営していけますわ。わたくしのほうは向こうから必要なだけいただくようにします。いま、その手配をしているところですの」

最後の一ペニーまで彼女が取ってもかまうものか。そんな話は、彼女に対するわたしの気持ちとなんの関係もない。しかしレイチェルは話しつづけた。

「あなたの考えどおり、必要な改善はどんどん進めてくださいね」彼女は急いで言った。「わたくしは一切口出しいたしません。請求書も送っていただかなくて結構です。あなたの判断にすべてお任せしますわ。必要なときは、ケンダル様がいつでも助言してくださるでしょうし。しばらくしたら、何もかもわたくしが来る前とまったく同じになりますわ」

部屋は黄昏に深く包まれていた。ふたりを取り巻く闇のせいで、わたしには彼女の顔を見ることさえできなかった。

「本気でそう信じているんですか？」わたしは訊ねた。

レイチェルはすぐには答えなかった。すでに挙げ連ねたことの他に、何かわたしの存在理由はないかとさがしているのだった。しかし何もありはしない。彼女自身もそのことはよく知っている。レイチェルはこちらに向き、わたしの手に手をあずけた。「信じなければならないのです。心の安らぎを得るために」

初めて会ったとき以来、彼女はわたしのさまざまな質問――真剣なものや、そうでないものに答えてきた。あるときは笑いで答え、あるときはあいまいな言葉で逃げたが、どの答えも女性らしいひねりを利かせた、飾ったものだった。だが、いまついに、本心からの率直な答えが返ってきた。彼女は、心の安らぎを得るために、わたしが幸せだと信じなくてはならないという。わたしは、彼女を夢の国に入れてやるために、その国をあとにした。それゆえ、ふたりが同じ夢を分かち合うことはできない。闇のなかで、そのふりをすることしかできないのだ。だがそうするとき、それぞれの人物はただの幻となる。

「そうしたいなら、お発ちなさい」わたしは言った。「でももうしばらく待ってください。もう数週間分の思い出をください。ぼくは旅には向かない。あなたこそぼくの世界なんです」

わたしは未来を回避し、そこから逃れようとしたのだ。だがそのあとレイチェルを抱くと、すでに何かが変わっていた。信仰は去った。そして、あの最初の恍惚も。

第二十五章

レイチェルが発つ話は、それっきり出なかった。それは、ふたりが目の前から押しのけた亡霊だった。彼女のために、わたしは明るく屈託なげに振る舞った。彼女のほうも、わたしのためにそうした。夏が訪れ、まもなくわたしは、少なくとも外見上は元気を回復した。しかしときどき、ひどいものではないが刺すような頭痛が、さしたる原因もないのに、なんの前触れもなくよみがえることがあった。

そのことは彼女には話さなかった――話してなんになるだろう？　それは、体を酷使したあとでも、戸外にいるときでもなく、何か考えようとすると起こった。小作人たちが事務所に持ちこむ簡単な問題が誘発することさえあり、そのためわたしは頭がかすみ、彼らになんの判断も示せなくなるのだった。

しかし多くの場合、頭痛の原因はレイチェルだった。たとえば、夕食後などに居間の窓の外にすわり、彼女を見つめているとき。暖かな六月が来て、ふたりは毎晩九時ごろまで戸外にいられるようになったのだが、そんなとき突然、わたしは思う。こうして香草の煎じ茶を飲み、芝生のまわりの木々に忍び寄る薄闇を見つめながら、彼女は何を考えているのだろう？　あとどれくらいこんな孤独な生活に耐えねばならないのか、胸の内で考えているのだろうか？　心ひそかにこう思っているのだろうか——「もうフィリップはすっかりよくなった。来週には発てるのではないかしら？」

わたしは、フィレンツェのサンガレッティ邸に以前とちがったイメージを抱くようになっていた。いま目に浮かぶのは、一度だけ訪ねたときに見た、閉ざされた闇ではなく、すべての窓が開け放たれた、煌々と明かりが灯るあの館だった。レイチェルが友達だという見知らぬ人々が部屋から部屋へと歩きまわり、あたりは陽気なムードと笑いと会話のざわめきにあふれている。屋敷は輝きに包まれ、噴水はみな躍っている。レイチェルはすっかりくつろぎ、ほほえみながら、自分の王国の女主人として、お客からお客へとめぐり歩く。するとこれが、彼女のなじみの生活、愛着を抱き、理解している生活なのか。わたしとの月日は、幕間の余興にすぎなかったのか。彼女はほっとして、本来の自分の居場所へ帰っていくだろう。到着の様子が目に浮かぶようだ。鉄の門をさっと開けて、馬車を迎え入れるジュゼッペとその妻。久しぶりに見る、なじみ深い部屋部屋を楽しげに熱心に歩きまわるレイチェル。彼女は使用人たちにあれこれ訊ね、その答えに耳を傾け、満ち足りて穏やかに待っていたたくさんの手紙を開封する。そして、わたしには知ることも分かちあうこともできない、生活の無数の糸をふたたび取りあげ、紡いでいく。もはやわたしとはなんのかかわりもない、いくつもの昼と夜を。

ほどなくレイチェルはわたしの視線を感じて言う。「どうなさったの、フィリップ？」

「なんでもありません」わたしは答える。

すると彼女の顔に、疑いと苦悩に満ちた影がよぎる。そしてわたしは、自分が彼女の重荷となっているのを感じるのだ。レイチェルはわたしなどいないほうが幸せだろう。そこでわたしは昔のように、領地を走りまわったり、平凡な日々の仕事をすることで、エネルギーを発散させようとした。ところが、そうしたことはわたしにとって、以前ほど重要ではなくなっていた。日照りつづきでうちの農地が干上がったとして、それがなんなのだろう？　わたしは心配する気になれなかった。うちの家畜が品評会で賞を取り、郡のチャンピオンになったとして、それが名誉なことだろうか？　昨年ならそう思ったかもしれない。しかしいまでは、それも虚しい勝利としか思えなかった。

領主としての自分の権威が失われつつあるのは、わかっていた。「あのご病気のあと、どうも元気がありませんな、アシュリー様」直営地の農夫、ビリー・ロウは言った。その目には、彼のあげた成果に熱狂しなかったわたしへの大きな失望が浮かんでいた。他の者たちもみな同じだった。シーカムまでもがわたしを非難した。

「回復が遅れているようでございますね、フィリップ様」彼は言った。「昨夜も執事室で話していたのでございます。タムリンが、旦那様はどうなさったのだろう、まるでハロウィーンの幽霊みたいに静かだし、目にはなんにも映っていないようだ、と申しておりましたよ。毎朝、マルサーラをお飲みになってはいかがでしょうね？　グラス一杯のマルサーラほど元気のつくものはございませんよ」

「タムリンに、大きなお世話だと言ってやってくれ」わたしは言った。「ぼくはこのうえなく元気だとね」

パスコー一家とケンダル父娘との日曜の食事会は、ありがたいことに、まだ復活していなかった。哀れなメアリー・パスコーは、きっとわたしが倒れたあと、牧師館に帰って、フィリップ・アシュリーが発狂したと報告したにちがいない。病気が治って初めて教会へ行った朝、彼女は横目でわたしを見ていた。それに、一家の全員がわたしを憐れむように眺め、目を合わすまいと努めつつ、低い声で具合を訊ねてきたものだ。

ニック・ケンダルとルイーズはわたしに会いにきたが、彼らの態度もいつもとちがっていた。ふたりは、まるで病みあがりの子供に接するように、明るく同情的に振る舞った。病人が動揺するような話題は避けるよう言われているのだ、とわたしは感じた。わたしたち四人は、赤の他人同士のように居間にすわった。ケンダル氏は硬くなっており、来なければよかったと後悔しながらも、この訪問を自分の義務と心得ているらしかった。一方ルイーズは、ここで何があったかを女性特有の不思議な直感で察知し、そのせいで萎縮していた。レイチェルはいつもどおり場を取り仕切り、会話の内容が常に穏当であるよう気を配った。郡の品評会、パスコー家の次女の婚約、最近の暖かさ、イギリス政府の波乱の展望。どれも気楽な話題だ。しかし、みんなが胸の内にあることを口に出したら、どうなっただろう?

「すぐにイギリスから出ていきなさい。さもないと、あなたもこの子もだめになる」とケンダル氏。

「あなたは前にも増して彼女を愛しているのね。目を見ればわかるわ」とルイーズ。

「なんとしても、この人たちがフィリップを動揺させるのを防がなければ」とレイチェル。

そしてわたし自身は――「ぼくを彼女とふたりきりにしてくれ……」

しかしわたしたちは、あくまでも礼儀正しく芝居をつづけ、ついに別れの時間が来たときは、誰もがほっとした。ケンダル父娘が明らかに救われた思いで門へ向かうのを見送りながら、わたしは子供のころ読んだおとぎ話のように、領地のまわりに柵をめぐらせ、訪ねてくる者たちや災難をすべて締め出せたらと願った。

本人は何も言わなかったが、レイチェルは出発への第一歩を踏み出そうとしているようだった。彼女は毎晩、本をぱらぱらめくり、持っていくものと置いていくものを仕分けるように、それらを並べていた。またあるときは、書き物机の前にすわって、破いた紙切れやいらない手紙で屑籠をいっぱいにしながら書類を整理し、残ったものをテープで束ねていた。そういった作業はどれも、わたしが婦人の間に入っていくなりぴたりと止まり、彼女は椅子にもどって刺繍を始めたり、窓辺に腰を下ろしたりする。しかしわたしはだまされなかった。まもなく部屋を空けるつもりがないなら、すべてを整理する必要がどこにあるだろう？

その部屋は以前より殺風景になったようだった。細々《こまごま》したものがなくなりつつあるのだ。冬から春にかけて隅のほうに置いてあった裁縫箱。椅子の肘にかかっていたショール。冬のある日、訪問客がレイチェルに贈って以来、ずっと炉棚に載っていたこの屋敷のクレヨン画。それらはもうどこにもない。わたしは少年時代を思い出した。初めて寄宿学校へ行く前のことだ。シーカムは、わたしが持っていく本をいくつかにまとめ、子供部屋をかたづけた。お気に入りでない本は小作人の子供たちにやるために、別の箱に入れた。小さくなりひどくすり切れた上着も何着かあったが、シーカムは、これは坊ちゃんより貧しい、もっと小さな男の子たちにあげなくてはいけないと言い張った。わたしにはそれが恨めしかった。まるで彼が幸せな過去をわたしから奪い取ろうとしているような気がしたのだ。いまレイチェルの部屋には、あのときに似た空気があった。あのショール。彼女は暖かい国ではいらないと考え、あれを人にやったのだろうか？　それにあの裁縫箱は？　あれも分解され、いまではトランクの底に収まっているのだろうか？　いまのところはまだ、トランクそのものが現れる気配はない。それは最後の警鐘となるだろう。屋根裏を歩く重たい足音、協力しあって箱を運び出す若い者たち、樟脳の匂いに入り交じった、埃っぽい蜘蛛の巣の匂い。それによって、わたしはどん底というものを知る。そして、不思議な直感で異変を察知した犬のように、最後の時を待つのだ。もうひとつ、これまでそんなことはなかったのに、レイチェルは午前中に馬車で出かけるようになった。買い物をしたいし、銀行にも用があるからと彼女は言った。これはありうることだ。わたしは、一回で全部の用事がかたづくものと思っていた。ところが彼女は、一日おきに週三回、朝から出かけ、今週もすでに二回、町へ行った。一回目は午前、二回目は午後だ。「急に山のようにほしいものが出てきたんですね。それに用事のほうも……」わたしは言った。

「もっと前にすませるはずだったのです」彼女は答えた。「でもあなたがご病気だったので、延び延びになっていたのですわ」

「町で誰かに会いましたか？」

「いいえ、別に。ああ、そうそう。ベリンダ・パスコーと婚約者の副牧師さんにお会いしました。よろしくとおっしゃっていましたわ」

「でも、あなたはいつも午後いっぱい出かけていますよね。服地屋の商品を全部買い占めでもしたんですか？」

「まさか。本当に穿鑿好きなかたね。自由に馬車を使ってはいけませんの？　それとも、馬を疲れさせるのがご心配？」

「ボドミンなりトルーロなり、好きなところへお行きなさい。そのほうがいい品が買えるし、見るものもいろいろありますよ」

どうやらレイチェルは、わたしにあれこれ訊かれたくないらしい。その用事とはよほど内密なことなのだろう。だからこんなに口が堅いのだ。

つぎにレイチェルが馬車で出かけたとき、馬丁の少年はお供をせず、ウェリントンがひとりで同行した。ジムは耳が痛いようだった。事務所にいたわたしは、彼が厩にすわり、耳を押さえているのに気づいた。

「奥様に何かの油をもらうといいよ」わたしは彼に言った。「それで治るそうだからね」

「はい、そうします」彼はつらそうに言った。「奥様も、帰ったらなんとかすると約束してくださいました。どうもきのう寒さにやられちまったようです。波止場には冷たい風が吹いていましたから」

「波止場なんかで何をしていたんだ？」

「ずいぶん長いこと奥様を待っていたんで、ウェリントンさんが《薔薇と王冠》で馬どもにまぐさや水をやることにしたんです。それで、ぼくは港に船を見にいかせてもらったんですよ」

「じゃあ奥様は、午後じゅうずっと買い物をしていたのかい？」

「いいえ、買い物なんかしてません。いつもどおり、ずっと《薔薇と王冠》の客室にいらしたんですから」

わたしはあっけに取られて彼を見つめた。レイチェルが《薔薇と王冠》の客室に？　宿の主人やかみさんとお茶でも飲んでいたんだろうか？　一瞬、もっと問いただそうかと思ったが、わたしは思い留まった。この子はうっかりしゃべっているのかもしれない。だとしたら、あとでウェリントンに叱られるだろう。このところ、わたしにはすべてが秘密にされているようだった。家の者がみなで結託して、沈黙を守っているのだ。「とにかく早くよくなるといいな、ジム」わたしはそう言うと、彼を残して厩を去った。しかし謎は解けない。レイチェルは人恋しくてたまらなくなり、町の宿に行っているのだろうか？　わたしのお客嫌いを知っているから、午前中だけ、または、午後いっぱい客室を借りて、そこへ人を招いたのだろうか？　レイチェルが帰宅しても、わたしはこの件には触れず、ただ、楽しい午後でしたか、とだけ訊ねた。彼女は楽しかったと答えた。

翌日、レイチェルは馬車を出させなかった。彼女は昼食の席で、手紙を書かなくてはならないのだと言い、食後、婦人の間に上がっていった。わたしのほうは、農場の様子を見にクームまで歩いていくと言った。これは嘘ではない。しかしわたしはさらに足を延ばし、ひとりで町まで行った。その日は土曜日で、天気もよかったので、通りには大勢、人が行き交っていた。

みんな、定期市の開かれる、この周辺の町から来た人々で、面識のないわたしは、誰にも見とがめられずに人混みを歩いていくことができた。顔見知りはひとりも見かけなかった。シーカムのいわゆる「名士たち」はふつう午後は町に来ないし、土曜日はなおさらだ。

波止場の近くで防波堤に寄りかかると、何人かの少年たちが、糸にからみつかれながら、小舟で釣りをしているのが見えた。ほどなく彼らは段々に漕ぎ寄せ、舟から這い出てきた。なかのひとりは、知っている少年だった。《薔薇と王冠》のバーで給仕をしている子だ。彼は、大きなバスを三、四匹、一本のひもからぶら下げていた。

「たくさん釣れたね」わたしは声をかけた。「夕飯用かい？」

「自分のじゃありません」彼はにっこりした。「でもきっと宿で喜ばれますから」

「このごろはリンゴ酒の肴《さかな》にバスを出すのかい？」

「いいえ。これはお泊まりの紳士にお出しするんです。きのうは川で釣った鮭を召しあがったんですよ」

お泊まりの紳士。わたしは銀貨を何枚か、ポケットから取り出した。

「その人からたくさんもらっているといいが。ほら、これはお守りだよ。そのお客さんはなんという人だい？」

少年は相好をくずした。「お名前は知りません。イタリア人だそうですよ。よその国のかたなんです」

そして少年は、魚のぶら下がったひもを肩にかけ、埠頭を走り去った。わたしは懐中時計に目をやった。三時過ぎ。よその国の紳士とやらは、五時に食事を取るにちがいない。わたしは町を通り抜け、アンブローズがヨットの帆やその他の装備を保管していたボート小屋のある狭い路地へと入っていった。小さな平底舟は、係船ロープにつながれていた。わたしは舟を引き寄せ、乗りこむと、港へと漕ぎだし、埠頭から少し離れたところに停泊した。

水路に錨を降ろした船と波止場の段々の間を、小舟で往復している連中が何人かいたが、彼らはこちらに気づいていないか、釣り人だと思って気にしていないかだった。わたしは水中に重石を投げこむと、《薔薇と王冠》の入口を見張りだした。バーの入口は脇道に面している。あの男がそちら側から宿に入るわけはない。現れるとしたら、正面からだろう。一時間が経ち、教会の鐘が四時を告げた。なおもわたしは待っていた。五時十五分前、宿のおかみが客室への入口から出てきて、人をさがすようにあたりを見回した。お客が夕食に遅れているらしい。魚はもう料理できたと見える。おかみは、係留された小舟のそばに立つひとりの男に声をかけたが、言葉までは聞き取れなかった。男は何か叫び返し、振り返って波止場のほうを指差した。おかみはうなずいて、宿のなかにもどっていった。五時十分。小舟が段々に近づいてきた。漕ぎ手は、舳先《へさき》に乗ったたくましい男。舟の塗装は新しい。いかにも、波止場の遊覧を好むよそ者に雇われた舟といった風情だ。

船尾には、つばの広い帽子をかぶった男がひとりすわっていた。やがて彼らは、段々にたどり着いた。男は舟を降りると、軽い押し問答のすえ船頭に金を払い、宿へ向かった。《薔薇と王冠》に入る前、段々に足を止めたとき、彼は例の、目に入るすべてを値踏みするような不遜な態度で、あたりを見回した。見まちがえようがない。わたしはすぐ間近――ビスケットを投げてやれるくらいのところにいたのだ。やがて男は宿に入った。それはライナルディだった。

わたしは重石を引きあげ、ボート小屋に引き返すと、舟を係留し、町を抜け、崖への細い道を登っていった。確か、家までの四マイルに、わずか四十分しかかからなかったと思う。レイチェルは図書室で待っていた。わたしがもどらないので、夕食は下げられていた。彼女は気遣わしげな顔で近づいてきた。

「やっとお帰りになったのね。とても心配しましたわ。どこに行っていらしたの？」

「港で舟を漕いでいたんですよ。外遊びに絶好の天気でしたから。《薔薇と王冠》にこもっているより、水の上のほうがずっと気持ちいいですよ」

彼女の目にハッとした表情が浮かんだ。それで証拠は充分だった。

「これであなたの秘密がわかりました」わたしはつづけた。「嘘をつこうなんて思わないでくださいよ」

シーカムが入ってきて、夕食をお出ししましょうか、と訊ねた。

「すぐそうしてくれ」わたしは言った。「着替えはしないから」

それ以上何も言わず、わたしはただ彼女を見つめていた。まもなく、わたしたちは食堂へ移り、食事を始めた。シーカムは不穏な空気を察知し、ひどく心配していた。彼はわたしのすぐ背後に立ち、まるで医者のように、あれを食べろ、これを食べろとしきりにすすめてきた。

「あまりご無理をなさってはいけません。またご病気になってしまいますよ」

彼はそう言うと、賛同を求めてレイチェルに目をやった。彼女はなんとも言わなかった。ふたりのどちらもほとんど手をつけないまま食事が終わると、レイチェルはすぐさま立ちあがり、二階へ向かった。わたしはそのあとを追った。婦人の間に着くと、彼女はわたしの前でドアを閉めようとしたが、わたしはその隙を与えず、すばやくなかに入ってドアを背に立った。レイチェルの目にふたたび不安の色が浮かんだ。彼女はわたしのそばを離れ、炉棚の前に立った。

「ライナルディはいつから《薔薇と王冠》に泊まっているんです?」わたしは訊ねた。

「あなたには関係ありませんわ」

「いいえ、関係あります。答えてください」

わたしを黙らせるのも、ごまかすのも無理だと悟ったのだろう。彼女は言った。「いいでしょう。お話ししますわ。二週間前からです」

「なぜあの男はあそこにいるんですか?」

「わたくしがたのんだからです。わたくしの友達だからです。わたくしが彼の助言を必要としているから、そして、あなたが彼を嫌うので、この屋敷へ来てもらうことができないからですわ」

「なぜあの男の助言が必要なんです?」

「それもあなたには関係ありません。子供じみたまねはやめて、理解してください、フィリップ」

レイチェルの苦しみを目の当たりにして、わたしはうれしかった。これは彼女に罪がある証拠なのだ。

「だました相手を理解しろと言うんですか？　この二週間、あなたは毎日、ぼくに嘘をついていたんですよ。それは否定できないでしょう」

「だましたくて、だましたわけではありません。あなたのためを思ってしたことですわ。あなたはライナルディを嫌っている。もしわたくしが堂々と彼と会っていたら、この騒ぎはもっと前に起こり、その結果、あなたはまた病気になっていたでしょう。ああ、また同じ苦しみを味わわなければならないのかしら。最初はアンブローズ、つぎはあなたを相手に」

レイチェルの顔は蒼白でひきつっていたが、それが恐怖のせいなのか、怒りのせいなのかはわからなかった。わたしはドアを背に突っ立って、彼女を見つめていた。

「そうです。アンブローズ同様、ぼくもライナルディを嫌っている。でもそれには、ちゃんと理由があるんです」

「いったいどんな理由ですの？」

「あの男はあなたを愛しているんだ。ずっと前から、もう何年も」

「なんて馬鹿なことを……」レイチェルは胸の前で両手を組み合わせ、暖炉から窓辺へ、また暖炉へと、小さな部屋を行きつもどりつした。「彼は、数々の試練と困難を乗り越えてくる間、いつもそばにいてくれた人――わたくしを誤解したり、理想化したりは決してしなかった人なのです。彼はわたくしの欠点も弱いところも知っていながら、それをとがめず、ありのままのわたくしを受け入れてくれる。彼の助けがなかったら、これまでの長い年月――あなたがまったくご存じない年月、わたくしはただ途方に暮れるばかりだったでしょう。ライナルディはわたくしの友達です。たったひとりの友達なのです」

レイチェルは言葉を切って、わたしを見つめた。明らかにこれは真実なのだ。いや、頭のなかで歪められ、彼女にとっては真実となっているのだろう。それでも、ライナルディに対するわたしの見方は変わらなかった。彼はすでに報酬の一部を獲得している。彼女がたったいま言った、わたしのまったく知らない年月がそれだ。残りのものもやがては手に入るだろう。来月か、来年か――とにかく、いつかは必ず。彼には忍耐力がある。しかしわたしにはそれがない。アンブローズにもなかった。

「彼を郷里《くに》へ帰してください」わたしは言った。

「その時が来たら、自分の意思で帰るでしょう。でもわたくしが必要としているかぎり、ずっといてくれるはずです。そうだわ、あなたがまたわたくしを脅そうとしたら、この家に護衛として来てもらいますから」

「あなたにそんなことはできない」

「できない？　なぜです？　ここはわたくしの家なのですよ」

するとこれは闘いなのだ。彼女の言葉は、わたしには受けて立つことのできない挑戦だった。女である彼女の頭脳は、わたしの頭脳とはちがうふうに働く。口舌の争いはすべてフェアであり、殴打はすべて卑怯なのだ。だが女の攻撃を止めることができるのは、物理的な力だけだ。わたしは一歩、レイチェルに近づいた。しかし彼女はベルのひもを握って、暖炉のそばに立っていた。

「そこを動かないで」彼女は叫んだ。「シーカムを呼びますよ。わたくしが、殴られそうになったと言えば、恥をかくのはあなたですわ」

「殴る気などありませんよ」わたしはそう言って、ドアを開け放った。「シーカムを呼びたければ、そうなさい。これまでここであったことをすべて話せばいいでしょう。暴力と辱めを受けねばならないなら、存分に受けようじゃありませんか」

レイチェルはベルのそばに、わたしは開いたドアのそばに立っていた。彼女はベルのひもを放した。わたしは動かなかった。やがて、レイチェルの目に涙が湧きあがった。彼女はわたしを見て言った。「女は二度も耐えられない。わたくしは前にもこれと同じ経験をしたのです」そして自分の喉に触れて、付け加えた。「首を締められたのまで、同じでした。ねえ、わかってください」

わたしは彼女の頭ごしに、炉棚の上の肖像画を見ていた。じっと見おろす若き日のアンブローズの顔は、わたし自身の顔だった。レイチェルはわたしたちの両方を打ちのめしたのだ。

「ええ、わかりました。ライナルディに会いたければ、ここにお呼びなさい。《薔薇と王冠》にこそこそ会いにいかれるより、そのほうがずっとましです」

そしてわたしは婦人の間に彼女を残し、自室へもどった。

翌日、ライナルディは夕食に来た。レイチェルは朝食のとき、わたしのもとへ彼を招く許しを求める手紙をよこした。前夜の挑戦は忘れ去られたか、わたしを復権させるため、とりあえず棚上げされたらしい。お返しにわたしは、ウェリントンを馬車で迎えにいかせると返事をやり、ライナルディは四時半に到着した。

そのとき、わたしはたまたまひとりで図書室にいたのだが、シーカムのほうの手違いで、彼は居間でなく、そこへ通されてきた。立ちあがって挨拶すると、彼は悠然と握手の手を差し出した。

「全快なさったようですね」彼はそう挨拶した。「いや、実際、思っていたよりお元気そうだ。こちらは悪い話ばかり聞かされていたのですよ。レイチェルがひどく心配しておりましてね」

「もうすっかりいいのです」わたしは言った。

「若さの取り柄は、肺や消化器官が丈夫なことですな。だから数週間で、病気の痕跡はすべて消えてしまうのですよ。きっとあなたは、早くも馬にまたがって近隣を走りまわっておられるにちがいない。ところが、あなたのお従姉やわたしのような年寄りは、無理をしないよう気をつけなければなりません。わたし自身は、昼食後の昼寝は中年者には欠かせないと思っています」

どうぞおかけください、と言うと、彼はすわって、うっすら笑みをたたえながら、あたりを見回した。「この部屋の改装はまだのようですな。おそらくレイチェルは、ここはこのままにしておくつもりなのでしょう。趣を添えるためにね。確かにそのほうがいい。金はもっと別のところにかければいいのです。レイチェルから聞きましたが、わたしがこの前来たときから、外の工事はずいぶん進んだそうですね。レイチェルのことだから、まちがいはないでしょう。

しかし出来を認める前に、まずこの目で見る必要がある。わたしは彼女がひとりよがりに陥らないよう、評議員を自任しているのです」

ライナルディは相変わらず笑みをたたえたまま、ケースから細い葉巻を取り出し、火をつけた。「実は、例の財産移譲のあと、ロンドンであなた宛にお手紙を書いたのですが」彼は言った。「そのあとご病気だと聞いて、お出ししなかったのです。内容のほとんどは、いま直接お話しすればすむことでしたが。ただレイチェルに代わって感謝を表し、この手続きによってあなたが大きな損をなさらぬよう充分気を配ると書いただけですので。わたしは支出のすべてに目を光らせるつもりですからね」彼は宙に煙を吐き出して、じっと天井を見あげた。「あの枝付き燭台は、あまり趣味がよくはありませんな。イタリアなら、もっとよいものが手に入りますよ。あとで、そういう品々を書き出しておくようレイチェルに言いましょう。名画や質のいい調度は、確かな投資になるのです。最終的に、われわれが財産をあなたにお返しするときには、その価値は二倍になっているでしょう。まあ、それはずっと先のことですが。そのころには、あなたにも成人した息子さんたちがいるにちがいない。そしてレイチェルとわたしは、車椅子の年寄りになっているでしょう」彼は笑って、ふたたびわたしにほほえみかけた。「ところで、魅力的なルイーズ嬢はお元気ですか?」

わたしはたぶん元気だろうと答えた。そして葉巻を吸う彼を見つめ、男にしてはこいつの手はいやにすべすべしている、と思った。その手にはどこか、彼の他の部分にそぐわない、女性的なところがあった。それに、小指の大きな指輪にも違和感がある。

「フィレンツェへは、いつお帰りになるのですか?」わたしは訊ねた。

ライナルディは上着に落ちた灰を、炉格子のほうへはじき飛ばした。

「それはレイチェル次第です。まずロンドンにもどって所用をかたづけ、それから、先に帰国して彼女を迎えられるよう使用人に山荘の支度をさせるか、待っていていっしょに帰国するかですね。レイチェルが帰るつもりだということは、もちろんご存じでしょう?」

「ええ」

「あなたがレイチェルを無理にお引き留めにならないので、実はほっとしているのです。ご病気のせいで、ずいぶん彼女をたよりにするようになられたでしょうから——彼女からそう聞いています。レイチェルは、絶対あなたの気持ちを傷つけまいと心を砕いていましたよ。しかしわたしはこう言ったのです。きみの従弟はもう子供ではなく、一人前の男なんだ。自分の足で立てないなら、そのすべを学ばねばならない。そうでしょう?」

「おっしゃるとおりです」

「女性は、特にレイチェルは、常に感情の赴くままに行動します。われわれ男は、いつもではないにしろ、通常、理性に則《のっと》って動くものです。いや、あなたが分別あるかたでよかった。おそらく春になるでしょうが、フィレンツェのわれわれの家に来てくださったら、家宝のいくつかをお見せしますよ。きっとがっかりはなさらないでしょう」彼はふたたび、天井に向かって煙を吐き出した。

「いま『われわれ』とおっしゃいましたが」わたしは思い切って言ってみた。「それは、町全体を所有する王者のような感覚でおっしゃったのですか？　それとも、法律的な意味合いなのですか？」

「これは失礼」彼は言った。「いろいろな局面で、レイチェルの代理人として行動するのが習い性になっていましてね。頭のなかまでそうなっているもので、自分自身を彼女から切り離すことができないわけです。それでつい、そういう人称代名詞を使ってしまうのですよ」彼はこちらを見やった。「まあ、そのうち、より親密な意味でその言葉を使う日が来るとは思いますが。しかし――」彼は手にした葉巻を振ってみせた。「――それも成り行き次第です。ああ、レイチェルが来ましたよ」

レイチェルが入ってくると、ライナルディは立ちあがり、わたしもそれに倣った。彼はレイチェルの差し伸べた手を取ってキスし、彼女はイタリア語で歓迎の辞を述べた。たぶん食事中、ふたりを――レイチェルの顔から片時も離れないライナルディの目、レイチェルの微笑、前とはちがう、彼に対する彼女の態度を――ずっと見ていたせいだろう。わたしは吐き気がこみあげてくるのを感じた。食べるものは、すべて埃っぽい味がした。食後にレイチェルが入れた香草のお茶にさえ、なじみのない、つんとくる苦みがあった。庭にすわるふたりを残して、わたしは部屋に引き取った。ふたりきりになったとたん、彼らはイタリア語で話しだしていた。わたしは窓辺の椅子にすわった。回復期の初めのころ、いつもすわっていたその場所に。あのときはかたわらにレイチェルがいた。世界全体が、突然、悪意を持ち、無情になったような気がした。下に降りて、ライナルディに別れの挨拶をする気にはどうしてもなれなかった。馬車がやって来て、ふたたび去っていくのが聞こえた。わたしは椅子にすわりつづけた。まもなくレイチェルが上がってきて、ドアをノックした。返事をせずにいると、彼女は入ってきて、わたしの肩に手をかけた。

「今度はどうなさったの?」それは、もう我慢の限界だと言いたげな、ため息まじりの声だった。「ライナルディはとても礼儀正しかったし、好意的でしたわ。今夜は何がいけませんでしたの?」

「何も」わたしは答えた。

「彼はあなたのことをたいへん褒めているのですよ。話を聞いていれば、あなたを深く尊敬しているのがわかったはずですわ。まさか今夜は、彼の言ったことに文句はないでしょう? あなたがこんなに気むずかしくて、こんなに嫉妬深くなかったら……」

黄昏が迫っていたので、彼女は部屋のカーテンを閉めた。そのしぐさ、カーテンへの触れかたにさえ、いらだちは表れていた。

「真夜中までずっと、そうやって背中を丸めてすわっているおつもり?」彼女は訊ねた。「それなら、何か体におかけなさいな。さもないと、風邪を引きますよ。とても疲れたので、わたくしはもう休みます」

レイチェルは軽くわたしの頭に触れ、出ていった。愛撫ではない。不作法に振る舞った子供をトントンたたくような、すばやいしぐさ。叱るのにも飽き飽きして上の空になり、さっさとすませようとしている大人の態度だ。「ああ……もうたくさん……うんざりだわ」

その夜、わたしはふたたび発熱した。前のような高熱ではないが、それに類するものだ。二十四時間前、港でずっと舟に乗っていたせいで、風邪を引いたのだろうか。確かなことはわからない。とにかく朝になると、立ちあがれないほどめまいがし、そのうえ吐き気と寒気に襲われて、ベッドにもどらざるをえなかった。医者が呼ばれ、わたしは痛む頭で考えた。またあのみじめな病の過程が繰り返されるのだろうか？　医者は肝臓が悪いのだと言い、薬を置いていった。しかし午後になって看病に現れたレイチェルの顔には、昨夜と同じ表情――疲れに似たものがあるような気がした。その胸の内の思いは、だいたい察しがついた。「また同じことの繰り返しなの？　わたしはここで永遠に、看護婦役を務めなくてはならないの？」薬を手渡す彼女の態度は、以前よりそっけなかった。そのため、あとになって喉が渇き、水が飲みたくなったときも、わたしは面倒をかけるのを恐れ、グラスを持ってきてほしいとたのむことができなかった。

レイチェルは本を持っていたが、読んではいなかった。彼女はそばにすわっていることで、無言のうちにわたしを責めているようだった。

「他に用事があるなら、ここにいなくてもいいんですよ」とうとうわたしは言った。

「他にどんな用事があるとおっしゃるの？」それが彼女の返事だった。

「たとえばライナルディに会いにいくとか」

「彼はもう発ちました」

それを聞くと、急に心が軽くなり、病気もほとんど治ってしまった。

「ロンドンへ帰ったのですか?」わたしは訊ねた。

「いいえ。きのう、プリマス発の船に乗ったのです」

安堵があまりに大きかったので、わたしはその表情でレイチェルを余計いらだたせないよう、顔をそむけなくてはならなかった。

「まだイギリスに仕事が残っているんだと思っていましたよ」

「そうでしたけれど、手紙のやりとりで処理できるだろうとふたりで話しあったのです。故郷《くに》には、もっと差し迫った用事がありますし。だから真夜中に出る船があると聞いて、それで発ったのです。これでご満足?」

ライナルディはこの国を去った。その点は満足だった。だが、「ふたりで」という言葉は気に入らない。それに、故郷の話もだ。あの男がなぜ去ったか、わたしにはわかっていた。彼は、山荘の使用人たちに、奥様を迎える準備をするよう言いにいったのだ。差し迫った用事か。砂時計の砂はなくなろうとしている。

「あなたはいつ発つんです?」

「それはあなた次第ですわ」

そうしようと思えば、不調なままでいることはできるだろう。痛みを訴え、病気を言い訳にし、芝居を打ち、もう何週間かずるずると引き延ばすことなら。でもそのあとは? 荷は造られ、婦人の間は空《から》になり、青の間のベッドは、レイチェルが来るまで何年もそうだったように、埃よけのカバーに覆われる。そして静寂が訪れるのだ。

「もしもあなたが、こんなに冷たく、こんなに残酷でなかったら、この最後の日々は楽しいものだったはずなのに」彼女はため息をついた。

このわたしが冷たい？　このわたしが残酷？　そんなことは思ってもみなかった。無情なのは、レイチェルのほうではないのか。とにかく、もう修復はきかない。差し伸べたわたしの手に、彼女は手をあずけた。しかしそこにキスしながらも、わたしはライナルディのことを考えつづけていた……

その夜、わたしは、花崗岩の石碑のところへ登っていき、その下に埋めたあの手紙をもう一度読む夢を見た。その夢はあまりにも鮮烈だったため、目覚めても薄れず、午前中ずっと頭を離れなかった。わたしはベッドから起きあがり、昼にはいつもどおり階下に降りられるくらいよくなっていた。一方、どんなにがんばっても、あの手紙をもう一度読みたいという気持ちは振り払えなかった。ライナルディについてどんな記述があったか、わたしは思い出せなかった。アンブローズがあの男のことをどう言っていたか、確かなところを知らねばならない。午後になると、レイチェルは休息を取るため、部屋に引き取った。彼女の姿が消えるなり、わたしはこっそり森を抜け、道をたどり、森番の小屋を見おろす小径へと登っていった。胸のなかは、自分のやろうとしていることに対する嫌悪感でいっぱいだった。ついに花崗岩の石碑にたどり着き、わたしはその前に膝をついた。両手で土を掘っていくと、突然、ぐっしょり濡れたあの札入れの革に手が触れた。ナメクジが一匹、そこを冬の住まいとしており、外側の、そいつの這った跡はべとべとだった。湿っぽい黒いナメクジは、革に貼りついていた。わたしはそいつをはじき飛ばすと、札入れを開けて、しわくちゃの手紙を取り出した。紙は湿ってよれよれになり、文字は前よりもっとかすんでいたが、まだ読むことはできた。わたしはその全文に目を通した。最初の部分はざっと読み流した。アンブローズの病気の症状が、まったく原因がちがうにもかかわらず、わたしの病気とそっくりなのが不思議だったが。でも、とにかくライナルディの箇所を見なくては……

月日が経つにつれ、彼女はますます、夫である私以上に、ライナルディという男にたよるようになった。これは、前にも手紙で触れた、サンガレッティの友人であり、どうやら弁護士でもあったらしい人物だ。私は、この男が彼女に悪影響を及ぼしているのだと思う。彼は何年も前から、サンガレッティの存命中さえも、彼女に恋心を抱いていたのではないだろうか。しばらく前までは、彼女があの男をそういう目で見たことがあるとは、一瞬たりとも思わなかったが、自分に対する彼女の態度が変わって以来、私は確信が持てなくなっている。彼の名を呼ぶとき、彼女の目は翳り、声の調子は変わる。それが、私の心に恐ろしい疑惑を呼び起こすのだ。

彼女は自堕落な両親に育てられ、最初の結婚の前もその後も、ふたりのどちらから見てもどうかと思われる生活を送っていた。そのためだろうか、私はよく、彼女の倫理観がわれわれの故郷のものとはちがうのを感じる。たぶん夫婦の絆など、さほど神聖ではないのだろう。彼女はあの男から金をもらっているようだ。いや、実際に証拠もある。罰当たりなことを言うようだが、いま、彼女の心を動かせるのは金だけなのだ。

そう、これだ。わたしをずっと悩ませていた、忘れていたあの一文。紙の折れ目で文字はぼやけていたが、やがてその先にふたたび「ライナルディ」の名が見つかった。

たとえば、テラスに降りていくと、そこにはライナルディがいる。そして私を見るなり、ふたりは黙りこむのだ。そうなると私は、彼らは何を話していたのだろうと考えずにはいられない。一度、彼女がなかに引っこみ、ふたりきりになったとき、ライナルディが唐突に、遺言状のことを訊いてきたことがある。ちなみに、私たちが結婚したときに、彼はその遺言状を見ている。あのままだと私が死んだ場合、妻には何も遺されないと彼は指摘した。そのことは私も承知しており、言われるまでもなく、この点を修正すべくすでに新しい遺言状は書いてあった。それは、彼女の浪費癖が一過性のもので、根の深いものでないことがはっきりしたら、証人の立ち会いのもと、署名するようになっている。

ところで、この新しい遺言状により、屋敷と領地は、土地の管理運営が完全におまえの手に委ねられるという条件つきで、その存命中にかぎり彼女のものとなり、彼女が死ねば、おまえが譲り受けることになる。

この遺言状は、いま話した理由により、まだ未署名のままとなっている。

ひとつ心に留めておいてくれ。遺言状のことを訊いてきたのはライナルディ、現在の遺言状の不備を指摘したのはライナルディなのだ。彼女自身は何も言っていない。しかしふたりの間では、この話が出ているのだろうか？　私がいないとき、彼らはどんなことを話しているのだろう？

遺言状の件があったのは、三月のことだ。確かにそのころ、私は体調が悪く、ひどい頭痛に悩まされていた。ライナルディは私が死ぬかもしれないと考え、あの男らしい冷たい計算のもとにあの話を持ち出したのかもしれない。その可能性はある。ふたりは何も話し合っていないのかもしれない。だが真実を知るすべはない。このところ、私は始終、彼女の視線を感じる。彼女は用心深い奇妙な目で私を見つめている。そして私が抱くときは、怯えているように見える。だが何に、誰に怯えているのだろう？

二日前――実はこの手紙を書こうと思い立ったのはそのためなのだが――私は三月に倒れたとき同様、ふたたび発熱した。それはいつも突然始まる。まず痛みと吐き気に見舞われ、その後すぐに脳が興奮状態に陥り、私を暴力へと駆り立てる。やがて心身ともにふらふらになり、立っているのもむずかしくなる。この段階が過ぎると、激しい眠気が襲ってきて、四肢の力が抜け、私は床やベッドに倒れてしまう。父がこのようになった記憶はない。確かに頭痛はあり、熱にも悩まされていたが、その他の症状は見られなかった。

フィリップよ。私が信頼できるのはこの世でおまえひとりだ。これがどういうことなのか、教えてくれ。そしてできたら、ここへ来てほしい。ニック・ケンダルには何も言うな。誰にも何も言ってはいけない。何よりも返事は一切書くな。ただ来てくれ。

ある考えが頭にとりつき、絶えず私を悩ませている。彼らは私の毒殺を企んでいるのだろうか？

アンブローズより

今回は、手紙を札入れに入れたりはしなかった。わたしはそれを細かく引き裂き、断片のひとつひとつを靴の踵でぎゅうぎゅう踏みつけた。紙は四方に散らばり、ばらばらの場所で踏みにじられた。土中に埋められてぐっしょり濡れていた札入れは、ひとひねりでふたつに裂けた。うしろに放り捨てると、それはシダの茂みに落ちた。わたしは家に向かった。ホールに入ると、ちょうどシーカムが、馬丁の少年が町から取ってきた郵便袋を運びこんでいるところだった。それはまるで、あの手紙の追伸のように思えた。シーカムはわたしが袋の鍵を開ける間、そばに控えていた。袋のなかには、わたし宛の何通かにまじって、プリマスの消印のレイチェル宛の手紙が一通あった。それがライナルディからであることは、蜘蛛を思わせるその細長い筆跡を見ただけでわかった。もしもひとりだったら、わたしはその手紙を取っておいたと思う。しかし、その場にはシーカムがいたので、手紙は彼に渡して、レイチェルに届けさせるしかなかった。

しばらくして、わたしは彼女の部屋を訪れた。散歩の話はしなかった。どこへ行っていたかも言わなかった。しかし皮肉なことに、わたしに対する彼女のとげとげしさはすっかり消えたようだった。昔の優しさがよみがえったのだ。彼女は両手を差し伸べてほほえみ、具合はどうか、体はよく休まったかと訊ねてくれた。受け取った手紙のことは何も言わなかった。あのなかに何か彼女を喜ばせるようなことが書かれていたのだろうか――食事の間、ずっとわたしはそのことを考えていた。食べながら、心のなかで、ライナルディの手紙の内容を思い描いていた。彼がレイチェルに何を語ったのか、レイチェルをなんと呼んでいるのか――要するに、それが恋文なのかどうかを。きっとイタリア語の手紙だろう。それでも、ところどころ、わたしにもわかる言葉が出てくるかもしれない。慣用句のいくつかは、レイチェルから教わっている。少なくとも、書き出しの言葉で、ふたりの関係くらいはわかるだろう。

「ずいぶん静かなのね。大丈夫ですか？」レイチェルが訊ねた。

「ええ」わたしは答えた。「大丈夫ですよ」心を読まれるのではないか、自分の計画を気取られるのではないかと思うと、顔が赤くなった。

食後、わたしたちは婦人の間に行った。レイチェルはいつもどおり香草のお茶を入れ、わたしの横のテーブルにカップを置いた。そして自分の分は自分の横に。書き物机の上には、半ばハンカチに隠れて、ライナルディの手紙が載っていた。わたしの目は、魅入られているように、そちらに吸い寄せられた。イタリア人は愛する女に手紙を書くときも、形式を守るのだろうか？　それとも、プリマスからの旅立ちを手配し、数週間の別離を前に、たっぷり食事を取ったあと、寛大な笑みをたたえながら、ブランデーを飲み、葉巻を吸うようなとき、彼は大胆になり、愛の言葉を書き記すことを自らに許すのだろうか？

「ねえ、フィリップ」レイチェルが言った。「あなた、部屋の一箇所に目が釘付けになっていますわ。まるで幽霊でも見ているようよ。いったいどうなさったの？」

「なんでもありませんよ」わたしはそう答えた。そして、質問を封じるため、机に手紙があることを忘れさせ、そこにそれを放置させるために、初めて彼女を偽り、愛と欲望に駆られたふうを装って、かたわらにひざまずいた。

その夜遅く、真夜中をかなり回って、レイチェルが確実に眠っているとき――ロウソクを手に青の間に立ち、ベッドの彼女を見おろしたから、そうとわかったのだ――わたしは婦人の間にもどった。ハンカチはまだそこにあったが、手紙はなくなっていた。わたしは暖炉をのぞいた。炉格子のなかに灰はない。机の引き出しを開けてみると、いろいろな書類がきちんと収められていたが、やはりそこにも手紙はなかった。小仕切りにも、その横の小さな引き出しにもだ。残るは引き出しがひとつ。そこには鍵がかかっていた。わたしはナイフを取り出し、隙間に刃を差しこんだ。引き出しのなかに、何か白いものが見える。わたしは青の間に引き返し、枕もとのテーブルから鍵束を取ってきて、いちばん小さい鍵を試してみた。ぴったりだった。引き出しが開いた。わたしは手を入れて、封筒を引っ張りだした。しかし、緊張と興奮はすぐに失望へと変わった。わたしの手に握られていたのは、ライナルディの手紙ではなかったのだ。それは、植物の莢と種が入っただけの封筒だった。種は莢からわたしの手へ、さらに床へとこぼれ落ちた。とても小さな緑の種子だ。それらをじっと見つめるうちに、わたしはこういう種を以前にも見たことがあるのを思い出した。それは、タムリンが栽培場でうしろへ放り捨てたあの種、そしてまた、サンガレッティ邸の中庭に散らばった、使用人の掃いていたあの種と同じものだった。
それは、牛にも人にも有害な、キングサリの種だった。

第二十六章

わたしは封筒をもどして、引き出しに鍵をかけた。そして、鍵束を取りあげ、化粧台の上に返した。ベッドで眠っているレイチェルのほうは見なかった。そのあとわたしは、自分の部屋に帰った。

あれほど冷静だったことは、もう何週間もなかったと思う。洗面台の前に行くと、水差しとたらいの横には、医者が処方してくれた薬の瓶がふたつあった。わたしはその中身を窓から捨てた。それからロウソクを持って階下に降り、食品室に行った。使用人たちはみな、とうの昔に部屋に引きあげていた。流しのそばのテーブルには、盆があって、カップがふたつ載っていた。レイチェルとわたしが、香草のお茶を飲むのに使ったカップだ。ジョンがときどき夜サボって、汚れたカップを朝まで放っておくことを、わたしは知っていた。その夜、彼は実際、そうしたと見え、どちらのカップにも薬草茶の残りがあった。わたしはロウソクの光でそれを調べた。見た目は同じだった。そこでお茶の残りに小指をつけ、まず彼女の分を、つぎに自分の分をなめてみた。何かちがいはあるだろうか？　なんとも言えない。わたしのカップの残りのほうが若干濃いような気もしたが、断言はできなかった。わたしは食品室をあとにし、ふたたび二階の自室にもどった。

わたしは服を脱いでベッドに入り、暗闇のなかに横たわった。怒りや恐れは少しもなかった。感じたのは憐れみだけだ。わたしは、自らの行為になんの責任もない者、悪に染まった者として彼女を見ていた。支配力をふるう男に屈服し、駆り立てられ、その生まれと育ちゆえに深い倫理観もなく、本能と衝動によって、彼女は決定的な行動を取るに至ったのだ。わたしは彼女を彼女自身から救いたかった。しかし、どうすればいいのだろう？　わたしには、アンブローズがすぐそばにいるように思えた。自分が彼のなかで、彼が自分のなかで、ふたたび生きているような気がした。わたしがずたずたに引き裂いた、彼のあの手紙は、ついにその目的を果たしたのだ。

レイチェルは彼女なりの奇妙な形で、本当にわたしたちふたりを愛していたのだと思う。しかしそのうち、わたしたちは用済みとなった。結局、彼女を動かしていたのは、盲目的な情熱以外の何かだったらしい。おそらく彼女は二重人格なのだ。ふたつに引き裂かれていて、一方が支配的になったかと思うと、つぎは他方が力をふるうというような。よくはわからない。ルイーズなら、あの人は常に後者だったのだと言うだろう。最初から、すべて前もって考え、行動していたのだ、と。そんなふうになったのは、父親が死に、フィレンツェで母親と暮らしはじめてからだろうか？　それとも、その前からなのだろうか？　決闘で死んだサンガレッティ――アンブローズにとっても、わたしにとっても、実体のない影のような存在だったあの男も、やはり苦しんだのだろうか？　ルイーズなら、そうだと言うにちがいない。ルイーズなら、レイチェルは、二年前、アンブローズと出会うなり、金のために彼と結婚しようと企んだのだ、そして、彼が望みのものを与えないとわかると、その死を仕組んだのだ、と主張するだろう。それこそ法律家の頭。しかも彼女は、わたしが引き裂いたあの手紙を読んでさえいない。もしも読んだら、なんと言うだろう?

女は一度、露見しなかったことなら、もう一度やるかもしれない。そして、新たな重荷から自らを解放するかもしれない。

あの手紙は破ってしまった。ルイーズにも他の誰にも、今後、読まれることはない。あの中身は、もうどうでもよかった。大事なのは、ライナルディが、そしてニック・ケンダルまでもが、病める脳の語らせたいまわの言葉として一蹴した、アンブローズの最後の手紙のほうだ。「ついに彼女にやられた。私をさいなむあの女、レイチェルに」

彼が真実を語っていたのを知る者は、わたしだけだ。

わたしはふたたび、かつていた場所にもどっていた。誓いを立てた、あのアルノ川の橋の上に。おそらく誓いというものは、偽ることのできないもの、いつかは果たさねばならないものなのだろう。

翌日は日曜日だった。レイチェルがうちに来て以来、いつもそうしてきたように、わたしたちは馬車で教会へ行った。それはよく晴れた暖かな日だった。もう夏も盛りとなったのだ。レイチェルは、軽くて薄い、新しい黒のガウンを着け、麦藁のボンネットをかぶり、パラソルを持っていた。彼女はウェリントンとジムに笑顔でおはようと声をかけ、わたしは彼女が馬車に乗りこむのに手を貸した。わたしが隣にすわり、馬車が門に向かって走りだすと、彼女はわたしに手をあずけた。

これまでわたしは愛をこめて、何度もその手を握った。その小ささを感じ、指輪をいじり、手の甲の青い血管を見、きれいに磨かれた小さな爪に触れてきた。いまそれはわたしの手のなかでじっとしている。そして初めて、わたしはその手がいつもとちがう目的に使われる場面を思い描いた。それはてきぱきとキングサリの莢をつまみあげ、なかの種を取り出している。そしてその種をつぶし、てのひらにこすりつけている。かつて自分がその手をとても美しいと褒めたことを、わたしは思い出した。初めてそう言ったとき、彼女は笑ってこう答えた。「この手はとても役に立ちますの。アンブローズが、庭仕事をするときのきみの手は職人の手だとよく言っていましたわ」

馬車は丘の急な下りに差しかかり、後輪にブレーキがかけられた。レイチェルはわたしのほうに肩を寄せると、パラソルで日差しをさえぎりながら言った。「昨夜はぐっすり眠っていて、あなたが出ていったのにも気づきませんでしたわ」そしてわたしを見て、彼女はほほえんだ。彼女があんなにも長いことわたしをだましてきたというのに、わたしはそれ以上にひどい嘘つきになったような気がした。返事をすることさえできず、嘘を気取られまいとしてその手をぎゅっと握りしめ、わたしは顔をそむけた。

西の湾の砂浜は黄金色に輝き、潮ははるかに後退し、水面は陽光を浴びてきらめいていた。馬車は、村へ、教会へと向かって、道なりに曲がった。鐘の音が鳴り響いている。人々は門のあたりに立って、わたしたちが馬車を降り、先になかに入るのを待っていた。レイチェルはみなにほほえみかけ、お辞儀をした。そこにはケンダル父娘やパスコー一家、うちの小作人たち大勢の姿もあった。アシュリー家の信者席に向かって通路を進んでいくと、オルガンが鳴りだした。

わたしたちはほんのしばらく、祈りのためにひざまずき、組んだ手の上に顔を伏せていた。わたしは祈りなど捧げず、胸の内でこんなことを考えていた――「もしなんらかの神を信じているとしたら、彼女はその神に何を祈っているのだろう？　計画がうまくいったことに対する感謝を捧げているのだろうか？　それとも慈悲を請うているのだろうか？」

レイチェルは立ちあがり、祈禱書を開くと、クッションのついた座席にもたれてすわった。その顔は穏やかで幸せそうだった。以前、人知れず、何カ月も憎みつづけていたように、この人を憎むことができたら、と思った。しかしわたしは、奇妙にも、深い憐れみ以外、何も感じなかった。

牧師が入ってくると、一同は立ちあがり、礼拝が始まった。その朝、歌った聖歌をわたしは覚えている。「人をあざむく者は、わたしの家に住むことはできない。嘘を言う者は、わたしの視界に留まることはできない」レイチェルの唇は歌詞どおりに動いていた。その歌声は、低く静かだった。牧師が説教壇に上がると、彼女は膝の上で手を組み、ちゃんと話を聴こうとい ずまいを正した。その目は真剣に、熱心に、きょうの題目を告げる牧師の顔をじっと見守っていた。「生ける神の御手《みて》のうちに陥るのは、恐ろしいことである」

日光がステンドグラスの窓から射しこみ、レイチェルを照らした。わたしの席からは、説教が終わるのを待ちかね、小さくあくびを漏らしている、村の子供たちの薔薇色の丸い顔が見えた。日曜日のブーツに締めつけられた彼らの足が、もぞもぞ動く音もする。みんな裸足になって原っぱで遊びたがっているのだ。一瞬、わたしは、もう一度無邪気な子供に返れたら、いま隣にいるのがレイチェルでなくアンブローズだったら、と強く思った。

「町の城壁の下、はるか彼方に緑の丘あり」なぜこの日、この聖歌が歌われたのかは、わからない。おそらく村の子供たちに関係する何かの祭りがあったのだろう。わたしたちの声は、建物のなかに大きく明瞭に響きわたった。エルサレムのことを考えるべきだったのだろうが、わたしの頭に浮かぶのは、フィレンツェのプロテスタントの墓地の片隅に立つ質素な墓のことばかりだった。

聖歌隊が出ていき、会衆が通路に向かいだすと、レイチェルはわたしにささやいた。「きょうは、以前のように、ケンダル様たちとパスコーご一家を食事にお招びしましょうよ。もうずいぶんお招びしていませんもの。みなさんきっと気を悪くなさいますわ」

わたしはちょっと考えてから、短くうなずいた。そのほうがいい。彼らは、わたしとレイチェルの間にできた大きな溝を埋めてくれるだろう。会食の席でのわたしの寡黙に慣れている彼女は、お客たちと話すのに忙しく、こちらを見たり、不審がったりする暇もないだろう。教会の外で顔を合わせると、パスコー一家はふたつ返事で招待を受け、ケンダル父娘はそれ以上に乗り気だった。「わたしは、食事がすんだらすぐお暇《いとま》せねばならんが」とケンダル氏は言った。

「あとでルイーズを迎えに馬車を送り返すとしよう」

「パスコー牧師は夕べの祈りでまたお説教をしなければなりませんから」牧師夫人が口をはさんだ。「ケンダル様はうちの馬車でお帰りになればよろしいわ」そして彼らは、足をどう使うか、ややこしい計画を立てはじめた。一同があぁでもない、こうでもないと言い合い、最良の方法を編み出そうとしているときだ。わたしは、雛壇の遊歩道と未来の水生植物園の工事を仕切っている親方が、何か話があるらしく、帽子を手に小径の端に立っているのに気づいた。

「なんだい？」わたしは彼に言った。

「お邪魔してすみませんです、アシュリー様」彼は言った。「きのう、引きあげる前におさがししたんですが、どこにもお姿が見当たらなかったもんで、いまご注意しとこうと思いましてね。雛壇の遊歩道に行くにしても、いま水生植物園の上に渡してある橋には乗らないようにしていただきたいんで」

「どうして？　何か問題があるのかい？」

「月曜の午前中にきちんと工事にかかるまでは、ありゃあただの骨組みなんで。あの厚板は見た目にゃ頑丈そうですが、ちょっとした重さにも耐えられやしません。反対側へ渡ろうなんてあの上を歩きゃ、落っこちて首の骨を折っちまいます」

「ありがとう、覚えておくよ」

連れたちを振り返ると、話はすでにまとまっており、わたしたちは、いまは遠い昔に思えるあの最初の日曜のように三つのグループに分かれた。レイチェルとケンダル氏はケンダル家の馬車、ルイーズとわたしはうちの馬車に乗り、パスコー家の人々は、彼らの四輪箱馬車でそのうしろにつづいた。同じことはこれまでに何度もあったはずだ。しかし、丘の上りに入り、馬車を降りて歩いている間、わたしはあの初めての時、つまり、十カ月近く前の、九月のあの日曜のことばかり考えていた。あの朝、わたしはつんとすましてすわっているルイーズにいらだち、それ以来ずっと彼女を無視してきた。それでも彼女はひるまず、ずっと友でいてくれたのだ。丘の頂上に着き、ふたたび馬車に乗りこむと、わたしは彼女に言った。「キングサリの種が毒だって、知ってたかい？」

ルイーズは驚いてこちらを見た。「ええ、確かそのはずよ。牛はあれを食べると死ぬし、人間の子供もそうだわ。なぜそんなことを訊くの？　おたくの土地で牛が死んだの？」

「いや、いまのところ無事だよ。でもこの間、タムリンが、種が地面に落ちているから、下の牧場に向かって傾いている栽培場の木をよそに移すと言っていたんだ」

「そうしたほうがいいわ。ずっと昔、父の馬がイチイの実を食べて死んだことがあるの。急に悪くなることもあって、手の施しようがないのよ」

馬車は敷地の門に向かって道を進んでいく。昨夜の発見のことを話したら、ルイーズはなんと言うだろう？　ショックを受けてわたしを見つめ、気でも狂ったの、と言うだろうか？　そうは思えない。彼女なら信じてくれるはずだ。でも、ここではその話はできない。御者台にウェリントンがいる。その隣にはジムも。

わたしはうしろを振り返った。他の二台はあとからついてくる。「きみに話があるんだ、ルイーズ」わたしは言った。「食事がすんでお父さんが帰ると言ったら、何か口実をもうけて残ってくれないか」

ルイーズはいぶかしげな目で見つめたが、わたしはそれ以上は何も言わなかった。

ウェリントンは家の前に馬車を寄せた。わたしは馬車を降り、ルイーズに手を貸した。わたしたちはそこに立って、他の人々を待った。そう、確かに、九月のあの日曜そっくりの場面だ。レイチェルはあのときと同じようにほほえみ、あのときと同じようにケンダル氏を見あげて話している。きっとふたりは、今度も政治を話題にしているのだ。あの日曜日、心惹かれてはいたが、彼女はわたしにとって未知の存在だった。いまはどうだろう？　もう未知の部分などひとつもない。その最良の面も、最悪の面も、わたしは知っている。おそらく本人にさえ不可解な、彼女の行動の動機まですべて推測できる。彼女はわたしにはもう何も隠せない。わたしをさいなむあの女、レイチェル……

「まるで昔にもどったようですわね」みながホールにそろうと、レイチェルは笑顔で言った。「みなさんに来ていただけて、こんなうれしいことはありませんわ」

彼女は一同の顔をいとおしげに見渡すと、先に立って居間に入っていった。いつもながらその部屋は、夏場こそもっとも美しく見えた。窓は開け放たれ、室内は涼しかった。花瓶にはほっそりと長い、淡い水色の紫陽花《アジサイ》が飾られ、壁の鏡にもその姿が映っている。外の芝生には太陽がぎらぎらと照りつけており、暑さは厳しかった。怠惰なマルハナバチが一匹、窓に向かってブンブン唸っている。ぐったり疲れたお客たちが、ほっとして腰を下ろすと、シーカムがケーキとワインを運んできた。

「みなさんはちょっと日に当たっただけで、参ってしまいますのね」レイチェルは笑った。「わたくしには、これくらいなんでもありませんわ。イタリアでは、一年のうち九カ月はこんなふうなのですよ。わたくしはそこから活力を得るのです。では、わたくしがみなさんのお給仕をいたしましょう。どうぞそのままずわっていらしてね、フィリップ。あなたはまだ、わたくしの患者さんなのですから」

レイチェルはグラスにワインを注いで、みなのところへ運んできた。ニック・ケンダルと牧師が抗議しながらそろって立ちあがったが、彼女は見向きもしなかった。最後に彼女はこちらへ来たが、わたしだけはそのワインを受け取らなかった。

「喉が渇いていらっしゃらないの？」彼女は言った。

わたしは首を振った。二度と彼女の手渡すものを口にする気はなかった。レイチェルはグラスを盆にもどすと、自分のグラスを持ち、パスコー夫人とルイーズのいるソファへ行ってすわった。

「この時期のフィレンツェの暑さは、あなたにも耐え難いのではありませんか？」牧師が言った。

「そんなことはありません」レイチェルは答えた。「朝のうち鎧戸を閉めておけば、家のなかは一日中涼しいのです。わたくしたちはあの気候に順応しておりますの。日中、屋外で活動する者は、災いを求めているようなもの。だからみんな、外には出ず、眠っています。ありがたいことに、サンガレッティ邸には、北側に、少しも日が射さない小さな中庭がありますの。そこには泉があるのですよ。それに噴水も。息苦しくなると、わたくしはその水栓を開くのです。水が滴る音はとても気持ちがよいものですよ。春と夏は、わたくし、ずっとその庭で過ごしますの」

そうだろう。春の間、彼女は、キングサリのつぼみがふくらんでいくさまを見守っていられる。つぼみはやがて花となり、そのしなだれた金色の頭は、両手に貝を持って泉を見おろすあの裸の少年の天蓋となる。そしてその花も順次、色褪せて散り、きょうここに来たのよりもっと厳しい盛夏が山荘を訪れると、枝についた莢ははじけ飛び、緑の種が地面へと転がり落ちる。アンブローズと並んで、中庭にすわり、彼女はそのすべてを見ていたのだ。

「わたしもフィレンツェに行ってみたいわ」どんなすばらしいものを夢見ているのか、目を丸くして、メアリー・パスコーが言う。するとレイチェルはそちらを振り返って言った。「では、来年、いらしたらいいわ。うちに泊まってくださいな。みなさん、順番に泊まりにいらしてください」とたんに、あちこちから、叫び、質問、嘆きの声があがった。すぐ発たねばならないのですか？　いつもどってくるのです？　今後の予定は？　レイチェルはそれに答えて首を振った。「もうじき発つつもりです。でもすぐに帰ってきますわ。わたくしは衝動的な性分ですから、日程に縛られるつもりはありません」それに彼女は、それ以上、詳しいことを語ろうとはしなかった。

ニック・ケンダルが横目でちらっとこちらを見てから、口髭をひねりながら、足もとに視線を落とした。彼の頭にどんな考えがよぎったかは、察しがついた。「この人が行ってしまえば、フィリップも正気にもどるだろう」午後はのろのろと過ぎていった。四時に、わたしたちは食事の席に着いた。ふたたびわたしはテーブルの上座にすわり、レイチェルは、ニック・ケンダルと牧師にはさまれて、下座にすわった。ふたたび談笑があり、詩まで飛び出した。最初のときと同じく、わたしはほとんど口をきかず、ただ彼女の顔を眺めていた。あのときは、未知ゆえに、魅せられていた。会話を滞らせないこと、話題をつぎつぎ変えること、テーブルのみなを引きこむこと。女のそうした働きを初めて見たため、それは魔法のように思えた。いまのわたしには、そのコツもすっかりわかっている。まず話題を提供し、口もとに手を当てて牧師に何か小声でささやく。ふたりが笑えば、すぐさまニック・ケンダルが身を乗り出し、こう訊ねる。「なんのお話ですか、アシュリー夫人？　いまなんとおっしゃったのです？」すると彼女はすばやく、わざとらしくこう答える。「牧師様がお話ししますわ」牧師は才人になった気になり、顔を赤らめ、得意げに、家族にも話したことがない逸話を話しだす。これがレイチェル好みのささやかなゲームだ。そしてわたしたち、馬鹿なコーンウォールの田舎者は、簡単にだませる御しやすい相手だったのだ。

イタリアではこううまくはいかないのだろうか？　いや、そうは思えない。よりうまの合う連中を相手にするだけのことだから。それに、ライナルディがすぐそばで補佐するだろうし、いちばん得意な言語を話せるのだ。サンガレッティ邸では、我が家のこの退屈なテーブル以上に、話が盛り上がるだろう。早口でしゃべりながら、レイチェルはときどき言葉を補うように手振りを使う。イタリア語でライナルディと話すとき、この手振りがさらに多くなることに、わたしは気づいていた。その日、何か話しているケンダル氏をさえぎって、彼女はまた手振りを見せた。両手がさっとすばやく宙を舞う。そのあと、テーブルに軽く肘をつき、彼の答えを待つとき、その手は組み合わされ、じっと動かない。話を聴いている間、レイチェルはケンダル氏のほうに顔を向けていた。そのため、わたしのすわる上座からは、彼女の横顔が見えた。このとおり、彼女はずっと見知らぬ人だったのだ。硬貨の上にくっきり浮かぶ整ったあの顔。褐色の肌を持つ、心を明かさない異国の女。頭にショールを巻いて、門口に立ち、手を差し伸べている。しかし彼女が正面を向いてほほえむと、見知らぬ女は消えた。それは、わたしのよく知っている、かつて愛したあのレイチェルだった。

ケンダル氏が話を終えた。ちょっと間があき、沈黙が落ちた。いまやレイチェルのあらゆる動きに慣らされているわたしは、彼女の目に注目した。その目がパスコー夫人を見、つぎにわたしを見た。「お庭を見にいきましょうか?」彼女が言うと、一同は立ちあがった。だがそのとき、牧師が懐中時計を引っ張りだして、ため息をついた。「実に残念ですが、わたしはもう行かねばなりません」

「わたしもです」ケンダル氏も言った。「ラクシリアンの兄が病気でしてね、見舞いにいくと約束しているのですよ。だがルイーズはまだいられます」

「でもお茶を飲む時間くらいおありでしょう?」レイチェルが言った。しかし、思っていたより時間が遅かったらしく、ちょっとしたどたばたのあと、ついにニック・ケンダルとパスコー一家は箱馬車で出発し、あとにはルイーズだけが残った。

「もう三人しかいないわけですから」レイチェルは言った。「堅苦しいことは抜きにしましょうよ。どうぞ婦人の間へいらして」そしてルイーズにほほえみかけながら、彼女は先に立って階段を上っていった。「ルイーズに香草のお茶を飲んでいただきましょう」彼女は肩ごしに言った。「作りかたをお教えしますわ。お父様が眠れないようなとき、これは効果があるのですよ」

わたしたちは婦人の間へ行って、すわった。わたしは開いた窓のそばに、ルイーズはスツールに。レイチェルは忙しくお茶の支度をしていた。

「イギリス式では――そんな流儀があるとも思えませんけれど――不眠症には脱穀した大麦を使うのです。でもわたくしは、フィレンツェから乾燥させた香草を持ってきておりますの。味がお気に召したら、ここを発つとき、少し置いていってあげましょう」

ルイーズはスツールから立ちあがり、レイチェルのそばに寄った。「メアリー・パスコーから聞きましたけれど、あなたはあらゆる香草の名前をご存じなんですってね」彼女は言った。「それに、領内の小作人たちの病気をいろいろ治してあげたんでしょう？ 昔の人はいまの人よりそういうことに詳しかったと聞いています。でも年寄りのなかには、いまも、魔法で疣《いぼ》や湿疹を治せる人たちがいるんですよ」

「わたくしの魔法は疣以外のものにも効きますわ」レイチェルは笑った。「小作人たちの小屋を訪ねて、訊いてごらんなさい。香草を使った療法は、大昔からあったのですよ。わたくしは母にそれを教わりました。どうもありがとう、ジョン」ジョンは湯気の立つお湯のやかんを持ってきたのだ。「フィレンツェにいたころは、いつも自分の部屋でお茶を入れ、しばらく時間を置いたものです。そのほうがおいしくなりますの。それからアンブローズと中庭に出てすわり、噴水の水栓を開くのです。お茶を飲んでいる間、泉にはその水が滴り落ちています。アンブローズはそこにすわって、何時間でもそれを眺めていましたわ」彼女は、ジョンの持ってきたお湯をティーポットに注いだ。「今度コーンウォールにもどってくるとき、フィレンツェから、うちの泉にあるような小さな彫像をひとつ、持ってこようと思っていますの。さがすのがたいへんでしょうけれど、最後にはいいものが見つかるでしょう。そうしたら、いま造っている新しい水生植物園の中央にその像を置けますし、噴水も造れますわ。どうお思いになる？」レイチェルはわたしに笑顔を向けた。彼女は左手にスプーンを持ち、香草のお茶をかきまぜていた。

「どうぞお好きに」わたしは答えた。

「フィリップにはまるで熱意がありませんの」レイチェルはルイーズに言った。「なんでも賛成するばかり。きっとどうでもいいと思っているのね。ときどき、いくらここで努力しても無駄だという気がしますの。雛壇の遊歩道も栽培場の灌木も、なんにもならない。フィリップは、草ぼうぼうの原っぱや泥だらけの道で満足だったのでしょうから。さあ、お茶をどうぞ」

レイチェルにカップを渡され、ルイーズはスツールにすわった。彼女はつぎに、わたしが腰かけている窓の敷居のところへお茶を持ってきた。

わたしは首を振った。「お飲みにならないの、フィリップ？」彼女は言った。「でも体にいいのですよ。よく眠れますからね。これまでいつも飲んでいたでしょう。それにきょうのは特別。いつもの倍も濃く入れましたの」

「あなたが代わりに飲んでください」

レイチェルは肩をすくめた。「自分の分はもう注いでありますわ。わたくしはもっと長く置いたのが好きですの。これは捨てるしかありません。もったいないこと」彼女は身を乗り出して、窓からそのお茶を捨てた。そして体をもどすと、わたしの肩に手を置いた。すると、なじみ深い香りが漂ってきた。香水ではない、彼女自身の匂い――その肌の香りだ。

「気分がよくないのですか？」彼女はルイーズに聞こえないように、そっとささやいた。

もしも知っていること、感じていることを、すべてを消し去ることができるなら、わたしはそのとき、そうしただろう。そして、彼女がずっとこうして、この肩に手をかけていてくれるよう願ったろう。破かれた手紙も、小さな引き出しのなかの秘密の封筒も、悪意も、裏切りも、もうどこにもない。レイチェルの手は肩から顎へと移り、しばらくそこを愛撫していた。彼女が間に立っているため、ルイーズには何も見られずにすんだ。「気むずかしい坊や」レイチェルは言った。

彼女の頭上に目をやると、炉棚の上のアンブローズの肖像が見えた。若々しい清らかなその目が、まっすぐわたしの目を見つめている。わたしが黙っていると、レイチェルは空になったカップを盆にもどし、向こうへ行ってしまった。

「お味はいかが？」彼女はルイーズに訊ねた。

「ごめんなさい」ルイーズは言った。「慣れるまでには少し時間がかかりそうです」

「カビ臭い匂いがするから、合わない人もいるのでしょうね。どうぞ気になさらないで。でもこれは、鎮静効果があるのです。きっと今夜はよく眠れますわ」レイチェルはにっこりして、自分のカップからゆっくりとお茶を飲んだ。

わたしたちは半時間ほど話をした。いや、レイチェルがルイーズと話したと言ったほうがいい。それから、彼女は立ちあがり、自分のカップを盆にもどして言った。「そろそろ涼しくなってきましたわ。どなたかいっしょに庭をお散歩しません？」わたしはルイーズに目をやった。彼女はこちらを見ており、何も言わなかった。

「実はルイーズに、先日出てきたペリンの古い地図を見せると約束したんです。境界線がはっきり描かれていて、丘の上の砦の遺跡がそのなかにあるのがわかるので」

「そうですか」レイチェルは言った。「では、居間へお連れしなさいな。このままここにいらしてもいいし。わたくしはひとりで散歩してきますわ」

そして彼女は、鼻歌を歌いながら青の間へと消えた。

「ここにいて」わたしはルイーズにそっとささやいた。

わたしは階下に降り、事務所へ行った。本当に、事務所の書類のなかに古い地図があるはずだからだ。一冊のファイルのなかからそれを見つけ出すと、わたしは中庭を引き返した。居間の近くの横手のドアまで行くと、レイチェルが散歩に出ようとしていた。帽子はかぶっていないが、手に開いた日傘を持っている。「すぐもどりますわ」彼女は言った。「雛壇の遊歩道に行ってみるつもりですの。小さな像が水生植物園に合うかどうか、見ておきたいので」

「気をつけて」わたしは言った。

「あら、どうして?」レイチェルは問い返した。

彼女は日傘を肩にもたせかけ、すぐそばに立っていた。襟に白いレースをあしらった、薄地のモスリンの黒いガウンを着ていて、十カ月前、初めて会ったときの彼女そっくりだった。ただあのときは夏ではなかった。いま、あたりには刈りたての草の匂いがたちこめている。蝶が一匹、楽しげにひらひらと通りすぎていった。芝生の向こうの大木の木立では、鳩たちがクウクウ鳴いている。

「気をつけて」わたしはゆっくりと言った。「日差しが強いですからね」

レイチェルは笑って、歩み去った。芝生を横切り、遊歩道に向かって段々を上っていくその姿を、わたしはじっと見送った。

それから家に入り、足早に階段を上って、婦人の間へ行った。ルイーズはそこで待っていた。

「手を貸してほしいんだ」わたしは手短に言った。「ぐずぐずしてはいられないんだよ」

ルイーズは疑問の色を目にたたえ、スツールから立ちあがった。「どういうことなの?」

「何カ月か前、教会でふたりで話したこと、覚えているだろう?」そう言うと、彼女はうなずいた。

「やっぱりきみが正しかったんだ。ぼくがまちがっていたよ。でもいまはあのことはどうでもいい。他にもっと恐ろしい疑惑があるんだ。でも、決定的な証拠が必要なんだよ。彼女、どうやら、ぼくを毒殺しようとしているらしい。アンブローズにも同じことをしたようだ」ルイーズはなんとも言わなかった。その目が恐怖に大きく見開かれた。

「どうしてわかったかなんて、いまは問題じゃない。とにかく、あのライナルディって男からの手紙が証拠になるかもしれないんだ。いまから、彼女の机を調べて、その手紙をさがすよ。きみはフランス語といっしょに、イタリア語もちょっとかじったろう。ふたりで協力すれば、なんとか翻訳できるかもしれない」

早くもわたしは机を調べだしていた。昨夜、ロウソクの明かりのもとでやったときよりも、徹底的にだ。

「うちの父に助けを求めたら？」ルイーズが言った。「もし本当に罪があるなら、あなたより父のほうが効果的に彼女を告発できるはずよ」

「でも証拠がないとね」わたしは答えた。

きちんと重ねられた書類や封筒。ケンダル氏が目にしたら心配しそうな領収証や請求書。しかし、そんなものはどうでもいい。わたしはめあてのものをさがすのに夢中だった。あの封筒の入っていた小さな引き出しを、もう一度引いてみる。今回は、鍵はかかっていなかった。開けてみると、引き出しのなかは空っぽだった。封筒はなくなっている。証拠になったかもしれないわたしのお茶も、捨てられてしまった。わたしはつぎつぎ引き出しを開けていった。ルイーズは心配そうに眉を寄せ、そばに立っていた。「やっぱり待つべきだったのよ」彼女は言った。「こんなやりかた、利口じゃない。父を呼ぶべきだったわ。父なら法的措置を取れるもの。

いまあなたがしていることは、ただの泥棒と同じじゃないの」

「生きるか死ぬかってときに、法的措置なんか待っちゃいられないよ。ほら、これはなんだい？」わたしは、さまざまな名前が記された長い紙を彼女のほうへ放った。そこには、英名もあれば、ラテン名もあれば、イタリア名もあった。

「よくわからないけど」ルイーズは答えた。「植物のリストのようよ。香草もあるわ。字が読みにくいの」

わたしが引き出しをひっくり返している間、彼女はそれを解読しようとしていた。

「やっぱりそうだわ。香草とその効用が書かれている。でも二枚目は英語よ。こっちは植物の繁殖についての覚え書きらしいわ。何十種類もあるわよ」

「キングサリの項をさがして」わたしは言った。

ルイーズはハッと気づき、一瞬、わたしの目を捉えた。それから彼女はもう一度、手にした紙に視線を落とした。

「ええ、その項もあるわ。でもこれじゃ何もわからないわよ」

その手から紙をひったくると、わたしは彼女の指差す箇所を読んだ。


キングサリ属キングサリ。南ヨーロッパ原産。この種《しゅ》はすべて種子によって、また、多くは挿し木、取り木によって繁殖させうる。前者の手法を用いる場合、種子は苗床、もしくは、定植させる場所にまく。そして春、三月ごろ、充分な生長を見た後に、苗木畑に移植し、適切な大きさに育つのを待って、定植させる場所へ移し替える。

その下には、この情報の出典が記されていた。『新・植物園』フリート街ボルト・コート、T・バウスリー著。ジョン・ストックデール社。一八一二年。

「毒性のことは何も書いてないわね」ルイーズが言った。

わたしは机をさがしつづけた。すると銀行からの手紙が出てきた。カウチ氏の筆跡だ。わたしはすっかり大胆になっており、情け容赦なくそれを開いた。

拝啓

この度は、アシュリー家の宝飾品全品をご返却いただき、誠にありがとうございます。ご指示のとおり、お国にお帰りの後も、貴女様の跡継ぎ、フィリップ・アシュリー様に譲渡される日まで、当方にてあずからせていただきます。

敬具

ハーバート・カウチ

急に哀れをもよおして、わたしは手紙を机にもどした。ライナルディにどんな支配力があったにせよ、レイチェル自身の衝動が、彼女にこの最後の行動を取らせたのだ。

他には重要なものは何もなかった。わたしはすべての引き出しを徹底的に調べ、あらゆる小仕切りを掘り返した。あの手紙は彼女が破り捨てたか、あるいは、持ち歩いているかだった。とまどい、いらだって、わたしはふたたびルイーズに助けを求めた。「ここにはないな」「吸い取り紙の間は調べた?」彼女は疑わしげに訊ねた。

不覚にも、わたしはその紙束を椅子の上に置いて顧みもしなかったのだ。それこそ、秘密の手紙が隠されていそうな場所ではないか。持ちあげてみると、果たしてそのまんなかあたりの白紙二枚の間から、プリマスから来たあの封筒が落ちてきた。手紙はまだそのなかにあった。わたしはそれを引っ張りだして、ルイーズに渡した。「これだよ。解読できるかやってみて」ルイーズはちょっと眺めてから、手紙をわたしに返した。「これ、イタリア語じゃないわ。自分でお読みなさいよ」

わたしはそれを読んだ。ほんの数行の簡単な手紙だった。思っていたとおり、ライナルディは形式抜きで書いていた。しかしそれは、わたしが想像していたのとはちがった意味でだ。時刻は夜の十一時。書き出しの文句はなかった。

いまやあなたは、イタリア人というよりイギリス人だ。従って、私もあなたの新しい言語で書くとしよう。もう十一時を回った。船は真夜中に出ることになっている。フィレンツェに着いたら、あなたにたのまれたことはすべて、いや、それ以上のことをするつもりだ。もっとも、あなたにそのような恩恵を受ける資格があるかどうかは、わからんがね。少なくとも、ついに決心がついてあなたがそこを発つ気になるまでに、山荘と使用人たちの準備はしておこう。あまり遅れないようにしてくれたまえ。あなたの心の衝動だの感情だのには、私はあまり信を置いていない。もし、どうしてもあの若者を置いてこられないというなら、彼もいっしょに連れてきたまえ。ただ警告しておくが、それは賢い判断とは言えないよ。体に気をつけて、そして、私を信じてくれ。あなたの友、ライナルディより。

わたしはその手紙を一度読み、二度読んだ。そしてそれを、ルイーズに渡した。

「これはあなたのほしがっていた証拠になる?」彼女は訊ねた。

「いや」

何かがなくなっているはずだ。追伸の記されたもう一枚の紙が。きっと吸い取り紙の別の箇所に差しこまれているのだ。しかしもう一度調べても、何も出てこなかった。紙の間には、何もはさまっていない。ただ上に、折った紙に包まれた何かが載っているだけだ。わたしはそれをひっつかみ、外側の紙をむしり取った。今度のは手紙でも、香草やその他の植物のリストでもなかった。それはアンブローズのスケッチ画だった。隅のイニシャルはかすんでいるが、おそらくイタリア人の友人か画家が描いたものだろう。イニシャルの下には「フィレンツェ」と走り書きがあった。日付は、アンブローズの死んだ年の六月のものだった。じっと見つめているうちに、わたしは気づいた。おそらくこれは、彼の最後の肖像なのだ。故郷を離れてから、彼はずいぶん年を取っていた。口の隅や目のまわりには、見覚えのない皺がある。目そのものには、すぐ背後に何かが立っているような、振り返るのを恐れているような、怯えた色が浮かんでいた。その顔は放心しているように見え、また淋しそうでもあった。彼には、破滅の時が迫っているのがわかっているようだった。その目は献身を求めていたが、同時に憐れみをも請うていた。スケッチの下には、彼が自らイタリア語で走り書きした、何かの引用文があった。「レイチェルへ。ノン・ランメンターレ・ケ・レ・オレ・フェリチ。アンブローズ」

わたしはスケッチをルイーズに渡した。「これだけしかない。その文はどういう意味？」

ルイーズは声に出してそれを読みあげ、ちょっと考えた。「よい時だけを記憶に留めよ」彼女はゆっくりと言った。そして、スケッチとライナルディからの手紙をわたしに返した。「前にその絵を見せてもらったことは？」彼女は訊ねた。

「ないよ」

しばらくの間、わたしたちは黙って顔を見合わせていた。やがてルイーズが言った。「わたしたち、あの人を誤解していたんじゃない？　毒のことだけれど？　だってほら、証拠はないわけだし」

「証拠は出ないだろうよ」わたしは言った。「いまも、今後もね」

わたしはスケッチと手紙を机の上にもどした。

「証拠がないなら、彼女を責めることはできないわ。彼女は潔白かもしれない。あるいは罪があるかも。でも、あなたにはどうしようもないのよ。もし無実の彼女を告発してしまったら、あなたは一生自分を許せないでしょう。そのときは、彼女でなく、あなたが責めを負うことになるわ。もうここを出て、居間へ行きましょうよ。彼女のものなんかいじるんじゃなかった」

わたしは婦人の間の開いた窓の前に立ち、芝生を眺めわたした。

「彼女、そこにいるの？」ルイーズが訊ねた。

「いや」わたしは言った。「出かけてもう半時間になるのに、まだ帰らない」

ルイーズがやって来て、隣に立った。彼女はわたしの顔をのぞきこんだ。「どうしたの？声が変よ。なぜ、遊歩道への段々ばかり見ているの？　何かあるの？」

わたしは彼女を押しのけ、ドアに向かった。

「鐘楼の下の壇に鐘を鳴らすロープが下がっているのを知っているかい？」わたしは言った。「使用人たちに昼の食事を知らせるためのやつだよ。行ってそのロープを思い切り引っ張るんだ」

ルイーズはとまどってわたしに目を向けた。「どうして？」

「きょうは日曜だから、みんな、出かけていたり、寝ていたりで、散り散りになっている。助けがいるかもしれないんだ」

「助けが？」

「そうだよ。レイチェルに何かあったかもしれない」

ルイーズはわたしをじっと見つめた。濃い灰色の、いかにも率直そうなその目が、わたしの顔をさぐっている。

「あなた、何をしたの？」彼女のなかに不安が、そして確信が生まれた。わたしは向きを変え、部屋をあとにした。

階下に駆けおりて、芝生を突っ切り、雛壇の遊歩道に向かって小径を登っていった。レイチェルの姿はどこにもなかった。

水生植物園の上の、石材と漆喰と材木の山の近くに、犬が二匹、立っていた。若いほうはわたしに寄ってきたが、もう一匹は漆喰の山のそばを離れようとしなかった。砂と石灰のなかに、レイチェルの足跡が見えた。彼女の日傘が開いたまま、斜めに倒れている。突然、鐘楼の鐘が鳴りだした。それはいつまでもいつまでも鳴りやまなかった。静かで穏やかな日だったから、その音は野を越えて海まで運ばれていき、湾で釣りをする男たちの耳にも届いたにちがいない。植物園の縁まで行くと、造りかけの橋のあった場所が見えた。橋の一部はまだ残っており、揺れる縄梯子のように醜くおぞましくぶら下がっている。残りの部分は、はるか下のくぼみに落下していた。

材木と石材のなかに横たわるレイチェルのところへ、わたしは降りていった。そして彼女の手を取って握りしめた。その手は冷たかった。

「レイチェル」わたしは呼んだ。そしてもう一度「レイチェル」と。

はるか上で犬たちが吠えだした。鐘の音はさらに大きく鳴り響いている。レイチェルは目を開けて、わたしを見た。最初は、おそらく苦しみながら。それから、とまどいのうちに。そしてついに、わたしに気づいたように見えた。だがわたしは、このときもまた誤解していたのだった。彼女はわたしをアンブローズと呼んだ。彼女が息を引き取るまで、わたしはその手を握りしめていた。

かつて、罪人は〈四つ辻〉で吊されたものだ。
いまはもうそういうことはない。

訳者あとがき

「彼女はわたしにキスした。そして、わたしは思った——望郷の念でも、遺伝的な病でも、熱病でもない。アンブローズはこのせいで死んだのだ」(本書十六章より)

レイチェルは死を招く女、ファム・ファタールである。これは、その女にのめりこみ、破滅へと向かうふたりの男の物語だ。

時は十九世紀中頃、舞台はイングランド、コーンウォール地方。海鳥の舞う灰色の空、岩壁に打ち寄せる荒い波、吹きすさぶ風。そんな荒涼たる風景が目に浮かぶようだ。作者デュ・モーリアは、この地方を好んで小説の舞台に使った。確かに、陰鬱で荒々しいその景色は、登場人物たちの疑惑や恐れを描く背景としてふさわしく、この作家の特色であるサスペンスフルなムードを盛り上げてくれる。

さて、主人公の青年フィリップは、このコーンウォールの一領主である。自らの領地をこよなく愛し、社交を好まず、自由と孤独のうちに暮らし、ただ慣れ親しんだ狭い世界で平穏な生活を送ることだけを望んでいる。幾分、偏屈なのかもしれない。女嫌いの従兄に育てられ、男だけで過ごすのが何より気楽と考え、すでに一生独身を通すことを決めてさえいる。そんな彼の前に、異国の女レイチェルが現れる。従兄アンブローズの妻。一度も会ったことのないイタリア女性。父であり兄であり友人でもある男に死をもたらした女。フィリップは復讐を誓い、敵意の鎧をまとって彼女を迎える。そしてその瞬間から、物語は、冒頭に暗示される悲劇的な結末へと食い止めようもなく向かっていく。

デュ・モーリアは、一九〇七年ロンドン生まれ。芸術一家の出であり、ごく若いころから創作活動に励み、一九三六年の『ジャマイカ・イン』、一九三八年の『レベッカ』で、作家としての地位を不動のものとした。これらはいずれも、デュ・モーリアの多くの作品の特徴である異様な切迫感、精緻な心理描写が際立つ傑作であり、発表されるとすぐに映画化が決まるなど、大変な評判となった。そして一九五一年、この二作と同じ傾向の作品としては実に十三年ぶりに発表されたのが、本作『レイチェル』である。ことに『レベッカ』と『レイチェル』とは、時代背景こそちがうものの、双璧の姉妹編と言え、比較して読んでいただければ、執拗に追いかけてくる過去、愛する者への疑惑、死者をはさんだ三角関係など、さまざまな点で、周到に計算されたかのようにきれいに対称を成しているのに気づかれることと思う。

いずれにせよ、発表当時、この作品は大いに歓迎されたらしい。デュ・モーリアの小説にスリルとサスペンスとロマンスを求めていたファンが、この種の作品を待ちかねていたさまがうかがえるようである。同じ系統のものを量産していれば、あるいはもっと高い人気が得られたのかもしれない。ところがデュ・モーリアは、ひとつのジャンルには収まりきらない、進取の精神に富んだ作家だったようだ。その著作には、戯曲やノンフィクションもあり、小説もまた、歴史もの、幻想小説、怪奇小説、ＳＦめいた作品等、多岐にわたっている。なかには、破綻しているように思える作品もあるのだが、その分野の広さには旺盛なチャレンジ精神、並々ならぬ創作意欲が感じられる。デュ・モーリアは決してサスペンスだけの作家ではないのである。

ところで、そうした多種多様な作品のなかで、デュ・モーリアの筆の力がもっとも光っているのが、短編小説に多く見られる風刺と皮肉に満ちた作品だと思う。たとえば、社交界の人気者であり、美しい説教で人々を魅了する牧師の俗物ぶりとご都合主義を描く Angels and Archangels、熱いカップルが週末を海辺のリゾートで過ごし、二日後には口もきかない仲となって帰っていく Week-End、妻を愛さなかった男の罪悪感と自己弁護と妄想を描く「林檎の木」(The Apple Tree) などは出色。どれも、人間の身勝手さ、俗っぽさ、偽善、独善が、辛辣に、シニカルに、ときにユーモアを交えて描かれていて、実に痛快である。デュ・モーリアの観察眼は常に鋭く、その筆致は情け容赦がない。百年近くも前に生まれたデュ・モーリアの作品がいまなお古びて感じられないのは、この作家が見て取り、描いてみせたものが、時代を経ても変わらない普遍的な人間の姿だからなのだろう。

こうした人間性に対する洞察力は、本書『レイチェル』にも生きている。敵意をもってレイチェルを迎えたフィリップが、たった二日で警戒を解き、その魅力に屈してしまうのはなぜなのか。ありえないことのように思えるけれども、ふたりの会話、フィリップの心の動きをたどっていけば、そこには少しの不自然さもない。反対に、それがいかに必然的なことであるかがわかるのだ。こういう若者がこういう女性と出会ったら何が起こるのか——化学反応のような当然の帰結を、デュ・モーリアは冷徹な眼で見つめ、愛に溺れていく主人公の狂気を仮借なく描いていく。他の道はありえず、だからこそ、この破滅へのプロセスを、固唾を呑んで見守らずにはいられない。

こうして、若者がじわりじわりと深みにはまっていく十カ月が静かに描かれた後に、物語は急転直下、クライマックスを迎え、衝撃のエンディングへと一気になだれこむ。この幕切れの鮮やかさ、そして、読者を唐突に置き去りにしてしまうこの非情さ。やはりデュ・モーリアは、一筋縄ではいかない作家なのだ。

訳者紹介　英米文学翻訳家。訳書にオコンネル「クリスマスに少女は還る」「氷の天使」「アマンダの影」「死のオブジェ」「天使の帰郷」，デュ・モーリア「鳥」，フレンチ「素顔の裏まで」などがある。

検印
廃止

レイチェル

2004年6月30日　初版
2019年3月1日　5版

著　者　ダフネ・デュ・モーリア

訳　者　務《む》台《たい》夏《なつ》子《こ》

発行所　(株)東京創元社
代表者　長谷川晋一

162-0814/東京都新宿区新小川町1-5
電　話　03・3268・8231-営業部
　　　　03・3268・8204-編集部
URL　http://www.tsogen.co.jp
振　替　00160—9—1565
暁印刷・本間製本

ISBN978-4-488-20603-1　C0197

2011年版「このミステリーがすごい！」第1位

BONE BY BONE◆Carol O'Connell

愛おしい骨

キャロル・オコンネル

務台夏子 訳 創元推理文庫

◆

十七歳の兄と十五歳の弟。二人は森へ行き、戻ってきたのは兄ひとりだった……。

二十年ぶりに帰郷したオーレンを迎えたのは、過去を再現するかのように、偏執的に保たれた家。何者かが深夜の玄関先に、死んだ弟の骨をひとつひとつ置いてゆく。

一見変わりなく元気そうな父は、眠りのなかで歩き、死んだ母と会話している。

これだけの年月を経て、いったい何が起きているのか？

半ば強制的に保安官の捜査に協力させられたオーレンの前に、人々の秘められた顔が明らかになってゆく。

迫力のストーリーテリングと卓越した人物造形。

2011年版『このミステリーがすごい！』１位に輝いた大作。